Celle que j'attendais

*Du même auteur
aux Éditions J'ai lu*

ARRANGEMENTS PRIVÉS
N° 9080

DÉLICIEUSE
N° 9331

NOUS RESTERONS ENSEMBLE
N° 9403

Sherry Thomas

Celle que j'attendais

*Traduit de l'américain
par Anne Busnel*

Titre original
HIS AT NIGHT

Éditeur original
Bantam Books,
an imprint of The Random House Publishing Group,
a division of Random House, Inc., New York

© Sherry Thomas, 2010

Pour la traduction française
© Éditions J'ai lu, 2011

*À ma chère amie Janine Ballard,
qui est mon guide dramatique, mon bon sens
et le vent sous mes ailes.
Le 15 mai 2003 fut assurément un jour de chance.*

REMERCIEMENTS

À Caitlin Alexander, pour son infatigable dévouement et son pur génie, parce qu'elle a toujours la solution à un problème.

À Kristin Nelson et à Sara Megibow, pour leur soutien et leurs sages conseils.

À Janine, pour la nuit blanche, et ses avis éclairés quand j'étais en perdition.

À Tracy Wolff, pour m'avoir nourrie, m'avoir régalée des derniers potins et m'avoir fait mourir de rire.

À Courtney Milan, qui m'a empêchée de m'égarer sur un mauvais chemin.

À Jo, pour sa connaissance du droit criminel anglais.

À mes lecteurs, pour leurs mails et leurs lettres d'encouragement.

À ma famille, qui est mon rempart contre l'adversité.

Et comme toujours, si vous lisez ces mots, merci à vous, du fond du cœur.

1

Le marquis de Vere était un homme de peu de mots.

Pourtant, rares étaient ceux qui le savaient parmi ses amis et relations. Et celui qui l'aurait affirmé aurait déclenché une tempête de rires et de quolibets. Car en société, lord Vere était considéré comme un incorrigible bavard. Qui parlait à tort et à travers.

Aucun sujet ne l'effrayait, pas même le plus abscons, et il était toujours prêt à donner son avis, éclairé ou non. Il pouvait ainsi pontifier des heures durant sur « la préraphaélite » – qu'il pensait être une molécule récemment découverte par la science – ou sur les habitudes alimentaires des tribus pygmées du centre de la Suède.

Lord Vere était aussi un homme qui gardait jalousement ses secrets.

Cette seule idée aurait fait se tordre de rire ses pairs de l'aristocratie londonienne. Allons donc ! se serait-on récrié. Ce moulin à paroles était toujours prêt à régaler la compagnie des détails les plus intimes de son quotidien, sans égard pour les chastes oreilles, ce qui donnait souvent lieu à des moments de cruel embarras pour son entourage.

Il n'hésitait pas à étaler les difficultés qu'il rencontrait à courtiser les jeunes filles de bonne famille. En effet, en dépit de son titre de marquis, il ne comptait plus les rebuffades. Il révélait également avec la plus grande candeur l'état de ses finances personnelles. Son analyse de la question était du reste fort discutable, puisqu'il semblait n'avoir qu'une très vague notion des fonds dont il disposait. Et avec ses camarades du club sportif, il allait même jusqu'à détailler la longueur et le diamètre de sa virilité, des proportions certes enviables, comme avaient pu le vérifier certaines veuves joyeuses qui, de temps à autre, ne refusaient pas quelques galipettes entre les draps en compagnie de ce grand gaillard au physique d'Adonis.

Pour résumer, lord Vere était un sot. Certainement pas un malade mental, pas plus qu'un arriéré : il n'était ni dangereux ni dépendant d'autrui pour la vie quotidienne. Non, lord Vere était juste une andouille. Inculte, prétentieux et bête à manger du foin, il n'avait aucune mémoire, mélangeait les dates et les événements, confondait allègrement les gens, et n'avait d'autre sujet d'intérêt que la mode, la bonne chère et sa petite personne.

Étant néanmoins inoffensif et d'un caractère enjoué, il était plutôt apprécié par ses pairs pour les moments d'intense distraction qu'il leur offrait.

Il n'était pas doué pour le tir, n'avait en tout et pour tout qu'une malheureuse perdrix à son tableau de chasse – et encore, pour avoir pressé la détente par mégarde. Sa maladresse effrayait. Il se trompait toujours de porte, appuyait toujours sur le mauvais bouton, la mauvaise manette, s'égarait sans cesse, que ce soit en ville ou à la campagne, oubliait l'heure, etc.

Il en était ainsi depuis le tragique accident de cheval dont il avait été victime treize ans plus tôt, si bien que nul n'aurait eu l'idée d'établir un lien entre sa personne et certaines affaires criminelles qui avaient défrayé la chronique.

Rares étaient donc ceux qui connaissaient ses activités clandestines au service de la Couronne. Ces quelques initiés se demandaient parfois à quoi pouvait bien ressembler la vie d'un homme qui passait le plus clair de son temps à jouer les abrutis. Mais la question demeurait sans réponse. Car lord Vere était un homme de peu de mots, qui gardait jalousement ses secrets.

Mais, bien sûr, les secrets finissent toujours par s'ébruiter...

Pour lord Vere, le commencement de la fin survint lorsqu'il se fit piéger par une jeune personne d'une lignée à la moralité douteuse, et qui, par un étrange tour du destin, n'allait pas tarder à devenir la marquise de Vere.

Sa femme.

C'est Vere qui eut l'idée des rats.

La saison mondaine s'achevait, et Londres se vidait peu à peu. Vere avait accompagné son frère, Freddie – lord Frederick – à la gare un peu plus tôt dans la journée. Lui-même devait rejoindre le Gloucestershire le lendemain. Le début du mois d'août était la période idéale pour débarquer dans une partie de campagne sans y avoir été convié. Il prétendrait avoir bel et bien reçu une invitation, et personne ne lui tiendrait rigueur d'avoir confondu deux noms, car après tout, un de plus ou un de moins quand on est déjà trente...

Pour l'heure, il assistait à une réunion qui avait pour objet Edmund Douglas, heureux propriétaire d'une mine de diamants en Afrique du Sud. Un homme plutôt discret, soupçonné d'être le maître chanteur dans une affaire d'extorsion concernant plusieurs diamantaires de Londres et d'Anvers.

— Cela ne marche pas. Il faut trouver un autre moyen pour s'introduire chez lui, décréta lord Holbrook, le supérieur de Vere, qui n'avait que quelques années de plus que lui.

À l'époque où Oscar Wilde était l'auteur le plus célébré d'Angleterre, Holbrook avait les cheveux longs et cultivait un air d'éternel ennui. Maintenant que Wilde était en disgrâce, les mines blasées de Holbrook s'accommodaient d'une coupe de cheveux plus courte et d'une attitude nihiliste encore plus accentuée.

Vere se servit une part de gâteau de Savoie. Celui-ci, d'une légèreté mousseuse, était juste assez consistant pour qu'on puisse y déposer une cuillerée de confiture d'abricots. Où que se tiennent leurs réunions secrètes – Holbrook avait plusieurs caches réparties un peu partout dans Londres –, la table et le bar à alcools étaient toujours bien garnis.

La petite maison où ils se trouvaient actuellement avait autrefois hébergé une succession de demi-mondaines. D'où la décoration un peu tape-à-l'œil du salon.

Lady Kingsley se tamponna la commissure des lèvres à l'aide de sa serviette. Fille d'un baronnet et veuve d'un chevalier, elle avait à peu près le même âge que Holbrook, et était encore très séduisante avec ses traits altiers et sa belle chevelure brune.

Dans le monde interlope de l'espionnage, les femmes avaient l'avantage sur les hommes. Afin de passer inaperçus, Vere et Holbrook avaient dû se créer des personnages. Le premier était un cornichon, le second un gommeux débauché que personne ne prenait jamais au sérieux. Mais une femme n'avait nul besoin de recourir à de tels stratagèmes, même si elle affichait l'intelligence acérée de lady Kingsley. Les femmes étaient quantités négligeables de toute façon.

— Je vous l'ai déjà dit, Holbrook, il faut passer par la nièce de Douglas, affirma lady Kingsley.

Holbrook était affalé dans un fauteuil tendu de velours rouge à franges dorées. Il tapota le dernier rapport reçu, qui reposait en travers de sa poitrine.

— Je croyais que sa nièce n'avait pas quitté l'enceinte de la propriété depuis des années ?

— Justement. Mettez-vous à la place d'une fille de vingt-quatre ans, qui devrait être mariée depuis longtemps, et qui est tenue à l'écart de tous les divertissements que propose la bonne société. De quoi auriez-vous le plus envie ?

— D'opium, lâcha Holbrook.

Vere sourit, mais ne fit pas de commentaire.

Lady Kingsley leva les yeux au plafond.

— Mais non ! Vous mourriez d'envie de rencontrer des jeunes gens. Autant que la maison peut en contenir.

— Et où comptez-vous trouver une telle collection de fringants célibataires, milady ?

— C'est la partie la plus facile, assura lady Kingsley avec un petit geste de la main. Le vrai problème, c'est que je ne peux pas me présenter à Highgate Court avec une ribambelle de mâles. Cela fait trois mois que je loue la maison la plus proche, et je n'ai toujours pas fait la connaissance de cette fille.

— Vous permettez ? intervint Vere, la main tendue vers le rapport posé sur les pectoraux de Holbrook.

Ce dernier lui lança le document. Vere l'attrapa au vol et commença à le feuilleter.

En 1877, Edmund Douglas avait élu domicile à Highgate Court, un manoir qu'il avait fait construire dans un coin de campagne reculé. Or, il s'était révélé impossible d'y pénétrer. Les tentatives de cambriolage avaient échoué. On avait essayé d'infiltrer la domesticité, sans plus de succès. En raison de la santé précaire de Mme Douglas, la famille ne participait à aucune manifestation sociale et ne recevait pas. Bref, les contacts avec l'extérieur étaient limités au strict minimum.

— Et si un accident domestique se produisait chez vous ? suggéra Vere à lady Kingsley. Vous auriez ainsi un prétexte pour approcher la nièce.

— J'y ai pensé. Mais j'ai des scrupules à détériorer le toit ou la plomberie d'une demeure qui ne m'appartient pas.

— Vos domestiques pourraient être tout à coup victimes d'une maladie bien dégoûtante, je ne sais pas, une épidémie de diarrhée, par exemple.

Lady Kingsley adressa un regard horrifié à Holbrook qui venait d'émettre cette suggestion peu ragoûtante.

— Vous n'y songez pas ! Je ne suis pas apothicaire, et je n'ai certainement pas l'intention d'empoisonner mes gens.

— Et des rats ? proposa Vere, pas vraiment sérieux.

— Des rats ? répéta lady Kingsley avec un frisson de dégoût. Comment cela, des rats ?

— Libérez une dizaine de rats chez vous, et vos jeunes invités s'enfuiront en hurlant. Pour peu que vous ayez l'adresse d'une entreprise de dératisation prête à intervenir sans délai, les rongeurs n'infligeront pas de gros dégâts à votre habitation.

Holbrook se redressa brusquement.

— Excellente idée, mon cher ! Il se trouve que je connais quelqu'un qui élève des rats et des souris afin d'effectuer des expériences scientifiques en laboratoire.

Vere ne fut pas surpris. Holbrook avait parmi ses connaissances tout un tas de gens bizarres.

— Non, c'est une très mauvaise idée ! protesta lady Kingsley avec virulence.

— Au contraire, Vere est un génie, s'entêta Holbrook. Passons à la planification. Si je ne m'abuse, Douglas doit venir à Londres dans deux semaines pour rencontrer son notaire.

— Exact, confirma Vere.

— Cela devrait nous laisser le temps de tout organiser. Considérez que la chose est faite ! conclut Holbrook en s'affalant de nouveau dans son siège.

Lady Kingsley grimaça.

— Je hais les rats !

— Dans l'intérêt de la reine et de la nation, milady, lui rappela Vere avec solennité.

Il se leva et répéta :

— Dans l'intérêt de la reine et de la nation !

Holbrook se tapota la lèvre de l'index.

— À propos, mon cher Vere, je viens d'apprendre qu'un membre de la famille royale était victime d'une odieuse tentative de chantage. Ne pourriez-vous...

Mais Vere se dirigeait déjà vers la porte.

2

Deux semaines plus tard

Mlle Elissande Edgerton se tenait sur le perron de Highgate Court. La pluie ruisselait sur son parapluie noir et le brouillard glacé l'empêchait de voir au-delà des grilles.

On était en août, pourtant, on se serait cru en automne.

— Bon voyage, mon oncle, dit-elle à l'homme qui lui faisait face.

Elle lui adressa un grand sourire, qu'il lui rendit. Ces marques d'affection ne lui coûtaient pas. Edmund Douglas les exigeait même : « Pas de pleurnicheries dans cette maison, tu m'as bien compris, Elissande ? Regarde ta tante. Elle n'a pas la force ni même l'intelligence de sourire. Tu ne voudrais pas devenir comme elle, n'est-ce pas ? »

Toute petite déjà, Elissande savait qu'elle ne voulait surtout pas ressembler à sa tante, ce spectre languissant et éploré. À l'époque, elle ne comprenait pas pourquoi tante Rachel versait tant de larmes. Mais chaque fois que son oncle posait la main sur l'épaule de sa femme pour l'emmener dans sa chambre, Elissande s'échappait de la maison et courait aussi loin qu'elle l'osait, le cœur tambourinant dans la poitrine, au bord de la nausée sous l'effet de la peur et de la colère.

Ainsi avait-elle appris à sourire en toute circonstance.

— Merci, ma chérie, répondit Edmund Douglas, qui ne fit toutefois pas mine de rejoindre sa voiture.

Il prenait un malin plaisir à prolonger les adieux, conscient qu'Elissande n'avait qu'une hâte : qu'il s'en aille.

Le sourire de la jeune femme s'élargit.

— Prends soin de ta tante en mon absence, dit-il encore en levant les yeux vers la fenêtre de la chambre où se terrait sa femme. Tu sais combien elle m'est précieuse.

— Bien sûr, mon oncle.

Sans cesser de sourire, Elissande se pencha et, refoulant son aversion, l'embrassa sur la joue. Son oncle exigeait aussi des effusions publiques, pour sauvegarder les apparences devant les domestiques. Et de fait, ces derniers ne semblaient pas soupçonner la noirceur de son âme. Au village circulaient tout un tas de rumeurs : le vieux Lewis lutinait ses bonnes, Mme Stevenson coupait la bière de ses valets avec de l'eau... Mais tout le monde louait la patience angélique dont faisait preuve ce bon M. Douglas avec son épouse grabataire.

Enfin, il se décida à monter en voiture. Le cocher, tout voûté dans son manteau de pluie, secoua les rênes. Les graviers humides de l'allée crissèrent sous les roues. Elissande agita la main jusqu'à ce que le coupé ait atteint le tournant.

Alors seulement elle baissa le bras et son sourire disparut.

C'est dans le train que Vere dormait le mieux. Il lui était même arrivé de sauter dans l'express qui reliait

Londres à Édimbourg pour le simple bonheur de dormir huit heures d'affilée d'un sommeil de plomb.

Le trajet jusque dans le Shropshire était beaucoup moins long, et il fallait prendre plusieurs correspondances. Néanmoins il apprécia le voyage, tout autant que celui qui l'avait conduit dans le Gloucestershire quinze jours plus tôt.

Il s'était rendu là-bas avec pour consigne de récupérer un plan d'invasion que le ministère des Affaires étrangères avait malencontreusement « égaré ». Une tâche délicate, dans la mesure où le pays visé était une colonie allemande située en Afrique australe, et que les relations avec l'Allemagne étaient pour le moins tendues.

Vere avait accompli sa mission dans la plus grande discrétion, sans provoquer le moindre scandale diplomatique. Pourtant il n'en avait guère tiré de satisfaction. Il était devenu agent du gouvernement afin d'aider à faire triompher la justice et la morale, pas pour rattraper les bourdes de quelque sombre crétin incapable de garder l'œil sur un document confidentiel.

Mais il fallait avouer que, même après une action d'éclat qui étanchait sa soif d'équité, sa jubilation était de courte durée. Elle était rapidement balayée par un sentiment de lassitude et de vacuité qui pesait sur lui des semaines durant et que même le sommeil le plus réparateur avait du mal à effacer.

À la gare l'attendait la voiture envoyée par lady Kingsley. Durant cette dernière partie du voyage, il contempla les collines verdoyantes qui s'étendaient à perte de vue. Il n'était plus question de dormir, et il ne voulait pas penser à sa prochaine mission.

Edmund Douglas vivait dans un tel isolement que Vere avait dû préparer son intervention avec un soin tout particulier. Pour autant, cette affaire ne différait en rien des autres à ses yeux.

Son regard avait beau errer sur les prairies encore humides de pluie qui scintillaient sous le soleil, dans sa tête, il voyait un tout autre paysage : des vagues qui s'écrasaient contre de hautes falaises blanches, une lande violette, semée de bruyères en fleur, un sentier qui serpentait sur les sommets et s'étirait devant lui, tandis qu'une main fine s'accrochait à la sienne.

Ce sentier et cette lande qui bordaient la côte du Devon – un lieu d'une beauté exceptionnelle –, il les connaissait par cœur et s'y rendait aussi souvent que possible.

Mais la femme dont il tenait la main n'existait que dans son imagination.

Il connaissait pourtant le bruit de ses pas légers et alertes, ainsi que le chuchotis de sa jupe, qu'il ne percevait que lorsque le vent retombait et que le sentier s'élevait loin du fracas des vagues. Il connaissait la ligne gracieuse de sa nuque, sous le chapeau à large bord qu'elle portait pour se protéger des rayons du soleil. Lorsque sa jaquette ne suffisait pas à la protéger, il drapait son manteau sur ses épaules minces. Ils se promenaient ainsi de longues heures.

C'était une infatigable marcheuse, une douce amie, sereine, bienveillante ; et la nuit, une amante pleine de tendresse.

Les fantasmes sont comme des prisonniers. On risque moins de les voir se révolter si on leur permet de se défouler de temps en temps. Alors il pensait à elle, très souvent : quand le sommeil s'obstinait à le fuir, quand il rentrait chez lui, fourbu, proche de l'hébétude, redoutant de retrouver le silence et la solitude dont il s'était pourtant langui. Elle veillait sur lui, l'entourait d'un cocon d'amour immuable. Il suffisait qu'elle pose la main sur son bras et, déjà, il se sentait mieux. Son cynisme s'apaisait et il oubliait ses cauchemars.

Il n'était pas fou au point de lui donner un nom ou de visualiser son visage en détail. Ainsi, il pouvait espérer la reconnaître un jour dans une salle de bal bondée, en la personne d'une piquante brune ou d'une timide blonde. Il avait néanmoins eu la faiblesse d'imaginer son sourire. Un sourire adorable, dont la vue suffisait à l'inonder de bonheur.

Certes, cela n'arrivait pas souvent, car ce sentiment ne lui était guère familier. Mais quand la femme de ses rêves souriait, dans son cœur, il avait de nouveau six ans et vibrait de cette émotion intense qui l'avait submergé lorsqu'il avait couru vers l'océan pour la première fois de sa vie.

Main dans la main, ils marchaient sur ce chemin de Cornouailles que, dans la vraie vie, Vere avait toujours arpenté seul.

Au moment où la voiture franchissait les grilles de Woodley Manor, la propriété louée par lady Kingsley, Vere et sa douce compagne, debout devant les ruines d'un château médiéval, contemplaient la mer déchaînée qui jaillissait en gerbes mousseuses au pied de la falaise...

Il aurait pu rester longtemps perdu dans son fantasme s'il n'avait reconnu, au bout de l'allée de gravillons, son frère Freddie qui agitait la main.

Il sauta à bas du marchepied, se prit les pieds dans sa canne. Riant, Freddie le rattrapa par les épaules.

— Fais un peu attention, Penny !

Vere était né vicomte de Belgrave. À seize ans, il avait hérité du titre de marquis de Vere. Hormis sa défunte mère, quelques rares amis et Freddie, personne ne l'appelait par ce surnom affectueux, diminutif de Spencer, son nom de baptême.

Les deux frères s'étreignirent.

— Que fais-tu ici ? s'étonna Vere.

Il pensait rarement aux dangers inhérents à ses missions. Mais il n'aimait pas l'idée que son frère soit mêlé, de près ou de loin, à une affaire dont il s'occupait.

Freddie était la seule chose bénéfique dans sa vie. Et le garçon anxieux pour lequel il s'était tant inquiété autrefois s'était transformé en un séduisant jeune homme de vingt-huit ans.

Le plus chic type de sa connaissance, songea-t-il avec une absurde fierté.

Deux semaines passées au grand air avaient donné des couleurs à son frère et éclairci ses cheveux bouclés. Ce dernier ramassa la canne que Vere avait lâchée, puis entreprit de redresser sa cravate qui était de travers.

— Kingsley m'a proposé de séjourner chez sa tante, expliqua-t-il. J'ai accepté quand j'ai appris que tu étais également invité.

— J'ignorais que Kingsley se trouvait chez les Wrenworth.

— En fait, je n'étais pas chez eux. Je les ai quittés jeudi dernier pour aller chez les Beauchamp.

« Et tu aurais dû y rester ! » se retint de lui rétorquer Vere, décidément contrarié.

— Je croyais que tu adorais les Wrenworth. Pourquoi es-tu parti si vite ?

Freddie déroulait maintenant les manches de Vere, que ce dernier retroussait en général à des hauteurs différentes.

— Je ne sais pas trop. J'ai eu envie de changer d'air.

Sa réponse intrigua Vere. D'ordinaire, Freddie n'avait pas la bougeotte. Il était d'une nature plutôt posée. À moins que quelque chose ne le tracasse ?

Tout à coup un hurlement strident déchira le calme bucolique.

— Bonté divine, qu'est-ce qui se passe ? s'exclama Vere, un accent de surprise tout à fait crédible dans la voix.

Mlle Kingsley, la nièce de lady Kingsley, jaillit hors de la maison en poussant des cris d'orfraie. Affolée, elle courut droit devant elle et se heurta de plein fouet à Vere, qui avait un talent particulier pour se trouver sur la trajectoire des gens.

Il la saisit aux épaules, la secoua tandis qu'elle se débattait.

— Qu'y a-t-il, mademoiselle Kingsley ?

Elle se tut un instant, le temps de reprendre son souffle, puis s'époumona de plus belle. Vere crut qu'elle allait lui déchirer les tympans.

— Donne-lui une gifle ! ordonna-t-il à son frère, alors qu'il s'efforçait de la maîtriser.

Freddie lui jeta un regard scandalisé.

— On ne frappe pas une femme, voyons !

Vere se chargea donc de calotter Mlle Kingsley. Celle-ci se tut instantanément, puis s'affala dans ses bras en levant sur lui un regard effaré.

— Vous vous sentez mal, mademoiselle Kingsley ? s'inquiéta Freddie.

— Je... je... Oh, doux Jésus ! Les rats... les rats ! hoqueta-t-elle.

Puis elle se mit à sangloter.

— Occupe-toi d'elle, fit Vere en fourrant la jeune fille dans les bras de Freddie.

Il gravit rapidement les marches du perron, s'élança dans le hall, et s'arrêta net.

Il avait parlé à Holbrook d'une dizaine de rats. Or, il y en avait partout, des centaines, qui grouillaient sur le sol, le long des murs, sur la rampe d'escalier et accrochés aux tentures !

Tandis qu'il demeurait pétrifié, à la fois révulsé et fasciné par ce spectacle, l'un des rongeurs renversa un vase de porcelaine qui s'écrasa par terre avec fracas.

— Tout le monde aux abris !

Kingsley, le neveu de lady Kingsley, venait de faire son apparition, un fusil à la main. Alors qu'il traversait le hall à grandes enjambées, Vere leva les yeux et aperçut un rat de petite taille suspendu par les pattes avant à une branche du grand lustre.

— Attention ! cria-t-il.

Trop tard. Le rat venait de se laisser choir sur le crâne de Kingsley. Celui-ci poussa un cri dégoûté, et Vere se jeta sur le sol au moment où retentissait une détonation assourdissante.

— Bon sang, cette saloperie s'est glissée sous ma veste ! beugla Kingsley.

— Je ne m'approcherai pas de toi tant que tu n'auras pas posé ce fusil ! Et en douceur, s'il te plaît...

— Aaaah, aidez-moi !

Le fusil rebondit sur le sol. Kingsley se mit à gesticuler et tournoya sur lui-même tel un pantin devenu fou. Vere se précipita à sa rescousse et parvint à lui arracher sa veste.

— Je crois qu'il est sous mon gilet ! Oh, Seigneur Dieu, faites qu'il ne se faufile pas dans mon pantalon ! gémit Kingsley.

Vere lui ôta son gilet et découvrit le petit rongeur pelotonné sous une bretelle. Il le saisit par la queue et le lança au loin avant que celui-ci se retourne pour le mordre.

En chemise, Kingsley se rua dehors. Vere secoua la tête. D'autres clameurs terrifiées s'échappaient d'une pièce située sur sa gauche. Il eut à peine le temps d'en ouvrir la porte qu'un flot de rats se précipita dans le hall.

Dans le salon, lady Kingsley, trois jeunes demoiselles, deux messieurs et un valet s'étaient réfugiés sur les meubles. Les jeunes filles braillaient, et l'un des jeunes gens, M. Conrad, n'était pas en reste. Juchée sur le piano, lady Kingsley se servait du pupitre pour repousser les rats qui tentaient d'assaillir son refuge. Le valet, un tisonnier à la main, s'efforçait de défendre vaillamment les demoiselles.

Quand la plupart des rats eurent quitté le salon, Vere aida les invités de lady Kingsley à descendre de leurs perchoirs. Mlle Beauchamp était si choquée qu'il fut obligé de la porter à l'extérieur.

À son retour, il trouva lady Kingsley appuyée contre le mur, la main pressée sur la poitrine.

— Vous n'êtes pas blessée, milady ?

Levant les yeux sur lui, elle répondit entre ses dents :

— Je ne pense pas avoir beaucoup de mal à paraître bouleversée quand je rendrai visite à Mlle Edgerton. Quant à Holbrook... je vais le tuer de mes propres mains !

— Au point le plus élevé du plateau se dresse la petite chapelle de Santa Maria del Soccorso, où un soi-disant ermite vend du vin et propose aux visiteurs de signer un livre d'or. De cet endroit, la vue est exceptionnelle, très impressionnante. La falaise tombe à pic dans la mer qui s'étend à perte de vue dans toutes les directions...

Elissande se représentait très clairement l'île de Capri surgissant des flots bleus de la Méditerranée, telle une sirène ; et elle-même, en train de marcher au sommet de la falaise abrupte, les cheveux malmenés par le vent, un bouquet d'œillets sauvages à la main.

Elle n'entendrait que le bruit des vagues et les cris des goélands, peut-être aussi la conversation des pêcheurs qui réparaient leurs filets en contrebas ; et elle n'éprouverait rien d'autre qu'une sensation d'absolue liberté.

Juste à temps, elle rattrapa sa tante qui s'affaissait sur le siège du cabinet d'aisances.

Tante Rachel souffrait de constipation chronique en raison de sa sédentarité. Après le déjeuner,

Elissande l'avait conduite aux toilettes dans son fauteuil roulant, puis elle lui avait fait la lecture à voix haute afin de l'aider à passer le temps. Tante Rachel trouvait-elle ce guide touristique soporifique ? Ou était-ce l'effet du laudanum ? Quoi qu'il en soit, elle s'était endormie.

La tenant à bras-le-corps, Elissande la transporta tant bien que mal hors du cabinet d'aisances. Incapable de coordonner ses mouvements, sa tante se laissa faire. Heureusement, elle était aussi légère qu'une plume. Sa chemise de nuit était imprégnée de l'odeur entêtante du clou de girofle. Oncle Edmund s'était fait une spécialité de découvrir les aversions de ceux qu'il maintenait sous sa coupe. Et tante Rachel détestait l'odeur du clou de girofle.

Du moins la détestait-elle *avant*. Car depuis des années maintenant, elle était plongée à longueur de journée dans un état proche de la stupeur et se moquait bien de ce qui se passait autour d'elle, du moment que sa prochaine dose de laudanum était disponible.

Mais Elissande ne s'en moquait pas, elle. Et elle avait apporté une chemise de nuit propre, dépourvue du moindre parfum, qu'elle avait prise dans sa propre armoire.

Après avoir hissé sa tante sur le lit, elle la changea, puis veilla à l'installer sur le côté droit avant de remonter les draps sur son corps décharné. D'ici quelques heures, si sa tante ne se réveillait pas, elle viendrait la tourner de l'autre côté pour éviter les escarres.

Elle alla récupérer son guide touristique dans le cabinet d'aisances. Elle avait perdu sa page, mais cela n'avait pas d'importance. La prochaine fois, elle pourrait tout aussi bien lui parler des charmes de Manfredonia, une ville de la côte adriatique fondée par un héros de la guerre de Troie.

Soudain, elle leva le bras, et le livre vola dans les airs pour aller s'écraser contre le tableau accroché au mur, face au lit – cette peinture qu'Elissande s'efforçait d'ignorer la plupart du temps.

Elle porta la main à sa bouche, tourna la tête vers tante Rachel. Mais celle-ci avait à peine frémi du fond de sa torpeur opiacée.

Elissande alla ramasser le livre, l'examina. Évidemment il avait souffert de ce traitement brutal : la couverture était endommagée.

Elle le referma, le tint serré contre sa poitrine. Trois jours plus tôt, elle avait brisé son miroir à main avec sa brosse à cheveux. Deux semaines auparavant, elle était restée un long, très long moment à fixer une boîte d'arsenic blanc – du raticide – découverte au fond d'un placard à balais.

Était-elle en train de devenir folle ?

Jamais elle n'avait imaginé devenir un jour l'infirmière attitrée de sa tante. Elle avait toujours envisagé de quitter la maison dès qu'elle serait en âge de trouver du travail quelque part. N'importe où.

Son oncle s'en était douté. Il avait engagé des infirmières qui s'étaient occupées de tante Rachel. Elissande avait vu sa tante protester, puis pleurer sous leurs attentions « rigoureuses ». Elle n'avait pu se résoudre à laisser faire. Ainsi son sens de la loyauté et sa gratitude, des sentiments tout à fait respectables, s'étaient-ils transformés en chaînes qui la liaient à cette demeure et faisaient d'elle une captive.

Les rares livres disponibles dans la maison étaient son seul moyen d'évasion. Sa vie entière tournait autour des soins quotidiens dont sa tante avait besoin. Et la seule chose qui lui appartenait encore, à savoir le contrôle qu'elle exerçait sur elle-même, était en train de s'effriter, lentement mais sûrement.

Entendant une voiture rouler sur les gravillons de l'allée, elle empoigna ses jupes et se précipita dans le couloir.

Lorsque son oncle partait en voyage, il s'amusait à donner des indications erronées quant à son retour. Il rentrait à l'improviste, bien plus tôt que prévu ou au contraire bien plus tard, en général quand Elissande commençait à espérer qu'il ait eu un accident.

Ce ne serait pas la première fois que, ayant fait un petit tour dans la campagne, il reviendrait à Highgate Court au bout de quelques heures sous prétexte que sa famille lui manquait trop.

Une fois dans sa chambre, Elissande fourra le guide touristique dans le tiroir où elle rangeait ses dessous. Trois ans plus tôt, son oncle avait vidé la bibliothèque, ne laissant que la Bible, un ou deux missels contenant des sermons vengeurs, et diverses publications rédigées dans des langues étrangères que, bien sûr, Elissande ne maîtrisait pas.

Depuis, la jeune fille avait quand même réussi à mettre la main sur quelques rares livres qui avaient échappé à cette éradication. Elle les avait gardés et cachés, la peur au ventre, telle une mère rouge-gorge qui aurait construit son nid dans le panier du chat.

Elle s'approcha de la fenêtre qui surplombait l'allée. Et découvrit, contre toute attente, que ce n'était pas le coupé de son oncle qui venait de s'arrêter devant la maison, mais une victoria décapotée aux banquettes bleu vif.

On frappa doucement à la porte de la chambre. C'était Mme Ramsay, la gouvernante.

— Mademoiselle, lady Kingsley demande à être reçue.

Les hobereaux du coin et certains membres du clergé passaient de temps à autre rendre visite à son oncle. Mais dans la région, tout le monde était au courant de l'état de santé de sa tante, et oncle

Edmund avait fait savoir qu'Elissande ne quittait sous aucun prétexte le chevet de la malade. Aussi n'y avait-il jamais de visites féminines à Highgate Court.

— Qui est lady Kingsley ?

— C'est la dame qui habite Woodley Manor, mademoiselle.

Elissande se rappelait vaguement que cette propriété, située à moins d'une lieue de Highgate Court, hébergeait depuis peu une locataire. Mais la coutume voulait qu'un nouveau voisin passe déposer sa carte de visite avant de se présenter *en personne*.

— Elle dit que c'est un cas d'urgence, ajouta Mme Ramsay.

Elissande retint un ricanement. Si lady Kingsley venait chercher de l'aide, elle s'adressait à la mauvaise personne. Elle n'avait aucun pouvoir à Highgate Court – sinon elle se serait enfuie avec sa tante depuis belle lurette. Sans compter que son oncle n'aurait sûrement pas apprécié qu'elle reçoive des invités sans sa permission.

— Dites-lui que je ne peux pas, que je dois m'occuper de ma tante.

— Lady Kingsley m'a paru très agitée. J'ai l'impression qu'il s'est passé quelque chose de grave à Woodley Manor, insista timidement la gouvernante.

Mme Ramsay était une brave femme. Depuis quinze ans qu'elle officiait à Highgate Court, elle ne s'était toujours pas rendu compte que les deux femmes de la maison subissaient des brimades. Oncle Edmund avait le don d'engager des domestiques sourds, aveugles, et foncièrement loyaux.

Elissande capitula.

— Faites-la patienter au salon.

Ce n'était pas son genre de tourner le dos à une femme en détresse.

Encore sous l'emprise de l'émotion, lady Kingsley raconta quel fléau s'était abattu sur sa demeure. Son récit achevé, il fallut attendre qu'elle ait bu une tasse de thé brûlant pour que ses joues blêmes reprennent un peu de couleur.

— Je suis désolée que vous ayez dû endurer une telle épreuve, dit Elissande avec sollicitude.

— Le problème, voyez-vous, c'est que ma nièce et mon neveu sont venus me voir en compagnie de sept de leurs amis. Et que je ne sais où loger tout ce monde. M. Lewis accueille déjà vingt-cinq personnes chez lui, et, apparemment, l'auberge du village n'a plus une chambre de libre en raison d'une noce qui aura lieu d'ici deux jours.

En d'autres termes, elle demandait à Elissande d'héberger neuf, non, dix inconnus à Highgate Court.

Elissande retint un rire hystérique. C'était quand même peu banal d'adresser une telle requête à un voisin qu'on ne connaissait pas. Et encore, lady Kingsley ne se doutait pas de ce que *ce* voisin avait de particulier...

— Combien de temps votre maison sera-t-elle inhabitable ? s'enquit-elle par politesse.

Elle pouvait au moins feindre de compatir aux déboires de lady Kingsley.

— J'ai l'espoir que nous puissions réintégrer les lieux d'ici trois jours.

Oncle Edmund n'était pas censé rentrer avant trois jours.

— Je n'aurais jamais l'audace de vous demander un tel service, mademoiselle Edgerton, si la situation n'était si dramatique, assura lady Kingsley dans un élan de sincérité. Je sais avec quelle abnégation vous vous occupez de la pauvre Mme Douglas. Et je pense que vous devez vous sentir bien seule parfois, isolée des gens de votre âge. Or, il se trouve que j'ai chez moi quatre charmantes demoiselles et cinq messieurs tout aussi sympathiques.

Ce n'était pas de distractions dont Elissande avait besoin, mais d'argent. Seule, elle aurait très bien pu se débrouiller pour gagner sa vie. Elle aurait travaillé comme gouvernante, secrétaire, ou vendeuse. Mais avec une invalide à qui il fallait prodiguer des soins constants, elle n'avait pas le choix. Il lui fallait de l'argent si elle voulait réussir à s'enfuir.

Si seulement lady Kingsley lui avait proposé une centaine de livres à la place de cette cohue juvénile !

— Cinq messieurs très sympathiques... et *célibataires* ! insista lady Kingsley.

Le rire hystérique revenait. Elissande se contrôla. *Un mari.* Lady Kingsley pensait qu'elle cherchait un mari. Alors que tante Rachel avait eu sa vie ruinée par l'homme qu'elle avait épousé.

Quand Elissande rêvait de liberté, il n'y avait nul homme à ses côtés ; seulement elle, dans une solitude bénie.

— L'un de ces messieurs porte le titre de marquis. C'est aussi le plus beau d'entre eux, à mon avis, poursuivit lady Kingsley.

Le cœur d'Elissande s'emballa.

Peu lui importait la mine de ce marquis. Son oncle avait beaucoup d'allure, lui aussi. Mais un marquis était un personnage important, avec des relations haut placées. Il aurait le pouvoir de les protéger, sa tante et elle.

Pour peu qu'elle réussisse à se faire épouser d'ici trois jours.

En toute objectivité, la probabilité était quasi nulle. Et que se passerait-il au retour de son oncle, lorsque celui-ci découvrirait qu'elle avait défié son autorité en accueillant sous son toit une dizaine d'invités ?

Elle n'avait jamais osé un tel acte de rébellion.

Six mois plus tôt, le jour de l'anniversaire de la mort de Christabel, il avait confisqué son laudanum à tante Rachel. Trois jours durant, celle-ci avait souffert le martyre, hurlant comme une bête. Elissande n'avait pas eu l'autorisation de la voir. Allongée sur son lit, elle avait frappé ses oreillers de ses poings, jusqu'à ne plus sentir ses bras, les lèvres en sang à force d'être mordues.

Ensuite, bien sûr, il avait fait semblant de se raviser, avait déclaré qu'il renonçait à priver sa femme de cette substance qu'il avait été le premier à lui administrer. « Elle souffre trop, je ne peux plus le supporter », avait-il prétendu en présence de Mme Ramsay et d'une femme de chambre, qui avaient pris ses propos pour argent comptant.

Le soir au dîner, il avait marmonné : « Encore une chance qu'elle ne soit pas droguée à la cocaïne ! » Et Elissande, qui ne savait même pas de quoi il parlait, avait passé la nuit recroquevillée dans un fauteuil, devant la cheminée de sa chambre.

Oui, ses chances de succès étaient infinitésimales ; et le prix à payer en cas d'échec tout simplement inimaginable.

Elle quitta son siège et s'approcha de la fenêtre du salon. À présent, on distinguait les grilles du portail. Elle n'avait pas franchi cette limite depuis des années.

Tout à coup l'air lui manqua et une nausée la terrassa. Prise de vertige, elle se retint à l'espagnolette, tandis que dans son dos lady Kingsley continuait de lui vanter les qualités de ses jeunes invités. Elissande n'aurait même pas à se soucier des provisions pour nourrir toutes ces bouches supplémentaires, précisa-t-elle. Dieu merci, le garde-manger de Woodley Manor avait été épargné par les rats !

Lentement Elissande pivota pour lui faire face. Un sourire lui retroussa les lèvres, le même que celui qu'elle avait adressé à son oncle le jour où il lui avait annoncé que, finalement non, il n'irait pas en Afrique du Sud, alors qu'elle se réjouissait de ce voyage, prévu depuis de longs mois.

Ce sourire éclatant réduisit lady Kingsley au silence.

— Nous serons ravis de vous venir en aide et de vous accueillir à Highgate Court, déclara Elissande.

3

La nouvelle ne provoqua aucune réaction chez tante Rachel. Elle somnolait. Elissande coinça une mèche grise derrière son oreille.

— Je vous promets que tout se passera bien, ma tante.

Elle tira une couverture supplémentaire sur le corps menu. Sa tante avait toujours froid.

— Il le faut, nous n'avons pas le choix. Une telle occasion ne se présentera pas deux fois.

Ce disant, Elissande s'émerveilla encore de la juxtaposition parfaite des événements. Cette invasion de rats était survenue pile au bon moment, comme si les rongeurs avaient su l'heure exacte à laquelle son oncle devait partir.

— Et je n'ai pas peur de lui.

Peu importait que ce soit faux. Ce qui comptait, c'était qu'elle croie en sa propre vaillance.

Agenouillée près du lit, elle prit entre ses mains le visage émacié de sa tante.

— Je vais vous tirer de là, je vous le promets. Je nous sauverai toutes les deux.

Ses chances de réussite étaient peut-être infinitésimales, mais pas nulles. Pour l'heure, elle devrait se contenter de cela.

Elle embrassa sa tante sur la joue.
— Et félicitez-moi, ajouta-t-elle. Je vais me marier.

— Il serait temps que nous nous mariions, non ? dit Vere à son frère.

Lady Kingsley possédait deux voitures, mais un seul train de chevaux. Les dames étaient donc parties les premières pour Highgate Court.

— Nous sommes encore jeunes, objecta Freddie.

Conrad et Wessex jouaient aux cartes. Assis sur sa valise, Kingsley lisait le journal tandis que Vere et Freddie arpentaient l'allée à pas lents.

— J'ai presque trente ans. Et je n'ai pas de succès auprès des jeunes filles.

Ce n'était pas difficile de cumuler les échecs quand on courtisait les débutantes les plus en vue de la saison et qu'on passait son temps à leur renverser du punch sur le corsage. Vere veillait à ce qu'on le croie impatient de s'établir. Il estimait que cela rendait encore plus crédible son personnage d'imbécile heureux incapable de se rendre compte qu'il visait beaucoup trop haut.

— Il faut laisser aux demoiselles le temps de te connaître et de t'apprécier avant de te précipiter pour demander leur main, lui conseilla Freddie. Un jour, tu verras, l'une d'elles s'apercevra que tu es bourré de qualités.

Treize années écoulées, et Freddie parlait encore à Vere comme si rien n'avait changé, comme s'il était toujours ce grand frère qui l'avait protégé des fureurs de leur père.

Comme d'habitude, Vere sentit la morsure de la culpabilité. En revanche, il ne s'attendait pas à sentir les larmes lui monter soudain aux yeux. Il détourna la tête pour masquer son émotion. Une fois l'affaire Douglas résolue, il prendrait un congé sabbatique, c'était décidé. Cette double vie commençait à lui peser.

Le conseil de Freddie lui offrit l'ouverture qu'il attendait.

— Tu crois que je devrais demander la main d'Angelica ? risqua-t-il. Elle me connaît depuis si longtemps...

— Non ! se récria Freddie dans un cri du cœur.

Puis, rougissant, il ajouta :

— Je veux dire... bien sûr, elle t'aime beaucoup, mais... comme un frère.

— Ah. Dommage. Et toi, tu crois qu'elle t'aime comme un frère ?

— Euh... eh bien, je...

Si Vere maîtrisait à la perfection l'art du mensonge et de la dissimulation, ce n'était pas le cas de son frère.

— Je n'en sais rien, acheva Freddie, confus.

— Tu devrais lui poser la question. Oh, j'ai une idée ! Pourquoi ne pas la demander en mariage tous les deux en même temps ? Nous en aurions le cœur net. Qui sait, elle m'aime peut-être en secret depuis des années ?

Lassé par la lecture de son journal, Kingsley se leva et vint demander à Vere une cigarette, ce qui épargna à Freddie de répondre.

Mais Vere avait déjà toutes les réponses qu'il souhaitait.

Les jeunes filles étaient bel et bien charmantes et sympathiques. Elissande se sentit tout émue qu'elles se montrent si heureuses de faire sa connaissance et la remercient de bien vouloir leur offrir le gîte au pied levé.

On lui narra avec force détails horrifiques le déferlement de rongeurs qui avait bouleversé toute la maisonnée. Toutefois, ces demoiselles avaient la mémoire plus courte que lady Kingsley. À leurs yeux, cette histoire appartenait déjà au passé. Mlle Kingsley se moqua d'elle-même en racontant qu'elle avait piqué une crise de nerfs, et que le marquis de Vere l'avait ramenée à la raison au moyen d'une paire de claques dont elle n'avait aucun souvenir. Mlle Beauchamp ajouta qu'elle avait défailli, une fois le danger passé, et que le même marquis avait dû la porter dehors tandis qu'elle se cramponnait aux revers de sa veste.

Les rires joyeux de cette bavarde compagnie étourdissaient Elissande autant qu'ils la ravissaient. Elles lui semblaient presque irréelles, ces jeunes filles éclatantes de santé, et qui paraissaient dénuées de toute peur. Sans doute n'avaient-elles jamais eu l'idée de se méfier de leurs émotions en prévision de possibles représailles.

Elissande ne savait trop quelle contenance adopter, aussi faisait-elle bonne figure, comme d'habitude. Elle souriait et se taisait face au babil de ses invitées. Ces dernières s'extasièrent sur la blancheur de ses dents et sur la pureté de son teint, préservé du soleil puisqu'elle n'allait jamais faire de bateau, monter à cheval ou jouer au tennis. Elles admirèrent aussi sa robe d'après-midi en mousseline jaune poussin. Mlle Kingsley assura l'avoir admirée sur un mannequin, dans la vitrine de Mme Elise, sur Regent Street, et avoua avoir boudé quand sa mère avait refusé de la lui acheter.

Elissande se demanda si Mlle Kingsley aurait prêté autant d'intérêt à la mode si elle avait été *obligée* de porter les dernières créations en vogue à l'heure du thé ou du dîner, pour faire honneur à oncle Edmund.

— Quel dommage que vous ayez raté la dernière saison. Il y a eu tant de bals ! s'exclama Mlle Beauchamp.

— Trop, renchérit Mlle Duvall. Mes pauvres pieds ne s'en sont toujours pas remis !

— Quant à moi, j'ai dû prendre six livres, se plaignit Mlle Melbourne, qui était mince comme un jeune saule.

— Ne l'écoutez pas, mademoiselle Edgerton. Chaque fois qu'elle boit une gorgée d'eau, elle prétend qu'elle fait sauter les boutons de son corsage !

— Vraiment ? Alors je suppose que les messieurs se battent pour lui offrir un verre, répliqua Elissande du tac au tac.

Il y eut un silence stupéfait, puis les quatre jeunes filles éclatèrent de rire. Mlle Melbourne n'était pas la moins hilare et riait à gorge déployée. Elissande faillit les imiter, mais s'en abstint finalement. Son propre rire sonnait de manière encore plus étrange à ses oreilles que celui des autres.

Mlle Beauchamp leva soudain la main.

— Chut ! Je crois que j'entends une voiture. Ces messieurs arrivent.

Aussitôt, les quatre jeunes filles se précipitèrent aux fenêtres, Mlle Kingsley entraînant Elissande dans son sillage.

La victoria n'avait pas encore atteint le bout de l'allée que le regard d'Elissande se portait sur un passager en particulier, un homme fort séduisant, aux traits réguliers et virils. La tête inclinée en arrière, il contempla la façade du manoir, puis tourna la tête vers le jeune homme assis à ses côtés, et lui adressa un sourire empreint d'affection.

L'espace d'un instant, Elissande oublia la prouesse surhumaine qui l'attendait. Une onde de plaisir l'envahit, lui réchauffant la poitrine.

Mlle Kingsley la tira par la manche.

— Reculez. Nous n'allons quand même pas nous faire surprendre en train de les épier comme des écolières !

Elissande se laissa guider jusqu'au fauteuil. Elle n'avait aucun doute sur l'identité de l'homme. « C'est le plus beau », avait déclaré lady Kingsley. Elle était soudain si nerveuse, si excitée que son cœur se mit à battre à grands coups. Il sauvait les jeunes filles en détresse. Il avait le physique d'un héros de l'Antiquité. *Et* il était marquis !

Oh, elle le sentait ! Le renversement de la marée. L'inversion du cours des choses. Ce revirement inexplicable du destin qui lui offrait maintenant sa chance. Elle le sentait !

C'était maintenant. *Maintenant*, à cette minute précise, que commençaient les trois jours les plus importants de sa vie.

La victoria s'immobilisa devant le manoir de style néogothique qui était à la mode vingt ans plus tôt. La façade recouverte de lierre respirait l'authenticité. Les fenêtres en forme d'ogives lui conféraient un charme particulier. Il y avait même quelques gargouilles qui recrachaient l'eau des gouttières.

C'était une demeure plus que cossue. Prestigieuse. Et cependant, en dépit de l'élégant parc à la française, il y avait quelque chose de désolé dans son aspect.

Dans les propriétés campagnardes plus anciennes, telle celle où avait grandi Vere, on trouvait des massifs de fleurs, des animaux d'élevage, un verger et un potager qui fournissaient de quoi nourrir au moins soixante-dix personnes, des vignes et des serres exotiques qui permettaient d'avoir, entre autres produits de luxe, des framboises à Noël et des ananas en janvier. La mare aux canards, le poulailler et le pigeonnier répondaient à des besoins purement utilitaires. Il n'y avait guère que les bois grouillants de gibier qui offrait un plaisir frivole aux chasseurs.

Mais on voyait bien que Highgate Court n'avait pour fonction que d'accueillir ses habitants. Le parc parfaitement entretenu ne produisait rien de comestible. Le manoir se dressait au milieu de nulle part, dans une zone particulièrement rurale et peu peuplée.

Vere entrevit des visages féminins agglutinés derrière les carreaux d'une large fenêtre. Les jeunes personnes disparurent presque aussitôt, telle une envolée de colibris.

Ses quatre compagnons et lui-même furent introduits dans le hall. Wessex jeta un regard circulaire, à la fois admiratif et envieux.

— Rappelez-moi de m'acheter une mine de diamants, marmonna-t-il.

— Ne me dis pas qu'on trouve les diamants dans des mines ! s'exclama Vere. Je croyais qu'ils poussaient dans les huîtres ?

— Tu confonds avec les perles, Penny, dit Freddie d'un ton patient.

Vere se gratta la tête.

— Ah bon ? Tu es sûr ? En tout cas tu as raison, Wessex. C'est une très belle maison.

— Tout le mobilier est de style Louis XIV, commenta Kingsley, qui se piquait d'en connaître un rayon sur le sujet.

Les murs n'avaient peut-être pas la patine de l'ancien, mais pour ce qui était de l'aménagement intérieur, on ne pouvait reprocher la moindre faute de goût au maître de céans. Douglas n'avait pas succombé à l'attrait d'un luxe ostentatoire, comme on aurait pu s'y attendre de la part d'un nouveau riche.

Rapidement, Vere se remémora ce qu'il savait du personnage, c'est-à-dire pas grand-chose. La profession exercée par le père de Douglas demeurait incertaine : tenancier de taverne ou docker. Douglas avait eu deux ou trois sœurs. Sa mère était morte en mettant au monde la plus jeune. Il avait fui la maison paternelle à l'âge de quatorze ans, et avait été bien inspiré, car dans la foulée la grippe avait décimé toute la famille. Finalement il avait échoué en Afrique du Sud et s'était taillé une réputation de bagarreur avant de faire fortune dans l'exploitation des diamants.

Il n'y avait apparemment rien de subtil ou de modéré chez cet individu. À Kimberley, en Afrique du Sud, les gens se rappelaient encore les fêtes incroyables, quasi orgiaques, qu'il organisait. Rien ne laissait décidément présager qu'un tel homme choisirait de finir ses jours au fin fond de la campagne anglaise.

Vere balaya le hall du regard, prit mentalement note des différents couloirs qui desservaient le rez-de-chaussée avant de suivre ses camarades dans le salon.

Comme Freddie se déplaçait, il se retrouva face à Mlle Edgerton, vêtue d'une charmante robe qui captait la lumière.

Lady Kingsley l'avait prévenu qu'elle était jolie, et souriante, et il ne put qu'être d'accord. Avec sa chevelure blond vénitien, son teint de porcelaine et ses traits fins dont la mélancolie évoquait une madone de Bouguereau, elle était vraiment ravissante.

Mlle Edgerton parut légèrement perturbée par l'irruption dans son salon de cinq représentants du sexe fort. Son regard passa rapidement de l'un à l'autre, puis se posa sur Vere et y demeura. Après un instant, ses lèvres roses se retroussèrent sur un sourire qui dévoila une rangée de dents très blanches, ses joues se creusèrent de fossettes, et un éclat heureux s'alluma dans ses yeux noisette.

Vere avait des réflexes quand il entrait dans une pièce pour la première fois. Il repérait d'un coup d'œil les bibelots susceptibles d'être bousculés – de préférence au-dessus d'un tapis –, l'endroit idéal pour renverser ultérieurement son verre, ainsi que les issues qui lui permettraient de prendre la fuite, juste au cas où.

Cette fois il oublia tout cela et demeura figé, sous le charme.

Seigneur, ce sourire !

Il l'avait reçu en plein cœur, et en serait presque tombé à la renverse. Lui qui se croyait incapable d'éprouver un vrai moment de bonheur venait d'être foudroyé par cette sensation ô combien délicieuse. Il aurait voulu s'y rouler, la boire, s'en emplir jusqu'à ce qu'elle se dissolve dans son être.

La compagne de ses rêves, celle qui marchait avec lui sur la lande de Cornouailles. Il l'avait enfin rencontrée !

Lady Kingsley s'avança.

— Mademoiselle Edgerton, permettez-moi de vous présenter le marquis de Vere. Lord Vere, Mlle Edgerton.

— Enchantée de faire votre connaissance, milord, dit la fille de ses rêves avec un sourire éblouissant.

Il était si heureux qu'il eut du mal à articuler :

— Tout le plaisir est pour moi, mademoiselle.

Il avait vraiment une chance incroyable.

D'ordinaire, il n'attendait pas pour révéler son insondable bêtise. Cette fois, il ne put s'empêcher de reculer l'échéance, et garda le silence tandis que la théière et les petits-fours circulaient. Mais, même mutique, il attirait l'attention de la jeune fille. À plusieurs reprises, elle tourna les yeux vers lui et lui sourit. Et à chaque sourire, il éprouva la même félicité inespérée.

Bientôt, hélas, il fut temps pour les jeunes filles de monter se changer.

Mlle Edgerton se leva et déclara aux messieurs :

— N'hésitez pas à vous promener et à visiter la maison, néanmoins, je vous demanderai de ne pas entrer dans le bureau de mon oncle. Il le considère un peu comme un sanctuaire, et il a horreur qu'on y pénètre, même en son absence.

Concentré sur son sourire, Vere l'écouta d'une oreille distraite. Parvenue près de la porte, elle se retourna à demi. Cette fois, son sourire lui fut personnellement adressé.

L'air absent, il se mit à arpenter le salon, tripotant les rideaux, effleurant les bibelots exposés çà et là, laissant ses doigts glisser sur le manteau de la cheminée et le dossier des chaises.

Il fallut que lady Kingsley vienne le secouer et lui indique où se trouvait le bureau d'Edmund Douglas, pour qu'il se décide à procéder à une fouille préliminaire. Il ne lui fallut que quelques minutes pour découvrir les deux compartiments cachés du secrétaire. Le premier recelait un pistolet, l'autre des liasses de billets de banque fripés. Toutes choses qu'un honnête homme avait parfaitement le droit de posséder en sa demeure.

Les armoires et rangements divers contenaient les livres de comptes du domaine, des lettres, des télégrammes, et des rapports rédigés par le régisseur de la mine de diamants. Bref, il y avait là un quart de siècle d'archives qui retraçaient l'origine et la chronique de la fortune d'Edmund Douglas.

Lady Kingsley l'attendait dans le couloir où elle faisait le guet.

— Alors ? Avez-vous trouvé quelque chose d'intéressant ? chuchota-t-elle.

— C'est un homme consciencieux. Je n'ai rien vu de louche. Vous ai-je dit quel plaisir c'était de travailler avec vous, milady ?

Elle lui adressa un regard perplexe.

— Vous vous sentez bien, Vere ?

— Je n'ai jamais été en meilleure forme, assura-t-il avant de s'éloigner.

4

— Les diamants poussent dans les huîtres, pas vrai ? demanda Vere à son reflet dans le miroir.
Miséricorde.
— Ou peut-être poussent-ils dans les perles ?
Pas mieux. Il venait de trouver la femme de sa vie, sa muse, son refuge. Son oncle était très certainement un criminel, et après ? Pour elle, il était prêt à en finir avec les frasques de la jeunesse. À se ranger.
Mais pourquoi, grand Dieu, avait-il fallu qu'il la rencontre lors d'une mission ?
Puisqu'il était l'homme le plus titré de la maison, il se verrait attribuer la chaise voisine de leur hôtesse au dîner. Ils devraient donc discuter et, pas moyen de faire autrement, il tiendrait son rôle d'idiot indécrottable. Quand bien même l'idée le révoltait.
Son allégresse s'était muée en un horrible sentiment d'impuissance. Dans un premier temps, il serait donc obligé de la décevoir, c'était fatal. Avec un peu de chance, elle ne serait pas entièrement rebutée. Peut-être même serait-elle touchée par sa gentillesse. Voilà une qualité qu'il savait feindre à la perfection. Ce n'était pas compliqué, il suffisait d'imiter Freddie.
Une fois habillé, il s'assit et s'efforça de définir une ligne de conduite : il serait donc stupide, oui, mais

avec modération. Enfin, si possible. Mais déjà son esprit dérivait, s'envolait vers la falaise et la lande ensoleillée... Le vent faisait voltiger les rubans dans ses cheveux blonds et soulevait les pans de son manteau. Il posait le bras sur ses épaules et elle se tournait vers lui, adorable avec ses yeux mordorés, son petit nez droit et ses lèvres douces comme un murmure...

Aujourd'hui cette femme avait un visage, une identité, un passé. Longtemps il n'avait formé qu'un seul et même être chimérique avec elle. À présent, ils étaient deux entités distinctes. Ils se connaissaient à peine, et il devait faire en sorte de retrouver cette complicité unique qui les unissait.

En se présentant comme le dernier des abrutis.

— Quelle allure, Penny ! le félicita Freddie au moment de rejoindre le salon.

Vere n'aimait pas se regarder dans une glace. Il ressemblait beaucoup trop à leur défunt père que nul ne regrettait. Ce soir, toutefois, il avait soigné sa mise et espérait que son physique allait le servir. Il en aurait bien besoin !

À son entrée, lady Kingsley l'attira à l'écart et se mit à lui parler à voix basse. Il n'entendit pas un traître mot de ce qu'elle lui racontait : Mlle Edgerton venait d'entrer dans son champ de vision.

Elle lui tournait le dos, vêtue cette fois d'une robe de soirée en soie bleu pâle ornée de tulle et de perles. La jupe épousait ses hanches et ses cuisses avant de s'évaser en un flot mousseux, qui la faisait ressembler à Vénus jaillie de l'onde.

À cet instant, comme si elle avait perçu la force de son regard, elle pivota dans un scintillement de perles. En dépit de son modeste décolleté, personne n'aurait pu ignorer la splendeur de sa poitrine, ronde et haut placée, qu'il remarquait seulement maintenant tant il avait été jusqu'à présent fasciné par son visage et son sourire.

Il sentit son sang pulser dans ses veines. Bien sûr, il lui avait fait l'amour maintes fois en rêve, avec une infinie tendresse, comme une sorte de prélude à ce sommeil dans les bras l'un de l'autre qui lui procurait un tel apaisement. Mais le désir qui s'éveillait en lui maintenant, brûlant, charnel, n'avait rien de fantasmagorique.

Il n'allait pas s'en plaindre. C'était plutôt une bonne surprise.

Elle lui sourit, et ce fut un miracle qu'il ne se cogne pas le crâne contre la base d'une arche de pierre qui s'élevait vers le plafond voûté. À croire qu'il était en pleine lévitation amoureuse...

Quelqu'un lui parla, et elle se détourna. Vere ressentit une douleur au bras qui lui arracha un sursaut. Lady Kingsley venait de lui donner un coup d'éventail.

— Lord Vere, vous m'écoutez ?
— Je vous demande pardon ?
— Je vous prie de me regarder quand je vous parle.

À contrecœur, il s'arracha à la contemplation de la silhouette de Mlle Edgerton.

— Que disiez-vous ?

Lady Kingsley soupira.

— Qu'elle vous croit intelligent. Il faut y remédier sans tarder. Nous avons une mission à remplir, milord, souvenez-vous-en.

Ses fantasmes n'avaient été que le pâle reflet de la réalité glorieuse. Combien de fois avaient-ils marché main dans la main ? Combien de sourires avaient-ils échangés ? Et pourtant il ignorait qu'elle sentait le miel et la rose, et que sa peau avait l'éclat nacré des perles de Vermeer.

Sa transe romantique fut tempérée par la surprise qui l'attendait dans la salle à manger. Le seuil sitôt franchi, le regard était immanquablement attiré vers le tableau singulier, et franchement dérangeant, accroché au-dessus de la cheminée. On y voyait un ange blond vêtu d'une robe sombre, aux ailes noires déployées, qui brandissait une épée ensanglantée. Sur le sol à ses pieds gisait un homme, la face enfouie dans la neige, à côté d'une rose rouge épanouie.

Les autres invités parurent également décontenancés mais, pour morbide qu'elle soit, cette peinture ne parvint pas à plomber l'ambiance gaie et juvénile de la soirée.

Mlle Edgerton récita l'action de grâces, et Vere pria pour que le Ciel lui accorde la chance qu'il appelait de tous ses vœux. « Mon Dieu, faites qu'elle me prenne pour un gentil nigaud et pas une sombre buse ! » Subtile différence...

Tandis qu'un domestique déposait la soupière fumante sur la table, il prit la parole :

— Mademoiselle Edgerton, seriez-vous par hasard apparentée à Mortimer Edgerton d'Abingdon ?

— Non, lord Vere. La famille de mon défunt père vient du Cumberland, pas du Berkshire.

Sa voix était chaleureuse. Ses yeux brillaient. Toute son attention était concentrée sur lui et lui seul, comme si elle l'avait attendu toute sa vie. Il avait envie de la demander en mariage, ici, tout de suite, et de l'emmener très loin. Et que quelqu'un d'autre se charge de confondre Edmund Douglas, bon sang !

Au bout de la table, lady Kingsley posa son verre dans un tintement appuyé. Son regard s'appesantit sur Vere.

À contrecœur, il reprit :

— Vous n'êtes pas apparentée au vieux Mortimer ? À son frère Albemarle, alors ?

C'est maintenant que son sourire allait retomber. Même si dans un premier temps elle penserait à une plaisanterie pas très finaude et lui accorderait le bénéfice du doute.

Contre toute attente, son sourire radieux ne faiblit pas.

— Non plus, désolée.

— À leurs cousines, les Brownlow-Edgerton du comté voisin ?

Cette fois il n'y avait plus d'ambiguïté possible. Elle le savait maintenant bouché à l'émeri. Pourtant elle continuait de sourire, aussi rayonnante que s'il venait de comparer sa beauté à celle d'Hélène de Troie.

— Non, pas du tout. Mais vous semblez bien connaître leur généalogie. Elle compte de nombreuses branches, apparemment.

N'avait-elle pas compris qu'il était désespérément obtus ? Pourquoi ne réagissait-elle pas ? C'était humain de trahir une certaine émotion, rire ou surprise, devant la bêtise crasse.

Était-elle donc inhumaine ?

— En effet, je les connais bien. Des gens très sympathiques. Il est regrettable que le vieux Mortimer et son frère ne se soient jamais mariés. Et que leurs cousines soient restées vieilles filles.

Il s'enfonçait dans la fange de la balourdise. C'était un peu gros, mais il ne pouvait s'en empêcher. Allait-elle pouffer derrière sa main cette fois ?

Avec le plus grand sérieux, elle hocha la tête et acquiesça sans sourciller :

— Oui, c'est toujours dommage de ne pas fonder une famille.

Pas de silence interloqué, pas de clignements d'yeux ou d'expression perplexe. Elle le considérait en toute sérénité. Il avala une cuillerée de potage pour se donner le temps de réfléchir... et s'en découvrit incapable. Ses méninges semblaient paralysées. Rien ne se passait comme prévu.

Il prit encore deux cuillerées de cette soupe qui, l'instant d'avant, sentait divinement bon, et avait maintenant le goût des eaux de la Tamise, risqua un coup d'œil en direction de la jeune fille. Elle souriait d'un air détendu. Qu'est-ce qui n'allait pas chez elle ? Comment pouvait-elle bavarder avec lui comme si de rien n'était alors qu'il venait de lui débiter un tissu d'âneries ?

Il leva les yeux sur le tableau accroché au mur et demanda :

— Cette œuvre, c'est bien *La Délivrance de saint Pierre* du grand Raphaël, n'est-ce pas ?

Ah, on allait voir si elle ne réagissait pas à celle-là !

— Vous croyez, milord ? Vous vous y connaissez donc aussi en peinture ? répondit-elle, une lueur admirative dans le regard.

Il comprit enfin.

L'espace d'une seconde, il avait cru qu'elle n'était elle-même pas très futée. Mais avec ce regard émerveillé, elle avait été trop loin.

Elle était en chasse.

Ce n'était pas la première fois que cela arrivait. Il était riche, titré, et parfois, une débutante avec cinq saisons à son actif se rabattait, faute de mieux, sur ce « nigaud de Vere ». Mais il devait vraiment avoir les neurones dérangés, car pas une seconde il n'avait imaginé que Mlle Edgerton puisse faire partie de ce type d'opportunistes.

— Je sais que *La Délivrance de saint Pierre* représente un ange et un homme, fit-il encore.

— Oui, exactement comme ce tableau, opina-t-elle en regardant à son tour ledit tableau.

Elle était douée. Très douée. S'il avait été aussi stupide qu'il s'efforçait de le faire croire, il aurait été enchanté. Mais il fallait reconnaître qu'il se conduisait vraiment comme un demeuré ce soir. Un seul sourire et il avait fondu, prêt à lui jurer un amour éternel.

Comment avait-il pu confondre la douce compagne de ses rêves avec cette petite manipulatrice ? Il s'était trompé du tout au tout !

La déception était immense.

Mlle Edgerton lui adressa de nouveau ce sourire lumineux digne d'éclairer les pas de Dieu. En dépit de son abattement, il ne put empêcher son cœur de palpiter. Une part immature de lui-même refusait d'admettre qu'elle lui jouait la comédie avec un art consommé. Oh, ce sourire ! Il aurait voulu s'y noyer !

— Parlez-moi donc de vos amis les Edgerton, l'encouragea-t-elle.

Alors la colère monta en lui. Il était furieux contre elle, contre lui-même qui avait failli tomber dans le panneau. Jamais il n'en avait voulu à celles qui avaient tenté leur chance avec lui. Il s'agissait en général de laiderons poussés dans leurs derniers retranchements, qui bafouillaient et renversaient leur verre, malades de honte. Mais Mlle Edgerton, si sûre d'elle et souriante, ne méritait aucune indulgence de sa part.

— Certes, je puis vous en parler des heures durant, déclara-t-il en se penchant vers elle.

Et cela dura des heures. Non, des jours. Des décennies, peut-être. Elissande sentait son visage se rider et se faner au fil du temps qui s'écoulait.

Les Edgerton d'Abingdon, les Brownlow-Edgerton, les Edgerton-Featherstonehaugh et les Featherstonehaugh-Brownlow. Cet arbre généalogique comptait certes d'innombrables branches, et lord Vere en connaissait la moindre feuille.

Ou du moins en était-il persuadé.

Car il se trompait sans cesse dans le fil de son récit, confondait les filles et les cousines, les fils et les petits-fils. Un couple dont il venait d'affirmer qu'il avait douze enfants se retrouva stérile la minute d'après. Il évoqua une vieille fille et déclara dans la foulée qu'elle avait mal vécu son veuvage. Un héritier naquit en deux endroits différents et mourut à plusieurs reprises, la première fois à Londres, la deuxième à Glasgow et, comme si cela ne suffisait pas, une troisième fois cinq ans plus tard en Espagne.

Elissande était anéantie.

Lorsque cet homme était entré dans le salon cet après-midi, elle avait été éblouie. Il n'était pas seulement beau, il était à se pâmer, l'incarnation vivante du preux chevalier de ses rêves, son rempart contre l'adversité.

Et le coup de foudre avait semblé réciproque. À sa vue, il s'était figé, l'air incrédule. Et ensuite, il l'avait dévorée du regard, comme si elle personnifiait à elle seule toute la beauté du monde.

Quand l'heure du dîner avait sonné, Elissande, portée par une euphorie teintée d'appréhension, avait rejoint la salle à manger avec l'impression que les cloches de la Destinée lui tintaient aux oreilles.

De près, lord Vere était tout aussi séduisant. Ses traits quoique réguliers n'en demeuraient pas moins virils. Ses yeux apparaissaient d'un bleu presque indigo à la lueur des chandelles. Et sa bouche... Seigneur, la vue de cette bouche avait suffi à la faire rougir, sans qu'elle sache pourquoi !

Jusqu'à ce qu'ils s'assoient à table et que cette belle bouche commence à parler. Et à vomir un torrent d'âneries.

Plus la détresse d'Elissande augmentait, plus elle écarquillait les yeux d'un air fasciné et plus son sourire s'élargissait. Elle n'y réfléchissait même plus, l'habitude était trop ancrée en elle.

Elle avait placé tous ses espoirs en cet homme. Il représentait son unique chance. Alors ce n'était pas possible. Il fallait que les choses rentrent dans l'ordre, que cette conversation tourne bien, d'une manière ou d'une autre, coûte que coûte. Il racontait peut-être n'importe quoi sous le coup de l'émotion.

Au début elle s'était cramponnée à cet espoir, mais ce n'était désormais plus possible. Elle n'avait fait qu'empirer les choses en relançant la discussion sur la famille Edgerton. Au lieu de lui raconter quelques anecdotes amusantes qui auraient détendu l'atmosphère, il s'était lancé dans une assommante énumération de naissances, mariages et décès.

Lorsque Lionel Wolseley Edgerton cassa sa pipe pour la troisième fois, Elissande cessa d'espérer.

Et sourit derechef. Pourquoi pas ? Que faire d'autre de toute façon ?

— Connaissez-vous la devise des Edgerton d'Abingdon ? s'enquit lord Vere après une courte pause.

— Non, je ne crois pas.

— *Pedicabo ego vos et irrumabo*[1].

En face de lui, lord Frederick fut pris d'une quinte de toux brutale, comme s'il venait d'avaler de travers. Aussitôt lord Vere se leva et contourna la table à grandes enjambées pour asséner de vigoureuses claques entre les omoplates de son frère. Le visage empourpré, ce dernier bredouilla un vague remerciement. Imperturbable, lord Vere regagna sa place.

— « Nous aussi nous avons combattu l'ennemi. » C'est bien ce que signifie cette devise, n'est-ce pas, Freddie ?

— Hum... sans doute, Penny.

Lord Vere hocha la tête d'un air satisfait.

---

[1]. Premier vers d'un poème érotique de Catulle, connu pour sa grande vulgarité. *(N.d.T.)*

— Voilà, mademoiselle Edgerton, je vous ai dit à peu près tout ce que je savais sur les Edgerton.

Après avoir enduré pareille logorrhée, Elissande se sentait dans un état d'abrutissement dont elle aurait dû se réjouir, car il émoussait la terrible désillusion.

Cependant le marquis n'en avait pas tout à fait fini avec elle.

— J'y songe, mademoiselle Edgerton, n'est-ce pas inconvenant qu'une jeune fille reçoive seule chez elle autant de jeunes gens ?

— Inconvenant ? Pas du tout, milord. La présence de lady Kingsley est garante de la bienséance. En outre, je ne suis pas seule sous ce toit, ma tante réside également ici.

Elle souriait tout en cisaillant de la pointe de son couteau le suprême de faisan dans son assiette.

— Votre tante vit ici ? Désolé, je ne me souviens pas de lui avoir été présenté.

— Vous ne l'avez pas été. Elle est de santé fragile et n'a pas la force de recevoir des visites.

— Je vois, je vois ! Donc vous vivez seule avec votre tante qui est veuve dans cette grande maison ?

— Ma tante n'est pas veuve, milord. Mon oncle est toujours de ce monde.

— Vraiment ? Toutes mes excuses encore pour cette méprise. Est-il de santé précaire lui aussi ?

— Non, il est en voyage.

— Ah. Il vous manque, je suppose ?

— Naturellement. Il est l'âme et le cœur de cette demeure.

Lord Vere poussa un soupir.

— Voilà ce à quoi j'aspire. Moi aussi, j'aimerais que ma nièce déclare un jour que je suis l'âme et le cœur de ma famille.

À cet instant, Elissande dut admettre que lord Vere n'était pas seulement un imbécile, mais le pire des sots bouffis de suffisance que la terre ait jamais porté.

— Je ne doute pas que cela arrive, pour peu que vous ayez une nièce, observa-t-elle avec un sourire bienveillant. Et je suis convaincue que vous serez un oncle merveilleux.

— Ma chère mademoiselle Edgerton, vous avez un sourire divin !

Les sourires d'Elissande constituaient son armure. Ils étaient pour elle une nécessité vitale. Mais, bien sûr, lord Vere ne l'aurait pas compris. Aussi se contenta-t-elle de lui sourire une fois encore.

— Merci, milord. C'est très gentil à vous, et je suis vraiment ravie d'avoir fait votre connaissance.

Enfin lord Vere daigna se tourner vers sa voisine de droite, Mlle Melbourne. Elissande but une gorgée d'eau afin de se calmer les nerfs. En dépit de son hébétude, elle commençait à éprouver une horrible sensation de chute vertigineuse.

— Voilà un moment que j'observe ce tableau très particulier, mademoiselle Edgerton, commença lord Frederick qui avait peu parlé jusque-là, mais je peine à en identifier l'auteur. Sauriez-vous de qui il s'agit ?

Elissande le considéra avec méfiance. La débilité était souvent congénitale, n'est-ce pas ? Néanmoins la question n'avait rien d'inepte, et même si elle avait envie de se rouler en boule sous une couverture et de s'anesthésier au laudanum, elle ne pouvait décemment pas la laisser sans réponse.

Ces tableaux – ils étaient trois dans la maison à avoir le même thème –, elle les avait toujours connus, et feignait de ne pas les voir.

— Je n'ai malheureusement jamais posé la question, avoua-t-elle. En avez-vous une idée vous-même ?

— Je pencherais pour un artiste appartenant à la mouvance symboliste.

— La mouvance symboliste ? De quoi s'agit-il ?

Cette école ne pouvait s'expliquer sans parler du mouvement décadent dont elle découlait, et qui était lui-même né en réaction aux romantiques qui se contentaient de représenter la nature dans sa glorieuse beauté sans y voir un quelconque mystère. Ainsi Elissande se rendit vite compte que lord Frederick était très versé en peinture, en particulier en peinture moderne.

Après l'avalanche d'inanités proférées par lord Vere, ce fut un réel plaisir d'avoir une conversation intelligente.

— Que pensez-vous des symboles qui figurent sur ce tableau-ci ? voulut-elle savoir.

— A-t-il un nom, à votre connaissance ?

— Oui, il s'appelle *La Trahison de l'ange*.

— Intéressant, murmura lord Frederick qui se tourna légèrement pour observer la toile avec attention. Eh bien, j'ai pensé d'abord que cet ange était l'ange de la mort, mais ce dernier n'a qu'une raison d'être : ôter la vie humaine. Cela ne s'accorde donc pas au thème de la trahison.

— L'homme à terre pourrait avoir conclu un pacte avec l'ange de la mort et celui-ci n'aurait pas respecté sa part du marché.

— Ce n'est pas impossible. Ou peut-être que l'homme pensait avoir affaire à un ange classique, du genre de ceux qui jouent de la harpe sur un nuage.

Elissande réfléchit un instant, puis objecta :

— Un tel ange aurait porté une robe claire et aurait été représenté avec des ailes blanches, vous ne croyez pas ?

— Ç'aurait été logique, reconnut lord Frederick. À moins que l'ange ne se soit transformé. Personnellement, si j'avais choisi ce thème, j'aurais montré l'ange en pleine métamorphose. Avec des ailes blanches et une robe noire, par exemple.

Logique. Mais lord Frederick réagissait comme une personne *normale*.

— Êtes-vous artiste vous-même, milord ? s'enquit Elissande.

Lord Frederick baissa le nez sur son assiette, apparemment pris d'un accès de timidité.

— J'adore peindre, mais je n'irais pas jusqu'à me qualifier d'artiste, répondit-il. Je n'ai jamais exposé mes œuvres.

Il était très attachant, se rendit-elle compte. Il ne possédait peut-être pas le physique avantageux de son frère, mais il n'en était pas moins d'un abord agréable. Sans compter que, en comparaison de lord Vere, lord Frederick était un génie.

— Shakespeare n'était pas un moindre poète à l'époque où il n'avait rien publié, objecta-t-elle.

— Vous êtes trop bonne, fit-il en souriant.

— Et que peignez-vous ? Des portraits, des représentations classiques, des légendes bibliques ?

— J'ai réalisé quelques portraits. Ce que je préfère, c'est peindre des sujets en extérieur, pendant une promenade ou un pique-nique, ou lorsqu'ils rêvassent tout simplement. Des choses vraiment très banales, conclut-il d'un air embarrassé.

— Banales mais charmantes. J'aimerais beaucoup voir votre travail, dit-elle en toute sincérité.

Elle avait passé tant de temps enfermée que les activités toutes simples évoquées par lord Frederick revêtaient un immense attrait à ses yeux.

— Eh bien, si jamais vous venez un jour à Londres, mademoiselle Edgerton… ce sera avec grand plaisir.

Elle réprima un sourire en le voyant s'empourprer, et une idée la frappa soudain : lord Frederick ferait un époux tout à fait acceptable. Il n'était peut-être pas marquis, mais il était fils et frère de marquis, ce qui était presque pareil, car il disposait des mêmes relations.

De plus il semblait fin et intelligent, capable d'appréhender des situations complexes. Si oncle Edmund débarquait chez lord Vere en rugissant, ce dernier n'aurait sans doute pas l'idée de lui tenir tête : « Oui, bien sûr, Mme Douglas va tout de suite réintégrer le domicile conjugal. D'ailleurs la voilà justement, tenez, je vais vous aider à l'installer dans la voiture... »

Lord Frederick avait plus de discernement, il percevrait la malveillance chez son oncle et l'aiderait à protéger sa tante.

— Londres ? Pourquoi pas ? Oui, j'essaierai de venir. Certainement. Très certainement, répéta-t-elle avec conviction.

5

Une partie de campagne n'en était pas vraiment une tant que Vere ne s'était pas trompé de chambre. Il avait le choix : Mlle Melbourne pousserait les hauts cris, Mlle Beauchamp rirait à s'en étouffer, et Conrad râlerait à n'en plus finir.

Bien sûr, il choisit la chambre de Mlle Edgerton.

Il s'y était déjà introduit une première fois, lorsque les dames avaient quitté la salle à manger pour rejoindre le salon, après le dîner. Il avait alors abandonné les autres messieurs sous prétexte d'aller chercher l'un de ses fameux cigares colombiens dans sa commode.

Il avait pris soin de repérer la disposition des pièces et d'en mémoriser chaque occupant. Puis il s'était octroyé un moment de répit dans le couloir désert, le dos appuyé contre la porte de sa chambre.

Il n'avait rien perdu puisqu'il ne s'était rien passé entre cette fille et lui. Pourtant il se sentait dépouillé de tout. Pis, il n'arrivait plus à imaginer sa douce compagne si aimante et compréhensive. À présent il ne voyait plus que le ravissant visage de la cupide Mlle Edgerton, son expression faussement admirative et son sourire de crocodile.

Il comprenait enfin pourquoi les garçons lançaient parfois des pierres aux jolies garces : pour se libérer de leur rage impuissante, de leur souffrance muette et de leurs espoirs piétinés.

S'il était revenu dans la chambre, c'était pour bombarder de pierres Mlle Edgerton.

Assise à sa coiffeuse, elle brossait d'un air absent sa longue chevelure blonde. Par la porte entrebâillée, il ne voyait que son profil. Quand elle leva le bras, la manche de sa chemise de nuit glissa, révélant la ligne déliée de son bras blanc et, durant une seconde, la courbe sensuelle d'un sein.

Il poussa le battant, s'avança au milieu de la pièce.

— Mademoiselle Edgerton, que faites-vous dans ma chambre ?

Avec un petit cri de surprise, elle se leva d'un bond, se saisit de sa robe de chambre qu'elle s'empressa d'enfiler, avant d'en nouer la ceinture.

— Vous faites erreur, milord. C'est *ma* chambre.

La tête inclinée de côté, il afficha un sourire moqueur.

— C'est ce qu'elles prétendent toutes. Mais vous, ma chère, vous n'êtes pas mariée. Alors pas de galipettes pour vous. Ouste ! Dehors.

Elle le considéra bouche bée. Au moins avait-il réussi à effacer son insupportable sourire.

En fin de soirée, loin de rechercher sa compagnie, elle avait joué aux cartes avec Freddie, Wessex et Mlle Beauchamp. Tout au long de la partie, elle n'avait cessé de sourire, et il en avait conçu un prodigieux agacement contre le Vere irrationnel qui se délectait encore de ses sourires et ne pouvait s'empêcher de ressentir une pointe de jalousie.

Il alla s'asseoir sur le lit, juste en face du tableau accroché au mur, et qui représentait une rose géante d'un rouge agressif, aux épines aussi acérées que des rasoirs. À côté, on distinguait l'épaule et le bras d'un homme qui gisait sur le ventre, le nez dans la neige. Une longue plume noire reposait près de sa main inerte.

L'auteur était de toute évidence le même que celui qui avait exécuté le tableau suspendu dans la salle à manger.

Vere dénoua sa cravate, la fit glisser autour de son cou.

Les mains crispées sur le col de sa robe de chambre, Mlle Edgerton protesta :

— Milord, vous ne pouvez pas... Vous n'allez pas vous dévêtir ici ?

— Pas tant que vous êtes là, évidemment. À ce propos, comment se fait-il que vous ne soyez toujours pas partie ?

— Je vous l'ai dit, cette chambre est la mienne.

Il soupira.

— Bon, si vous y tenez tant que cela, je vais vous embrasser. Mais cela n'ira pas plus loin, je vous préviens.

— Je ne veux pas que vous m'embrassiez !

— En êtes-vous sûre ? riposta-t-il avec un sourire plein d'arrogance.

À sa grande surprise, elle rougit. En réaction, une onde de chaleur traversa son propre corps. Il se mit à la regarder fixement.

— Je vous en prie, allez-vous-en, plaida-t-elle.

La voix de ce bon vieux Frederick retentit du seuil de la chambre :

— Penny ? Penny, tu t'es trompé de chambre.

L'air soulagé, Mlle Edgerton se précipita vers lui.

— Oh, merci, lord Frederick ! Je n'arrive pas à faire comprendre à votre frère que c'est un regrettable malentendu.

— Non, c'est vous qui vous trompez, tous les deux. Et je vais vous le prouver ! s'exclama Vere. Il se trouve que je dépose toujours une cigarette sous mon oreiller afin de tirer quelques bouffées avant de me coucher.

Il se releva, souleva l'oreiller tandis que Mlle Edgerton émettait dans son dos un cri de protestation étranglé. Bien entendu, il n'y avait rien sous l'oreiller.

Sourcils froncés, il se retourna.

— C'est vous qui avez fumé ma cigarette, mademoiselle ?

— Penny ! Tu n'es pas dans ta chambre, je te le répète. Allez, viens maintenant. Il est tard, je vais te raccompagner, déclara Freddie d'une voix ferme.

Vere haussa les épaules d'un air résigné.

— C'est dommage. J'aimais bien cette chambre.

Il se dirigea vers la porte. Son frère le retint par le bras.

— Tu n'as rien à dire à Mlle Edgerton ?

— Si, bien sûr. Votre chambre est vraiment très agréable, mademoiselle...

Freddie lui flanqua un coup de coude dans les côtes.

— ... et je vous présente mes excuses.

— C'est... une méprise compréhensible, bégaya-t-elle. Nos chambres sont voisines.

Elle y avait veillé, pour avoir plus de chances de le croiser dans le couloir. Les chambres de Freddie et de lady Kingsley se trouvaient deux portes plus loin.

Comme pour lui prouver qu'elle ne lui tenait pas rigueur de cette bévue, elle le gratifia d'un gracieux sourire.

— Bonne nuit, milord.

Chacun de ses sourires était un mensonge, il le savait. Elle les forgeait avec l'habileté d'un faux-monnayeur qui imprime de beaux billets bien craquants. Il n'en éprouva pas moins un douloureux pincement au cœur. Ses regrets ne s'étaient pas encore apaisés.

— Bonne nuit, mademoiselle, fit-il en s'inclinant. Et acceptez une fois encore mes excuses.

D'abord, la perspective enchanta Elissande. D'où elle se tenait, au sommet de la montagne, elle voyait la plaine environnante qui s'étendait à perte de vue. On aurait pu se croire sur le balcon de Zeus. L'air était piquant. Le soleil brillait de mille feux. Très haut dans le ciel, un point sombre exécutait des cercles.

Elissande voulut se protéger les yeux de la lumière éblouissante. C'est alors qu'elle se rendit compte que ses mains étaient entravées. Surprise, elle baissa la tête, et découvrit ses poignets cerclés de fer. Les chaînes aux maillons énormes qui y étaient reliées étaient solidement arrimées dans la roche même.

Tel Prométhée, elle était enchaînée à la montagne. Elle s'arc-bouta, se meurtrit les chairs, tira plus fort encore en dépit de la douleur. La panique l'envahit, monta inexorablement telle l'eau dans une cave inondée. Son cœur battait à tout rompre, elle respirait par à-coups. « Non, pitié, tout sauf cela ! » implora-t-elle.

Tout sauf cela.

Un cri perçant déchira le silence. À l'horizon, le point sombre grossit, fondit sur elle. C'était un oiseau de proie, un aigle au bec aussi aiguisé qu'un poignard. Il était tout proche à présent. Elle se débattit follement, le sang se mit à couler sur ses mains. Mais les chaînes tenaient bon.

Avec un cri strident, l'aigle plongea le bec dans le ventre d'Elissande. Elle hurla d'horreur et de douleur, impuissante, tandis qu'il lui dévorait les entrailles.

Elle s'éveilla le corps agité de violents soubresauts.

Il lui fallut plusieurs minutes pour se remettre de sa terreur. Les mains tremblantes, elle réussit à allumer sa chandelle, s'empara du guide touristique qu'elle avait rangé dans le tiroir de sa table de chevet.

— *À l'ouest du village, une falaise de calcaire presque verticale tombe dans la mer. Elle sépare le plateau d'Anacapri de la partie est de l'île,* lut-elle à mi-voix. *Autrefois, la seule façon de rejoindre Anacapri était de gravir les huit cents marches taillées à même la roche qui partent de la plage. Cet escalier rudimentaire date d'avant l'époque romaine. De nos jours, une belle chaussée carrossable permet de gagner Anacapri. De cette route, on a une vue merveilleuse...*

C'est à la requête de lady Kingsley que Vere avait été mis sur l'affaire Douglas. Même s'il ne s'était pas fait prier – il avait une dette envers elle depuis l'affaire Haysleigh –, il n'était pas entièrement convaincu de la culpabilité du bonhomme.

Certes, celui-ci avait séjourné à l'hôtel Brown les deux fois où leur enquête sur les extorsions de diamants les y avait conduits. Et il s'était rendu à Anvers, où plusieurs diamantaires avaient été victimes de chantage.

Néanmoins, Douglas avait des raisons parfaitement valables pour se trouver à Londres et à Anvers, deux points névralgiques du marché du diamant. Et même lady Kingsley, qui était persuadée de sa culpabilité, n'était pas capable d'expliquer pourquoi un type qui nageait dans les diamants en aurait voulu davantage encore.

— Il est possible qu'il ne soit pas aussi riche qu'il le prétend, murmura-t-elle.

Ils se trouvaient dans le bureau de Douglas où ils venaient de passer trois heures à examiner les divers documents qui s'y trouvaient.

— Il paraît qu'il a eu la chance de tomber sur un filon extraordinaire, reprit-elle, que chaque seau de boue arraché aux entrailles de la mine contient un véritable trésor. Mais la réalité est peut-être tout autre ?

Vere souleva un carton empli de paperasse pour le remettre à sa place.

— Les intermédiaires ont pu se servir au passage, suggéra-t-il.

— Possible. Mais si Douglas le soupçonnait, il se serait rendu sur place pour y mettre le holà. Or, il n'est pas retourné en Afrique du Sud. Du moins le contremaître et les comptables affirment-ils ne pas avoir reçu sa visite.

Lady Kingsley leva sa lanterne afin d'éclairer davantage Vere qui continuait ses rangements.

— Et qu'en est-il des comptes de la maison ? s'enquit-elle.

Lady Kingsley était spécialisée dans la recherche de documents. Ce soir-là, Vere était venu afin de faire le guet et de l'aider éventuellement à déplacer de lourdes charges. Mais ils avaient travaillé dans une semi-pénombre de peur de se faire surprendre, si bien qu'elle avait fini par se fatiguer les yeux et que Vere avait pris le relais.

— Il n'y a guère de terres rattachées au manoir, répondit-il. Elles produisent de piètres revenus et coûtent très cher en entretien. Toutefois les dépenses n'ont rien de suspect. Je n'ai rien trouvé qui puisse évoquer une quelconque activité illégale.

— Certains deviennent criminels moins pour l'argent que pour éprouver des frissons, observa-t-elle.

— Ils sont rares, objecta Vere qui empilait avec soin les boîtes les unes sur les autres, telles qu'il les avait trouvées. Dites-moi, avez-vous vu quoi que ce soit qui fasse référence à des diamants artificiels ?

— Non, rien du tout.

L'affaire Edmund Douglas avait démarré par un coup du hasard : un suspect arrêté par la police belge pour un délit mineur s'était vanté d'avoir escroqué des diamantaires d'Anvers pour le compte d'un Britannique. Sur le moment, les autorités belges n'avaient pas jugé nécessaire de mener une enquête approfondie ; d'abord parce qu'elles croyaient à de simples rodomontades de la part de l'escroc, et peut-être aussi parce que la plupart des diamantaires d'Anvers appartenaient à la communauté juive.

En dépit de l'apathie des policiers belges et de l'indifférence de leurs collègues anglais de Scotland Yard, et bien que les supposées victimes de chantage ne se soient jamais manifestées pour réclamer justice, l'affaire avait attiré l'attention de Holbrook.

Par la suite, c'est lady Kingsley qui avait enfourché ce cheval de bataille, portée par le souvenir d'un père qui avait mis fin à ses jours lorsque le maître chanteur qui le harcelait depuis des années était devenu trop gourmand.

Cela faisait des mois maintenant qu'elle travaillait à cette affaire sur laquelle elle avait constitué un énorme dossier.

Depuis le début, un détail turlupinait Vere : selon le petit malfrat belge, les diamantaires avaient accepté de payer parce qu'ils avaient vendu à leurs clients des diamants synthétiques en les faisant passer pour des vrais.

Or, pour autant que Vere le sache, seul le chimiste français Henri Moisson avait réussi à fabriquer des diamants artificiels grâce à son four à arc électrique. Il n'existait donc pas de diamants synthétiques dans le milieu de la joaillerie. Et même si cela avait été le cas, les vrais diamants pullulaient dans le monde. On était loin de la pénurie, et l'idée d'un trafic de fausses pierres n'avait guère de sens, du moins parmi les célèbres diamantaires d'Anvers et de Londres.

Lady Kingsley quitta le bureau la première. Vere attendit quelques minutes avant de se diriger vers l'escalier de service. La porte située sur le palier donnait sur la partie de la maison où se trouvaient les appartements du maître et de la maîtresse des lieux.

Il écouta à la porte de la première chambre, puis se glissa à l'intérieur.

Dans toute demeure normale, une kyrielle de domestiques défilait dans la chambre du maître afin de faire le lit, nettoyer l'âtre, brosser les habits et épousseter le mobilier. Il était donc peu probable que Douglas ait laissé traîner là des papiers d'importance. Néanmoins Vere tenait à se faire une idée de sa personnalité.

Il sortit un stylo à plume de sa poche et en dévissa le bouchon. Le petit réservoir contenait un peu d'encre qui aurait permis d'écrire quelques paragraphes, mais l'intérêt de cet outil résidait surtout dans la pile sèche et la minuscule ampoule fixées dans le compartiment arrière.

Vere balaya la chambre du mince faisceau lumineux. Cet objet était bien plus pratique qu'une chandelle ou une lanterne, bien que la pile soit d'une durée de vie plutôt courte. Le halo s'immobilisa sur une photographie encadrée posée sur la table de nuit. La seule, à bien y réfléchir, que Vere ait vue dans toute la maison.

Il s'approcha et se pencha pour étudier le cliché.

C'était une photo de mariage sur laquelle apparaissait un couple superbe. La femme possédait une beauté éthérée, presque irréelle. L'homme, mince, de taille moyenne, avait beaucoup d'allure. Dans le métal du cadre étaient gravés les mots suivants : *Laisse-moi te dire combien je t'aime de mille façons*[1].

Le visage de la femme semblait vaguement familier. Vere l'avait vu quelque part, récemment. Mais où ? Et quand ? Il avait une bonne mémoire des visages et des noms, mais même si tel n'avait pas été le cas, il n'aurait pas oublié pareille beauté.

Puis il se souvint. L'ange. Sur l'étrange tableau de la salle à manger.

---

1. *Sonnets portugais*, Elizabeth Barrett Browning (1806-1861).

Le couple sur la photo ne pouvait être que Douglas et son épouse. Aucun homme n'aurait exposé dans sa chambre la photo de mariage d'un autre. Pourtant Vere avait du mal à associer ce jeune homme élancé aux traits fins avec ce qu'il savait d'Edmund Douglas. Il s'était attendu à quelqu'un de plus râblé, d'athlétique. Douglas avait pratiqué la boxe. Où étaient ses cicatrices ? Son nez cassé ?

Par la porte de communication, il passa dans la chambre voisine, celle de Mme Douglas.

Il reconnut immédiatement l'odeur caractéristique du laudanum. Mme Douglas dormait, la respiration laborieuse. Elle était si frêle que son corps semblait ne pas avoir de consistance.

Vere s'approcha et promena le faisceau de la lampe sur son visage endormi. Certes la beauté est éphémère, il le savait. Pourtant les traits vieillis et émaciés de Mme Douglas le choquèrent. On aurait dit la réplique momifiée d'elle-même. Elle avait le cheveu fin et rare, les yeux profondément enfoncés dans les orbites, la mâchoire un peu pendante. Cette vision aurait épouvanté n'importe quel enfant.

Ainsi allait la vie. On pouvait posséder tous les diamants d'Afrique, rien ne vous garantissait que l'adorable créature épousée à vingt ans n'allait pas se transformer en épouvantail.

Il y avait également une photo encadrée sur la table de chevet : le portrait d'un nourrisson dans son cercueil, entouré de pétales de fleurs et de dentelle blanche. Macabre souvenir. En dessous était écrit : *Notre chère Christabel Eugenia Douglas.*

Vere braqua le rayon de sa lampe vers le mur, et tressaillit en découvrant une troisième déclinaison de *La Trahison de l'ange.* Cette fois, la silhouette de l'homme terrassé dans la neige occupait la majeure partie de la toile. Sur son flanc, là où son sang aurait dû former une tache écarlate, fleurissait la rose hérissée d'épines. De l'ange ne subsistait qu'une longue plume noire et la pointe d'une lame ensanglantée.

Du bout de ses doigts gantés, Vere suivit le contour du cadre, tâtonna derrière. Un ressort se détendit, et le tableau pivota comme une porte, révélant la présence d'un coffre-fort encastré dans le mur. Logique. La maladie de Mme Douglas justifiait qu'on interdise les allées et venues des domestiques dans ses appartements. Ceux-ci étaient donc l'endroit idéal pour cacher quelque chose.

Vere récupéra son passe-partout dans la poche intérieure de son gilet et, coinçant son stylo-lampe entre les dents, entreprit d'explorer le mécanisme. Au bout d'une ou deux minutes, la serrure cliqueta et la porte du coffre s'ouvrit sur une seconde porte, dotée celle-ci d'un cadenas à chiffres.

À cet instant, un bruit de pas résonna dans le couloir. Vere referma précipitamment le coffre, remit le tableau en place, puis recula dans l'ombre, derrière les tentures du baldaquin, de l'autre côté du lit, en fourrant son stylo-lampe dans sa poche.

La porte s'ouvrit. La personne qui entra se dirigea droit vers le lit. Ses pas légers indiquaient qu'il s'agissait d'une femme. Vere osait à peine respirer.

La femme demeura immobile un long moment, puis déclara d'une voix triste :

— Je ne renonce pas, vous savez.

Vere mit une fraction de seconde à comprendre qu'elle ne s'adressait pas à lui, mais à Mme Douglas.

— Il reste une chance, n'est-ce pas ? Une *petite* chance, insista-t-elle.

De quoi parlait-elle ? Qu'attendait-elle ?

Entre les pans des tentures, il vit Elissande Edgerton s'incliner pour déposer un baiser sur le front de Mme Douglas, avant de quitter la pièce.

Le lendemain matin, Elissande ordonna que le petit déjeuner soit servi à chacun dans sa chambre, à l'exception de lord Frederick. Puis elle alla s'installer dans la salle à manger pour l'attendre.

Elle comptait le faire parler d'art, de peinture, et peut-être aussi de Londres. Elle l'écouterait avec attention, hocherait la tête, boirait de temps en temps une gorgée de thé avec toute la délicatesse féminine requise. Et ensuite ? Eh bien… elle avait beau le trouver sympathique, elle ne savait pas comment s'y prendre pour que les choses se précisent entre eux.

Avec lord Vere, elle ne s'était pas posé ce genre de question. Elle s'était tout de suite sentie attirée par lui et n'avait pas réfléchi à la méthode d'approche. Mais c'était avant de s'apercevoir qu'il était insupportable.

Pourtant, quand il avait proposé de l'embrasser, bien que choquée, elle n'avait pu s'empêcher de…

Non, non, non ! se reprit-elle dans un sursaut, elle n'avait rien éprouvé d'ambigu à ce moment-là, hormis de l'indignation et du dégoût.

Lord Frederick fit son entrée. Elle lui sourit. Parfait, son plan avait fonctionné. Mais la seconde d'après, son sourire s'évapora. Lord Vere venait d'apparaître dans le sillage de son frère, les bottes crottées, quelques fétus accrochés dans les cheveux.

— Bonjour, mademoiselle Edgerton ! la salua-t-il avec entrain. Je revenais d'une longue promenade quand j'ai croisé Freddie qui descendait. Nous voilà donc tous les deux, et nous avons une faim de loup !

Elle aurait dû avoir pitié de lui. Ce n'était pas sa faute s'il était si bête. Mais c'était plus fort qu'elle, elle le détestait de venir gâcher sa petite mise en scène.

— C'est très gentil à vous de me tenir compagnie, s'obligea-t-elle à répondre. Moi qui étais toute seule. Je vous en prie, servez-vous et prenez place.

Tout n'était peut-être pas perdu. Dès que lord Frederick se serait assis, elle engagerait la conversation et...

Hélas, lord Vere n'attendit pas pour reprendre la parole. Alors qu'il remplissait généreusement son assiette d'œufs frits, de harengs grillés et de muffins beurrés, il se lança dans une longue dissertation sur l'élevage ovin.

S'étant récemment rendu dans quelques foires agricoles, il se considérait comme une sommité en la matière. Il commença par vanter les qualités du mouton du Shropshire, puis le compara aux races Southdown, Oxford Down et Hampshire. Elissande ne trouvait-elle pas que le museau des béliers ressemblait au nez dit romain ? Lui, si.

Bien qu'ayant grandi à la campagne, Elissande ne connaissait rien à la question. Il lui apparut pourtant que lord Vere était en train de mélanger allègrement les noms et les lieux dans une démonstration si brouillonne qu'on y perdait l'entendement. L'irritation qu'elle éprouvait à son encontre décupla. Elle l'aurait volontiers secoué comme un prunier – en lui demandant par quel miracle *La Délivrance de saint Pierre* aurait pu se trouver dans sa salle à manger, alors que tout le monde savait que cette fresque ornait un mur du palais du Vatican !

À un moment donné, le monologue de lord Vere glissa des moutons au cheptel bovin. Car non content de visiter des foires, il avait également assisté à des concours agricoles, tint-il à préciser.

— Ces bêtes sont jugées selon des critères drastiques se rapportant aux cornes, au poitrail, à l'arrière-train. Mais savez-vous ce qui est essentiel chez une vache laitière, mademoiselle Edgerton ?

— Non, je l'ignore, grinça-t-elle en écrasant de sa fourchette le muffin abandonné dans son assiette.

— Les mamelles ! Qui à elles seules comptent pour trente-cinq pour cent de la note globale. L'auriez-vous cru ? Elles doivent être volumineuses et souples au toucher. Les pis doivent mesurer une longueur bien précise et être disposés de manière harmonieuse. Les veines sous-cutanées doivent être apparentes et nombreuses. Et à la traite, il faut que le débit de lait soit conséquent.

Le regard de lord Vere avait quitté le visage d'Elissande pour se fixer sur sa poitrine.

— Maintenant que je sais tout cela, je ne regarde plus les vaches laitières de la même façon. Quand je vois une vache, au lieu de me dire simplement : « Tiens, une vache », j'étudie son poitrail et ses mamelles, et je lui attribue une note. C'est passionnant.

Elissande n'en croyait pas ses oreilles. Les yeux légèrement écarquillés, elle hocha la tête, puis risqua un regard en direction de lord Frederick, certaine qu'elle le surprendrait en train de froncer les sourcils d'un air réprobateur pour faire comprendre à son frère que sa conversation était totalement déplacée.

Mais lord Frederick n'écoutait pas. Il mangeait lentement, les yeux rivés sur son assiette. À l'évidence, il avait l'esprit ailleurs.

Lord Vere continua de parler poitrails et mamelles sans quitter des yeux les seins d'Elissande. Dans son enthousiasme, il fit tomber sa fourchette et sa cuillère, répandit le contenu de sa tasse sur la nappe, puis trouva le moyen de s'envoyer un œuf au plat sur le genou. Se levant d'un bond, il renversa sa chaise. L'œuf collé à son pantalon se détacha et dégringola sur le parquet.

Cet épisode arracha enfin lord Frederick à ses pensées. Avisant l'auréole sur le pantalon de son frère, il demanda :

— Penny, qu'est-ce que…

— Mon Dieu, il faut aller vous changer sans attendre et confier votre pantalon à un valet, sinon la tache ne partira plus ! s'exclama Elissande.
— Mlle Edgerton a raison, Penny.
Lord Vere obtempéra et quitta la pièce, du jaune d'œuf dégoulinant le long de sa jambe de pantalon.
Elissande desserra lentement ses poings crispés sous la table. Elle eut besoin de quelques secondes pour reprendre le contrôle de ses nerfs et réussir à sourire à lord Frederick.
— Quelle belle journée, ne trouvez-vous pas, milord ?

Vere avait bien remarqué que Freddie était le seul à ne pas avoir eu droit à un plateau de petit déjeuner. Il avait tout de suite compris la manœuvre de Mlle Edgerton, et décidé de la déjouer.
Non, il n'y aurait pas de tête-à-tête matinal dans la salle à manger.
Ainsi elle s'était rabattue sur son frère. Logique. Freddie était le meilleur des hommes. Elle, en revanche, avec ses sourires hypocrites, ne lui arrivait pas à la cheville. Qu'elle essaie donc de lui mettre le grappin dessus. Il s'emploierait à contrer toutes ses tentatives.
Pour l'heure, il devait parler à lady Kingsley. Il glissa un mot sous sa porte, et elle le retrouva cinq minutes plus tard, au milieu du grand escalier, là où personne ne pouvait les approcher sans se faire repérer.
— J'ai demandé à Holbrook qu'il nous envoie Nye, l'informa-t-il.
Nye était un perceur de coffres-forts.
Après avoir quitté la chambre de Mme Douglas, la nuit précédente, Vere s'était changé et avait rédigé une lettre qui aurait paru plutôt décousue au

commun des mortels, mais que Holbrook n'aurait aucun mal à déchiffrer.

Puis il était parti à pied au village voisin, qu'il avait atteint juste à l'heure d'ouverture du bureau de poste. Sur le chemin du retour, il avait sauté dans une charrette de foin qui remontait la route et, après cette nuit blanche, s'était octroyé une petite sieste. Il était rentré à Highgate Court au moment où Freddie descendait prendre son petit déjeuner.

— Vous avez trouvé un coffre ? chuchota lady Kingsley, avant de remarquer : Vous avez de la paille dans les cheveux.

— Oui, dans la chambre de Mme Douglas, derrière le tableau à la rose, répondit-il en se passant rapidement la main dans la tignasse. Qu'en est-il des allées et venues des domestiques ?

— Ils n'entrent jamais chez Mme Douglas, sauf sur ordre exprès. Deux fois par semaine, Mlle Edgerton installe sa tante dans son fauteuil roulant et la promène dans le couloir pendant qu'on fait le ménage et change les draps. Par ailleurs, seule Mlle Edgerton pénètre dans cette pièce. Et, je suppose, M. Douglas quand il est là.

— Dans ce cas, Nye pourra s'atteler à la tâche dès que Mlle Edgerton descendra dîner ce soir.

— Combien de temps faudra-t-il à Nye pour opérer ? s'enquit lady Kingsley.

— Son record est d'une demi-heure pour ouvrir un coffre à combinaison chiffrée, mais il disposait d'une perceuse. Ici, bien entendu, l'usage d'un tel outil est exclu.

Lady Kingsley se rembrunit.

— Hier, après que les jeunes filles sont allées se coucher, Mlle Edgerton a passé un peu de temps dans les appartements de Mme Douglas avant de rejoindre sa propre chambre.

— Alors il va falloir s'arranger pour la retenir ce soir, décréta lord Vere.

— Je peux trouver un prétexte après le départ des autres jeunes filles, mais cela ne durera pas très longtemps.

Mlle Kingsley apparut sur le palier et les héla :

— Lord Vere ? Puis-je vous emprunter ma tante un instant ? Mlle Melbourne n'arrive pas à se décider sur le choix de sa toilette.

— Faites de votre mieux, je me chargerai de la suite des événements, murmura Vere à lady Kingsley, avant de hausser la voix pour répondre à Mlle Kingsley : Bien sûr, votre tante est tout à vous. Avec mes compliments !

La conversation fut très agréable et tourna autour de Londres, ses sites remarquables et les endroits plus bucoliques que lord Frederick se plaisait à peindre. Elissande apprécia cette discussion stimulante. Pourtant, elle sentait bien qu'il manquait à sa relation avec lord Frederick cette étincelle particulière qui rapproche deux êtres.

Il se montrait courtois, obligeant et, Dieu merci, il ne la reluquait pas comme un maquignon une génisse à la foire ! Mais de toute évidence, il n'éprouvait pas d'attirance particulière à son endroit.

Lord Vere réapparut bien trop tôt à son goût. Il portait toujours son pantalon taché.

— Penny, tu as oublié de te changer, lui fit remarquer son frère.

— Voilà, c'est ça ! s'exclama lord Vere. Je suis retourné dans ma chambre, mais impossible de me rappeler ce que j'étais venu y faire. Zut !

Quelle plaie, ce garçon !

— Vous devriez peut-être y retourner ? suggéra Elissande.

Elle souriait, regrettant que les sourires ne soient pas des flèches dont elle aurait pu le cribler, pire que saint Sébastien.

— Inutile, je risquerais d'oublier de nouveau, répliqua-t-il, fataliste. Autant attendre qu'il soit temps de se changer pour la chasse. À propos, que tire-t-on dans les parages ?

Était-il encore en train de lui lorgner la poitrine ? En tout cas, il ne la regardait pas dans les yeux.

— Désolée, mais nous n'avons pas de réserve naturelle pour le gibier, milord.

— Non ? Bon, eh bien, tant pis. Nous n'avons qu'à faire un match de tennis à la place.

Cette fois aucun doute, il fixait ses seins.

— Je crains que nous ne disposions pas non plus d'un court de tennis.

— Un stand de tir à l'arc, alors ? Je ne me défends pas mal à l'arc.

— Vous comprendrez que, ma pauvre tante étant si malade et mon oncle si soucieux de son état, il n'y a rien sur le domaine susceptible de causer une quelconque agitation. Mais rien ne vous empêche de vous promener dans les environs.

— Je rentre de promenade. Je vous l'ai dit tout à l'heure, vous ne vous rappelez pas, mademoiselle Edgerton ? Enfin, ce n'est pas grave. Je me contenterai d'une partie de croquet.

Comment réussissait-il à tenir une conversation tout en gardant les yeux obstinément rivés à son corsage ?

— Mille pardons, mais nous n'avons pas l'équipement nécessaire pour jouer au croquet.

— Mais alors que faites-vous à longueur de journée ?

Il daigna enfin la regarder dans les yeux, et elle lui décocha un sourire qui aurait dû l'aveugler.

— Je veille sur ma tante, milord.

— C'est une activité admirable, mais sûrement très fastidieuse si vous n'avez aucun loisir par ailleurs.

Elissande parvint à garder le sourire au prix d'un effort surhumain. Cet homme l'horripilait tel un caillou au fond de sa chaussure.

— Je n'ai pas besoin de...

Elle s'interrompit, car ce qu'elle redoutait le plus venait de se produire : le bruit des roues d'un attelage sur le gravier.

— Veuillez m'excuser, fit-elle en se levant.

— Vous attendez quelqu'un ? s'enquit lord Vere, qui la suivit jusqu'à la fenêtre.

Muette de soulagement, elle ne répondit pas. Ce n'était pas son oncle qui rentrait. Elle ne connaissait pas cette voiture, pas plus que la femme d'une quarantaine d'années vêtue d'une robe de voyage bleue qui en descendait.

— N'est-ce pas lady Avery qui arrive, Freddie ? lança lord Vere.

Lord Frederick le rejoignit près de la fenêtre.

— Si. Que vient-elle faire, cette langue de vipère ? marmonna-t-il, avant d'ajouter à l'adresse d'Elissande : Pardonnez-moi. C'est très grossier de ma part de critiquer votre invitée.

— Ne vous excusez pas, je ne connais pas cette dame.

— Regardez, elle a des bagages, fit remarquer lord Vere. Vous croyez qu'elle a l'intention de s'installer ici ?

Lord Frederick laissa échapper un juron, puis s'excusa de nouveau auprès d'Elissande.

— Ce n'est pas grave, assura celle-ci. Mais je me demande qui est cette personne...

6

Lady Avery était une commère.

Elissande n'avait guère l'expérience des ragots. Au village, Mme Webster avait la réputation d'être une commère parce qu'elle passait ses journées à s'occuper de ce que faisaient la femme du boucher ou le jardinier du vicaire. Mais lady Avery se considérait comme très au-dessus de ces petits potins provinciaux. C'était une femme du monde, qui avait ses entrées dans les meilleurs salons.

Son arrivée inattendue provoqua la désaffection immédiate de lord Frederick, au grand désespoir d'Elissande.

À dire vrai, elle avait commencé à désespérer bien avant, consciente que lord Frederick n'avait certainement pas l'intention de lui demander sa main dans les heures à venir, alors que le temps imparti, aussi limité que l'intelligence de lord Vere, se réduisait implacablement de minute en minute.

La situation empira encore lorsque lady Avery mit le grappin sur Elissande pour la bombarder de questions concernant son oncle et sa tante. Elle eut beau lui dire qu'elle ne connaissait presque rien de leurs familles respectives, l'autre ne parut pas se satisfaire de ses réponses évasives.

— Les Douglas du Cheshire ? Ce sont des gens très comme il faut.

Apparemment, elle allait avoir droit à un autre cours de généalogie.

— Non, milady, je n'ai jamais entendu parler d'eux.

— C'est insensé ! Et votre famille, d'où vient-elle ? S'agit-il des Edgerton du Derbyshire ?

Elissande pouvait au moins répondre à cette question :

— Non, des Edgerton du Cumberland, milady.

Lady Avery plissa les paupières et marmotta :

— Les Edgerton du Cumberland, les Edgerton du Cumberland... Ah, je sais ! s'écria-t-elle soudain d'un ton triomphant. Vous êtes la petite-fille de feu sir Cecil Edgerton, n'est-ce pas ? La fille de son cadet, sans doute.

— Sir Cecil était mon grand-père, en effet.

— J'en étais sûre ! Je me rappelle que votre père a déclenché un beau scandale le jour où il s'est enfui avec votre mère. Quand on pense que, trois ans plus tard, ils étaient morts tous les deux. Quelle tragédie !

Sur ces entrefaites, lady Kingsley, Mlle Kingsley et Mlle Beauchamp firent leur entrée dans le salon. Elissande se sentit tout à coup très perturbée et regretta de ne pouvoir prendre la fuite à l'instar de lord Frederick. L'histoire de ses parents était certes dramatique, mais surtout elle ne se racontait pas en société, comme le lui avait maintes fois répété son oncle.

Pourvu que lady Avery ne décide pas d'en révéler les détails croustillants !

— Lord Vere vient de nous apprendre que vous avez effarouché son frère, lady Avery, lança gaiement lady Kingsley.

— Fadaises. Lord Frederick n'a pas besoin de se cacher, je lui ai déjà tiré les vers du nez durant la saison.

Mlle Beauchamp vint s'asseoir à côté de lady Avery.
— Vraiment, milady ? Et qu'avez-vous découvert ?
— Eh bien, figurez-vous...

Manifestement ravie de tenir son auditoire en haleine, lady Avery attendit quelques secondes avant de poursuivre sur le ton de la confidence :

— Il l'a bel et bien vue en juin, alors qu'elle était à Londres pour assister au mariage de cette héritière américaine, Mlle Van der Waals. Et vous n'allez peut-être pas le croire, mais ils se sont également rencontrés à Paris, à Nice et à New York !

Tout le monde ouvrit des yeux ronds, y compris Elissande, qui n'avait pas la moindre idée de ce dont il était question.

— Vraiment ? s'exclama lady Kingsley. Et lord Tremaine, qu'en pense-t-il ?

— Que du bien, apparemment. Lord Frederick et lui ont même dîné ensemble.

— Seigneur, nous allons de surprise en surprise ! murmura lady Kingsley en secouant la tête.

— En effet. J'ai demandé à lord Frederick si elle lui avait paru en forme, et il m'a répondu : « Mais oui, elle est aussi rayonnante qu'à l'ordinaire ! »

— Mon Dieu ! gloussa Mlle Beauchamp.

« Mon Dieu, faites que ce ne soit pas ça ! » pria Elissande, avant de s'enquérir :

— Lord Frederick serait donc fiancé ?

Lady Avery secoua la tête en riant :

— Toutes mes excuses, mademoiselle Edgerton. J'ai oublié que vous n'étiez pas au courant. Il se trouve qu'au printemps 1893, lord Frederick a effectivement courtisé la marquise de Tremaine, dont le mari était parti pour l'Amérique dix ans plus tôt. Elle était prête à demander le divorce pour l'épouser, ce qui aurait bien sûr suscité un scandale épouvantable. Mais en fin de compte, le divorce n'a jamais eu lieu. Elle s'est réconciliée avec son époux.

— Pauvre lord Frederick, il s'est retrouvé seul ! soupira Mlle Kingsley.

— Heureux homme, vous voulez dire ! Aujourd'hui, il est libre d'épouser une charmante jeune fille comme Mlle Edgerton, alors que s'il s'était uni à une *divorcée*, sa vie aurait été pour toujours marquée du sceau de l'infamie. N'êtes-vous pas d'accord avec moi, mademoiselle Edgerton ?

— Eh bien… je ne pense pas que lord Frederick ait l'intention de m'épouser. Mais je crois en effet que la vie doit devenir bien compliquée quand on épouse une personne divorcée.

— Votre analyse est tout à fait pertinente. Dans la vie, il ne faut pas s'abandonner à de ridicules élans du cœur. Regardez, bien souvent les plus romantiques deviennent les pires cyniques après de cruelles désillusions.

— Vous trouvez que lord Frederick est devenu cynique ? murmura Elissande.

— Oh non ! Lui, c'est l'exception qui confirme la règle. Ce garçon a gardé une âme pure et bienveillante. Qui l'eût cru après une telle déconvenue ?

Il est vrai que lord Frederick était une bonne nature. Si seulement Elissande pouvait l'amener à lui demander sa main ! À coup sûr, elle le choierait et le rendrait bien plus heureux que cette inconstante et cruelle lady Tremaine.

Oui, elle deviendrait la meilleure épouse que la terre ait jamais portée.

Vere n'aurait pas dû quitter la maison. Mais quand Freddie vint le retrouver, il ne put refuser de lui tenir compagnie. Leur longue promenade les mena jusqu'à un minuscule village, et ils décidèrent de déjeuner à l'auberge locale.

À la fin du repas, Vere se leva en réprimant un bâillement. Il devait s'enquérir des dernières instructions de Holbrook, et s'entretenir avec lady Kingsley sur le moyen de faire entrer, puis ressortir Nye du manoir.

— Je vais rentrer faire une petite sieste, annonça-t-il. Je n'ai pas bien dormi la nuit passée.

— Tu as fait des cauchemars ? s'inquiéta Freddie, qui se leva à son tour.

— Non, c'est fini maintenant. Tu n'es pas obligé de me suivre, tu sais. Je vais louer une voiture pour me ramener à Highgate Court.

— Je viens avec toi, dit calmement Freddie.

Une fois de plus, Vere ne put s'empêcher d'éprouver une pointe de culpabilité. Freddie avait sans doute prévu de demeurer à l'écart du manoir toute la journée afin d'éviter lady Avery. En effet, cette dernière ne manquait jamais de l'entreprendre sur lady Tremaine, bien que ce soit de l'histoire ancienne. Mais Freddie avait une règle d'or : il ne laissait jamais son frère se débrouiller seul dans un environnement qui ne lui était pas familier.

Vere lui pressa brièvement l'épaule.

— Allons-y, dans ce cas.

Au manoir, lady Kingsley l'attendait de pied ferme. Nye devait arriver peu avant l'heure du dîner. Ils convinrent que Vere le ferait entrer par la porte-fenêtre de la bibliothèque qui donnait sur une terrasse, du côté opposé à l'office. Ainsi risquerait-il moins de croiser des domestiques.

— Et si Nye met plus de temps que prévu, que se passera-t-il ? Je ne pourrai pas retenir Mlle Edgerton indéfiniment, lui rappela lady Kingsley.

— Je trouverai une solution.

— Assurez-vous de ne pas avoir à le regretter plus tard, l'avertit-elle avant de s'éloigner.

Moins de vingt-quatre heures s'étaient écoulées depuis qu'il avait fait la connaissance de Mlle Edgerton.

Après son incroyable coup de foudre, pas étonnant que lady Kingsley l'incite à la prudence. Et pourtant, il avait l'impression qu'un siècle s'était écoulé depuis ces instants de candide félicité.

— Je serai prudent, répliqua-t-il froidement.

Connaissant les intentions de Mlle Edgerton, il se mit en quête de son frère sans délai, et ne tarda pas à les trouver ensemble, seuls, dans la salle à manger. Freddie était occupé à régler son appareil photographique de marque Kodak sous l'œil empli de respect de Mlle Edgerton, ravissante dans une robe d'après-midi en soie abricot.

L'éclat de son regard se ternit à l'entrée de Vere, qu'elle salua d'un bref hochement de tête. Il ne put s'empêcher de ressentir un élancement douloureux dans la poitrine.

— Tu as déjà fini ta sieste ? s'étonna Freddie en appuyant sur le bouton de laiton qui actionnait l'obturateur. Je t'ai quitté il y a seulement... trois quarts d'heure ? acheva-t-il après un coup d'œil à sa montre.

— J'ai très bien dormi. Que fais-tu ?

— Je prends quelques clichés de ce tableau. Mlle Edgerton a été assez bonne pour m'y autoriser.

— Je ne vois pas pourquoi elle te l'aurait refusé.

La belle eut un sourire aussi solaire qu'à l'accoutumée et opina :

— Certainement. Et puis, je n'avais jamais vu d'appareil photographique.

— Bah, moi, j'en ai vu des tas, et ils font tous exactement la même chose ! Ah, j'oubliais : mademoiselle Edgerton, Mlle Kingsley m'a dit que les autres jeunes filles et elle aimeraient que vous vous joigniez à elle pour une promenade dans le parc.

— Oh ! Vous êtes sûr, milord ?

— Oui, je viens de la croiser dans le salon rose.

La vérité, c'était qu'il sortait effectivement de ce salon où Mlle Kingsley avait entamé une partie de backgammon avec Conrad, son soupirant attitré, et qu'elle avait l'intention de n'aller nulle part. Mais quand Mlle Edgerton s'en rendrait compte, il serait trop tard. Vere aurait promptement mis Freddie à l'abri de ses manigances.

— Elle vous attend avec impatience, insista-t-il.

— Dans ce cas, je vais y aller tout de suite, fit-elle en se levant à contrecœur. Merci, lord Vere. Veuillez m'excuser, lord Frederick.

Parvenue devant la porte, elle se retourna. Freddie était déjà en train de prendre la photo suivante et le regard de la jeune femme croisa celui de Vere. Il baissa ostensiblement les yeux sur sa poitrine. Elle s'éclipsa sans demander son reste.

Il reporta son attention sur son frère :

— Ça te dirait un petit billard, mon vieux ?

Lord Vere s'était trompé. *Évidemment.* Mlle Kingsley et M. Conrad s'en amusèrent. Ils conseillèrent à Elissande de ne pas faire attention ; lord Vere avait dû confondre ou mal comprendre, comme d'habitude. Sa mémoire était « légèrement défaillante ».

Doux euphémisme.

Mlle Kingsley proposa à Elissande de faire un tour de jardin si elle en avait envie. Mais celle-ci la remercia et lui dit de ne pas se déranger.

De retour dans la salle à manger, elle découvrit que lord Frederick s'était volatilisé. Un quart d'heure plus tard, elle le repéra dans la salle de billard. Il n'était pas seul. Tous les autres messieurs, à l'exception de M. Conrad, l'avaient rejoint.

— Ah, mademoiselle Edgerton ! Voulez-vous vous joindre à nous ? suggéra lord Vere avec entrain.

Il y eut quelques rires étouffés. Malgré son manque d'expérience en société, Elissande comprit qu'accepter l'invitation était exclu. Elle aurait fait mauvaise impression.

— Non, merci, répondit-elle d'un ton mutin. Je ne faisais que passer.

Elle aurait quand même sa chance au dîner puisque lord Frederick était son voisin de table, se consola-t-elle.

Hélas, le sort s'acharna contre elle ! La veille, lady Kingsley s'était chargée de dresser le plan de table, car Elissande ne maîtrisait pas parfaitement les règles de préséance. Mais ce soir-là, pour une raison quelconque, le plan fut modifié. Elle se retrouva séparée de lord Frederick de trois places.

Elle mangea à peine tant son angoisse était grande. Une journée entière venait de s'écouler sans qu'elle ait réalisé le moindre progrès. À mesure que le temps passait et la rapprochait du retour de son oncle, un froid glacial l'envahissait.

Au moins fut-elle également délivrée de la présence de lord Vere, placé près de lady Avery. Il fallait s'en réjouir, car si elle l'avait surpris une fois de plus à lorgner son décolleté, elle lui aurait sans doute défoncé le crâne à coups de chandelier.

Le dîner terminé, on joua au jeu des charades jusqu'à 22 heures. Quand oncle Edmund était à la maison, c'est d'ordinaire à ce moment-là qu'Elissande lui souhaitait bonne nuit et se réfugiait dans sa chambre. La veille, éprouvées par l'épisode des rats, les dames s'étaient retirées à peu près à la même heure. Mais lord Vere semblait résolu à changer les choses.

— Il est encore tôt. Jouons à un autre jeu, proposa-t-il.

Mlle Kingsley embrassa aussitôt sa cause.

— Oh, oui, jouons encore ! Le pouvons-nous, ma tante chérie ?

Lady Kingsley parut hésiter. Lord Vere insista :

— Allons, milady. Aucune loi gravée dans la pierre ne stipule que les jeunes filles doivent se coucher à 22 heures.

— C'est vrai, nous avons encore envie de nous amuser ! plaida Mlle Beauchamp.

— La décision ne me revient pas, objecta lady Kingsley. Elle appartient à Mlle Edgerton qui nous héberge si gentiment.

Ce fut un concert de suppliques adressées à Elissande, qui ne put que répondre :

— Bien sûr que nous pouvons jouer encore. Mais à quoi ?

— Pourquoi pas à Passez le colis ?

— Nous n'avons pas de boîte, fit remarquer Mlle Duvall. Plutôt La vache qui tache.

— Cela me donne mal au crâne, se plaignit lord Vere. Je ne retiens jamais le nombre de taches. Quelque chose de plus simple, s'il vous plaît.

— Au Loup ? suggéra M. Kingsley.

— Non, Richard, s'interposa sa tante. Il n'est pas question de courir dans la maison à cette heure-ci, au risque de réveiller Mme Douglas.

— Je sais, jouons au Cochon qui grogne ! s'exclama Mlle Kingsley.

M. Conrad et lord Vere approuvèrent, aussitôt imités par les autres invités.

Lady Kingsley pinça les lèvres.

— Je ne suis pas vraiment d'accord, mais puisque lady Avery et moi-même sommes présentes, je suppose que la bienséance est sauve.

Les jeunes filles applaudirent, ravies. Tandis que les messieurs disposaient les sièges d'une certaine façon, Elissande, qui n'avait pas l'habitude des jeux de salon, demanda à Mlle Beauchamp :

— Pardonnez-moi, mais comment joue-t-on au Cochon qui grogne ?

— Oh, c'est enfantin ! Nous allons nous asseoir en cercle. Une personne va prendre place au centre du cercle et on lui bandera les yeux. Cette personne sera le fermier, et les autres ses cochons. Quelqu'un fera tourner le fermier trois fois sur lui-même, puis il devra trouver un cochon et s'asseoir sur ses genoux. Le cochon se mettra alors à grogner et le fermier devra deviner son identité. S'il réussit, le cochon deviendra fermier à son tour. Sinon le fermier recommencera pour un tour.

— Je vois...

Elissande ne s'étonnait plus que ce jeu nécessite la surveillance de *deux* chaperons ! L'ambiance risquait pour le moins de se relâcher.

M. Wessex se porta volontaire pour tenir en premier le rôle du fermier. M. Kingsley lui mit un bandeau sur les yeux et le fit tourner non pas trois, mais six fois. M. Wessex, qui avait bu plusieurs verres de vin au dîner, chancela dangereusement avant de tituber en avant, mains tendues vers Mlle Kingsley. Celle-ci poussa un cri aigu et le retint au moment où il allait la heurter. Comme il s'appuyait délibérément contre ses mains, elle cria de nouveau, et les autres demoiselles gloussèrent. M. Wessex, le pied plus sûr tout à coup, pivota et s'assit sur les genoux de Mlle Kingsley.

— Et maintenant, grognez, petit cochon !

Tout le monde se mit à rire, sauf Elissande. C'était une chose de se faire expliquer le jeu, et une tout autre d'y participer... Qu'un contact aussi intime entre deux jeunes gens soit possible la stupéfiait. Elle n'aurait su dire si elle était choquée ou surexcitée par ce vent d'audace qui soufflait dans le salon.

Mlle Kingsley poussa un grognement.

— Oh, je connais ce petit cochon ! Mais j'ai grande envie de rester fermier un peu plus longtemps. Dilemme, dilemme, murmura M. Wessex.

Mlle Kingsley pouffa dans sa main. M. Conrad fit remarquer que les autres attendaient leur tour. Cédant à la pression, M. Wessex nomma Mlle Kingsley qui endossa de bonne grâce le rôle de fermière. Elle ne mit guère de temps à se laisser tomber dans le giron de M. Conrad et y demeura de longues minutes, indécise, semblait-il, quant à l'identité de son cochon.

Bonté divine, ce jeu était proprement décadent ! Pourtant les deux dames ne paraissaient pas s'en apercevoir. Assises un peu en retrait derrière Elissande, elles bavardaient, mais c'était surtout la voix haut perchée de lady Avery qui dominait :

— ... il y a quelques années, lors d'une partie de cache-cache. Il l'a trouvée et s'est enfermé dans le placard avec elle ! Sans doute pensaient-ils que personne n'aurait l'idée d'aller chercher là, ou bien ils ont perdu la tête, allez savoir. Mon Dieu, l'état de sa robe quand j'ai ouvert la porte du placard ! Et lui ne valait guère mieux. Bien entendu, ils ont dû se marier au plus vite. Vraiment, j'adore les parties de cache-cache, soupira lady Avery avec ravissement.

Elissande faillit crier : quelqu'un venait de s'asseoir brusquement sur ses genoux. C'était Mlle Beauchamp, qui riait aussi fort que si on venait de lui envoyer une bouffée de gaz hilarant dans le nez.

— Je peux déjà dire que ce n'est pas un monsieur, lâcha-t-elle entre deux éclats de rire.

— Comment le savez-vous ? s'enquit lord Vere d'un ton de sincère curiosité.

Retranchée derrière Mlle Beauchamp, Elissande se permit de lever les yeux au plafond.

— C'est évident ! Je ne sens dans mon dos que des courbes d'une douceur toute féminine, et je n'ai même pas besoin que mon cochon grogne pour savoir de qui il s'agit. Une gorge aussi somptueuse ne peut appartenir qu'à notre hôtesse, Mlle Edgerton. Ai-je raison ?

— Oui, fut obligée de répondre Elissande, rouge de confusion.

— Je le savais !

Riant, Mlle Beauchamp se leva d'un bond et arracha son bandeau. Celui-ci fut noué autour de la tête d'Elissande. Elle s'efforça de compter tandis qu'on la faisait tourner sur elle-même : quatre tours et demi à gauche, deux et demi à droite. Grosso modo, lord Vere devait occuper le siège diamétralement opposé. Il ne fallait surtout pas aller dans cette direction.

Hésitante, elle pivota sur la droite. Lord Frederick devait maintenant se trouver à peu près face à elle. Trouverait-elle un bénéfice à s'asseoir sur ses genoux ? Elle n'en savait trop rien, mais s'il fallait s'asseoir sur les genoux de quelqu'un, autant que ce soient les siens.

Bravement elle s'avança, bras tendus, mais s'arrêta soudain. Elle venait d'entendre le crépitement d'un brandon dans l'âtre, derrière elle. Ce qui signifiait qu'elle s'était trompée.

Elle pivota d'un quart de tour vers la gauche. Quelqu'un siffla et un gloussement féminin s'éleva sur sa droite. Cela ressemblait à Mlle Kingsley, mais cette dernière aurait dû se trouver plus à gauche, non ?

Comme elle reculait, elle marcha sur le pied de quelqu'un, faillit tomber, puis poussa un petit cri en sentant deux mains puissantes lui ceinturer la taille. Des mains d'homme, assurément. Celui-ci avait de la poigne et la remit d'aplomb adroitement.

— Merci, souffla-t-elle.

L'homme ne répondit pas, mais la voix de lady Avery fusa de nulle part :

— Eh bien, assoyez-vous donc sur votre cochon, mademoiselle Edgerton. Vous ne pouvez pas vous défiler.

Lady Avery s'était déplacée tout en parlant. Elissande ne parvint pas à la situer.

— Nous attendons, mademoiselle Edgerton.

Pétrifiée, elle ne savait que faire. Ce fut l'homme qui la souleva finalement avec une facilité déconcertante, avant de l'asseoir non pas sur ses genoux, mais directement sur le siège, entre ses jambes.

Elissande se figea au contact de ces cuisses dures contre les siennes. Elle n'avait jamais été physiquement aussi proche d'un homme. Le cœur battant, elle perçut sa chaleur corporelle qui se communiquait à elle peu à peu, comme si ce grand corps menaçait de l'engloutir tout entière.

Elle voulut prendre appui sur les accoudoirs, retira vivement les mains lorsqu'elles entrèrent en contact avec celles de l'homme. Son dos heurta un torse large. Elle se trompait ! Ce corps masculin l'avait *déjà* engloutie. Il pesait sur elle, l'envahissait, alors qu'elle se trémoussait nerveusement, incapable de se conduire avec la désinvolture coquine qu'on attendait d'elle.

Les mains de l'homme lui frôlèrent les bras comme pour l'immobiliser. L'écarter légèrement, en fait. Peut-être s'était-elle assise sur les genoux de lord Frederick, finalement ? Il lui semblait être l'un des seuls parmi cette jeunesse turbulente à se soucier d'un minimum de décorum. Soulagée, elle inclina le buste en avant... et faillit dégringoler. Elle se rétablit de justesse, et se cogna de nouveau à son torse.

Le souffle lui manqua. Là, juste derrière ses fesses, il était... Seigneur, il était... tout dur.

Les joues en feu, elle se raidit, pétrifiée, incapable de réfléchir à une action qui l'aurait tirée de ce mauvais pas.

Une fois encore, c'est l'homme qui prit l'initiative. Il la souleva brièvement pour la déposer sur ses genoux, à l'écart de cette partie de son anatomie qui... qui la perturbait tant. Mais maintenant elle sentait ses cuisses puissantes sous son postérieur et… Seigneur, quel ahuri avait donc décidé que les tournures étaient passées de mode ?

— Que… que dois-je faire maintenant ? bredouilla-t-elle.

— Il faut dire : « Grognez, petit cochon, grognez ! » répondit une voix féminine.

Comment proférer des paroles aussi ridicules ? À quelqu'un sur les genoux de qui l'on était assis, de surcroît ? Elissande aurait déjà eu du mal dans des circonstances normales, mais maintenant qu'elle s'était aperçue qu'il… Enfin, bref. Tant pis, elle devinerait son nom sans l'indice de sa voix.

Il paraissait plutôt grand et bien bâti, ce qui éliminait d'emblée M. Kingsley. Et ce n'était sûrement pas M. Wessex, qui véhiculait toujours une forte odeur d'eau de Cologne. Cet homme-là sentait juste le cigare et un soupçon de savon à raser.

— Je crois que Mlle Edgerton aime bien être sur les genoux de ce petit cochon-là, la taquina Mlle Beauchamp.

Sa voix était très proche, à la gauche immédiate d'Elissande. La personne assise à la droite de Mlle Beauchamp était donc…

— Lord Vere, articula-t-elle.

Elle se releva aussitôt. Il se mit à applaudir avant même qu'elle ait ôté le bandeau qui l'aveuglait.

— Comment avez-vous deviné ? demanda-t-il sans cesser de battre des mains, avec un sourire aussi candide que ceux d'Elissande. Je n'ai même pas eu le temps de grogner !

— La chance, sans doute, prétendit-elle.

Mais Mlle Beauchamp avait raison, dut-elle admettre, révulsée : elle n'avait pas détesté cette proximité des corps, à en juger par la petite tempête sensuelle que cela avait déclenchée en elle.

Et il avait fallu qu'elle s'assoie sur lord Vere !

Le jeu se poursuivit dans la bonne humeur générale, et s'acheva vers 23 heures, quand Mlle Beauchamp se retrouva sur les genoux de lord Vere et qu'ils rirent à gorge déployée comme s'ils n'avaient jamais passé un si bon moment de toute leur vie.

À minuit et demi, Elissande parvint enfin à quitter la chambre de lady Kingsley. Celle-ci avait trébuché dans l'escalier alors qu'elles montaient se coucher. Heureusement, Elissande l'avait rattrapée. Elle ne s'était plainte de rien, mais Mlle Kingsley lui avait chuchoté d'un air anxieux que sa tante souffrait parfois de terribles migraines et que peut-être cette soirée forte en émotions l'avait fatiguée.

Aussi Elissande et Mlle Kingsley étaient-elles restées au chevet de lady Kingsley jusqu'à ce que cette dernière s'endorme. Il avait ensuite fallu qu'Elissande escorte Mlle Kingsley jusqu'à sa chambre.

Morte de fatigue, elle passa dans l'aile opposée de la maison, là où se trouvait la chambre de sa tante, et se figea soudain. Quelqu'un était en train de chanter d'un ton gaillard l'une des chansons les plus stupides qu'elle ait jamais entendues :

— *Margoton va-t-à l'eau, avec son cruchon, Margoton va-t-à l'eau, avec son cruchon...*

Elissande se remit en marche, tourna à l'angle du couloir, et découvrit... lord Vere. Bien sûr. Il titubait, traversa le couloir en diagonale et se rattrapa au mur, juste à côté de la porte de tante Rachel.

— *La fontaine était creuse... elle est tombée au fond. Aïe, aïe, aïe...*

— S'il vous plaît, lord Vere, articula-t-elle. Vous allez réveiller toute la maisonnée.

— Ah, mademoiselle Edgerton ! C'est un plaisir de vous voir, comme toujours.

— Il est très tard. Vous devriez aller vous coucher.

— Me coucher ? Non, non. C'est une nuit pour chanter. J'ai une voix merveilleuse, n'est-ce pas ? Tout le monde m'en fait le compliment.

— En effet, elle est splendide, mais l'endroit est mal choisi pour chanter.

Elle jeta un regard éperdu derrière elle. Où était donc lord Frederick ? Cette fois encore, elle avait besoin qu'il la tire d'affaire.

— Où puis-je chanter alors ? zézaya lord Vere.

— Si vous y tenez absolument, vous devriez sortir.

— Bonne idée.

Il s'éloigna de quelques pas chancelants, s'arrêta devant la porte de Douglas et tendit la main vers la poignée. Elissande se précipita pour s'interposer.

— Que faites-vous, lord Vere ?

— Je sors. Vous venez de me dire...

— Cette porte est celle de la chambre de mon oncle.

— Ah bon ? Je vous demande pardon. C'est curieux, en général, j'ai un excellent sens de l'orientation. Si vous pouviez me montrer le chemin...

Elle inspira à fond, puis :

— Bien sûr. Suivez-moi. Et je vous en prie, ne faites pas de bruit.

Zigzaguant à son côté, il se retint de brailler sans parvenir pour autant à se taire.

— C'était fort drôle, ce jeu du Cochon qui grogne, pas vrai ? On s'est bien amusés, ce soir.

— Certes. Je n'ai jamais autant ri, acquiesça Elissande entre ses dents.

— Je n'oublierai jamais quand vous avez posé votre popotin sur mes genoux.

Elissande, quant à elle, priait pour parvenir à oublier un jour le contact répugnant de son érection contre ses fesses. Rien que d'y penser, elle était la proie d'un embrasement détestable du corps et du visage. Et c'est surtout cela qui était révoltant. Comment pouvait-elle se laisser bouleverser de la sorte par un homme aussi bête ?

Elle accéléra le pas, mais il se maintint à sa hauteur sans problème.

— Et savez-vous pourquoi je me souviendrai davantage de votre popotin que de celui de Mlle Melbourne, par exemple ?

Si elle avait eu la moindre preuve qu'il était vulgaire intentionnellement, elle n'aurait pas hésité à lui flanquer une gifle. Peut-être même lui aurait-elle donné des coups de pied. Mais il flottait dans son propre monde, inconscient de l'embarras qu'il suscitait, et elle aurait eu l'impression de frapper un bébé, ou un chiot.

— Sûrement parce que le mien est deux fois plus large, grinça-t-elle.

— Ma foi, je n'y avais pas pensé. Vous êtes vive d'esprit.

Ils avaient atteint la porte d'entrée, au bout du grand hall. Elissande tourna la clé et poussa le battant. Elle descendit les marches du perron, accompagna lord Vere sur quelques mètres. Dès qu'ils s'arrêtèrent, il se remit à chanter.

Elle tourna les talons, prête à détaler.

— Vous n'allez pas me laisser seul, mademoiselle Edgerton. C'est pour vous que je veux chanter. Restez, j'insiste.

— C'est que... je suis très fatiguée. Je préfère retourner dans ma chambre.

— Alors je vais m'installer sous vos fenêtres pour vous donner la sérénade. N'est-ce pas follement romantique ?

Elissande aurait préféré se lacérer les tympans à coups de canif.

— Dans ce cas, je reste pour vous écouter.

Il chanta donc. Et cela n'en finissait pas. Un hindou aurait eu le temps de se marier. Un serpent d'escalader le mont Blanc. L'Atlantide de jaillir du fond des mers.

Le vent s'était levé, il faisait froid, pas plus de cinq ou six degrés, et Elissande frissonnait dans sa robe de soirée légère qui lui dénudait les bras et les épaules. Elle avait la chair de poule. Lord Vere chantait, imperturbable, d'une voix avinée. Et même la nature était contre elle : en dépit des nuages qui masquaient les étoiles, il ne pleuvait même pas, ce qui l'aurait forcé à rentrer se coucher.

Il se tut soudain. Elle lui jeta un regard surpris. Elle s'était résignée à l'idée qu'il ne s'arrêterait sans doute jamais. Il s'inclina, faillit tomber, et se redressa de justesse avant de la considérer d'un air interrogateur. Apparemment, il attendait qu'elle applaudisse la performance. Ce qu'elle fit. N'importe quoi, pourvu qu'il la laisse enfin tranquille.

— Ravi de vous avoir divertie, mademoiselle Edgerton. Je dormirai bien mieux sachant que ma voix a pu enchanter quelques instants de votre vie.

Elle s'abstint de le frapper, ce qui lui vaudrait certainement une béatification ultérieure. À ce stade, seule une sainte aurait pu s'empêcher de le rouer de coups.

Elle le raccompagna jusqu'à sa chambre, alla même jusqu'à lui ouvrir la porte.

— Bonsoir, bonsoir. *Si douce est la tristesse de nos adieux*[1].

Il s'inclina, trébucha et se cogna l'épaule contre le chambranle.

— Qui a écrit cela, le savez-vous ? demanda-t-il.

---

1. *Roméo et Juliette*, Shakespeare, Acte II, scène 2, traduction François-Victor Hugo. *(N.d.T.)*

— Quelqu'un qui n'est plus de ce monde, assurément.

— Vous devez avoir raison. Merci, mademoiselle Edgerton. Grâce à vous cette nuit sera inoubliable.

Elle le poussa dans la chambre et referma la porte.

Tante Rachel dormait, bien sûr. À cause du laudanum, elle échappait à la vie. Parfois – et même assez souvent depuis quelque temps –, Elissande était tentée de s'abrutir de la même façon. Mais elle redoutait le piège de la dépendance. La liberté était son seul but. Pas question de devenir esclave de cette substance, quand bien même son oncle ne serait pas là pour lui confisquer la bouteille sur un coup de tête.

Il lui restait une nuit et un jour pour mener son plan à bien. La liberté ne s'était pas rapprochée d'un pouce. L'espoir que la vue de lord Vere avait fait naître en elle s'était volatilisé dès qu'il avait ouvert la bouche. Quant à ce cher lord Frederick, à sa manière il était aussi inaccessible que la lune.

Ce pari qu'elle avait fait semblait voué à l'échec. Elle ne savait tout simplement plus que faire.

— Va-t'en, souffla tante Rachel.

Elissande s'approcha du lit.

— Vous avez dit quelque chose, ma tante ?

Les paupières de cette dernière papillotèrent sans s'ouvrir. Elle marmotta :

— Va-t'en, Elie. Et ne reviens jamais !

À quinze ans, Elissande s'était enfuie de Highgate Court. Juste après que sa tante eut prononcé ces mêmes paroles. Elle avait parcouru à pied les deux lieues qui séparaient le domaine du bourg d'Ellesmere. De là, elle avait pris un train jusqu'à Whitchurch, puis un autre jusqu'à Crewe, à seulement trois heures de Londres.

À Crewe, elle avait renoncé.

Elle avait regagné Highgate Court en fin de journée, à peine une demi-heure avant le retour de son oncle. Sa tante n'avait pas dit un mot. Elle s'était contentée de pleurer. Elles avaient pleuré ensemble.

— Va-t'en, répéta tante Rachel d'une voix plus faible.

Elissande plongea le visage entre ses mains. Elle devait trouver une solution, n'importe laquelle. Ne pas se laisser abattre parce qu'elle se révélait incapable d'obtenir une demande en mariage en bonne et due forme. Ce n'était quand même pas un hasard si Dieu avait voulu qu'une armada de rats envahisse la demeure de lady Kingsley.

Elle releva brusquement la tête. Qu'avait donc dit lady Avery un peu plus tôt ? Qu'elle avait surpris un homme et une femme cachés dans un placard, et qu'ils avaient été contraints de se marier.

Si lady Avery les surprenait, lord Frederick et elle, dans une situation compromettante, alors ils seraient obligés de se marier, eux aussi.

Mais comment en arriver là ? Comment piéger lord Frederick ? Oncle Edmund maîtrisait parfaitement la ruse, la cruauté et l'art de la manipulation. Et elle n'avait jamais voulu lui ressembler en quoi que ce soit.

— Elissande, marmonna encore sa tante. Va-t'en. Ne reviens jamais.

Le cœur de la jeune fille se serra. Il semblait que son oncle l'ait contaminée, finalement. Parce qu'elle s'en sentait capable. Oui, elle allait le faire. Elle allait attirer lord Frederick dans un piège, et se servir de lui sans vergogne pour se sauver et sauver tante Rachel.

Et il n'était pas question d'échouer.

De sa chambre, Vere guetta le retour de Mlle Edgerton dans la pièce voisine. Puis il patienta cinq minutes avant de s'aventurer dans le couloir. Au passage, il frappa une fois contre la porte de lady Kingsley.

Mme Douglas dormait. Il fit pivoter le tableau, et lady Kingsley arriva à temps pour lui tenir le stylo-lampe tandis qu'il crochetait la première serrure. Il avait en effet demandé à Nye de ne laisser aucune trace de son passage. Et désormais lady Kingsley – qui avait fait le guet pour Nye alors que Vere distrayait Mlle Edgerton – connaissait la combinaison qui servait à ouvrir la deuxième porte.

Et ce qu'ils découvrirent en valait la peine.

Le coffre contenait l'historique des ratés qui avaient ponctué l'existence d'Edmund Douglas. Il était bien propriétaire d'une mine de diamants en Afrique du Sud, mais toutes les entreprises qu'il avait créées afin de la rentabiliser s'étaient soldées par des pertes financières massives.

— Seigneur, il est masochiste, commenta lady Kingsley.

Apparemment. Et Vere trouvait que tout cela n'avait aucun sens. Pourquoi Douglas s'était-il obstiné à relancer des investissements qui s'étaient révélés chaque fois désastreux ?

— Au vu de tout cela, il serait logique qu'il soit endetté jusqu'au cou, chuchota lady Kingsley, tout excitée. Vous voyez bien qu'il a besoin d'argent. Nous le tenons, notre mobile !

Elle s'emballa davantage encore quand ils découvrirent un dossier dont le texte était codé de manière bien plus complexe que la plupart des documents dont ils avaient l'habitude. L'écriture était superbement calligraphiée. Encore une surprise. Décidément il n'y avait rien de logique chez Edmund Douglas. Une maison sans luxe ostentatoire, une allure sobre et raffinée, une écriture élégante. Sa nièce était cultivée, et loin de s'exprimer comme on le faisait sur les docks de Liverpool. Faire fortune pouvait donc changer un homme à ce point ?

— Je vous parie que ce dossier contient toutes les preuves dont nous avons besoin, murmura lady Kingsley.

Vere tâtonna à l'intérieur du coffre. Ah, celui-ci n'avait pas encore révélé tous ses secrets ! Il y avait un double fond.

Le compartiment caché recelait une petite bourse de cuir. Vere s'attendait à y trouver une poignée de diamants. Au lieu de quoi, il découvrit des bijoux.

— Ils n'ont rien d'extraordinaire, déclara lady Kingsley en effleurant du doigt un collier de rubis. Je dirais qu'il y en a pour un millier de livres tout au plus.

Une image de Mlle Edgerton jaillit soudain dans l'esprit de Vere. Elissande Edgerton et sa gorge nue, ses poignets nus, ses doigts nus. Cela ne lui avait pas sauté aux yeux dans un premier temps, mais il est vrai qu'elle ne portait pas un seul bijou, pas même un simple camée en broche. Plutôt singulier pour la nièce d'un homme qui possédait une mine de diamants.

Comme il remettait la bourse à l'intérieur du coffre, il remarqua une minuscule clé, aussi fine qu'un cure-dents.

— Quoi que cette clé ferme, je devrais pouvoir l'ouvrir à mains nues, commenta lady Kingsley.

Ils remirent tout en place avec soin, excepté le dossier codé que lady Kingsley tenait à conserver.

— Allez-vous l'emporter à Londres ? chuchota Vere dont les cordes vocales étaient fatiguées après sa glorieuse prestation.

— Je ne peux pas abandonner mes invités pendant huit heures. Vous non plus, d'ailleurs. Ou Douglas vous soupçonnera forcément si jamais il découvre l'absence de ce dossier avant que nous puissions le remettre à sa place.

Elle quitta la chambre la première. Vere referma le coffre, remit le tableau en place, et attendit d'entendre le déclic pour se retourner.

Il se pétrifia.

Mlle Edgerton avait dû ajouter une ou deux bûches dans le feu quand elle était venue vérifier que sa tante allait bien. À la lueur des flammes, Vere vit Mme Douglas assise sur le lit. Les yeux grands ouverts, l'air terrifié, elle le regardait.

Toute autre femme aurait hurlé, pourtant elle gardait le silence, se contentant de le fixer de ses yeux exorbités.

Vere se déplaça lentement en direction de la porte. Mme Douglas ferma les yeux. Elle tremblait de tout son corps. Il prit une profonde inspiration, se glissa dans le couloir, tendit l'oreille. Si Mme Douglas devait retrouver sa voix, ce serait maintenant. L'escalier de service étant tout près, Vere pourrait toujours s'échapper par là pour éviter les invités affolés que ses cris ne manqueraient pas d'alerter.

Mais aucun bruit ne sortait de la chambre de Mme Douglas. Pas le moindre cri, pas même un gémissement.

Complètement perturbé, Vere regagna sa propre chambre.

L'horloge sonna trois coups qui résonnèrent dans la maison silencieuse.

3 heures. Il était toujours 3 heures.

La rampe de bois doré était froide sous ses doigts. Les hauts palmiers dont son père avait été si fier n'étaient plus désormais que des fantômes qui agitaient leurs longs bras. Une des feuilles lui frôla le dos de la main, et il tressaillit de peur.

Il n'en continua pas moins de descendre, une marche après l'autre, dans le noir. Il y avait au bas de l'escalier une faible lumière qui l'attirait, comme un puits fascine un enfant en bas âge.

Il aperçut tout d'abord ses pieds délicats chaussés de mules bleues. Sa robe scintillait, prenait des reflets irisés dans cette lumière qui tombait d'on ne sait où. Son bras ganté de blanc jusqu'au coude reposait en travers de sa poitrine. Son châle blanc ondulait mollement autour de ses épaules. Ses cheveux bruns s'étaient défaits, boucles mêlées de plumes et de peignes en nacre. Les cinq rangs de sa rivière de saphirs lui barraient la bouche et le menton, telle une sublime muselière.

C'est alors qu'il remarqua l'angle étrange que formait son cou.

Une violente nausée le submergea. C'était sa mère. Il tendit la main pour la toucher. Soudain elle ouvrit les yeux ; son regard était vide et cependant figé par la terreur. Il eut un sursaut de recul. Son talon heurta le premier degré de l'escalier et il perdit l'équilibre.

Il tombait, tombait, tombait…

Vere se dressa dans son lit, haletant. Le cauchemar revenait souvent, mais cette nuit c'étaient les yeux de Mme Douglas qu'il avait vus dans le visage de sa mère.

La porte s'ouvrit.

— Vous allez bien, lord Vere ? Je vous ai entendu crier.

La silhouette de Mlle Edgerton se découpait à contre-jour sur le seuil.

L'espace d'un instant, il fut tenaillé par l'envie irrépressible de la voir s'approcher, de sentir sa main fraîche sur sa joue, d'entendre sa voix apaisante lui murmurer que ce n'était rien, juste un mauvais rêve. Elle l'obligerait à se rallonger, remonterait les couvertures et lui sourirait…

— Oh non, ça ne va pas du tout ! s'exclama-t-il avec force. C'est toujours ce vieux rêve. Vous savez, quand on cherche des toilettes partout et qu'il n'y en a pas, ni pot de chambre ni même un seau. Et il y a des gens partout, et... Oh, doux Jésus, j'espère que je n'ai pas... Non, Dieu merci les draps sont intacts ! Mais si vous voulez bien m'excuser, il faut que j'aille...

La porte se referma avant qu'il ait achevé sa phrase.

Au matin, tout le monde se rendit à Woodley Manor pour voir cette répugnante montagne de rats morts. Afin de commémorer l'événement, l'employé de l'entreprise de dératisation à l'imposante moustache noire et à l'accent incompréhensible posa triomphalement devant l'objectif de lord Frederick, en compagnie de ses chiens épuisés et de son furet victorieux.

— Mes domestiques travaillent d'arrache-pied pour remettre la maison en état, confia lady Kingsley à Elissande. Il y a beaucoup à faire, mais on m'a garanti que les lieux seraient de nouveau habitables demain. Je vous promets que nous libérerons Highgate Court à ce moment-là.

Elissande hocha la tête en silence. Le temps imparti était presque écoulé. Il fallait agir, provoquer la chance.

Ne disait-on pas : « Aide-toi, le Ciel t'aidera » ?

7

Elissande avait hérité quelques babioles de ses parents : deux peignes d'argent qui avaient appartenu à sa mère, un flacon de parfum dont l'arôme avait été créé spécialement pour Charlotte Edgerton par Guerlain, le nécessaire à rasage de son père, une pile de lettres nouées d'un ruban lilas, et enfin une petite peinture à l'huile, un nu féminin.

Lord Frederick apprécierait de voir ce tableau, elle en était convaincue. Elle avait une excellente raison de ne pas le lui avoir déjà montré : elle craignait que le modèle qui avait posé pour le peintre ne soit sa mère, or, personne ne se promenait avec un nu de sa mère pour le montrer à tout le monde.

Mais elle faisait désormais foin de tous scrupules.

— Mon Dieu, c'est un Delacroix ! s'exclama lord Frederick.

Ce nom ne disait rien à Elissande. Les livres sur l'art qui étaient autrefois rangés dans la bibliothèque de Highgate Court traitaient essentiellement de l'Antiquité classique et de la Renaissance. Mais à en juger par l'expression émerveillée de lord Frederick, Delacroix n'était pas n'importe qui.

— Vous en êtes sûr, milord ?

— Presque à cent pour cent. La signature, le style, le choix des couleurs – je serais vraiment étonné qu'il s'agisse d'un autre peintre.

Contaminée par son enthousiasme, elle décida d'y voir un signe du destin. Comment expliquer autrement que son coffret à trésors, qui ne contenait que des objets sans autre valeur que sentimentale, lui permette de faire une telle avancée ce matin-là ?

— C'est une œuvre exquise, murmura lord Frederick, fasciné.

Elissande le dévisageait, pareillement subjuguée par sa brusque bonne fortune.

— Comment se fait-il que vous possédiez un Delacroix ?

— Je n'en ai pas la moindre idée. Je suppose que c'est mon père qui l'a acheté. Il a vécu à Paris au début des années 1870.

— Je ne pense pas, lâcha lord Vere d'un ton railleur.

Lady Kingsley s'était retirée dans sa chambre afin d'écrire quelques lettres. Lady Avery et les jeunes filles étaient parties à Ellesmere. La plupart des messieurs avaient décidé de chasser les quelques grouses qui se trouvaient peut-être sur le domaine. Lord Frederick s'était désisté. Il ne voyait pas l'intérêt de harceler ces malheureux oiseaux. Quant à lord Vere, il avait d'abord manifesté son intention de participer à la battue, avant de changer d'avis, au grand dépit d'Elissande.

À présent, installé dans un coin du salon, il faisait une patience. Elissande s'était efforcée d'ignorer sa présence, mais maintenant qu'il avait parlé, ce n'était plus possible.

Il n'avait même pas levé le nez. Elle se rendit compte qu'il ne faisait pas une patience, comme elle l'avait cru, mais qu'il se contentait d'aligner les cartes devant lui et d'en retourner certaines, au hasard.

— Je vous demande pardon, milord ? Vous ne pensez pas que mon père ait vécu à Paris ?

— Oh, si, sans doute ! Mais je doute qu'il ait acquis ce Delacroix de manière honnête. Hier soir au dîner, lady Avery m'a appris que votre grand-père était un mécène passionné d'art, et que, avant de s'enfuir avec votre mère, votre père lui avait dérobé certaines œuvres de grande valeur.

Elissande en demeura muette de saisissement. Son oncle lui avait dit un tas de choses déplaisantes sur ses parents, mais jamais il n'avait été jusqu'à accuser son père de vol.

— Je vous en prie, milord, on ne médit pas des morts, protesta-t-elle d'une voix frémissante de colère.

— Dire la vérité n'est pas médire. Et puis cette histoire est passionnante. J'ignorais que votre mère avait été une cocotte. Saviez-vous qu'elle avait été la maîtresse de votre grand-oncle avant d'épouser votre père ?

Bien sûr qu'elle le savait. Oncle Edmund ne lui avait pas épargné ce genre de détails. Elle ne devait rien ignorer de la souillure qui entachait sa naissance. Mais il fallait être totalement dépourvu de manières pour évoquer cette affaire en public, sans aucune considération pour les sentiments d'Elissande.

Lord Frederick avait viré à l'écarlate. Pour la première fois, Elissande l'entendit s'adresser à son frère avec rudesse :

— Ça suffit, Penny !

Avec un haussement d'épaules, lord Vere se concentra sur ses cartes qu'il réunit et entreprit de battre.

Un silence embarrassé tomba dans la pièce. Puis lord Frederick murmura :

— Je vous présente mes excuses. Parfois, mon frère mélange les récits. Je suis sûr qu'il confond avec une autre famille.

— Merci, murmura-t-elle, reconnaissante.

— C'est moi qui vous remercie de m'avoir offert l'occasion d'admirer ce Delacroix. C'est une joie incroyable et un privilège de pouvoir contempler un tel chef-d'œuvre.

— Je l'ai découvert hier soir parmi les affaires de mon père. Il y en a plusieurs malles. Peut-être contiennent-elles d'autres tableaux de ce genre.

— Si vous faites une autre découverte, j'adorerais la voir !

Elissande n'avait pas entendu lord Vere se lever, aussi sursauta-t-elle lorsque sa voix retentit soudain tout près de son oreille :

— Elle n'a pas de vêtements.

— C'est un nu, expliqua lord Frederick.

— Je le vois bien ! Elle a juste conservé ses bas, constata lord Vere, penché par-dessus l'épaule d'Elissande.

Son bras lui frôlait pratiquement les cheveux. Il sentait bon le propre, ce qui était plutôt étonnant dans la mesure où il avait renversé de la sauce tomate sur lui au déjeuner.

— Cela n'a rien d'inconvenant, assura lord Frederick. C'est une étude du corps féminin. L'intention n'est pas graveleuse.

Il ne put s'empêcher de rougir, mais se reprit rapidement :

— Encore une fois merci, mademoiselle Edgerton. J'espère que vous allez découvrir d'autres trésors cachés.

— Je vous préviendrai si c'est le cas, promit-elle en se levant.

Elle avait encore beaucoup, beaucoup à faire.

Tandis qu'elle se dirigeait vers la porte, lord Vere cria :

— Moi aussi, j'ai hâte de les voir, surtout s'ils ne portent rien d'autre que des bas !

Elle ne s'arrêta pas pour lui lancer un vase à la figure. Sa future canonisation était en bonne voie.

Les gestes de Mlle Edgerton intriguaient Vere. Cette façon qu'elle avait de jouer avec les volants de ses manches. De se toucher les cheveux, comme pour attirer l'attention sur leur masse brillante. D'écouter Freddie, avec grand intérêt, l'index sur la joue, le buste légèrement incliné en avant, comme pour donner l'impression – discrète mais réelle – qu'elle souhaitait se rapprocher de lui.

Mais rien ne le fascinait – ni ne le dégoûtait – davantage que ses sourires.

Si lui-même maîtrisait bien l'art du sourire, elle était une virtuose. Elle surclassait tout le monde. Où avait-elle appris à jouer de ce charme ingénu et de cette fraîcheur qui allaient droit au cœur ? Ses sourires étaient comme de l'or liquide, éblouissants, précieux.

Mais elle n'avait *pas* souri quand elle s'était assise sur *ses* genoux. Ni quand il avait chanté à tue-tête pour la tenir éloignée de Nye. Elle n'avait pas eu un sourire depuis qu'il avait évoqué la moralité douteuse de ses parents.

C'était bien ce qu'il cherchait, non ? L'agacer jusqu'à la rendre folle ? Alors pourquoi était-il furieux ? Il était même en colère contre Freddie, pour qui elle éprouvait une évidente affection et qui s'en fichait bien. Freddie qui n'élevait presque jamais la voix sur lui.

— Je monte une minute, Penny, annonça ce dernier en abandonnant le bureau où il s'était installé pour écrire une lettre. J'ai besoin de mon étui à cartes de visite.

— Je t'accompagne. Je n'ai rien de mieux à faire.

Vere avait passé des heures à tenter de décrypter le code utilisé par Douglas, en s'aidant de cartes à jouer sur lesquelles il avait inscrit les lettres de l'alphabet afin de les combiner inlassablement. En réalité il lui avait été impossible de se concentrer de manière efficace.

— Pourquoi as-tu besoin de tes cartes de visite ? s'enquit-il alors qu'ils gravissaient l'escalier. Sommes-nous invités chez quelqu'un ?

— Non, je veux juste écrire à Leo Marsden. Il vient de rentrer d'Inde.

— Qui ça ?

— Tu dois te souvenir de lui, nous étions dans le même dortoir à Eton. Le papier sur lequel j'ai noté son adresse est dans mon étui.

Une fois dans sa chambre, Freddie ouvrit le tiroir de la table de chevet et se gratta le menton.

— C'est curieux. L'étui n'est plus là.

— Quand l'as-tu vu pour la dernière fois ?

— Ce matin. Mais je me trompe peut-être.

Freddie était d'une nature charitable. N'importe qui d'autre à sa place aurait commencé par soupçonner les domestiques. Vere l'aida à fouiller la chambre, en vain.

— Tu devrais en parler à Mlle Edgerton, suggéra-t-il.

— Sans doute.

Mais ils ne revirent pas Mlle Edgerton avant l'heure du thé. Elle arbora l'expression appropriée, mélange de stupéfaction et de désarroi, lorsque Freddie évoqua l'étui disparu. Elle promit de tout mettre en œuvre pour le retrouver et le lui retourner. Mais alors même qu'elle exprimait son étonnement qu'une telle chose se soit produite sous son toit, ouvrant de grands yeux innocents, ce fut soudain vers *elle* que se portèrent les soupçons de Vere.

Il ne voyait pas bien ce qu'elle aurait pu faire de cet étui. Il savait seulement que, lorsqu'elle ne souriait pas, son regard noisette reflétait une indéniable dureté. Voire une certaine férocité.

Il savait aussi que son instinct le trompait rarement.

Le comportement de lady Avery au dîner accentua le malaise de Vere, jusqu'à l'alarmer carrément. Il la connaissait bien. Dans son métier, il aurait été stupide de ne pas profiter d'une telle source d'informations. Or, il avait reconnu la lueur sanguinaire qui s'était allumée dans son regard. Narines frémissantes, tel un limier, elle était prête à se jeter sur tout scandale bien juteux dont elle aurait détecté le fumet.

Il se tramait quelque chose. À l'heure du thé, lady Avery lui avait paru tout à fait normale. Elle s'était contentée de tourmenter Mlle Melbourne et Mlle Duvall avec des potins qui n'étaient soi-disant pas pour leurs chastes oreilles. Alors pourquoi semblait-elle tout à coup sur le qui-vive ?

Les jeunes filles, en dépit de leur jeunesse et de leur pétulance, ne traînaient dans leur sillage aucun parfum de scandale. Mlle Melbourne s'intéressait essentiellement à sa silhouette. Mlle Duvall ne pensait qu'à la musique. Mlle Beauchamp avait un tendre penchant pour son cousin, qui n'était pas présent. Et Mlle Kingsley, même si elle flirtait avec Conrad, se passionnait davantage pour les études que pour le mariage : en octobre, elle reprendrait les cours à l'université de Girton.

Ce qui ne laissait plus que leur hôtesse.

Vere ne lâcha pas Freddie d'une semelle. Rien ne se produisit. Le dîner se déroula sans heurt. La soirée qui s'ensuivit fut plutôt guindée comparée à celle de la veille, et les jeunes filles se retirèrent à une heure convenable.

Lorsque l'horloge sonna la demie de 23 heures, Vere commença à se dire qu'il s'était sans doute emballé sans raison. Que ce qu'il avait cru percevoir instinctivement n'était que paranoïa.

Deux minutes plus tard, un valet à la mine endormie pénétra dans le salon. Il tenait un plateau d'argent sur lequel était posé l'étui de Freddie, ainsi qu'une enveloppe cachetée.

Vere bondit et s'empara des deux objets sous l'œil médusé du domestique.

— Désolé, mon brave ! dit-il en lui tapotant l'épaule. C'est le soulagement de retrouver cet objet, que nous avons cherché toute la journée. Retournez donc vous coucher, je vais de ce pas rendre son bien à mon frère.

— C'est que... j'ai ordre de remettre ceci en mains propres, milord.

— Pas de problème, regardez...

Vere s'approcha de Freddie et lui tendit l'étui.

— Vous voyez, votre tâche est accomplie.

— Merci, milord.

Tandis que le valet sortait, Freddie vérifia le contenu de son étui.

— Je me demande où elle l'a trouvé, murmura-t-il.

— Tu poseras la question demain à Mlle Edgerton. Au moins, maintenant, tu peux envoyer ta lettre à Leo Marsden.

Vere attendit quelques minutes avant de quitter le salon pour lire la lettre qu'il avait empochée subrepticement.

Cher lord Frederick,

Voici votre étui, qu'une femme de chambre a trouvé dans l'escalier de service.
Si ce n'est abuser de votre temps, je souhaiterais vous montrer un dessin d'une grande beauté que je viens de

dénicher parmi les affaires personnelles de mon père. Il est signé d'un nom si illustre que je n'ose vous le préciser dans ce billet de peur de me ridiculiser. Accepteriez-vous d'y jeter un coup d'œil ? J'ai tellement hâte d'avoir votre avis ! Si vous pouviez me retrouver dans le petit salon vert d'ici un quart d'heure, je vous en serais très reconnaissante.

Elissande Edgerton

Un rendez-vous dans un salon à l'écart, loin de la salle de billard où les messieurs s'attardaient – et où lady Avery s'agitait dans un état de surexcitation caractéristique.

Apparemment, il avait sous-estimé l'intérêt de Mlle Edgerton pour son frère.

Elissande tremblait, et cela ne faisait qu'accroître sa nervosité. D'ordinaire, c'était sa tante qui tremblait, pas elle. Elle avait la main sûre et elle était capable d'afficher une expression sereine même sous l'emprise de la terreur.

Mais peut-être pouvait-elle tirer profit de ce tremblement ? Une jeune fille qui donnait rendez-vous à un monsieur à une heure indue avait le droit d'être un peu émue, n'est-ce pas ? Cela donnerait à sa soudaine passion une touche d'authenticité qui, en retour, inspirerait peut-être une réponse ardente à lord Frederick.

Elle frôla les bretelles de sa chemise de nuit, dont elle avait défait les coutures. Elles ne tenaient qu'à un fil. Littéralement. À la moindre secousse, le vêtement glisserait à terre.

« Qu'avez-vous donc trouvé de si extraordinaire, mademoiselle Edgerton ? » demanderait lord Frederick lorsqu'elle entrerait dans le salon vert.

Elle lèverait sur lui un regard émerveillé, comme s'il était le Christ ressuscité en personne, et balbutierait : « Pardonnez-moi, milord, je sais que c'est mal, mais depuis que nous avons fait connaissance, je ne cesse de penser à vous. »

Après tout, c'était en partie vrai.

Elle inspira profondément plusieurs fois de suite. Il était temps. Elle resserra les pans de son déshabillé, priant pour que les bretelles de sa chemise de nuit ne lâchent pas avant l'heure, puis quitta sa chambre pour se rendre dans le salon vert.

La pièce était éclairée. Sur les murs, des estampes japonaises représentaient les quatre saisons. Les vases et encensoirs de jade s'harmonisaient avec la tapisserie murale en soie imprimée de feuilles de lotus. Sur des présentoirs fabriqués sur mesure trônaient des maquettes de bateaux très élaborées, exposées dans de grandes bouteilles en verre.

Les navires étaient captifs, comme elle.

Il n'y avait personne dans le salon.

Interdite, elle s'immobilisa. Elle avait eu l'intention d'arriver quelques minutes après lord Frederick. Il aurait sans doute été surpris par sa mise, mais impatient de voir quel incroyable trésor elle avait découvert.

Il n'y avait pas de feu dans l'âtre. Après avoir fait les cent pas pendant quelques minutes, Elissande se rendit compte qu'elle tremblait encore plus, autant à cause de la fraîcheur ambiante que de sa panique qui allait grandissant. Son beau plan tombait complètement à l'eau si lord Frederick ne daignait pas se montrer.

En quête d'une source de chaleur, elle approcha la main de la flamme de la bougie qu'elle avait apportée. Son souffle était rapide, erratique.

L'horloge posée sur le manteau de la cheminée sonna. Elissande tressaillit. Il était l'heure qu'elle avait mentionnée dans une lettre non signée qu'elle avait glissée dans une enveloppe dont le cachet de cire était rompu, puis avait déposée par terre, dans le couloir, devant la porte de lady Avery. *Minuit. Dans le salon vert. Mon cœur se gonfle de joie à l'idée de vous revoir,* était-il écrit. Elissande savait que lady Avery l'avait lue, car durant toute la soirée elle n'avait cessé d'épier les jeunes gens réunis là, s'efforçant visiblement de deviner quel couple d'amoureux clandestins s'était donné rendez-vous ce soir-là.

Tout cela pour rien.

Abattue, Elissande éteignit la lumière et sortit. Elle se dirigea vers le bureau de son oncle pour éviter de croiser lady Avery qui, selon toute vraisemblance, arriverait du grand hall. L'escalier de service se trouvait au bout du couloir, elle n'avait plus qu'à l'emprunter pour regagner sa chambre ni vu ni connu.

Elle s'immobilisa soudain. Elle avait demandé aux invités de se tenir à l'écart du bureau, or le battant était entrebâillé et la lumière allumée à l'intérieur.

Elle poussa la porte. Lord Vere se trouvait devant le meuble de rangement. Tout en fredonnant, il ouvrait les tiroirs et les compartiments les uns après les autres.

— Lord Vere, que faites-vous ici ?

— Ah, mademoiselle Edgerton ! Je cherche un livre. Lire m'aide à trouver le sommeil, voyez-vous. Cela vaut mieux que le laudanum, si vous voulez mon avis. Au bout de deux pages, parfois seulement deux paragraphes, je m'endors comme un bébé. Dans cette optique, je vous recommande tout particulièrement la poésie latine, très soporifique.

Elle était étonnée qu'il sache seulement lire, cet idiot, alors le latin...

— Vous vous êtes trompé d'endroit, milord. C'est la bibliothèque que vous cherchez. Il n'y a pas de livres ici.

— Ah ! Tout s'explique. Je me disais aussi que cette bibliothèque était bizarrement agencée.

Il la rejoignit sur le seuil.

— Et vous, que faites-vous donc ici, mademoiselle ? Les dames ne sont-elles pas montées se coucher ?

— J'avais oublié quelque chose.

— Quoi donc ? Je peux peut-être vous aider à le trouver.

Excédée, elle faillit rétorquer qu'elle avait déjà trouvé ce qu'elle cherchait, mais s'avisa soudain qu'elle n'avait rien d'autre que le bougeoir.

— Je peux me débrouiller seule, merci, milord.

— Je vous en prie. Rien ne me ferait plus plaisir.

C'était bien la dernière chose qu'elle voulait : risquer de se faire surprendre par lady Avery en compagnie de lord Vere. Mais la maison était silencieuse. Elissande avait encore le temps de retourner dans le salon pour y récupérer n'importe quoi et se débarrasser de ce gêneur.

C'est donc ce qu'elle fit, lord Vere sur les talons. S'éclairant seulement de la chandelle, elle avança vers la cheminée et saisit le premier objet qui lui tombait sous la main.

— Voilà, je l'ai, annonça-t-elle.

— Oh, que c'est joli !

Elle aurait pu prendre le chandelier en malachite, ou le petit pot chinois dans lequel on rangeait les allume-feu. Mais non, il avait fallu qu'elle attrape ce globe en verre qui renfermait un village miniature : une église et quelques maisonnettes aux toits couverts de neige. Le dernier cadeau que sa tante lui avait offert quelque huit ans auparavant.

Il avait neigé, ce Noël-là. Son oncle, victime d'une de ces habituelles sautes d'humeur, avait brusquement quitté la maison. Elissande avait persuadé sa tante de sortir dans le parc. À cette époque, elle en était encore capable. Elles avaient fait un bonhomme de neige, puis une bataille de boules de neige. Tante Rachel visait bien, qui l'eût cru ? Elissande s'était bien défendue. Elle avait poursuivi sa tante qui s'était sauvée en criant, puis avait éclaté de rire quand la boule lancée par sa nièce l'avait atteinte en plein postérieur.

Elissande la revoyait, avec ses cheveux bruns détachés et son visage rosi par l'exercice, se pencher pour former une autre boule de neige, puis se pétrifier en découvrant que son mari était de retour.

Elissande n'oublierait jamais l'expression de son oncle : d'abord de la colère, suivie d'une grimace de jubilation mauvaise. Par son rire, ses joues empourprées, le simple fait qu'elle était en train de *jouer*, tante Rachel s'était trahie. Elle n'était pas complètement brisée. Il y avait encore en elle une étincelle de vitalité. Et, naturellement, l'oncle d'Elissande ne pouvait laisser une telle offense sans châtiment.

Depuis ce jour, tante Rachel n'avait plus jamais quitté la maison.

Elissande se tourna vers lord Vere. Il semblait fasciné par les flocons de neige qui dansaient à l'intérieur de la boule, alors qu'elle-même était incapable de les regarder. Il se tenait si près, elle ne pouvait pas ne pas remarquer ses larges épaules, son cou puissant, l'arc quasi parfait de ses sourcils. Ce soir, il n'empestait pas la fumée de cigare, mais fleurait bon le résineux – il avait glissé dans sa boutonnière une branche de pin agrémentée d'une grappe de baies rouges, nota-t-elle après coup.

Pourrait-elle se résoudre à épouser cet individu alors qu'elle savait que derrière ce beau regard il n'y avait qu'une vacuité ahurissante ?

Pourrait-elle se sacrifier, endurer toute une vie auprès de ce nigaud qui ne savait que débiter des sottises et reluquer la poitrine des dames ? Réussirait-elle à lui sourire jusqu'à la fin de ses jours ?

Ses doigts se crispèrent sur la boule à neige.

« Je croyais que l'effet serait plus impressionnant, avait dit sa tante quand Elissande avait secoué la boule pour la première fois. Je voulais t'offrir un bel objet. »

Il lui semblait que le désespoir avait toujours fait partie de sa vie. Mais en cet instant, le mot prenait tout son sens.

Un bruit de pas retentit au loin. Sans doute lady Avery qui arrivait.

Elissande posa son bougeoir et la boule sur le manteau de la cheminée. Elle sourit à lord Vere. Voilà qu'elle tremblait de nouveau. Tant mieux. Cela ajouterait un accent de sincérité aux mots qui franchissaient maintenant ses lèvres :

— Pardonnez-moi, milord, je sais que c'est mal, mais depuis que nous nous sommes rencontrés, je ne cesse de penser à vous.

Tout en parlant, elle avait dénoué la ceinture de son peignoir qui glissa à terre.

Lord Vere écarquilla les yeux. Résolument, elle marcha sur l'ourlet de sa chemise de nuit dont les bretelles se rompirent. Le tissu soyeux coula le long de son corps nu en chuchotant.

8

Pour une fois dans sa vie, Vere n'eut pas à simuler la stupeur. Mlle Edgerton l'avait pris de court. Tétanisé, il avait l'impression d'avoir de la purée de navets à la place du cerveau.

Ses yeux en revanche fonctionnaient parfaitement, et s'emplissaient de cette beauté toute en courbes douces qu'aurait pu encenser Degas. Et voilà qu'elle s'avançait vers lui, lèvres entrouvertes, la flamme de la bougie jetant des ombres mystérieuses sur sa peau d'ivoire et ses seins aux pointes roses.

Ses bras blancs se nouèrent autour de son cou. Comme toujours, elle sentait le miel et la rose. Sa bouche fraîche et tremblante frôla la sienne.

Une bouffée de désir primaire l'embrasa. Elle eut au moins le mérite de l'arracher à sa paralysie.

Et il comprit enfin.

Mme Douglas était une femme brisée, incapable de crier même en proie à une terreur intense. Mlle Edgerton arrivait à sourire en toute circonstance. La conclusion s'imposait : Edmund Douglas était un monstre. Cette fille ne voulait pas seulement se marier. Elle était prête à tout, *absolument tout*, pour fuir cette maison.

Y compris à épouser un demeuré.

Il lui saisit les bras, se dégagea, et recula. Elle le suivit. Sans réfléchir, il arracha le rideau tout proche à sa tringle et le lança sur Mlle Edgerton, qui se retrouva empêtrée dans des mètres de mousseline. Elle battit des bras pour se libérer.

Il s'élança en avant, mais en dépit des flots de tissu qui l'entravaient, elle se jeta sur lui. Le choc fut rude. Il le déséquilibra, et tous deux basculèrent sur le bras rembourré d'une ottomane.

Quelque chose tomba dans un fracas de verre brisé. Une maquette de bateau, probablement. Et sans doute le bougeoir. La pièce fut plongée dans l'obscurité. Vere tenta de repousser la jeune fille qui était allongée sur lui, mais la perfide était aussi vigoureuse que la pieuvre géante décrite par Jules Verne. Ses bras s'accrochaient à lui, s'enroulaient autour de ses épaules. Il réussit à poser un pied par terre, prit appui sur le sol et se retourna d'un coup de reins pour la plaquer contre le dossier de l'ottomane. Il la sentit faiblir, l'entendit pousser un cri étouffé. De contrariété ou de douleur ? Il s'en contrefichait. Il devait à tout prix se débarrasser d'elle. Or, elle s'acharnait, s'agrippait à lui dans un regain d'énergie.

Il sursauta. Bon sang, elle avait presque réussi à lui envoyer son genou dans l'entrejambe !

Il ne sut pas trop comment cela arriva. Toujours est-il que l'ottomane finit par se renverser, les projetant sur le tapis où ils roulèrent avant de s'immobiliser, elle de nouveau sur lui.

Sauf que cette fois, le rideau avait disparu.

Durant leur lutte acharnée, ses cheveux s'étaient défaits. Elle haletait. Sa poitrine superbe se soulevait et retombait au rythme haché de sa respiration. Et là, à peine visibles sous cette cascade blonde, les pointes roses de ses seins le narguaient...

Mais par quel prodige était-il en mesure de les voir ? La bougie ne s'était-elle pas éteinte un peu plus tôt ?

Il chercha du regard la source de lumière. Mais ses entrailles avaient déjà compris ce que son cerveau se refusait encore à admettre.

Ils n'étaient plus seuls dans le salon.

— Oh, Seigneur ! s'exclama lady Avery. Si je m'étais doutée qu'il s'agissait de *vous deux* !

Comme de bien entendu, Mlle Edgerton daigna se relever. Elle se précipita vers le rideau pour s'y enrouler et cacher sa nudité dans un accès de pudeur bien tardif.

— Ce n'est pas... ce n'est pas du tout ce que vous croyez, balbutia-t-elle.

— Ah, non ? Que pensez-vous que ce soit, lady Kingsley ?

Bon sang, pas lady Kingsley !

Le regard de Vere croisa celui de cette dernière, qui semblait tout aussi stupéfaite que lui, et le marquis finit par bredouiller :

— Je... hum... c'est une situation certes très contrariante.

— *Contrariante ?* répéta lady Avery avec ironie. Quand votre valet se casse la jambe et que vous n'avez plus que votre femme de chambre pour servir le thé aux invités, cela est contrariant. Mais cette situation-là est proprement scandaleuse ! Quand je pense, lord Vere, que votre père était camarade d'école de sir Bernard Edgerton, l'oncle de Mlle Edgerton !

C'est seulement quand lady Avery mentionna son défunt père que Vere réalisa pleinement où cette histoire allait le mener.

Pourtant sa raison se rebellait encore. Enfin, il connaissait à peine cette fille ! Et il ne l'avait pas vraiment déshonorée. Et puis, sapristi, il était idiot ! C'était une circonstance atténuante, non ?

Mais la logique de lady Avery était apparemment très différente de la sienne. À ses yeux, il avait compromis une jeune fille de bonne famille. Et peu importait que ladite jeune fille l'ait piégé de la pire manière qui soit. Peu importait que sa mère soit une cocotte notoire.

Le mariage était la seule solution.

Un gentil nigaud comme Vere n'allait pas se dresser contre les conventions sociales en refusant d'épouser une jeune fille dont il avait ruiné la réputation.

Il se releva, afficha son air le plus penaud.

— Désolé pour la maquette, mademoiselle Edgerton.

— Ce... ce n'est pas grave, dit-elle d'une voix presque inaudible.

— Mes enfants, vous devez prendre vos dispositions, reprit lady Avery, tout émoustillée. L'archevêque de Canterbury n'est-il pas votre cousin au second degré, lord Vere ? Vous n'aurez aucun mal à obtenir de lui une dispense de bans.

— L'archevêque est mon cousin ? Je l'ignorais. Je ferais peut-être mieux de ne pas le déranger, au cas où ce ne serait pas vrai.

— Alors il faut publier les bans ? demanda Mlle Edgerton d'une voix hésitante.

Elle jouait à merveille la timidité virginale.

— Certainement pas ! s'insurgea lady Avery. Ce n'est pas du tout la chose à faire en pareilles circonstances. Mademoiselle Edgerton, il faut *absolument* obtenir une dispense de bans. Demandez à votre oncle de s'en charger.

— Oh, je ne sais pas si...

— À son retour, vous lui exposerez la situation. Il fera la connaissance de lord Vere et s'occupera des formalités. Et nous serons tous ravis d'assister à votre mariage !

Mlle Edgerton conserva le silence.

— Bien, maintenant au lit, décréta lady Avery, la mine satisfaite. Et vous deux, tenez-vous tranquilles. Vous allez vous marier, l'heure n'est plus aux rendez-vous clandestins.

L'épreuve était loin d'être terminée.

Les autres messieurs s'étaient rassemblés dans le couloir, sans doute réveillés par le vacarme. Après avoir promptement rhabillé Mlle Edgerton, lady Avery et lady Kingsley l'entraînèrent à leur suite, laissant Vere se défendre par lui-même.

— Que s'est-il passé ? s'enquit Wessex, bien que la réponse saute aux yeux.

Ignorant la question, Vere dépassa le groupe, traversa le grand hall. Il franchit la porte d'entrée et ne s'arrêta qu'une fois parvenu au milieu du jardin. Là, il alluma une cigarette.

— Je suis navré, murmura Freddie, qui l'avait suivi. J'aurais dû dire quelque chose.

— Quoi donc ? répliqua Vere avant d'exhaler une longue bouffée de fumée.

— Je... j'avais l'intention de te mettre en garde, de te conseiller d'être plus prudent.

Oh, l'ironie !

— Moi, plus prudent ? Mais pourquoi ?

Freddie fourra les mains dans les poches de sa veste.

— Hier soir, je me suis promené un peu tard, et... je vous ai aperçus dans l'allée, Mlle Edgerton et toi. Et ce matin, je t'ai entendu crier. J'ai cru que tu faisais de nouveau ce cauchemar, je me suis levé dans l'intention de te réveiller, mais en ouvrant ma porte, je l'ai vue sortir de ta chambre.

Vere aspira avec force sur sa cigarette. *Seigneur !*

— Sur le moment, j'ai pensé qu'il y avait sûrement une explication innocente à tout cela... qu'elle t'avait entendu crier, elle aussi, et qu'elle était venue voir ce qui t'arrivait...

Vere jeta sa cigarette et l'écrasa d'un coup de talon.

Freddie soupira. Il sortit l'étui à cigarettes et la boîte d'allumettes de la poche de son frère, alluma une deuxième cigarette qu'il lui tendit. Vere l'accepta, retint un soupir. Comment aurait-il pu en vouloir à Freddie ?

— Je suis navré, répéta son frère.

Vere secoua la tête.

— Ce n'est pas ta faute.

Freddie, qui d'ordinaire évitait le tabac, s'alluma également une cigarette. Ils fumèrent en silence.

— Ça ira ? demanda finalement Freddie au bout d'un long moment.

— Oui, répondit Vere en levant les yeux sur le ciel étoilé.

Freddie hésita, puis :

— Pour être franc, j'ai remarqué la façon dont tu la regardais. Et dans la mesure où elle te retournait tes regards... Je veux dire, tu espérais trouver une femme, n'est-ce pas ?

Le destin pouvait-il se montrer plus retors ? Bientôt, les gens se réjouiraient sincèrement de son prochain mariage : Finalement, ce bon lord Vere s'était déniché une épouse ! Qui eût cru qu'elle serait si jolie, en plus ? « Sacré veinard ! » le féliciteraient ses camarades en lui assénant des claques dans le dos.

— Mlle Edgerton a très bon caractère, poursuivit Freddie. Et elle écoute quand tu lui parles.

« Non, quand *toi*, tu lui parles », eut envie de rétorquer Vere.

Il ôta sa cravate.

— Si tu n'y vois pas d'inconvénient, je vais aller faire une petite promenade, annonça-t-il.

Il s'avéra qu'une promenade était loin de suffire. À son retour, vers 2 heures du matin, il trouva lady Kingsley qui l'attendait dans sa chambre, somnolente. Afin de pouvoir s'entretenir ensemble en toute discrétion, ils durent ressortir.

Vere pensait qu'elle souhaitait lui parler des suites de leur enquête. Il se trompait complètement.

— Elle sort de ma chambre où elle est venue me supplier de l'aider, déclara-t-elle.

Comme il ne répondait pas, elle poursuivit :

— Elle prétend que son oncle la tuera s'il apprend ce qui s'est passé. Elle veut avoir quitté Highgate Court avant son retour.

— Et vous avez *accepté* de l'aider ?

— Écoutez, Vere, je sais que vous n'en faites pas partie, mais le monde est plein de pervers qui prennent plaisir à maltraiter – voire pire – les femmes qui dépendent d'eux. Je n'ai aucune raison de ne pas la croire. Et puisque vous êtes obligé de l'épouser quoi qu'il advienne, je lui ai promis de me débrouiller pour vous obtenir une dispense de bans. Nous partirons pour Londres au petit jour.

— C'est tout ? s'enquit-il avec froideur.

— Elle veut emmener sa tante.

— Bien sûr. Plus on est de fous…

Lady Kingsley lui jeta un regard incertain avant de poser la main sur son bras.

— Je ne sais pas si je dois vous consoler ou vous féliciter. Je sais que vous n'aviez pas l'intention de vous marier quand vous avez abordé cette mission, mais si elle a réussi à vous faire perdre la tête à ce point, le mariage n'est pas l'issue la plus terrible.

Il attendait mieux de lady Kingsley. Elle aurait dû savoir que ce n'était pas du tout dans sa nature de « perdre la tête », et donc soupçonner Mlle Edgerton de n'avoir peut-être pas joué franc-jeu dans cette affaire.

Mais non, elle était comme Freddie, persuadée que Vere était largement, sinon totalement, responsable de ce qui lui arrivait.

— Si vous voulez bien m'excuser, je suis très fatigué, prétendit-il pour mettre fin à cet entretien.

9

Elissande fit sa malle, puis se rendit dans la chambre de sa tante pour s'occuper de ses bagages. Parfois, cette dernière se réveillait en pleine nuit pour absorber une dose de laudanum et, bien sûr, le matin elle avait du mal à sortir de sa léthargie. Il fallait éviter cela à tout prix.

Elle boucla la dernière valise à 5 heures moins le quart et entreprit de réveiller sa tante. Désorientée, celle-ci se laissa faire. Comme d'habitude, Elissande procéda à ses ablutions matinales avant de la nourrir. Puis elle lui brossa les dents.

C'est seulement lorsqu'elle lui apporta des habits de rechange que sa tante se rendit compte que cette journée ne serait pas comme les autres.

— Nous partons, lui annonça Elissande en réponse à sa question muette.

— Nous ? répéta tante Rachel de sa voix éraillée.

— Oui. Vous et moi. Je vais me marier, et j'ai besoin de vous pour tenir ma future maison.

La main de tante Rachel se referma sur celle d'Elissande.

— Te marier ? Avec qui ?

— Si vous souhaitez faire sa connaissance, habillez-vous et venez avec moi.

— Où... où allons-nous ?
— À Londres.
— Ton oncle... est-il au courant ?
— Non.

Tante Rachel commença de trembler.

— Que... que se passera-t-il quand il l'apprendra ?

Elissande prit sa tante dans ses bras.

— Mon fiancé est marquis. Lorsque je serai sa femme, mon oncle ne pourra plus rien contre moi. Vous allez venir avec moi maintenant et vous ne le reverrez plus jamais. Lord Vere nous accordera sa protection.

Le regard de sa tante se durcit.

— Tu en es... sûre, Elissande ?

Elissande était une piètre menteuse. Ses sourires étaient sa plus grande force, mais les mots la trahissaient toujours.

— Bien sûr. J'ai toute confiance en lord Vere. C'est un prince parmi les hommes.

Elle n'était pas sûre d'avoir convaincu sa tante. Quoi qu'il en soit, celle-ci se laissa habiller docilement d'une robe en soie vert pâle gansée de mousseline blanche, à quoi sa nièce ajouta un joli chapeau de velours d'un vert plus soutenu.

Malheureusement, cette tenue pleine de fraîcheur ne faisait que souligner sa pâleur morbide et sa maigreur effrayante. Tante Rachel donnait l'impression de se ratatiner un peu plus chaque jour, comme si elle aspirait à devenir presque invisible. Mais au moins avait-elle l'air à peu près présentable ainsi vêtue.

Il n'y avait plus qu'à espérer qu'elle verrait en lord Vere le preux chevalier qu'Elissande lui avait dépeint.

Tante Rachel fut donc présentée au futur époux de sa nièce, et afficha d'emblée un air de surprise ravie. Indéniablement, lord Vere était un homme très séduisant. Au premier abord.

Pour une fois, il était bien mis. Il n'avait pas boutonné lundi avec mardi, son pantalon n'était pas taché et sa cravate n'était pas de guingois. Il se borna à murmurer quelques mots polis, sans doute réduit au silence par l'énormité de la situation, supputa Elissande. Et il conclut en se déclarant honoré que Mlle Edgerton ait accepté sa demande en mariage.

Une demande arrachée à la hussarde.

Il ne jeta qu'un bref regard, inquisiteur, à Elissande. Elle avait revêtu une robe de mousseline grise dépourvue de fanfreluches, au décolleté modeste – non pas que lord Vere ait la moindre illusion à son sujet, désormais. D'ailleurs n'en avait-elle pas trop fait en se faisant surprendre dans ses bras dans le plus simple appareil ? Peut-être serait-elle parvenue au même résultat en gardant ses habits ?

Quoi qu'il en soit, il n'ignorait plus rien de son anatomie.

Sous son regard acéré, elle déglutit avec peine, baissa les yeux. Et fut soulagée lorsque lady Kingsley les invita à rejoindre les voitures.

Une fois à la gare, Vere s'arrangea pour que Freddie et lui voyagent dans un autre compartiment que celui où les dames avaient pris place. Il dormit durant tout le trajet tandis que son frère dessinait à côté de lui. Aux abords de Londres, lady Kingsley vint le prier de ne pas s'éloigner de chez lui, afin qu'elle puisse l'avertir de l'heure et du lieu de son mariage.

À l'arrivée, les dames partirent de leur côté afin de s'occuper des préparatifs inhérents à toute cérémonie nuptiale. Freddie proposa à Vere de lui tenir compagnie, mais ce dernier déclina son offre.

Il envoya un pli à Holbrook pour lui demander de le retrouver au même endroit que la dernière fois.

Le lupanar, comme ils s'amusaient à l'appeler entre eux, se piquait d'élégance. Sans succès. D'ordinaire, les couleurs criardes, les tapis en peau de tigre synthétique et les abat-jour en velours violet faisaient sourire Vere. Aujourd'hui, ils lui agressaient la vue.

Holbrook ne fut pas long à le rejoindre. Vere jeta le dossier codé devant lui.

— Cela sort du coffre-fort de Douglas. Il est à vous pour la journée.

— Merci. Beau travail, comme toujours. Je vais le faire reproduire au plus vite.

Holbrook, qui était grand amateur d'eau-de-vie, lui offrit un verre de poire williams et ajouta :

— J'ai cru comprendre que des félicitations étaient à l'ordre du jour.

Vere se retint de répliquer qu'il était difficile de croire qu'un homme autrefois poignardé par son épouse puisse se réjouir du mariage d'autrui.

— Merci, dit-il simplement.
— Que s'est-il passé ?

Vere alluma une cigarette, aspira une bouffée et haussa les épaules en guise de réponse.

— Un moment de faiblesse dans une carrière par ailleurs irréprochable ? hasarda Holbrook.

Vere tapota sa cigarette pour faire tomber les cendres qui avaient à peine commencé à se former.

— Et avec la nièce du suspect, pas moins.
— Que voulez-vous, mon charme est irrésistible.

Vere avala son eau-de-vie d'un trait. Trêve de bavardages.

— Vous m'avez bien dit que dans sa jeunesse Douglas avait vécu chez une de ses parentes, à Londres ? reprit-il.

— Oui. Mme John Watts. London Street, dans le quartier de Jacob's Island. Mais elle est morte depuis longtemps, précisa Holbrook qui avait une mémoire infaillible.

— Bien, je vais tâcher de me renseigner de ce côté-là, dit Vere en se levant.

Holbrook haussa les sourcils.

— Le jour de votre mariage ? Vous êtes sûr ?

Que faire d'autre en attendant d'être conduit à l'autel ? Se taper une putain et se saouler jusqu'à rouler dans le caniveau ? Se mettre à l'opium ?

— Pourquoi pas ? répondit-il. Ce sera parfait pour entamer cette journée mémorable et ce qui va suivre.

— Je n'arrive toujours pas à le croire. Penny va se marier, s'esclaffa Angelica Canaletto, née Carlisle, la plus vieille amie de Freddie.

Ils savouraient un café – habitude qu'elle avait contractée en Italie – dans le salon de la demeure londonienne qui avait autrefois appartenu à la mère d'Angelica.

Freddie avait assisté à de nombreux dîners et réceptions dans cette maison. Il avait lu la plupart des livres de la bibliothèque. Il rendait souvent visite à Angelica le dimanche, c'est-à-dire le jour de la semaine strictement réservé à la famille et aux amis très proches.

Angelica avait déjà mentionné les modifications qu'elle comptait apporter à l'aménagement intérieur dans un avenir proche, mais elle n'avait pas fini de s'installer, car elle n'était de retour en Angleterre que depuis un mois. La maison n'avait donc guère changé pour le moment. Et ce cadre familier – la tapisserie fanée avec ses motifs de roses et de chèvrefeuille, les aquarelles peintes par des vieilles filles mortes depuis des lustres, les assiettes commémoratives du jubilé d'argent de Sa Majesté, qui remontait à trente-cinq ans – soulignait d'autant plus les changements qui s'étaient opérés chez la jeune femme depuis son mariage et le veuvage qui avait suivi.

Freddie l'avait toujours trouvée plaisante à regarder, avec ses traits affirmés qui manquaient peut-être de finesse mais pas de caractère. De plus, les quelques années qui venaient de s'écouler lui avaient conféré un charme indéfinissable. Son regard, autrefois vif et curieux, était aujourd'hui à demi voilé par ses paupières et mystérieux. Lorsqu'elle souriait, ses lèvres se retroussaient à peine, dans une expression pleine de sensualité et d'humour, comme si des pensées inconvenantes se bousculaient derrière la façade de parfaite dignité.

Pour la première fois de sa vie, et à sa propre stupeur, Freddie commença à la considérer tel un objet de désir. *Angelica.* Qui avait toujours été comme une sœur pour lui ! Une petite sœur agaçante, trop franche, qui n'hésitait pas à lui dire que son tailleur était sûrement aveugle en plus d'être incompétent, qu'il devait se brosser les dents au moins trois minutes de plus, et que s'il envisageait de boire ne serait-ce que deux gouttes de champagne à ce bal, il serait interdit de valse par mesure de sécurité publique.

Elle but une gorgée de café, rit de nouveau, doucement, en secouant la tête. Une mèche de cheveux artistement dégagée de son chignon venait lui caresser la mâchoire et en adoucir le tracé plutôt anguleux.

Comme si elle avait deviné la fascination que cet accroche-cœur exerçait sur lui, elle prit la mèche entre deux doigts et la lissa avant de la relâcher.

Par la grâce de ses nouveaux pouvoirs, ce simple geste avait une charge érotique étourdissante.

Freddie s'avisa soudain qu'elle attendait sa réaction et déclara :

— Penny a vingt-neuf ans. Il fallait bien qu'il se marie un jour ou l'autre.

— Certes. Mais ce scandale ! Penny ne nous avait pas habitués à de telles incartades, même si ses gaffes sont légendaires.

— Je sais. Et je m'en veux de ne pas l'avoir mieux surveillé.

Freddie avait quinze ans quand Penny avait eu cet accident de cheval. Cela s'était produit un jour d'été alors que, pour une fois, ils n'étaient pas ensemble : lui passait ses vacances chez une cousine de leur défunte mère à Biarritz, tandis que Penny séjournait dans l'Aberdeenshire, chez lady Jane, leur grand-tante paternelle.

Durant les mois qui avaient suivi l'accident, Freddie s'était rongé les sangs. Au bout d'un moment, il avait bien fallu admettre que Penny ne serait plus jamais le même. Plus jamais il ne retracerait l'histoire du conseil de la plèbe. Plus jamais il ne se lancerait dans une plaidoirie aussi virulente que subversive en faveur du droit de vote pour les femmes. Il était vivant, bien sûr, et n'aurait pas besoin des services d'une infirmière vingt-quatre heures sur vingt-quatre. Mais c'était là une maigre consolation après ces événements dramatiques dont l'injustice révoltait encore Freddie.

Son frère, cet esprit libre, brillant et cultivé, qui prenait toujours les bêtises de son cadet à son compte face à leur impitoyable père, qui aurait pu mener une belle carrière au Parlement, son frère était devenu cet être borné, incapable de s'intéresser à autre chose qu'à sa routine personnelle.

— Tu ne penses quand même pas que Mlle Edgerton en ait seulement après sa fortune et son titre ? s'alarma Angelica.

— Non. L'argent, en tout cas, n'est pas sa motivation. Son oncle n'a pas d'héritier direct, et il est propriétaire d'une mine de diamants en Afrique du Sud.

Angelica mordit dans sa part de cake. Il la regarda s'essuyer distraitement les mains sur sa serviette, presque comme si elle caressait le tissu. Et il ne put s'empêcher d'imaginer ses doigts glissant sur sa peau à *lui*.

— Franchement, que penses-tu d'elle ? s'enquit-elle.

Freddie dut s'arracher aux pensées choquantes qui l'assaillaient de manière récurrente ces derniers temps, et dans lesquelles Angelica apparaissait toujours plus ou moins dévêtue.

— Mlle Edgerton ? Ma foi, elle est très jolie, aimable, souriante. Mais elle n'a pas grand-chose à dire, à part abonder dans le sens de celui qui parle.

— Cela devrait convenir à Penny. Il aime que les gens soient d'accord avec lui.

Ce qu'aucun d'eux ne disait, par loyauté envers Penny, c'est que ce dernier ne pouvait guère espérer mieux qu'épouser une jeune fille d'intelligence moyenne qui n'avait pas d'avis sur grand-chose.

— Treize ans se sont passés depuis l'accident, reprit Angelica. Jusqu'ici, il s'en est très bien tiré. Je ne vois pas pourquoi cela ne continuerait pas.

— Tu as raison, il faut être optimiste, dit-il en lui souriant.

Ils demeurèrent silencieux pendant une minute ou deux, tandis qu'elle grignotait une autre part de cake et que Freddie tournait et retournait un biscuit entre ses doigts.

— Eh bien... commencèrent-ils en même temps.
— Vas-y, offrit-il.
— Non, toi d'abord. Tu es mon invité. J'insiste.
— Je... j'aimerais te demander un service.
— Je te connais depuis des années, et c'est bien la première fois que cela arrive. Peut-être parce que je t'imposais toujours mes opinions, suggéra-t-elle, une étincelle de malice dans les yeux. Mais je t'en prie, poursuis. Tu m'intrigues.

Décidément, il adorait ce demi-sourire. Comment était-il possible qu'il n'ait pas remarqué plus tôt à quel point il était séduisant ?

— Il y a un tableau intéressant chez Mlle Edgerton. L'identité de l'auteur est inconnue. Je crois avoir déjà vu une toile de ce style, mais je n'arrive pas à me rappeler où. Toi, en revanche, tu as une bien meilleure mémoire que moi pour ce genre de choses, et des connaissances que je ne possède pas.

— Hmm, des compliments. J'adore cela. La flatterie vous mènera loin, jeune homme.

— Tu sais à quel point je suis incapable de flatterie.

Si, dix ans auparavant, Angelica était déjà une fine connaisseuse en matière d'art, elle était aujourd'hui d'une érudition remarquable.

— J'ai pris quelques photos de ce tableau, enchaîna Freddie. Pourrais-tu y jeter un coup d'œil quand je les aurai développées ?

Angelica inclina la tête de côté et se mit à jouer avec son accroche-cœur.

— Je réserve ma réponse. Tout d'abord, j'aimerais que tu accèdes à *ma* requête. Tu n'as pas oublié ?

Freddie n'avait pensé qu'à cela depuis des jours. Malgré lui, il rougit.

— Tu veux parler de ce portrait ?

Pas n'importe quel portrait. Un nu d'elle-même. Quand il avait affirmé à Penny qu'il n'y avait rien de graveleux dans une étude de nu, sa tête était en réalité pleine de visions du corps voluptueux d'Angelica.

— En effet, acquiesça-t-elle.

Elle semblait très à l'aise, alors qu'il se sentait gauche et emprunté. Et il avait beaucoup trop chaud.

— Tu sais que ce n'est pas mon domaine d'excellence, objecta-t-il.

— Cher Freddie, toujours aussi modeste ! Je ne te l'aurais pas demandé si je n'avais pas foi en ton talent. J'ai vu certaines de tes études de nus ; tu t'en sors fort bien avec le corps humain.

Elle avait raison, même si ce n'était pas son sujet de prédilection. Freddie avait été un enfant maladroit qui avait tendance à se blesser. En conséquence, on le gardait souvent à l'intérieur alors qu'il ne songeait qu'à courir dehors, se rouler dans l'herbe ou même y demeurer simplement étendu à regarder le ciel changer de couleur. Peindre le corps humain impliquait de travailler en atelier, alors qu'il préférait de beaucoup être en plein air, à capturer sur la toile le rose crémeux d'un cerisier en fleur ou l'ambiance romantique d'un pique-nique en tête à tête.

Pourtant, tandis qu'il regardait Angelica, il était déjà en train d'estimer les quantités de jaune de Naples et de vermillon qu'il devrait mélanger au blanc d'argent pour reproduire la chaleur de sa carnation.

— Ce portrait rejoindra ta collection privée, c'est bien cela ?
— Oui.
— Il ne sera pas exposé ?
Elle eut un sourire taquin.
— Tu te soucies tellement de ma pudeur. Si j'avais seulement la moitié de ton sens des convenances...
— Il me faut ta promesse.
Freddie était d'une nature accommodante. Mais sur ce point il ne transigerait pas.
— Je veux ce tableau en souvenir de ma jeunesse, afin de pouvoir le contempler plus tard et soupirer après ma beauté envolée. Non seulement je te promets de ne jamais l'exposer, mais aussi de ne pas l'accrocher chez moi. Il ira tout droit dans une caisse qui ne sera ouverte que lorsque je verrai une vieille sorcière dans mon miroir. Tu es satisfait ?
— Très bien. Dans ce cas, j'accepte.
Elle posa sa tasse de café et le regarda droit dans les yeux.
— De mon côté, j'accepte volontiers de t'aider à rechercher ton mystérieux peintre.

Mme Watts était morte depuis un quart de siècle. Vere s'estima donc chanceux de dénicher en quelques heures quelqu'un qui l'avait connue.

Son enquête l'amena de Bermondsey à Seven Dials, un quartier tristement célèbre pour la misère et la criminalité qui y régnaient au début du siècle. Et même si sa réputation s'était améliorée, Vere n'était guère enclin à en parcourir les venelles seul la nuit.

Pour l'heure, il faisait jour. St Martin Lane était pleine d'oiseaux qui faisaient un raffut de tous les diables, car c'était là que se regroupaient tous les amoureux de la faune à plume.

Vere dépassa l'échoppe d'un oiselier où étaient exposées quantité d'espèces en cages : bouvreuils, alouettes, étourneaux, qui pépiaient en chœur. Dans la boutique voisine, on avait entreposé des caisses de pigeons grassouillets qui roucoulaient à qui mieux mieux. Des faucons, chouettes et perroquets ajoutaient leurs cris à cette cacophonie, et Vere poussa un soupir de soulagement lorsqu'il passa devant les boutiques plus silencieuses, spécialisées dans la faune aquatique ou les rongeurs.

Jacob Dooley habitait sur Little Earl Street, où avait lieu ce jour-là une petite foire à la brocante envahie par une foule de curieux. On ne vendait là qu'un bric-à-brac vieillot parfaitement inutile, tels des cerceaux à crinoline dont on ne pouvait décidément rien faire à l'heure actuelle, mais que les vendeurs n'hésitaient pas à présenter comme « le dernier accessoire à la mode ».

L'appartement de Dooley se trouvait au troisième et dernier étage d'un immeuble dont la façade s'ornait d'une enseigne pompeuse aux lettres démesurées, celle de l'épicerie qui occupait le rez-de-chaussée. Une odeur d'urine flottait dans la cage d'escalier sombre et étroite.

Après avoir frappé à la porte, Vere fut reçu par un homme d'une soixantaine d'années aux cheveux poivre et sel et à la barbe hirsute, qui demeura prudemment retranché derrière le battant entrouvert, le regard méfiant.

Vere s'était déguisé en charretier et arborait une barbe presque aussi fournie que celle du bonhomme. Ses habits de travail grossiers empestaient, comme il se devait, le crottin et la bière.

— Vous êtes qui ? Et qu'est-ce que vous lui voulez, à Mme Watts ? grogna Dooley avec un fort accent irlandais.

La réponse de Vere était toute prête, son accent de Liverpool aussi.

— C'était la tante de mon père. C'est ce que m'a dit ma mère, en tout cas. Mon père l'a plaquée pour venir habiter chez Mme Watts.

Les yeux de Dooley s'écarquillèrent.

— Mais Ned était qu'un gamin quand il est venu vivre chez elle ! Moi, je l'ai jamais vu, mais Mag, enfin Mme Watts, disait qu'il est arrivé à quatorze ans et reparti à seize.

— Eh ben, il a quand même eu le temps de mettre un polichinelle dans le tiroir à ma mère avant de se tailler de Liverpool.

Dooley recula.

— Bon, entrez. Je vous offre une tasse de thé.

L'appartement était constitué d'une unique pièce séparée en son milieu par un rideau qui délimitait le salon et la chambre. Dooley possédait une table d'aspect étonnamment robuste, deux chaises et un meuble à étagères visiblement fabriqué maison, dans lequel étaient rangées des piles bien nettes de journaux, ainsi que deux gros livres – à première vue la Bible, et sans doute un livre de prières.

Dooley versa dans un pot en fer-blanc le contenu d'un pichet et une poignée de feuilles de thé, avant de suspendre cette bouilloire improvisée au-dessus d'une lampe à alcool.

— Votre mère, elle est toujours en vie ? demanda-t-il.

— Je l'ai perdue en décembre dernier. Avant de mourir, elle m'a parlé de mon vrai père, et depuis que je l'ai enterrée, j'ai pas arrêté de le chercher.

— Eh ben, vous avez une sacrée chance. Parce qu'à ce qu'on m'a dit, il a fait fortune en Afrique du Sud. Dans les diamants.

Vere cessa de respirer durant quelques secondes. Il jeta à Dooley un regard plein d'espoir.

— Vous êtes pas en train de vous payer ma tête, m'sieur Dooley ?

— Pas du tout. La dernière fois que j'ai vu Maggie – votre Mme Watts, enfin votre grand-tante, quoi –, elle venait de recevoir un télégramme où il lui disait qu'il était riche comme Crésus et qu'il allait revenir pour lui faire mener la grande vie. Moi, j'étais content pour elle, mais pas très pour moi. J'avais bien envie de l'épouser. Elle était un peu plus vieille que moi, mais c'était une bonne nature, Maggie Watts. Et elle chantait comme un ange, pour sûr. Mais elle allait pas épouser un pauvre marin comme moi alors que son neveu allait lui faire construire une belle maison à la campagne et la présenter à la reine ! Je me suis embarqué sur un vapeur pour San Francisco, et quand je suis revenu... elle était déjà en terre, murmura Dooley, la mâchoire crispée.

— Je suis vraiment désolé.

Vere n'avait pas à se forcer pour jouer la compassion. Il ne connaissait que trop bien la stupeur et la douleur qui s'emparent de vous à la perte d'un être cher.

Dooley ne répondit pas. Il déposa deux tasses sur la table, gardant pour lui celle qui était ébréchée. Il coupa en tranches la moitié d'une miche de pain bis. Les feuilles de thé avaient bouilli dans l'eau, pourtant le breuvage qu'il lui servit était à peine plus foncé que de la citronnade. Comme tout ce qui se vendait sur le marché dans la rue en contrebas, le thé était recyclé.

— Merci, dit Vere.

Dooley s'assit pesamment.

— Ça m'a longtemps turlupiné, la façon dont elle est morte. Et aujourd'hui encore, confessa-t-il.

— Pardon d'être si curieux, mais comment elle est morte ?

— Le rapport de police dit qu'elle a abusé du chloral, qu'elle s'est endormie et s'est pas réveillée. J'ai bien essayé de dire au légiste qu'elle aurait jamais bu un truc pareil. Elle travaillait dur, Maggie, et la nuit elle dormait comme une bûche. « Vous l'auriez entendue ronfler ! », que je lui ai dit. Mais c'était pas malin de ma part, parce que ça lui a donné l'impression qu'elle avait la cuisse légère. Cet idiot a répondu que beaucoup de femmes de mauvaise vie prenaient des substances de ce genre quand elles recevaient des hommes, et que je devais laisser parler la science.

— Vous croyez pas à cette histoire de chloral ?

— J'ai questionné ses voisins. Il y avait deux demoiselles. Elles m'ont dit que, quand on l'avait trouvée, Maggie était toute froide, mais qu'elle respirait encore. On a appelé le médecin, mais celui qu'est venu connaissait rien à rien, et elle est morte.

Quittant sa chaise un instant, Dooley alla récupérer le gros volume que Vere avait pris pour un livre de prières. Il était intitulé : *Les Poisons : de leurs effets et de leur détection. Manuel à l'usage des experts en analyses chimiques.*

Dooley ouvrit le manuel à un chapitre qui, à en juger par ses pages écornées, avait été lu à maintes reprises.

— Ce refroidissement du corps, c'est typique du chloral. Et si le toubib avait connu un peu son boulot, il aurait pu la sauver avec de la strychnine.

La strychnine était un paralysant musculaire mortel et, de fait, l'antidote du chloral, car elle soutenait alors le cœur et empêchait le corps de se refroidir inexorablement. C'est grâce à une piqûre de strychnine que le médecin avait sauvé lady Haysleigh dans l'affaire du même nom durant laquelle lady Kingsley avait apporté son concours à Vere.

— C'était bien un abus de chloral, alors ?

— Ouais. J'aurais juré devant n'importe quel juge que jamais Maggie aurait avalé un truc pareil. Mais le légiste a dit qu'elle en avait pris une bonne trentaine de grammes, il m'a même montré le flacon. Peut-être que je la connaissais pas si bien que ça, finalement, fit Dooley en refermant le manuel, tête basse.

— Je suis vraiment désolé, répéta Vere.

Comme il avalait une gorgée de thé brûlant et fadasse, il se rappela soudain un vieux dossier concernant un dénommé Stephen Delaney, lui aussi mort d'une surdose de chloral. Delaney n'était pas une pauvresse qu'on pouvait commodément ranger dans la catégorie des putains. C'était un scientifique austère, frère d'un évêque de surcroît. Les autorités s'étaient donc montrées bien plus attentives lorsque les membres de sa famille avaient affirmé qu'il ne prenait jamais de chloral.

Au bout du compte, l'enquête n'avait rien donné. Vere était tombé sur ce dossier déjà poussiéreux sept ans plus tard et avait fini par conclure qu'il fallait classer l'affaire.

— Mais voilà que je me lamente sur ma pauvre Maggie alors que vous êtes venu chercher des renseignements sur votre père, soupira Dooley. Hélas, je peux pas vous raconter grand-chose à son sujet !

— Vous avez pas dit qu'il était venu la voir parce qu'il voulait lui faire mener la grande vie ?

— En fait, il est jamais venu. Son secrétaire, oui. Lui, jamais.

— Son secrétaire ? répéta Vere en s'efforçant de paraître déçu.

— C'est ce que m'a dit Fanny Nobb, en tout cas. Quelques jours avant sa mort, un beau monsieur est venu voir Maggie. Il a dit que votre père était retenu à Kimberley, à cause de sa mine de diamants. Qu'il était son secrétaire, qu'il était venu à Londres pour s'occuper de tout. Ned lui avait demandé de trouver une belle maison pour Maggie et de l'emmener dans les magasins pour acheter tout ce qui lui ferait envie. C'est peut-être pour ça qu'elle a eu besoin de chloral, finalement ? Peut-être qu'elle arrivait plus à dormir sous le coup de l'excitation ?

Le cœur de Vere s'était emballé. À la place de ce bagarreur d'Edmund Douglas, un « beau monsieur » s'était présenté. Et peu après, Mme Watts était morte d'un abus de chloral, alors que son amant de l'époque affirmait qu'elle n'aurait jamais pris de somnifère.

Si ses soupçons se révélaient fondés, s'il s'avérait même que Douglas était entré en possession de cette mine de diamants pour des raisons qui n'avaient rien à voir avec la chance, sa cupidité apparaissait tout à coup plus logique.

— Et mon père, il a assisté à l'enterrement de Mme Watts ?

— Il a sûrement pas eu le temps. Elle est morte au mois de juillet, vous comprenez. Alors il a fallu l'enterrer au plus vite. Mais Fanny a dit que c'était lui qui avait réglé tous les frais en envoyant l'argent.

— Et le secrétaire, il était là ?

— Aucune idée. J'étais à San Francisco à ce moment-là, saoul comme une grive, soupira le vieil homme. Deux ou trois fois, j'ai pensé à rechercher votre père pour lui dire mon idée au sujet de cette histoire louche. Mais je l'ai jamais fait. Ça lui aurait rien apporté de plus, et puis, je voulais pas qu'il croie que j'en avais après son argent.

Vere acquiesça et se leva.

— Merci, m'sieur Dooley.

— Désolé de pas pouvoir vous en dire plus.

— C'était déjà bien.

— Je vous souhaite bonne chance, mon gars.

Vere serra la main que Dooley lui tendait, conscient que ce geste pouvait le trahir : il n'avait pas la paume calleuse d'un charretier. Mais Dooley, encore perdu dans ses souvenirs, ne le remarqua pas.

Dooley avait perdu celle qu'il aimait, et la justice n'y pourrait rien. Mais Vere, lui, avait les moyens de découvrir ce qui s'était vraiment passé.

Et c'était ce qu'il avait l'intention de faire.

10

L'église en pierre était de style roman. Une lumière grise tombait des fenêtres à claire-voie. L'atmosphère lugubre était réchauffée par la lumière dorée de quelques cierges piqués sur des candélabres aussi hauts que Vere.

Freddie remonta la travée, poussant Mme Douglas dans son fauteuil roulant avant de l'installer au bout d'une rangée de sièges. Lady Kingsley s'avança vers l'autel, salua Vere d'un petit signe de tête : elle était dame d'honneur.

La porte de l'église s'ouvrit et se referma. Un courant d'air humide s'engouffra dans l'édifice, annonçant l'arrivée de celle qui, d'ici peu, serait marquise de Vere.

Vere déglutit avec peine, en proie à une agitation qui n'était pas simplement la manifestation d'une indignation justifiée.

Elle avait déjà parcouru la moitié du chemin qui les séparait quand il la regarda enfin.

Elle portait la robe de mariée la plus sobre qu'il ait jamais vue. Pas la moindre dentelle, plume, perle ou fioriture. Ses accessoires se limitaient au bouquet de violettes qu'elle avait entre les mains, au voile qui lui couvrait la tête, et à son sourire.

Il n'aimait pas cette femme, mais il ne pouvait s'empêcher de l'admirer, car elle arborait le plus magnifique sourire qu'il lui ait été donné de voir sur le visage d'une jeune mariée. Un sourire qui, loin d'être jubilatoire ou fanfaron, exprimait une joie sereine teintée de timidité, comme si elle s'apprêtait à épouser l'homme de ses rêves et n'arrivait pas à croire à sa bonne fortune.

Il détourna la tête.

La cérémonie dura une éternité. Le pasteur était du genre loquace, et ne voyait visiblement pas de raison d'abréger son homélie malgré la précipitation douteuse avec laquelle les noces avaient été organisées. Dehors, la pluie qui avait commencé à tomber s'intensifia peu à peu pour se transformer en véritable déluge quand lady Vere émergea sur le parvis au bras de son époux.

Il l'escorta jusqu'à la voiture qui les attendait. La jeune fille tressaillit lorsque la portière se referma, les isolant du reste du monde. Elle lui glissa un regard incertain, et à sa soudaine crispation, il devina qu'elle mesurait tout à coup ce qu'être mariée signifiait vraiment. Désormais, plus aucun chaperon ne s'interposerait entre eux.

Personne ne viendrait dicter sa conduite à Vere.

Elle lui sourit, un sourire de circonstance, celui d'une jeune mariée heureuse face à son époux. C'était sa façon d'exercer un certain contrôle, quelle que soit la situation. Et une fois encore, malgré lui, il ne put s'empêcher d'être touché en plein cœur par la luminosité de ce sourire.

Il tenta de ressusciter en pensées sa douce compagne imaginaire, mais son image était à présent altérée – la faute à la duplicité de la jeune lady Vere.

Il ne lui rendit pas son sourire. Et songea soudain que le trajet jusqu'à l'hôtel Savoy était long, presque une lieue, qu'ils seraient sans doute retardés par la pluie, et que cela lui laissait amplement le temps de la jeter sur la banquette pour la déflorer.

Voilà qui effacerait certainement son sourire.

D'une main gracieuse, elle essuya quelques gouttes de pluie tombées sur sa jupe de soie. Sa chaste robe au col montant la camouflait du menton jusqu'aux pieds. Même sa chevelure dorée était à peine visible sous le long voile. Mais il savait déjà à quoi ressemblait le corps pulpeux de cette petite hypocrite, pas vrai ?

Il n'avait qu'à tirer les rideaux, lui arracher sa robe – ou se contenter de la retrousser, selon l'humeur. On payait toujours les conséquences de ses actes. Elle serait horrifiée, révulsée. Ou peut-être émoustillée, qui sait ? Dans cet habitacle confiné, elle serait à sa merci, et le crépitement de la pluie sur le toit étoufferait ses cris.

Elle pivota vers la vitre arrière et annonça :

— Ah, ils sont juste derrière nous !

Comme s'il s'en souciait.

Sans répondre, il tourna les yeux vers le paysage urbain qui disparaissait derrière un écran de pluie.

Elissande était sortie sur le balcon de la suite qu'ils occupaient au dernier étage de l'hôtel Savoy. Le brouhaha de Londres n'était plus qu'un murmure distant. Les lumières des quais se reflétaient dans les eaux sombres de la Tamise. Les flèches et clochers de la capitale se détachaient sur le ciel noir.

Elle était mariée depuis quatre heures.

Ces quatre heures avaient été silencieuses.

Et terriblement longues.

Le mutisme de son mari durant tout le trajet lui avait mis les nerfs en pelote. Par la suite, elle avait découvert que ni lady Kingsley ni lord Frederick n'avaient été conviés à se joindre à eux pour le dîner.

La première avait hâte de retrouver ses jeunes invités à la campagne, le second, qui avait accepté la commande d'un portrait, devait se procurer le matériel nécessaire avant de se mettre à l'œuvre.

Elissande s'était occupée de sa tante, l'avait nourrie, puis couchée. Ensuite elle avait dîné en tête à tête avec son mari dans un salon privé de l'hôtel. Il ne lui avait pas adressé un mot après le « amen » à peine audible qui avait conclu le bénédicité.

À présent elle attendait dans leur suite, depuis ce qui semblait une éternité, dans un état de tension tel que la migraine commençait à lui serrer les tempes.

À moins qu'il ne faille accuser les trois coupes de champagne vidées au dîner.

Si elle n'avait pas lu le code des lois matrimoniales, trouvé un jour sur le bureau de son oncle, peut-être se serait-elle réjouie en cet instant que son époux l'ignore. Mais elle s'était documentée, et savait qu'on pouvait parfaitement annuler un mariage non consommé.

À cette pensée, ses peurs se réveillaient. Son oncle était-il rentré à Highgate Court ? Avait-il appris ce qui s'était passé, et s'était-il lancé à leurs trousses ? En ce moment même, peut-être était-il en train d'écumer Londres à leur recherche.

Et où était lord Vere ? Occupé à fumer, à s'enivrer ? Était-il parti, alors même qu'un domestique avait monté sa valise dans leur suite ?

Et si son oncle repérait son mari et parvenait à le persuader que ce mariage était une farce ? Qu'il fallait le faire annuler ? Elle se retrouverait sans protection, et ne pourrait même pas se targuer d'avoir été mariée une journée entière.

La vue du haut du balcon lui donna soudain le vertige. Elle battit en retraite dans le petit salon où elle s'assit. Sur la table trônait un superbe gâteau de mariage recouvert d'un glaçage blanc et orné de roses en pâte d'amande. Cadeau de l'hôtel, avec les compliments de la direction. Il y avait également un couteau à découper, des serviettes, des assiettes, une bouteille de champagne et une bouteille de sauternes.

Mais elle n'avait personne avec qui les partager.

Elle avait redouté qu'un contretemps ne survienne avant ou pendant la cérémonie. Lord Vere allait se tromper en récitant ses vœux. Il prononcerait le nom d'une autre femme. Ou, pire que tout, il changerait d'avis au dernier moment et l'enverrait au diable, sans plus se soucier de leurs réputations respectives.

Mais il s'était exprimé avec calme et solennité. Et c'est elle finalement qui avait écorché son nom – Spencer Russel Blandford Churchill Stuart.

Mariée.

Elle n'osait réfléchir aux implications de ce mot.

La poignée de la porte grinça légèrement. Elissande bondit sur ses pieds. Elle s'était enfermée à clé de crainte que son oncle ne déboule dans la suite.

— Qui est-ce ? demanda-t-elle d'une voix chevrotante.

— C'est bien la chambre de lady Vere ?

La voix de son mari.

Elle ferma les yeux une seconde, puis se dirigea vers la porte.

« Souris ! » s'enjoignit-elle.

Le sourire était en place sur ses lèvres lorsqu'elle ouvrit la porte.

— Bonsoir, lord Vere.

— Bonsoir, lady Vere.

Il portait toujours le costume gris perle très chic dans lequel il s'était marié – et qui, par miracle, était immaculé.

— Puis-je entrer ? s'enquit-il poliment, son chapeau à la main.

— Bien sûr, dit-elle en s'effaçant. Pardonnez-moi.

Sans lui accorder un regard, il s'avança jusqu'au milieu du salon, jeta un coup d'œil autour de lui.

Dans cette suite, la décoration et le mobilier étaient sobres, plutôt masculins. Alors que dans celle occupée par sa tante on trouvait un chiffonnier en acajou, des vases chinois peints à l'ocre rouge et des assiettes en faïence de Delft.

Elissande donna un tour de clé, puis, ne sachant trop quoi dire, annonça :

— Le gâteau a été livré.

Il pivota. Son regard vola vers la clé qu'elle venait de tourner, avant de revenir sur elle. Elle se sentit rougir. Sans doute se méprenait-il sur la raison de ce geste, car une lueur de défi venait de s'allumer dans ses yeux.

Incapable de soutenir son regard, elle se mit à fixer la fleur de delphinium d'un bleu presque violet glissée à sa boutonnière.

— Voulez-vous que j'en coupe une tranche ? proposa-t-elle.

— Ce serait dommage de le manger ; il est trop beau.

— Sa beauté sera gâchée même si nous ne lui faisons pas honneur.

— Quelle remarque profonde, murmura-t-il.

Elle releva vivement la tête. Était-ce de l'*ironie* qu'elle avait perçue dans sa voix ?

Elle nota alors qu'il tenait une bouteille de whisky par le goulot. Bien sûr, il était furieux. N'avait-il pas toutes les raisons de l'être ? Elle l'avait piégé de manière abominable et il s'en rendait compte.

N'importe quel imbécile s'en serait rendu compte.

Elle s'empara du couteau, et découpa une part de gâteau. Lord Vere consentit à abandonner sa bouteille, accepta l'assiette qu'elle lui tendait et gagna le balcon.

Elissande regrettait presque le verbiage creux dont il l'avait assommée à Highgate Court. Elle n'aurait pas cru que son silence lui serait aussi pénible.

— Voulez-vous boire quelque chose ? risqua-t-elle. Du whisky, peut-être ?

— Le whisky ne s'accorde pas vraiment avec un dessert, rétorqua-t-il non sans impatience.

— Du sauternes, alors ?

Il haussa les épaules.

Le bouchon de liège était emprisonné sous un capuchon de cire. Elissande se saisit du tire-bouchon, le retourna bêtement entre ses mains. Comment s'en servait-on ? Elle n'avait jamais débouché de bouteille de sa vie. C'était une tâche réservée aux domestiques.

— Dois-je sonner quelqu'un ? demanda-t-elle timidement.

Lord Vere revint vers la table, y déposa son assiette avec sa part de gâteau intacte. Après lui avoir pris le tire-bouchon des mains, il procéda d'un geste sûr. Un instant plus tard, le bouchon jaillissait avec un bruit sec. Il remplit un verre qu'il posa devant Elissande, puis se servit un plein verre de whisky avant de retourner sur le balcon.

Dehors, le vent s'était levé et les nuages menaçaient de nouveau de déverser des trombes d'eau. La lampe du salon éclairait son profil qui se découpait contre le ciel chargé. Il but le contenu de son verre lentement, jusqu'à le vider entièrement.

C'était étrange. D'ordinaire cet homme ne tenait pas en place, pianotait sur les accoudoirs, se balançait d'un pied sur l'autre. Mais ce soir il était raide comme un piquet, dans une attitude presque menaçante.

Elissande avait du mal à détacher les yeux de sa haute silhouette. Elle tenta de se ressaisir, porta le verre de sauternes à ses lèvres. Elle n'appréciait guère le vin, mais la saveur miellée évoquait presque une sucrerie. Nerveuse, elle avala plusieurs gorgées et, en moins de temps qu'il n'en faut pour le dire, acheva son verre.

— La journée a été longue. Je vais me coucher tôt, annonça-t-il, un pied sur le balcon, l'autre dans le salon.

Cela signifiait-il qu'elle devait rejoindre l'une des deux chambres qui constituaient leur suite ? Elissande avait l'impression que quelqu'un lui tordait l'estomac à deux mains. Heureusement ses sensations étaient anesthésiées par le sauternes et le champagne. Finalement elle avait moins peur que prévu.

— Vous ne goûtez pas le gâteau ?

Elle ne savait pas quoi dire. « Bonne nuit » ? « Je vous rejoins dans un instant » ?

— Non, merci.

Il posa son verre vide, passa la main dans ses cheveux blond foncé striés de mèches châtaines.

— Bonsoir, lady Vere.

Il disparut dans la salle de bains. Elissande se servit un autre verre de sauternes. Au bout d'un moment, le marquis ressortit, se dirigea vers l'une des deux chambres adjacentes et referma la porte derrière lui.

Trente secondes plus tard, il revint dans le salon récupérer la bouteille de whisky, puis alla de nouveau se claquemurer dans la chambre.

Elle en resta pantoise. Même si elle n'avait nulle envie de partager son lit, elle n'avait pas imaginé qu'il puisse l'ignorer le soir de leurs noces. Surtout après certains regards qu'il lui avait lancés à Highgate Court, et la réaction physique qu'il avait eue pendant le jeu du Cochon qui grogne !

Elle s'affola. Non, ce n'était pas possible. Si lord Vere ne faisait pas d'elle sa femme, son oncle aurait toute latitude de faire annuler leur union. Elle n'allait pas rester bêtement vierge pour lui offrir la victoire sur un plateau !

Ce mariage serait consommé, de gré ou de force.

Plus facile à dire qu'à faire.

Une demi-heure plus tard, la bouteille de sauternes était vide et Elissande n'avait pas bougé.

Qu'attendait-elle donc ? Les choses n'allaient pas se faire toutes seules. Puisqu'il la dédaignait, il faudrait bien qu'elle aille à lui. Mais elle était tellement ignorante dans ce domaine. Et franchement, la perspective d'un contact intime avec cet homme la clouait sur sa chaise.

Elle devait se donner des coups de pied aux fesses, penser à son oncle, à ses yeux froids de serpent, à ses lèvres minces, à la peur visqueuse qui hantait ses cauchemars.

Elle inspira profondément plusieurs fois de suite, se décida à se lever. La pièce se mit à tanguer autour d'elle, et elle dut se rattraper à la table.

« Une dame ne boit pas », disait oncle Edmund. On ne servait jamais de vin à la table de Highgate Court, et Elissande avait totalement sous-estimé l'effet de l'alcool sur son organisme. Après trois coupes de champagne et une bouteille de sauternes, il fallait se rendre à l'évidence : elle avait du mal à tenir debout.

Cramponnée au plateau, elle longea deux côtés, puis, avec précaution, pivota vers la chambre. Trois mètres la séparaient de la porte. Un pas. Deux pas... Seigneur, le sol gondolait sous ses pieds ! Encore un pas... Soulagée, elle agrippa la poignée, demeura un instant le front appuyé contre le battant. Puis elle ouvrit la porte.

Il était couché, torse nu. Dans un premier temps, elle eut l'impression qu'il oscillait sur le matelas. Elle battit des paupières. Qui aurait cru que cette boisson aussi douce que du sirop aurait un effet pareil sur sa vision ?

Peu à peu, l'image devint plus nette. Elle distingua mieux le torse de son mari. Bonté divine, pratiquait-il la boxe à son club sportif ? Sa carrure et ses pectoraux étaient de ceux que Michel-Ange s'était plu à peindre.

Et il lisait.

Elle se souvint vaguement qu'il lui avait parlé de la poésie latine et de ses effets soporifiques, qu'il avait comparés à ceux du laudanum. Il n'empêche, avec ce gros livre posé sur les genoux, il avait presque l'air d'un intellectuel. Elle aimait cela.

— Milord ?

Il plissa les paupières. Ou était-ce encore une illusion d'optique ?

— Milady ?

— C'est notre nuit de... de noces.

Il fallait bien le lui rappeler. On n'était pas à l'abri d'un oubli de sa part.

— En effet.

— Je suis prête, insista-t-elle bravement.

Épouse consciencieuse, aimable, docile. On ne pouvait pas mieux faire.

— Merci, mais ce ne sera pas nécessaire.

L'idiot.

— Pardonnez-moi, c'est absolument nécessaire, au... au contraire.

— Pourquoi ? répliqua-t-il d'un ton lourd de sous-entendus.

— Mais... pour la bonne marche de notre union, mi... milord.

Il referma son livre, se leva. Hum, n'aurait-il pas dû le faire à son entrée, comme l'exigeait la bienséance ?

— Ce mariage s'est fait dans la précipitation. Je m'en voudrais de m'imposer à vous alors que les choses sont un peu... difficiles entre nous. Pourquoi ne pas procéder à un rythme plus tranquille ?

Elissande secoua la tête.

— N... non, nous n'avons pas le temps.

Le regard qu'il lui jeta était presque sardonique.

— Nous avons la vie entière. C'est du moins ce qu'a dit le prêtre.

La prochaine fois qu'elle boirait du sauternes, elle ne finirait pas la bouteille. Non seulement sa vue était brouillée, mais sa langue semblait avoir doublé de volume et s'obstinait à prononcer des syllabes surnuméraires. Dans sa tête, elle avait une liste d'arguments tout à fait valables pour lui démontrer l'urgence qu'il y avait à consommer cette union. Mais sa bouche refusait de les formuler.

Alors elle lui sourit.

En réaction, il s'empara de la bouteille de whisky posée sur la table de chevet et but à même le goulot. Le geste la surprit. Il était si énergique. Si déterminé. Très viril, oui c'est ça.

Donc séduisant.

En fait, toute sa personne était séduisante. Il était beau comme un dieu. Ses cheveux en bataille luisaient comme du bronze poli. Sa silhouette était athlétique. Et ses épaules... Dieu que les muscles en étaient bien dessinés !

— J'ai oublié de... de quelle couleur sont vos yeux, se désola-t-elle.

— Bleus.

— Vraiment ? fit-elle, charmée. C'est merveilleux. Puis-je les voir ?

Elle s'approcha. Il était grand, plus encore que dans son souvenir. Elle dut prendre appui sur ses avant-bras et se hisser sur la pointe des pieds pour examiner ses yeux.

— Plein de gens ont les yeux bleus, objecta-t-il.

— Sans doute, mais les... les vôtres sont extraordinaires. Ils sont de la couleur... du diamant Hope !

— Vous l'avez déjà vu ?

— Non... mais maintenant je sais à quoi il doit ressembler. Et vous sentez bon ! ajouta-t-elle dans un soupir.

— Je sens le whisky.
— Aussi. Mais pas seulement.

Elle inspira à fond. C'était un parfum difficile à définir, voluptueux et sain comme celui des draps propres qu'on vient de repasser, ou celui des pierres qui ont chauffé au soleil.

— Vous avez trop bu, avouez-le, lâcha-t-il sans détour.

Elle fixa sa bouche, et répondit dans un ronronnement sensuel :

— *Tes lèvres distillent le miel, sous ta langue il y a du miel et du lait, et l'odeur de tes vêtements est comme l'odeur du Liban*[1].

— Vous avez trop bu, conclut-il.

Elle sourit. Il était drôle, en plus. Sous ses doigts, elle sentit ses muscles durs. Elle se souvint qu'elle avait aimé d'emblée son contact quand ils avaient joué au Cochon qui grogne. Rien de plus normal, il était merveilleusement masculin et *en outre* il sentait le Liban.

Il ne souriait pas, mais sa bouche sévère au pli réprobateur ne l'empêchait pas d'être très beau.

— *Qu'il me baise des baisers de sa bouche, car tes amours sont meilleures que le vin*, murmura-t-elle encore.

— Non !

Elle noua les bras autour de son cou, eut le temps de frôler sa bouche de la sienne avant qu'il la repousse avec fermeté.

— Lady Vere, vous êtes complètement ivre.
— Non… pas ivre. Enivrée, déclara-t-elle fièrement.
— Dans un cas comme dans l'autre, vous devez aller vous étendre dans votre chambre.

---

1. Cantique des cantiques, chapitre 4. Version J.N. Darby.

— C'est auprès de vous que je veux m'étendre, souffla-t-elle. *Il passera la nuit entre mes seins.*
— Doux Jésus !
— Non, Elissande. Je m'appelle Elissande.
— Cela suffit, lady Vere. Vous devez quitter ma chambre, à présent.
— Mais je ne veux pas.
— Alors c'est moi qui vais m'en aller.
— Vous ne pouvez pas faire ça.
— Ah, non ?

Cette satanée langue, qui venait de réciter sans le moindre problème les strophes du Cantique des cantiques, refusait à nouveau de fonctionner.

— Non, je vous en prie, plaida-t-elle. Il faut le faire. Pour ma tante. S'il vous plaît.

Il avait bien vu dans quel état était sa tante, à quoi sa vie avec oncle Edmund l'avait réduite. Il devait comprendre qu'il était vital de la libérer du joug de son oppresseur. Un homme aussi beau ne pouvait pas être totalement dénué de compassion.

Parce qu'il était magnifique, vraiment. Elle ne se lassait pas de l'admirer. Seigneur, ce visage ! Et ces yeux d'un bleu fascinant. Elle aurait pu le contempler toute la journée.

Et toute la nuit aussi.

— Non, répéta-t-il.

Elle se jeta à son cou. Il était si robuste, si solide. Comme ce devait être bon d'avoir quelqu'un comme lui aux heures les plus noires de l'existence. Avec lord Vere, elle se sentait en sécurité. Il était comme une forteresse, un rempart contre l'adversité.

Elle lui embrassa l'épaule, adora la texture de sa peau. Ses lèvres glissèrent sur son menton râpeux qui l'égratigna délicieusement. Puis elle l'embrassa sur la bouche, savoura l'odeur de whisky qui s'y attardait, et osa même faire courir le bout de sa langue sur ses dents.

Oh, Seigneur ! Son… Sa…

Elle était plaquée contre lui et sentait cette partie de son anatomie grandir entre eux. Durcir, encore et encore.

Puis elle vola dans les airs.

Elle se retrouva sur le lit, le souffle coupé. La pièce se mit à tourner à toute allure autour d'elle. Dieu qu'il était fort ! Elle pesait quand même cinquante-sept kilos, mais il l'avait projetée sur le matelas comme un vulgaire bouquet de mariée.

Elle lui sourit.

— Arrêtez de sourire, grinça-t-il.

Ne plus sourire, c'était exactement son intention ; quand tout irait bien, qu'elle ne serait plus obligée de lutter et vivrait en paix avec le monde, elle ne sourirait plus jamais. Ou seulement quand elle en aurait envie.

Son sourire s'élargit. Elle était heureuse qu'il la comprenne si bien. L'index recourbé, elle lui fit signe d'approcher.

— Venez par ici…

Pour une fois, il obéit. Penché sur elle, il lui saisit le menton avec rudesse.

— Écoutez-moi, et écoutez-moi bien, si tant est que quelque chose puisse entrer dans votre cervelle déglinguée. *Non*. Vous m'avez forcé à vous épouser, mais vous ne pouvez pas m'obliger à vous baiser. Un mot de plus et je fais annuler ce mariage ce soir même avant de vous renvoyer dans la maison de fous d'où vous venez. Maintenant fermez-la et fichez-moi le camp !

Elle souriait toujours, les yeux fixés sur ses lèvres qui remuaient. Un spectacle fascinant. Plus tard, elle lui demanderait de lui faire la lecture. Ainsi elle pourrait admirer sa bouche tout à loisir.

Le sens de ses paroles mit un moment à pénétrer sa conscience. Non, il ne pouvait pas avoir dit cela. Il était sa forteresse, il ne pouvait pas la lancer par-dessus les remparts et la laisser s'écraser aux pieds de son oncle.

— Je ne plaisante pas. Dehors ! jeta-t-il.

Mais elle était paralysée. Elle ne pouvait que le dévisager, tremblante, et secouer la tête.

— Non. Je vous en prie, ne me renvoyez pas.

« Ne me renvoyez pas dans cette maison où je ne suis même pas libre de respirer, où tout n'est que peur et mépris », ajouta-t-elle en silence.

Il la tira brutalement et la remit sur ses pieds, la retenant par le bras pour qu'elle ne tombe pas. Puis, sans pitié, il l'entraîna jusqu'à la porte restée ouverte avant de l'envoyer dans le salon d'une poussée qui la fit trébucher.

La porte claqua dans son dos.

Une heure plus tard, Vere quitta sa chambre pour aller manger une part de gâteau. Il n'avait presque rien avalé de la journée, et même les flots de whisky ingurgités ne pouvaient masquer sa faim.

Il en était à sa seconde tranche quand il se rendit compte qu'elle sanglotait dans l'autre chambre. Le son était faible, presque inaudible. Il termina son assiette et regagna son lit.

Cinq minutes plus tard, il était de retour dans le salon. Pourquoi ? Pourquoi aurait-il eu des remords ? Ce qu'il lui avait dit aurait fait pleurer n'importe quelle femme, et c'était son but. De toute façon les larmes féminines le laissaient de marbre. En outre, les cinglées et les pires criminelles, sans parler des manipulatrices, avaient tendance à faire de fabuleuses pleureuses.

Il retourna se coucher, renversa la bouteille de whisky pour en avaler la dernière goutte. Mais nom d'un chien, voilà que trois minutes plus tard il se retrouvait encore une fois dans le salon !

Il ouvrit la porte de la deuxième chambre, balaya la pièce du regard. Personne. Il lui fallut contourner le lit pour la découvrir assise par terre, les genoux remontés contre la poitrine, en train de pleurer toutes les larmes de son corps. Dans son voile de mariée, en plus.

Lequel voile était réduit à l'état de chiffon détrempé. Elle avait le visage rouge et marbré, les paupières gonflées. Son corps était secoué de spasmes convulsifs.

— Vous faites trop de bruit, vous m'empêchez de dormir, dit-il d'un ton rogue.

Elle releva la tête, le regard éteint.

— Pardon, hoqueta-t-elle. Je... je me tais maintenant. Je vous en prie, ne me chassez pas.

Il ne savait trop qui il détestait le plus : la menteuse qui souriait comme une démente, ou la menteuse qui reniflait, le visage barbouillé de larmes.

— Allez dormir. Je ne vous chasserai pas ce soir.

Une expression de pure gratitude s'inscrivit sur ses traits. Il s'en irrita et, avec une rancœur que tout le whisky du monde n'aurait pu diluer, il commit l'erreur d'ajouter :

— J'attendrai demain matin.

Elle se mordit la lèvre et ses yeux se remplirent de larmes qui débordèrent, roulèrent sur ses joues humides et tombèrent sur le corsage de sa robe de mariée. Mais cette fois pas un son ne franchit sa bouche. Elle pleurait dans un silence de mort.

Détournant la tête, elle commença à se balancer d'avant en arrière, comme un enfant qui se berce pour se consoler.

Il n'y avait pas de quoi s'émouvoir. Pourquoi se serait-il laissé attendrir par une femme qui avait voulu s'imposer à Freddie ? Et pourtant... il y avait quelque chose dans ce désespoir muet qui lui broyait le cœur.

Elle n'avait personne vers qui se tourner.

C'était la faute du whisky, en partie. Mais cela ne suffisait pas à expliquer pourquoi il ne quittait pas la chambre, maintenant qu'il l'avait réduite au silence. Il ne pouvait s'empêcher d'avoir pitié d'elle, et de penser qu'il devait faire quelque chose.

Pourtant, elle avait bien mérité ce qui lui arrivait, non ?

Elle laissa échapper un petit cri lorsqu'il la souleva dans ses bras. Cette fois il ne la lança pas sur le lit, mais se contenta de l'asseoir au bord. Il se pencha pour lui ôter ses chaussures, puis l'entoura de ses bras pour dégrafer sa robe. Rapidement, il l'en débarrassa, puis lui ôta son jupon et son corset.

Ayant sorti un mouchoir de sa poche, il lui essuya le visage avec soin. De nouvelles larmes montèrent aux yeux d'Elissande. Des années durant, elle avait séché les larmes de tante Rachel, mais personne ne l'avait jamais consolée, *elle*.

Voyant qu'il s'apprêtait à rempocher le mouchoir, elle s'en saisit et y enfouit le nez.

— Ça aussi, ça sent le Liban, murmura-t-elle, émerveillée.

Il secoua brièvement la tête.

— Mettez-vous sous les couvertures, enjoignit-il.

— D'accord.

Leurs regards se croisèrent. Quels beaux yeux il avait. Et quelle bouche. Elle l'avait embrassé tout à l'heure, et elle n'était pas près de l'oublier, même si elle devait prendre tante Rachel sous le bras et disparaître dans la nature.

Alors elle l'embrassa encore.

Il se laissa faire, lui permit de lui mordiller la lèvre inférieure, de lui butiner la mâchoire, de goûter sa peau du bout de la langue. Il frémit lorsqu'elle le mordit légèrement à la base du cou.

— Ou avez-vous appris à faire ça ? demanda-t-il, le souffle court.

Cela s'apprenait donc ?

— Je fais juste ce que j'ai envie de faire.

Et elle avait envie d'enfoncer les dents dans sa chair, un peu comme on mord dans une pièce d'or pour s'assurer de sa valeur.

— Vous êtes saoule et en chaleur, lady Vere.
— Qu'est-ce que cela veut dire ?

Elle n'attendit pas qu'il réponde pour l'embrasser de nouveau. C'était si bon de le goûter, de le toucher ! Elle le sentit exercer une douce pression sur son épaule, et mit un moment à comprendre qu'il cherchait à l'allonger. Elle obtempéra sans le lâcher.

— Et moi, je ne devrais pas être là, dit-il en l'accompagnant dans son mouvement. Ce qui tendrait à prouver que moi aussi je suis saoul... et en rut.

Aucun d'eux n'aurait dû se trouver là. Cela ne serait jamais arrivé si la maison de lady Kingsley n'avait pas été envahie par les rats. Et si les Edgerton du Cumberland avaient eu la gentillesse de la recueillir à la mort de ses parents.

Il tira sur le ruban qui retenait ses cheveux. La cascade blonde coula le long de son épaule.

— Si épais... si doux... si brillants, murmura-t-il.

Elissande choisit cet instant pour poser la question qui la tracassait depuis quelques jours :

— Pourquoi êtes-vous si dur... en bas ?
— Parce que vous m'avez embrassé, entre autres.
— Mais pourquoi ?
— L'homme doit être excité pour honorer sa partenaire.
— Et vous l'êtes en ce moment ?

Il y eut un court silence, puis :
— Oui.
— Alors nous pouvons procéder ?
— Il ne vaut mieux pas. Je ne réfléchis pas avec ma tête.
— Avec quoi alors ?

Il eut un petit rire. Puis, enfin il la toucha. Bien sûr, il l'avait déjà touchée auparavant, mais toujours dans un but précis : l'escorter jusqu'à la table du dîner ou la tenir à distance de lui. Mais pour la première fois il recherchait juste le contact physique.

Quand tante Rachel était encore valide, elle tendait parfois la main pour lui lisser les cheveux. Des années s'étaient écoulées depuis, et Elissande se rendait compte seulement maintenant à quel point ce plaisir tout simple lui avait manqué.

Il lui caressa le visage, les épaules, les bras, le dos. Puis il l'embrassa, et elle s'abandonna, grisée.

Comme il s'écartait, elle protesta :
— Encore !

Alors il la dévêtit. Il lui ôta sa camisole, ne lui laissant que ses bas blancs. Elle aurait dû avoir honte d'être ainsi dénudée devant lui, mais elle se sentait juste un peu intimidée.

— Qu'est-ce que je fabrique ? marmonna-t-il en déposant des baisers le long de sa clavicule.
— Vous me rendez très heureuse, chuchota-t-elle avec un frisson de plaisir.
— Je ne suis même pas sûr que vous vous en souviendrez demain matin.
— Bien sûr que si. Pourquoi voudriez-vous que je ne m'en souvienne pas ?

Il eut un sourire énigmatique et se pencha sur elle. Son souffle lui brûla la poitrine. La sensation était indescriptible. Elle décupla lorsqu'il aspira la pointe d'un sein entre ses lèvres.

— Ça n'a pas l'air très difficile de vous rendre heureuse, dit-il.

En effet, c'était très simple. Un peu de liberté, un peu de sécurité, un peu d'affection. Elle ne demandait rien d'autre.

Il continuait d'éveiller des sensations divines en elle, et la joie lui fit monter les larmes aux yeux. Quand finalement il retira son pantalon, elle ne s'alarma presque pas de la taille de son érection. Il savait certainement comment « procéder ». Elle s'en remettait à lui, même si elle avait un peu de mal à imaginer ce qu'il pouvait attendre d'elle.

— Moi, je suis sûr de le regretter demain matin, marmotta-t-il.

— Pas moi !

Il lui embrassa le menton.

— J'ai au contraire le pressentiment que vous le regretterez... énormément. Mais il semblerait que je ne puisse plus m'arrêter maintenant.

Il captura sa bouche, tandis qu'il la recouvrait de son corps et s'immisçait entre ses jambes. Il était en train de... Il...

Elle cria. C'était involontaire, mais cela faisait mal, tellement mal ! Tous ces baisers et caresses si agréables avaient certainement pour but de rendre ce moment plus supportable, mais ce n'était pas le cas, pas du tout ! La douleur était horrible, lancinante, surtout à cet endroit particulièrement sensible.

De nouveau, les larmes jaillirent. Pourquoi fallait-il que tout soit si difficile ? *Tout*. Même ces instants de complicité charmants devaient finir de manière aussi atroce. Ce n'était pas la faute de lord Vere. Ne disait-on pas : « La femme enfantera dans la douleur » ? Avec une telle mise en garde, elle aurait dû s'y attendre.

— Je suis désolée, balbutia-t-elle, toute crispée. Je vous en prie... continuez.

Il se retira et une douleur aiguë la transperça. Elle ne put s'empêcher de gémir et se raidit dans l'attente de son retour. Mais il se releva d'un bond et quitta le lit.

Elle l'entendit se rhabiller. Lorsqu'il s'approcha de nouveau, il tenait le mouchoir qui fleurait bon le Liban et s'en servit pour lui essuyer les yeux.

— J'ai fini, assura-t-il. Vous pouvez dormir maintenant.

Infiniment soulagée, elle n'osait croire à sa chance.

— C'est vrai ?
— Oui.

Il remonta la couverture sur elle, éteignit la lampe de chevet.

— Bonne nuit.
— Bonne nuit, répéta-t-elle, éperdue de soulagement. Et merci, milord.

Elle l'entendit soupirer dans l'obscurité.

11

Dans la lumière grise du matin, elle dormait d'un sommeil agité, nue, le drap entortillé autour d'elle comme le serpent autour d'Eve. Il lui caressa la joue, le visage, les cheveux. Il ne devrait pas, il le savait, mais cette sensation d'interdit ne faisait qu'accroître son excitation.

Elle roula sur le flanc, et il aperçut une petite tache rouge sur le drap. Cette vision le frappa avec la force d'une pierre l'atteignant à la tempe. Il se rappelait parfaitement ce qui s'était passé durant la nuit, mais face à cette preuve indubitable, qu'elle ne tarderait pas à découvrir elle aussi, il demeura saisi.

Il la recouvrit d'un geste vif, s'éloigna du lit. Et d'elle. Qu'est-ce qui lui avait pris, bon sang ? Son plan était pourtant simple : il avait décidé de ne pas consommer le mariage afin de le faire annuler lorsqu'il le jugerait opportun. L'exécution de ce plan semblait tout aussi simple, dans la mesure où il attirait la jeune femme à peu près autant qu'un poisson mort.

Et pourtant tout avait dérapé.

Au départ, il avait seulement voulu la mettre au lit. Et au bout du compte, il s'était laissé séduire par cette vierge machiavélique.

Sa peau avait la douceur du velours, ses cheveux le brillant de la soie. La perfection de ses courbes aurait comblé le plus exigeant des géomètres. Et pourtant ce n'était pas sa beauté charnelle qui avait précipité sa chute, mais bien plutôt le plaisir qu'elle avait pris en sa compagnie, sa joie naïve et sans fard.

Bien sûr, il savait qu'elle avait trop bu, et que le sauternes était responsable des étoiles dans ses yeux. Mais lui non plus n'était pas lui-même hier soir. Il était cet homme solitaire et malheureux, incapable de se défendre contre ses sourires, trop content d'accuser le whisky pour expliquer son comportement irrationnel.

Elle avait levé sur lui des yeux confiants et éblouis, comme s'il était une sorte de divinité, avait chuchoté qu'il la rendait heureuse, et plus rien d'autre n'avait compté.

Mirages trompeurs. Il avait succombé de bon cœur à leur attrait, à cette douce illusion de complicité. Jusqu'à ce que son cri de douleur fasse éclater la bulle dans laquelle il se complaisait.

Dans son sommeil, elle remua, soupira.

« Encore ! » avait-elle supplié.

Et lui, pauvre fou, avait perdu la tête.

Les affaires de la jeune femme avaient été déposées dans la chambre qu'il s'était appropriée la veille. La plupart étaient encore rangées dans des malles, mais il y avait des bottines, des gants, des chapeaux et des jaquettes éparpillés un peu partout.

Un coffre en bois était posé sur le secrétaire. Vere en ayant déjà passé en revue le contenu, il savait que, hormis le Delacroix, celui-ci ne recelait rien d'autre que des objets ayant pour elle une valeur sentimentale.

Il l'ouvrit de nouveau pour étudier la photographie de mariage des parents d'Elissande. Le père de Vere aurait eu une attaque s'il avait su que son fils épouserait une jeune fille avec de tels antécédents. Et encore Vere n'avait-il pas mentionné le pire devant Freddie. Comme lady Avery le lui avait murmuré, Elissande était née six mois après le mariage de ses parents. Ainsi personne ne savait vraiment si son père était bien Andrew Edgerton, ou l'oncle de ce dernier, Algernon Edgerton, qui avait été un temps le protecteur de Charlotte.

Comme il faisait courir ses pouces sur le couvercle, quelque chose attira son attention : un minuscule interstice, puis un autre, et encore un autre. Il alluma la lampe électrique, rabattit complètement le couvercle et l'observa de plus près.

Des incrustations d'ivoire et de nacre ornaient l'extérieur du coffre. L'intérieur était tapissé de velours vert. Les interstices, presque invisibles, partaient du coin gauche et rejoignaient le centre, le long d'une rayure noire. Ils avaient l'épaisseur d'un ongle et ne mesuraient guère plus de sept millimètres de long.

En examinant le côté droit, Vere découvrit une ligne similaire. De quoi s'agissait-il ? De stries décoratives ?

Un coup frappé à la porte le fit tressaillir. À contrecœur il abandonna le coffre pour aller ouvrir. Un garçon d'étage lui apportait son petit déjeuner, ainsi qu'un télégramme de lady Kingsley.

Très chers lord et lady Vere,

C'est avec un immense soulagement que je vous annonce que le dernier rongeur a été exterminé à Woodley Manor. Il nous reste à découvrir qui est à l'origine de cette plaisanterie de fort mauvais goût. Une enquête a été ouverte.

Mes jeunes invités ont quitté Highgate Court hier, sous la surveillance de lady Avery. Lady Vere sera sans doute soulagée de savoir que M. Douglas n'est pas encore rentré chez lui, comme me l'a confirmé un livreur que j'ai croisé au village et qui revenait tout juste d'une course à Highgate Court.

Je vous adresse encore toutes mes félicitations pour votre mariage.

Eloisa Kingsley

Vere fourra le télégramme dans sa poche et retourna examiner le coffre. À l'aide d'une lame de rasoir, il sectionna un mince fragment d'une carte de visite pour en faire une sorte de tige fine et relativement rigide dont il se servit pour sonder les interstices.

Ceux-ci n'étaient guère profonds, à peine quatre millimètres. Mais la tige de carton s'enfonça d'un bon centimètre dans deux fentes situées de part et d'autre du couvercle.

Vere se rappela soudain la minuscule clé trouvée dans le coffre-fort de Highgate Court.

Elissande se réveilla, une tempête dans la tête. Ou plutôt un ouragan. Elle avait l'impression que la foudre venait de lui ouvrir le crâne en deux

Elle battit des paupières, referma les yeux en hâte, aveuglée. Dans la chambre, la luminosité était intolérable. La douleur s'accentua dans sa tête et elle se recroquevilla sur elle-même en gémissant. Elle eut l'impression que le bruit qui s'échappait de sa gorge explosait dans ses oreilles, lui lacérant les méninges au passage.

Elle n'était pas morte, et pourtant, elle était déjà en enfer.

Quelqu'un repoussa la couverture qui la recouvrait, dégagea doucement le drap dans lequel elle était entortillée. Elle frissonna. Elle avait vaguement conscience de ne pas porter grand-chose, ou peut-être même rien du tout, mais cela lui était complètement égal. Belzébuth lui-même l'avait embrochée sur sa grande fourche.

Quelque chose de frais et de soyeux retomba sur elle. On souleva ses bras inertes pour les enfiler dans des manches. Une robe de chambre ?

Lentement, on la tourna. Elle geignit. Le mouvement, si lent soit-il, avait accru le tambourinement dans son crâne. Lorsqu'elle se retrouva sur le dos, on voulut lui soulever la tête. Elle poussa un cri de protestation.

— Tenez, fit une voix masculine, tandis qu'un bras fort se glissait autour de ses épaules pour la soutenir. Buvez, cela ira mieux ensuite.

Le liquide qui franchit ses lèvres avait un goût d'eau croupie et d'œufs pourris. Elle le recracha.

— Buvez, vous dis-je.

Elle abdiqua devant cette autorité apaisante, s'étrangla entre chaque gorgée, mais la main tenait toujours le gobelet sous sa bouche et elle but jusqu'à la dernière goutte.

Ensuite il lui donna un verre d'eau qu'elle engloutit d'une traite, sans se soucier des filets d'eau qui ruisselaient sur son menton. Enfin désaltérée, elle tourna la tête de côté et pressa le visage contre la poitrine de l'homme.

Il portait un gilet de soie sur une chemise de lin doux. En dépit de sa migraine aiguë, elle se sentait en sécurité. Pour une fois, quelqu'un veillait sur elle. Quelqu'un qui sentait merveilleusement bon.

Sans raison particulière, elle pensa au Liban.

Cette impression de confort et de sécurité ne dura guère. L'homme la cala contre l'oreiller, remonta les couvertures et, ignorant sa main qui s'était refermée sur son gilet, s'éloigna.

Un peu plus tard, elle entendit un bruit de pas. Elle ouvrit les yeux, et les referma aussitôt.

Lord Vere.

Non.

Pas lui.

— Allons, lady Vere, dit-il d'un ton engageant, presque chantant, il est temps de vous secouer un peu. Votre bain est prêt.

Que faisait-il dans sa chambre ? Elle devait rêver.

Les souvenirs de la semaine écoulée lui revinrent par vagues d'images décousues. Les rats chez lady Kingsley. Une maison pleine de jeunes gens rieurs. Le charmant lord Frederick. L'empoignade dans le salon vert. Le mariage.

Elle était *mariée*.

À lord Vere !

Elle avait passé la nuit avec lui.

— Voulez-vous que je vous chante une petite chanson afin de vous réveiller tout à fait ? proposa-t-il, plein de bonne volonté, avant d'entonner avec enthousiasme : *Pâque-rette, jolie fleu-rette, dans les champs, dans les fossés, ta blanche colle-rette...*

Elissande se dressa maladroitement.

— Merci, ce ne sera pas nécessaire. Je suis réveillée à présent.

La couverture glissa, révélant sur le drap du dessous une petite tache de sang. Elissande porta la main à sa gorge. D'autres souvenirs affluèrent, plus récents. Elle se rappelait lui avoir léché les dents. Quelle chose bizarre... saugrenue ! Elle se rappelait aussi avoir été projetée sur le lit et... Seigneur, cette douleur atroce entre les cuisses ! Mais pouvait-elle se fier à sa mémoire ? Elle se rappelait également avoir parlé du diamant Hope, ainsi que d'un parfum évoquant le Liban. Et pour quelle raison farfelue aurait-elle cité le Cantique des cantiques ?

— Je viens juste de commencer, laissez-moi au moins terminer le premier couplet, se plaignit lord Vere.

Elissande s'assit au bord du lit dans l'intention de se lever, puis s'aperçut qu'elle ne portait que son peignoir de soie. Heureusement la pièce était plongée dans une semi-pénombre, car les rideaux tirés ne laissaient passer qu'un faible rai de lumière pâle. Tout à l'heure, à son réveil, elle avait pourtant eu l'impression qu'on lui brandissait une torche sous le nez.

— Je serai ravie de vous entendre chanter une autre fois. Là, je dois aller prendre mon bain qui risque de refroidir, argua-t-elle.

Il se hâta d'aller lui ouvrir la porte de la salle de bains.

— Un conseil, très chère : ne vous attardez pas trop. Vous risqueriez de fondre.

— Je vous demande pardon ?

— L'eau est très chaude. Au bout d'un quart d'heure, vous risqueriez de fondre, répéta-t-il avec le plus grand sérieux.

Interloquée, Elissande hésita. Mais à une telle remarque, on ne pouvait répondre que par l'absurde.

— Mais l'eau n'aura-t-elle pas commencé à refroidir au bout du quart d'heure ?

— Ma foi, c'est vrai. Je n'y avais pas réfléchi. Cela explique pourquoi il y a peu d'accidents de ce genre.

Elissande s'enferma dans le cabinet de toilette, s'immergea dans le bain avec un soupir et se plongea dans la contemplation de ses genoux. Elle ne pleurerait pas. Elle s'y refusait. Elle savait exactement à quoi elle s'exposait lorsqu'elle avait ôté ses vêtements devant lord Vere.

Un quart d'heure plus tard très précisément, elle sortit de la salle de bains pour trouver son mari assis à la table du salon, en train de fixer une fourchette d'un air d'absolue fascination. À son approche, il releva la tête, posa la fourchette et eut ce sourire nigaud qui n'appartenait qu'à lui.

— Comment va votre migraine, très chère ? Savez-vous que vous avez bu toute une bouteille de sauternes hier soir ?

— Ma tête va mieux, merci.

— Alors il faut manger. Je vous ai commandé du thé et des toasts.

L'évocation de cette nourriture ne lui donna pas la nausée, c'était déjà cela. Elle s'assit en face de lui. Il s'empara de la théière pour lui remplir sa tasse et en renversa une bonne dose sur la nappe.

— À dire vrai, très chère, je crains d'avoir moi-même abusé de la bouteille hier soir, dit-il sur le ton de la confidence. Enfin, on ne se marie pas tous les jours, pas vrai ?

Sans le regarder, elle se mit à grignoter un toast.

— À propos, que pensez-vous du tube acoustique ? Je trouve cette invention épatante. Voyez, je parle ici, dans ce tuyau, et on m'entend dans la cuisine ! C'est par ce moyen que j'ai commandé votre petit déjeuner. Je croyais que le thé et les toasts sortiraient par le tube, et je me suis tenu prêt à attraper la théière au vol, mais en fait, c'est un serveur qui est monté avec un plateau.

Dans le crâne d'Elissande, la pulsation douloureuse augmenta. Et elle éprouvait toujours une sensation d'inconfort entre les cuisses.

— J'étais en train de lire le *Times*, reprit lord Vere. Mais même les journaux les plus sérieux ne sont pas à l'abri d'écrire des âneries. Figurez-vous qu'on y cite l'empereur d'Allemagne en le présentant comme le petit-fils de notre reine. Quel outrage d'associer

Sa Très Gracieuse Majesté à ce rustre de Prussien ! J'ai l'intention d'écrire au journal pour exiger un rectificatif.

Guillaume II, empereur d'Allemagne et roi de Prusse, était bel et bien le petit-fils de la reine, fils de sa fille aînée. La maison de Hanovre était et avait toujours été solidement teutonne.

— Oui, faites donc, acquiesça Elissande avec un sourire las.

Elle se cantonnerait à son rôle d'épouse dévouée. Ne lui devait-elle pas tout ? Demain, quand elle aurait moins mal au crâne, peut-être s'assoirait-elle avec lui – et l'*Encyclopaedia Britannica* dans son intégralité – pour rectifier certaines de ses idées erronées.

Pour l'heure, elle se contenta de lui sourire et se garda bien de le contredire.

Elissande retint un gémissement. Sa migraine avait certes diminué, mais elle avait encore du mal à se tordre le cou pour voir son dos dans le miroir. Sans plus s'occuper de son reflet, elle s'efforça de tirer tant bien que mal sur les liens qui fermaient son corset.

Un coup léger fut frappé à la porte.

— Avez-vous besoin d'aide, très chère ?

— Non, merci. Je me débrouille très bien.

S'il avait le malheur de s'en mêler, ils finiraient tous deux dans un enchevêtrement de baleines brisées !

Mais autant parler aux murs. Il entra, tout fringant dans une veste bleu marine. Oncle Edmund ne serait jamais sorti sans redingote, mais les jeunes gens préféraient des tenues moins guindées.

— Milord ! protesta-t-elle en retenant son corset contre sa poitrine.

Elle n'était pas décente, il n'avait rien à faire dans sa chambre. Mais, comme cette pensée lui traversait l'esprit, son regard tomba sur le lit où il s'était passé

Dieu savait quoi la nuit précédente. Quoi qu'il en soit, l'attitude de son mari avait radicalement changé. Ses airs boudeurs, son mutisme s'étaient envolés. Ce matin, il était aussi empressé et maladroit que de coutume.

— Je n'ai pas besoin d'aide, répéta-t-elle.

— Allons donc. Vous avez de la chance, je suis expert en lingerie féminine.

Elle demandait à voir.

Mais en effet, après l'avoir fait pivoter, il laça son corset avec la dextérité d'une camériste.

Elissande en resta bouche bée.

— Où avez-vous appris à lacer un corset ?

— Vous savez bien. Quand on aide une dame à sortir de sa robe, il faut bien l'aider ensuite à y entrer.

Il existait donc des femmes qui avaient accepté qu'il les déshabille sans exiger le mariage *illico presto* ? Elissande n'aurait su dire si elle était scandalisée ou stupéfaite.

Il tira sur les lacets, lui comprimant la poitrine – torture quotidienne inévitable si elle voulait enfiler l'une de ses robes.

— Mais tout cela, c'était avant de vous connaître, précisa-t-il. Désormais, il n'y a plus que vous.

Une pensée terrifiante. Mais elle n'eut heureusement pas le temps de s'y appesantir, car il s'occupait déjà de lui passer son jupon.

— Dépêchez-vous, il est 10 heures et quart, la houspilla-t-il.

— Déjà ? En êtes-vous sûr ?

— Oui, voyez par vous-même.

Il lui tendit sa montre de gousset à laquelle elle jeta un regard dubitatif.

— Donne-t-elle l'heure juste, au moins ?

— Oui, j'ai vérifié à l'horloge de Big Ben pas plus tard que ce matin.

Elissande se frotta les tempes. Elle était en train d'oublier quelque chose, mais quoi donc ?

— Ma tante ! s'exclama-t-elle soudain. Seigneur, elle doit mourir de faim !

Sans parler du fait qu'elle devait être terrifiée, seule dans cet environnement inconnu, sans savoir où était passée sa nièce.

— Elle va très bien, tranquillisez-vous. Vous avez laissé traîner la clé de sa chambre, alors je lui ai rendu visite tout à l'heure, pendant que vous dormiez. Nous avons pris notre petit déjeuner ensemble.

Il plaisantait. Forcément. Cet homme capable d'oublier entre la salle à manger et sa chambre que son pantalon était maculé d'œuf, cet homme, donc, aurait eu la présence d'esprit d'aller voir sa tante ?

— Je lui ai proposé de nous accompagner à Highgate Court, mais elle préfère rester ici, ajouta-t-il.

Elissande tourna vivement la tête.

— Comment ? s'exclama-t-elle. Pardonnez-moi, je... Vous ne voulez pas dire que vous avez l'intention de rendre visite à mon oncle ?

— Eh bien, si, c'est ce que je compte faire.

Comme elle le dévisageait, muette de stupeur, il lui tapota le bras.

— Ne vous tracassez pas, il sera ravi d'apprendre que vous avez fait un bon mariage. Pardonnez-moi de vous dire ça, très chère, mais vous ne rajeunissez pas. Et je suis quand même marquis. J'ai des relations haut placées et de la fortune.

— Mais... mais... je...

Elissande s'interrompit et respira un bon coup avant de reprendre d'un ton plus posé :

— Que vous a répondu Mme Douglas ?

— Tenez, enfilez votre jaquette. J'ai cru comprendre que Mme Douglas était encore fatiguée du trajet d'hier. Elle a décidé de rester ici pour se reposer.

Elissande remarqua à peine qu'il lui boutonnait sa veste.

— Je ne peux la laisser seule ici, livrée à elle-même. Ma tante est très dépendante. Elle se passerait difficilement de moi.

— Billevesées. Je lui ai présenté ma gouvernante, et toutes deux s'entendent très bien.

— Votre gouvernante ?

Bien sûr, lord Vere avait certainement une gouvernante. On ne pouvait attendre d'un homme qu'il entretienne lui-même sa demeure. Mais dans la précipitation des dernières trente-six heures, Elissande n'avait pas accordé une seule pensée aux arrangements domestiques.

— Votre gouvernante est ici ? À Londres ?

— Oui. En général je ne ferme pas la maison avant septembre.

Il possédait donc une maison à Londres. Dans ce cas, pourquoi étaient-ils venus dormir à l'hôtel ? Mais peu importait. Elissande doutait fortement de la capacité de son mari à engager des domestiques de confiance.

— Je veux voir ma tante, insista-t-elle.

Contre toute attente, Mme Dilwyn la surprit agréablement. C'était une toute petite femme, dodue comme une quenelle, qui allait sur ses cinquante ans. Elle avait une voix douce, et semblait extrêmement consciencieuse. À preuve, elle avait consigné dans son carnet tout ce qui s'était passé depuis son arrivée à 8 heures ce matin-là : les doses de médicaments prises par tante Rachel, ses passages au cabinet d'aisances, jusqu'au nombre précis de gouttes de laudanum avalées.

Elissande nota qu'il y avait trois gouttes de plus qu'à l'ordinaire. Sans doute pour calmer l'agitation due à la suggestion de lord Vere d'emmener tante Rachel à Highgate Court.

— Vous voyez, je vous l'avais dit, triompha ce dernier. Mme Dilwyn va dorloter votre tante jusqu'à notre retour. C'est ce qu'elle fait avec moi au moindre rhume.

— Ma pauvre mère a passé les deux dernières années de sa vie au lit, expliqua Mme Dilwyn. Lord Vere a eu la bonté de l'autoriser à partager mes appartements afin que je puisse veiller sur elle constamment.

— J'aimais bien votre mère, madame Dilwyn. Elle affirmait que j'étais le plus bel homme du monde.

— Et elle avait raison, milord, déclara Mme Dilwyn avec une affection évidente.

Tandis que lord Vere se rengorgeait de façon ridicule, la gouvernante se pencha vers Elissande et s'enquit à mi-voix :

— Mme Douglas a peut-être quelques difficultés pour aller à la selle ? Ma pauvre mère a connu ce genre de désagréments, elle aussi.

— En effet. C'est l'immobilité. Et, malheureusement, elle déteste les pruneaux.

— Peut-être apprécierait-elle quelques abricots pochés ? Je lui en proposerai tout à l'heure.

— Merci, fit Elissande, touchée.

Elle n'avait pas l'habitude qu'on endosse son fardeau à sa place.

Elle tourna les yeux vers sa tante qui somnolait dans son lit. Mais déjà lord Vere l'entraînait hors de la chambre.

— Vite, sinon nous allons rater le train.

Elle fit une dernière tentative alors qu'ils longeaient le couloir en direction de l'ascenseur.

— Sommes-nous vraiment obligés d'y aller ? Je veux dire... si vite ?

— Naturellement, répondit-il d'un ton ferme. N'avez-vous pas hâte de présenter votre époux à l'homme qui vous a élevée ? Surtout un époux aussi remarquable. Pour ma part, j'avoue être tout excité.

C'est la première fois que je vais rencontrer un oncle par alliance. Je suis certain que nous allons nous entendre à merveille, lui et moi.

En tant que peintre, Freddie devait beaucoup à Angelica. C'est elle qui, après avoir vu ses esquisses au crayon, lui avait conseillé de s'entraîner à l'aquarelle et, plus tard, de se mettre à la peinture à l'huile. Elle qui avait lu et digéré cet énorme bouquin qui traitait de la chromatographie des huiles pour lui en résumer l'essentiel. Elle encore qui lui avait fait connaître le travail des impressionnistes à travers les revues artistiques qu'elle rapportait de France à l'occasion de ses vacances familiales.

Angelica était la seule personne dont Freddie supportait la présence lorsqu'il peignait. Depuis le début, elle l'accompagnait dans sa progression, la plupart du temps assise près de lui, un livre sur les genoux. Parfois elle lisait à voix haute, par exemple pour expliquer de manière scientifique pourquoi l'usage du sel de saturne provoquait un rapide brunissement des couleurs sur la toile. Ou bien elle déclamait un sonnet érotique écrit par Michel-Ange en hommage à un jeune éphèbe. Ou encore elle lui lisait le compte rendu du scandaleux Salon des refusés[1] de 1863.

Donc, d'une certaine façon, il avait l'habitude de travailler auprès d'elle.

Sauf qu'aujourd'hui, elle était nue.

Allongée de côté sur la méridienne qu'il avait demandé à ses domestiques d'installer dans son atelier, la tête calée dans la main gauche, elle lui présentait les courbes gracieuses de son postérieur. Apparemment

---

1. Exposition parallèle au Salon de peinture et de sculpture, organisée pour les artistes trop modernes exclus par l'Académie. *(N.d.T.)*

très concentrée, elle était plongée dans la lecture des *Trésors de l'art en Grande-Bretagne*.

Ses cheveux étaient dénoués, masse de boucles couleur terre d'ombre parcourue de reflets terre de Sienne. Sa peau lumineuse paraissait éclairée de l'intérieur.

Les doigts crispés sur son crayon, Freddie tâchait de ne pas penser aux rondeurs affolantes de sa croupe. Mais son regard se portait alors sur le miroir qu'elle avait stratégiquement placé face à elle, et qui reflétait les coupoles de ses seins et le triangle sombre niché entre ses cuisses.

Freddie devait sans cesse se rappeler qu'il s'agissait là d'une démarche artistique, qu'il était censé célébrer la beauté féminine ; que la perfection de ce corps faisait simplement partie de la nature, au même titre qu'une écorce de bouleau, ou que la surface miroitante d'un lac caressé par les rayons du soleil d'été.

Il aurait dû n'avoir aucun mal à apprécier son sujet en tant que forme, couleur, subtil jeu de lumière. Et pourtant...

Pourtant, il n'avait qu'une envie : jeter son crayon et la rejoindre...

Il s'interrompit le temps de passer en revue son carnet à dessin, ce qui ne l'aida guère. Il avait déjà exécuté une ébauche générale du tableau, de même que plusieurs études de détails : le profil d'Angelica, sa chevelure, son ventre au doux bombé, ainsi que l'image troublante que lui renvoyait le miroir.

Elle déclara tout à coup :

— Sais-tu qu'avant de rentrer en Angleterre j'étais persuadée que ton histoire avec lady Tremaine avait fait de toi un homme aigri ? Mais heureusement, tu es resté le même.

C'était bien d'Angelica de sauter ainsi du coq à l'âne.

Les yeux fixés sur la toile vierge qu'il avait préparée, il répondit :

— C'était il y a quatre ans. De l'eau a coulé sous les ponts, Angelica.

— Mais es-tu totalement remis ?

— Lady Tremaine n'était pas une maladie.

— Tu t'es consolé de l'avoir perdue, dans ce cas ?

— Elle ne m'a jamais vraiment appartenu, objecta-t-il en prenant dans sa boîte un crayon mieux affûté. Je crois que j'ai su dès le début que notre histoire était en sursis.

Bien qu'il ait été extraordinairement heureux avec lady Tremaine, son bonheur avait toujours plus ou moins été teinté d'angoisse. Et lorsqu'elle s'était réconciliée avec son mari, il avait eu le cœur brisé, mais n'en avait conçu aucune amertume. Il n'avait pas vu là une trahison de sa part, juste la fin d'un chapitre merveilleux de son existence.

Il feuilleta les pages de son carnet de croquis, s'arrêta sur une page blanche et entreprit de représenter les mollets galbés d'Angelica. Tandis que le dessin prenait forme, il se surprit à imaginer que son crayon était sa main qui courait sur sa peau.

Jadis, lady Tremaine avait affirmé qu'Angelica était amoureuse de lui. Freddie remettait rarement ses jugements en question, mais comme à l'époque ils étaient en pleine rupture, il s'était dit qu'elle cherchait à le caser à toute force afin d'alléger sa conscience.

Si Angelica avait été amoureuse de lui, elle n'en avait jamais rien dit, elle qui était pourtant si directe. Et même en admettant que lady Tremaine ait eu raison, quatre années s'étaient écoulées. Dès lors, cet hypothétique béguin avait eu tout le temps de tiédir.

Il jeta un coup d'œil à Angelica, toujours absorbée dans sa lecture. Elle griffonnait même des notes dans la marge de son livre de temps à autre. Non, décidément, son comportement n'était pas celui d'une femme qui veut séduire.

Il referma son carnet.

— Je crois que c'est assez pour aujourd'hui. Je vais faire une petite promenade, annonça-t-il.

Angelica n'aurait pu dire qu'elle aimait Freddie depuis toujours, car cela aurait remonté alors aux années floues de l'enfance. Or, son amour était né bien plus tard, à un moment dont elle gardait le souvenir précis.

Elle avait dix-sept ans et lui dix-huit. C'étaient les vacances. Il venait de passer un an à l'université de Christ Church, et elle-même s'apprêtait à intégrer Lady Margaret Hall à l'automne. Freddie avait installé son chevalet sur les rives de la Stour. Elle s'était laissée tomber sur une couverture de pique-nique et l'avait accablé de questions concernant Oxford. Et puis, comme d'habitude, elle avait critiqué son travail. Elle-même ne peignait pas, mais elle avait un œil acéré et une solide culture artistique. C'est elle qui, par exemple, lui avait expliqué qu'un rehaut ne se faisait pas avec du blanc pur, mais en utilisant une nuance plus claire de la couleur travaillée.

Elle se rappelait encore qu'elle tenait à la main une pêche à la chair ferme et acidulée dans laquelle elle croquait à belles dents. Et qu'elle lançait de temps à autre un caillou dans la rivière à peine plus large qu'une baignoire. S'il voulait reproduire la teinte profonde du feuillage estival, il devait ajouter une pointe de bleu à son vert, lui avait-elle expliqué. Avait-il seulement entendu son conseil ? En tout cas il n'avait rien répondu, et s'était contenté de coincer entre ses dents son pinceau en bois d'avelinier pour s'emparer d'un pinceau biseauté.

Et c'est à cet instant que la foudre avait frappé. Elle l'avait soudain regardé comme si elle le voyait pour la toute première fois, lui, son plus vieil ami d'enfance, le garçon qu'elle avait vu devenir un homme. Et elle s'était surprise à envier ce pinceau qui avait la chance d'être en contact avec ses lèvres.

Mais si Angelica avait excellé dans le rôle de l'amie, se permettant les pires critiques sans craindre d'altérer le lien qui les unissait, elle avait totalement échoué dans le rôle de séductrice.

Freddie ne remarquait jamais les ravissantes toilettes qu'elle achetait dans l'espoir de le charmer. Il ne comprenait pas que tout le mal qu'elle se donnait pour lui apprendre à danser n'avait en réalité qu'un but : lui offrir l'occasion de l'embrasser. Et lorsqu'elle s'extasiait sur un autre homme pour piquer sa jalousie, il lui jetait juste un regard perplexe et lui faisait remarquer que c'était ce même type qu'elle trouvait exaspérant trois semaines plus tôt.

La meilleure tactique aurait consisté à lui avouer ses sentiments et se mettre sur les rangs des épouses potentielles. Mais ses tentatives les plus subtiles pour gagner son cœur échouant les unes après les autres, Angelica était devenue de plus en plus lâche. Elle en était arrivée à la conclusion que Freddie ne s'attacherait jamais à une femme indépendante, lorsqu'il était tombé éperdument amoureux de la superbe et audacieuse lady Tremaine, qui ne se souciait d'aucune autre opinion que de la sienne.

Quand celle-ci était retournée auprès de son mari, Angelica y avait vu une occasion inespérée. Le pauvre Freddie était désemparé, vulnérable. Lady Tremaine avait laissé dans sa vie un grand vide qu'Angelica était toute prête à combler. Mais lorsqu'elle était venue le voir, elle n'avait pu s'empêcher de lâcher : « Je te l'avais bien dit ! » Et il l'avait envoyée au diable.

Elle acheva de se rhabiller, et le rejoignit hors de l'atelier.

— Je t'offre une tasse de thé ? proposa-t-il.

— Volontiers. Mais d'abord, j'aimerais voir ces photographies dont tu m'as parlé. Tu as eu le temps de les développer ?

— Oui. Elles sont encore dans la chambre noire.

— Allons-y.

L'atelier avait été aménagé au dernier étage de la maison afin de bénéficier de la meilleure lumière possible. La chambre noire était à l'étage en dessous et n'était guère plus grande qu'un placard.

À la lumière ambrée de la veilleuse, Angelica découvrit l'agrandisseur et les bacs destinés à recevoir les différents bains, révélateur, fixateur. Les étagères murales contenaient des flacons de produits chimiques dûment étiquetés.

Freddie s'était mis à la photographie après le départ d'Angelica – ou, pour être plus précis, après le départ de lady Tremaine. Il avait envoyé à Angelica un portrait de lui-même qu'elle avait collé dans son journal intime.

— Quand as-tu aménagé cette chambre noire ? s'enquit-elle.

— Je ne me souviens pas de la date exacte, mais c'est à peu près à l'époque du décès de ton mari.

— Tu m'as envoyé une très gentille lettre de condoléances.

— Je ne savais trop quoi dire. Dans ta correspondance, tu ne parlais presque jamais de lui.

Il exerça une légère pression au creux des reins d'Angelica pour l'inviter à pénétrer plus avant dans la pièce. Elle savoura la chaleur de sa main. Freddie avait de grandes mains, pourtant capables de peindre les détails les plus délicats. Des années durant, elle s'était endormie en imaginant ces mains se promenant sur son corps.

— C'était un mariage de convenance, répondit-elle avec un temps de retard. Chacun de nous menait sa vie de son côté bien avant qu'il meure.

— Je me suis inquiété pour toi, avoua-t-il avec cette retenue qu'elle aimait tant chez lui. Quand nous étions plus jeunes, tu avais l'habitude de dire que tu préférais rester vieille fille plutôt que d'accepter un mariage sans amour.

Elle n'avait pas été à la hauteur de ses convictions, c'était indéniable. Quand elle avait enfin admis qu'il ne se passerait jamais rien entre Freddie et elle, elle avait épousé un quasi-étranger et fui l'Angleterre aussi vite que possible.

— Tu n'avais pas de raison de t'inquiéter. J'allais bien, affirma-t-elle, un peu plus sèchement qu'elle ne l'aurait voulu. Je *vais* bien.

Il ne répondit pas, comme s'il ne la croyait qu'à demi, mais ne souhaitait pas le lui dire franchement.

Elle se racla la gorge.

— Alors, ces photographies ?

Les clichés étaient suspendus à un fil. Angelica demeura confondue devant le premier, qui montrait une montagne de cadavres de rats.

— Bonté divine, comment est-ce possible ?

Ses cheveux étaient noués en un chignon un peu lâche qui semblait en danger de s'écrouler à tout moment. Ou était-ce juste lui qui avait envie d'y plonger les doigts pour démolir ce fragile édifice capillaire ? En dépit de l'air saturé de l'odeur du révélateur et du bain d'arrêt, il percevait le parfum de son eau de toilette, y décelait la fragrance suave et épicée de l'huile de néroli.

— Tu aurais vu ce sauve-qui-peut général ! Les dames hurlaient. Penny a dû gifler Mlle Kingsley pour la ramener à la raison.

— Vraiment ? Je n'imagine pas Penny giflant qui que ce soit.

— C'était pourtant une sacrée paire de claques, assura Freddie qui avait été lui-même surpris de la réaction de son frère. Tiens, voici les photos du tableau.

Il alluma une deuxième veilleuse. Angelica se pencha pour étudier les épreuves encore humides.

— Je vois ce que tu veux dire, murmura-t-elle. Je me souviens d'un tableau similaire en matière de style et d'exécution, sur lequel figurait un ange avec d'immenses ailes, vêtu d'une robe blanche. Il tenait une rose blanche dans la main. Et il y avait un homme étendu par terre qui le regardait.

— Seigneur, tu as une mémoire incroyable !

— Merci, dit-elle avec un sourire. En rentrant chez moi, je consulterai mon journal ; il se pourrait que j'aie conservé des notes à propos de ce tableau. Cela m'arrive parfois quand une œuvre me frappe particulièrement.

Freddie se demanda si elle lisait son journal ainsi qu'elle avait lu *Les Trésors de l'art en Grande-Bretagne*, nue comme au jour de sa naissance, traçant distraitement de petits cercles sur le drap du bout du gros orteil, une mèche de cheveux lui caressant la pointe d'un sein.

Leurs regards se croisèrent. Celui d'Angelica brillait, plein d'attente.

— Tu allais si bien que cela ? s'entendit-il demander.

La lumière s'éteignit dans ses yeux. Elle soupira.

— Ce n'était pas folichon, mais pas dramatique non plus. J'étais en train de me renseigner pour obtenir l'annulation du mariage quand Giancarlo est mort. Je ne commettrai pas de nouveau la même erreur.

Il eut de la peine pour ces deux années perdues, sacrifiées à une union qui n'en était pas vraiment une. Brièvement, il lui pressa la main.

— Je suis content que tu m'en aies parlé. N'hésite jamais à me dire la vérité, Angelica.

— Entendu, fit-elle en souriant. D'autres questions pour lesquelles tu souhaites une réponse franche ?

Il rougit. Si elle se doutait ! Un homme pouvait-il demander à sa meilleure amie si elle voulait coucher avec lui ? Il la voyait déjà éclater de rire et s'écrier gaiement : « Freddie, espèce d'idiot ! D'où te vient une telle idée ? »

— Ma foi, oui. Désires-tu une tasse de thé à présent ?

Il crut voir passer une ombre sur son visage. Elle baissa la tête un instant ; lorsqu'elle la releva, son expression était neutre.

— Tu n'aurais pas plutôt du café ?

12

Vere avait caressé l'espoir d'arriver à Highgate Court avant le retour du maître de céans. Ainsi lui aurait-il été plus facile de replacer le dossier dérobé dans le coffre-fort et de prendre l'empreinte de la clé par la même occasion.

Malheureusement, alors qu'il aidait sa femme à descendre de la voiture que lady Kingsley leur avait envoyée à la gare, Edmund Douglas sortit sur le perron.

Il avait des pattes-d'oies au coin des yeux, deux rides profondes de chaque côté de la bouche, et ses cheveux grisonnaient. En dehors de cela, il n'avait guère changé par rapport à l'homme sur la photo de mariage. Il était toujours mince et élégant, et ses traits réguliers ne manquaient pas de séduction.

À la vue du couple, il s'immobilisa, le regard insondable.

Vere se tourna vers celle qu'il avait épousée moins de vingt-quatre heures auparavant. Pour la première fois depuis dix ans, il n'avait pas réussi à dormir dans le train, aussi l'avait-il observée à la dérobée. Elle avait gardé sa voilette baissée durant tout le trajet, lui dérobant son visage. Mais il avait vu sa main crispée sur sa gorge, tandis que l'autre s'ouvrait et se fermait nerveusement. Parfois elle tournait lentement la tête de droite à gauche, comme pour tenter de desserrer son col montant. Et un soupir tremblé lui échappait de temps à autre.

Elle était terrifiée.

Cependant, dès que Douglas apparut, ce fut comme si le rideau s'était levé devant la scène d'un théâtre, comme si elle oubliait son trac de comédienne pour se lancer dans le rôle le plus important de sa vie.

Empoignant ses jupes d'une main, elle gravit d'un pas dansant les marches du perron et embrassa son oncle sur les deux joues.

— Bonjour, mon oncle ! Soyez le bienvenu. Quand êtes-vous rentré ? Avez-vous fait bon voyage ?

Douglas lui adressa un regard glacial qui aurait tétanisé n'importe qui.

— Mon voyage s'est très bien passé. Mais au lieu de la joyeuse réunion familiale que j'attendais, je suis arrivé il y a dix minutes pour trouver une maison déserte. Mme Ramsay m'a raconté une histoire à dormir debout où il était question de bacchanales et de gros dégâts qui ont conduit à votre départ précipité.

Le rire d'Elissande s'éleva, léger comme des bulles de champagne.

— Oh, mon oncle, Mme Ramsay est si collet monté ! Il n'y a pas eu de bacchanales. Lady Kingsley et ses amis sont des gens charmants, très bien élevés et tout à fait civilisés. Mais je dois vous avouer que lorsque lord Vere m'a demandé ma main, j'ai renversé une maquette sous le coup de l'émotion.

Levant la main gauche pour montrer sa très modeste alliance, elle déclara d'un ton plein de fierté :

— Vous avez devant vous la nouvelle marquise de Vere ! Et permettez-moi de vous présenter mon époux...

Elle fit signe à Vere, qui était resté en retrait à observer la scène.

— Allons, ne restez pas planté là, milord. Venez faire la connaissance de mon oncle.

Elle lui parlait comme à un enfant de douze ans. Si elle avait été moins préoccupée, moins paniquée et moins saoule au cours des heures passées, elle aurait peut-être eu la puce à l'oreille, car il avait eu un comportement radicalement différent. Par chance, elle n'avait rien remarqué.

Vere grimpa les marches deux par deux pour aller serrer la main de Douglas avec l'enthousiasme d'un basset s'acharnant sur une vieille chaussette.

— C'est un plaisir, monsieur.

— Vous êtes *mariés* ? articula Douglas d'une voix blanche en lui arrachant sa main.

La question s'adressait plus à sa nièce, mais Vere gloussa :

— Oui. L'église, les fleurs, les alliances... Tout le tralala, quoi.

— Un peu de tenue, mon cher, le tança gentiment sa femme en lui tapotant le bras.

Elle pivota vers Douglas et ajouta, la mine sérieuse :

— Je vous dois des excuses, mon oncle, mais nous sommes si amoureux que nous n'avons pas pu attendre.

— Nous sommes toutefois revenus au triple galop vous annoncer la bonne nouvelle, enchaîna Vere. Pour être franc, lady Vere s'inquiétait un peu de votre réaction, mais je lui ai dit que vous seriez certainement enchanté de son union avec une personne de ma qualité. Sans compter que je suis aussi joli garçon.

Goguenard, il donna un petit coup de coude à Elissande.

— Voyez, très chère, ne vous l'avais-je pas dit ?

Elle eut un sourire assez lumineux pour attirer les fleurs de tout un champ de tournesols.

— En effet. Comment ai-je pu en douter ? Dorénavant votre parole sera d'or pour moi.

— Où est ta tante, Elissande ?

Douglas était resté impassible face aux plaisanteries suffisantes de Vere. Mais cette fois, il s'était exprimé d'une voix frémissante dans laquelle perçait une colère monstrueuse.

— Nous sommes descendus dans votre hôtel préféré à Londres, mon oncle. Le Brown. Là-bas, le personnel est aux petits soins pour elle.

Vere n'osait imaginer dans quel état de nerfs elle était. Elle venait de proférer ce mensonge sans ciller, alors qu'elle ignorait s'il n'allait pas intervenir pour rétablir la vérité. Pourtant rien dans son attitude ne trahissait la moindre tension. Elle n'était que charme et sourires.

— C'est moi qui ai suggéré que Mme Douglas reste à l'hôtel pour se reposer, et lady Vere a eu la sagesse d'écouter mes recommandations, plastronna-t-il.

Douglas plissa les paupières dans un silence de mort. Vere jeta un coup d'œil à sa femme. Elle regardait son oncle d'un air de profonde affection, comme s'il venait de lui annoncer qu'il lui offrait une nouvelle garde-robe de chez Worth.

Vere savait déjà qu'Elissande Edgerton était la meilleure actrice qu'il ait jamais rencontrée. Mais c'est maintenant, face à son oncle, qu'elle montrait toute l'étendue de son talent. Qui confinait au génie. En comparaison, tout le reste n'avait été qu'une piètre répétition.

— Eh bien, ne restons pas là, déclara finalement Douglas d'une voix sourde. Allons prendre une tasse de thé.

Ils venaient à peine de s'asseoir au salon que lord Vere commença à s'agiter sur son siège, l'air embarrassé. Une minute plus tard, il pinçait les lèvres de toutes ses forces, comme si l'intégrité de son système digestif tout entier en dépendait. Finalement, il s'essuya le front et croassa :

— Si vous voulez bien m'excuser un moment, il faut... Je dois...

Et il courut hors de la pièce.

Oncle Edmund ne prononça pas un mot. Le mari d'Elissande aurait tout aussi bien pu n'être qu'une mouche qui aurait traversé la pièce. En revanche, cette défection anéantit Elissande. Et fallait-il qu'elle se sente vulnérable pour puiser du courage dans la présence de cet idiot.

En choisissant de se marier pour fuir Highgate Court, elle n'avait pas imaginé une seconde que son futur mari pourrait se révéler inapte à la protéger. Et voilà qu'elle se retrouvait seule face à son oncle pour assumer les conséquences de ses actes.

— Alors, Elissande, tu te plais à Londres ? s'enquit ce dernier d'une voix suave.

Elle s'humecta les lèvres. Dans le tourbillon de ces dernières heures, elle n'avait pas vraiment prêté attention aux beautés de la capitale.

— C'est une grande ville, assez sale et surpeuplée, mais très animée, je dois dire.

— As-tu fait savoir à la direction de l'hôtel Brown que tu étais ma nièce ?

Le cœur d'Elissande battait aussi vite que les ailes d'un colibri. Sa peur était telle qu'elle en avait la tête qui tournait.

Avant que sa tante ne soit totalement invalide, un jour où ils prenaient le thé tous ensemble, comme une famille normale, il s'était adressé à tante Rachel exactement de la même manière, à mi-voix, d'un ton d'intérêt sincère, pour lui poser des questions tout aussi banales. Petit à petit, les réponses de tante Rachel étaient devenues plus laconiques. Son débit s'était ralenti, comme si chaque réponse l'obligeait à se frapper elle-même, jusqu'à ce qu'elle se taise finalement et que les larmes se mettent à couler sur ses joues.

Alors il s'était levé pour l'escorter jusqu'à sa chambre, et Elissande s'était enfuie à l'autre bout du domaine, franchissant les clôtures les unes après les autres, feignant de croire qu'elle ne rebrousserait pas chemin et que, cette fois, c'était bien fini, elle ne rentrerait pas.

« Ne te tords pas les mains, laisse-les bien sagement sur tes genoux », s'enjoignit-elle, avant de répondre d'un air désolé :

— Que je suis bête ! Il ne m'est pas venu à l'esprit qu'on nous traiterait avec plus d'égards si je citais votre nom.

— Tu es jeune, tu apprendras. Et ton mari, est-il gentil avec toi ?

— C'est le meilleur des hommes. On ne fait pas plus attentionné, mon oncle.

Il quitta son siège pour s'approcher de la fenêtre.

— J'avoue être un peu désarçonné. Ma petite Elissande est devenue une femme, elle s'est mariée, murmura-t-il d'un air pensif.

Les orteils d'Elissande se recroquevillèrent dans ses bottines. Elle était toujours glacée de terreur quand son oncle prenait ce ton songeur pour dire des choses du genre : « Je crois vraiment qu'il y a trop de livres dans la bibliothèque », ou « Ta tante n'a pas osé te l'avouer, la chère âme, mais elle a eu besoin de toi cet après-midi alors que tu t'étais absentée. Tu devrais penser davantage à elle plutôt qu'à ton propre plaisir ».

La première déclaration s'était conclue par la mise à sac de la bibliothèque, vidée jusqu'à son dernier livre – Elissande en avait pleuré dans son lit tous les soirs pendant une semaine. Et suite à la seconde, elle était devenue prisonnière au même titre que sa tante.

Un domestique apporta le thé. Elissande fit le service, veillant à respirer lentement pour empêcher sa main de trembler.

Son oncle revint vers la table. Elle lui tendit sa tasse. La surface du breuvage tremblotait à peine. Des années de dressage l'avaient aguerrie.

La tasse vola dans les airs avant même qu'elle comprenne l'origine de la douleur sur sa joue. De nouveau il la frappa, plus fort cette fois, et elle dégringola de sa chaise. Sonnée, elle demeura étendue sur le sol. Elle l'avait toujours soupçonné de molester sa tante, mais c'était la première fois qu'il levait la main sur *elle*. Elle avait un goût de sang dans la bouche. L'une de ses molaires bougeait. Les larmes qui lui emplissaient les yeux l'empêchaient de voir correctement.

— Debout, ordonna-t-il sans élever la voix.

Elle se redressa péniblement, se mit à genoux, mais avant qu'elle ait le temps de se relever, il l'avait saisie par le col de sa robe.

Après l'avoir traînée à travers la pièce, il la projeta contre le mur. Sa cage thoracique craqua sous la violence de l'impact, et elle prit conscience de la fragilité du squelette humain.

— Tu t'es crue très maligne, pas vrai ? Tu as pensé pouvoir te sauver en emmenant ma femme. *Ma femme !*

Sa main se referma sur la gorge d'Elissande, lui écrasant la trachée.

— Ce n'était pas très inspiré, Elissande.

Oh, que si ! Plus que jamais elle se félicitait d'avoir emmené sa tante avec elle.

— Tu vas ramener Mme Douglas ici, et le plus vite possible. Sans quoi...

Il sourit. Un frisson incoercible la secoua. Comme il relâchait son étreinte sur son cou, elle avala une grande goulée d'air. Aussitôt il resserra sa prise.

— Sans quoi un regrettable accident risquerait d'arriver à ce beau crétin que tu prétends aimer.

Un froid mortel envahit Elissande. Elle serra les mâchoires pour empêcher ses dents de claquer.

— Pense un peu à ce malheureux nigaud que tu as embobiné sans vergogne pour l'obliger à te donner son nom. Mérite-t-il vraiment de perdre un bras – ou peut-être la vue – pour toi ?

Elle aurait voulu le toiser, hautaine, se rire de ses menaces. Mais ce n'était pas facile d'afficher aplomb et condescendance quand on suffoquait.

— Vous... n'oseriez pas ! croassa-t-elle.

— Erreur, ma chère Elissande. Par amour, je suis capable de tout. Absolument tout.

Il parlait d'amour – c'était aussi plausible que si le diable avait parlé de rédemption.

— Vous ne l'aimez pas, répliqua-t-elle dans un filet de voix. Vous ne l'avez jamais aimée. Vous aimez juste la torturer.

Il leva la main et la frappa si fort qu'elle crut un instant qu'il lui avait brisé la nuque.

— Tu ne sais rien de l'amour ! hurla-t-il. Tu ignores à quelles extrémités j'ai...

Il se tut brusquement. Sidérée, Elissande déglutit, avala le sang qui lui avait envahi la bouche. Jamais, de toute sa vie, elle ne l'avait entendu élever la voix.

Lui-même paraissait surpris par cet éclat. Il prit plusieurs inspirations. Lorsqu'il parla de nouveau, sa voix n'était plus qu'un murmure :

— Écoute-moi avec attention. Je te donne trois jours pour la ramener. Sa place est ici, et aucun juge ne désavouera mes prérogatives d'époux. Ramène-la, et tu pourras couler des jours heureux auprès de ton bel idiot. Sinon prépare-toi à regarder son corps mutilé en sachant que toi seule es responsable de son état. Et quoi que tu décides, rappelle-toi que je récupérerai ma femme de toute façon.

Histoire de se faire bien comprendre, il referma les deux mains sur sa gorge. Elissande lutta faiblement. De l'air. Il lui fallait de l'air. Un voile rouge obscurcissait sa vision…

L'oxygène revint brutalement dans ses poumons tandis que son mari saisissait son oncle par sa veste et l'envoyait valser à travers la pièce tel un pantin. Douglas glissa sur le sol avant de terminer sa course dans un support à pots de fleurs qui se brisa.

Lord Vere attira Elissande dans ses bras.

— Vous êtes blessée ?

Incapable de répondre, elle se cramponna à lui comme à une bouée de sauvetage. Vere tourna la tête vers l'homme à terre et lança avec colère :

— Honte à vous, monsieur ! Est-ce ainsi que vous remerciez votre nièce de s'être occupée avec dévouement de votre épouse des années durant ?

Douglas laissa échapper un rire bas.

— Bien que ce soit notre lune de miel, nous avons tenu à vous rendre visite, mais je constate que c'était une erreur. Vous n'êtes digne ni de notre temps ni de notre courtoisie. Adieu, monsieur !

Soutenant Elissande, il l'embrassa sur le front, puis l'entraîna vers le hall.

— Vous me voyez navré par cet épisode, très chère. Nous n'aurions pas dû venir. Plus jamais nous ne remettrons les pieds ici.

Vere eut du mal à se calmer suffisamment pour réfléchir.

Du bureau des télégraphes, il avait envoyé trois messages : le premier à lady Kingsley, pour lui demander de faire surveiller Douglas à toute heure de la journée ; le deuxième à Mme Dilwyn, à l'hôtel Savoy, pour la prier de conduire sans délai Mme Douglas dans sa demeure londonienne ; et le troisième à Holbrook, pour exiger que la maison soit sous protection.

Il ne pouvait guère faire mieux pour le moment, et cependant quelque chose le tarabustait, comme s'il oubliait un détail primordial qui aurait dû lui sauter aux yeux s'il avait eu l'esprit un peu plus clair. Ce qui ne risquait pas d'arriver tant que cette rage bouillonnerait en lui.

Il pivota vers la fenêtre pour jeter un coup d'œil à la voiture garée devant le bureau des télégraphes. La capote avait été rabattue. À l'intérieur, lady Vere l'attendait, recroquevillée sur la banquette.

Quand il avait vu Douglas avec les mains autour de son cou, il avait su que ce dernier n'avait pas l'intention de la tuer là, sous ses yeux. Cela ne correspondait pas aux méthodes du bonhomme, rusé, calculateur. Et pourtant une fureur insensée avait explosé en lui. Il avait dû faire appel à toute sa volonté pour ne pas le démolir à coups de poing.

Cette rage ne datait pas d'aujourd'hui, mais elle n'avait encore pas trouvé d'exutoire.

Il quitta le bureau, remonta en voiture. Sa femme avait de nouveau baissé sa voilette. Elle triturait sa paire de gants entre ses doigts aux articulations blanchies. Il se pencha, souleva la voilette, la laissa aussitôt retomber. Son visage portait les traces des coups que lui avait infligés Douglas.

— J'ai donné des instructions à mon personnel, expliqua-t-il, avant d'enjoindre au cocher : À la gare, s'il vous plaît, Gibbons.

Quelques minutes plus tard, ils étaient sur le quai, enfin hors de portée d'oreilles.

— Votre oncle a-t-il l'habitude de se comporter ainsi ? demanda-t-il.

Elle secoua la tête. Le voile de tulle gris voleta autour de son visage.

— Il ne m'avait jamais frappée. En ce qui concerne ma tante, je n'en suis pas sûre.

— Je suis désolé.

Il avait savouré l'idée de la ramener contre son gré à Highgate Court. Il s'était même réjoui de cet affolement qu'elle s'était efforcée de dissimuler. Il fallait bien qu'elle paie un peu pour ce qu'elle lui avait fait.

À présent, il avait honte, terriblement.

Pour autant, il ne lui avait pas pardonné. Mais sa jubilation revancharde s'était évaporée. Il avait mal jaugé l'ampleur de sa peur et de son désespoir. Déjà ce fameux soir, dans le salon vert.

Elle avait remis ses gants et tordait maintenant un mouchoir de dentelle.

— Il m'ordonne de ramener ma tante d'ici trois jours, murmura-t-elle.

— Sinon ?

Elle garda le silence, si longtemps qu'il finit par demander :

— A-t-il menacé de s'en prendre à vous ou à Mme Douglas ?

— Non. Il a menacé de s'en prendre à *vous*, dit-elle dans un souffle, tout en entortillant le fin mouchoir autour de son index.

— À moi ? répéta-t-il, franchement surpris. Ce serait bien la première fois qu'on souhaite s'en prendre à ma personne. Il est arrivé qu'une dame me donne un coup de pied dans le tibia un jour, parce que j'avais renversé mon verre sur sa robe... et je ne le lui reproche pas...

— Il a dit qu'il vous priverait de l'usage d'un bras ou de la vue, coupa-t-elle.

Interloqué, il répondit toutefois :

— Eh bien, ce n'est pas très gentil.

— Vous n'avez pas peur ?

Elle-même semblait très effrayée. Si elle continuait à tordre ce pauvre mouchoir de la sorte, il n'en resterait que des lambeaux à leur arrivée à Londres.

— Peur ? Pas vraiment, dit-il en toute honnêteté. Pour autant, je ne suis pas ravi qu'il tente de vous étrangler à un moment, et me menace au suivant.

Elle tirait si fort sur son mouchoir que son doigt devait être tout bleu.

— Qu'allons-nous faire ? demanda-t-elle.

Il faillit sourire – il avait du mal à croire que cette femme intelligente et pleine de ressource en vienne à demander l'avis de son crétin de mari.

Il déroula le mouchoir qui lui enserrait l'index.

— Je n'en sais rien, mais je trouverai quelque chose, promit-il. Vous ne croyez tout de même pas que je vais me laisser mutiler sans rien dire ?

— J'espère que non. Mais il faut que vous sachiez que mon oncle est aussi cruel que rusé. Il est capable de vous blesser gravement sans que personne le soupçonne. Moi-même, je n'ai jamais su au juste ce qu'il faisait subir à ma tante pour l'épouvanter à ce point.

Et tout à coup, l'idée évanescente qui flottait dans un recoin du cerveau de Vere frappa enfin sa conscience. Des faits disparates s'assemblèrent pour former une théorie concrète.

La sophistication de Douglas, son art de l'esquive impitoyable. La mort de Stephen Delaney, si semblable à celle de Mme Watts, bien que les deux affaires n'aient aucun rapport à première vue. Le déclin de la mine de diamants, le manque de liquidités, ce besoin insatiable qu'avait Douglas de se prouver à lui-même sa capacité à réussir dans d'autres domaines. Son passé inquiétant et sordide.

Vere se frotta les mains.

— Savez-vous ce que nous allons faire ?
— Non !

Il y avait tant de surprise et d'espoir dans sa voix qu'il eut presque mal de la décevoir.

— Nous allons manger un morceau. Je ne sais pas si vous êtes comme moi, mais je suis bien plus courageux et inventif quand j'ai l'estomac plein. Restez ici, je vais faire un saut à la boulangerie. Qu'est-ce qui vous ferait envie ?

Ses épaules se voûtèrent. Elle répondit :

— Merci, je n'ai pas faim. Mais soyez prudent.

De retour au bureau des télégraphes, il envoya un quatrième télégramme, cette fois à lord Yardley, le supérieur hiérarchique de Holbrook qui l'avait précédé dans ses fonctions. L'affaire Delaney datait en effet de l'époque où Holbrook n'était pas encore aux commandes de leur petit réseau.

Vere ne posa qu'une seule question à lord Yardley : le champ d'action scientifique de Delaney avait-il quelque chose à voir de près ou de loin avec la fabrication de diamants artificiels ?

Lord Vere dormait.

Il avait une facilité déconcertante à s'endormir dans le train. Sur le chemin du Shropshire, il avait également dormi comme une bûche. Que quelqu'un qui se savait directement menacé par un pervers puisse s'endormir tel un bienheureux dépassait l'entendement d'Elissande. Son mari n'aurait pas été plus inquiet si elle lui avait annoncé qu'il était sur le point de perdre l'une de ses cravates, et non l'un de ses membres.

Au moins n'était-il pas intervenu pour préciser que Mme Douglas se trouvait au Savoy. Mais peut-être l'avait-il carrément oublié, tout comme il semblait avoir oublié son ressentiment vis-à-vis d'elle.

Désemparée, elle se frotta les tempes. Son oncle, avec la ruse qui le caractérisait, avait choisi la bonne cible. Elissande et sa tante le connaissaient, elles savaient quel danger il représentait et étaient prêtes à tout pour sauver leur vie.

Mais comment protéger lord Vere qui n'avait pas compris ce qui le menaçait ? Pourtant elle le *devait*. C'était sa faute à elle s'il se retrouvait mêlé à cette histoire alors qu'il n'avait rien demandé.

Il était revenu de la boulangerie juste avant l'arrivée du train. Une fois à bord, il lui avait présenté la boîte, mais elle avait secoué la tête, incapable d'avaler quoi que ce soit. À présent, il dormait, à l'autre bout de la banquette. Elle se rapprocha, saisit la boîte et l'ouvrit. Il lui avait laissé deux gâteaux aux raisins secs et une petite génoise fourrée à la crème.

Elle mangea les deux gâteaux et la moitié de la génoise. Peut-être avait-il raison, finalement. L'estomac plein, elle se sentait moins terrifiée. Elle se remémora le moment où il avait fait valdinguer son oncle à travers la pièce. Il était doté d'une telle force physique ! Rien d'étonnant qu'il n'ait pas peur. Elle lui enviait sa désinvolture, sa placidité.

Avec un soupir, elle posa la main sur le coude de son mari.

Il ne s'attendait pas qu'elle le touche, encore moins à trouver dans ce geste une étrange familiarité.

Au bout d'un moment, elle ôta son chapeau et cala la tête contre son épaule. Il ouvrit les yeux pour se rappeler que cette femme dénuée de scrupules l'avait acculé au mariage. Mais comme il baissait les yeux sur sa chevelure lustrée et écoutait sa respiration douce et régulière, rien ne put entacher le sentiment de bien-être qui l'envahissait à son contact.

Ce qu'il éprouvait était en totale contradiction avec ce qu'il pensait d'elle.

À sa grande surprise, il s'endormit bel et bien. Et ne se réveilla qu'à l'approche de Londres, lorsqu'elle le secoua doucement pour l'arracher au profond sommeil qui l'avait happé.

Une voiture les attendait à la gare. Elle les conduisit à la demeure que Vere avait héritée de son grand-père maternel, qui avait été de son vivant l'un des hommes les plus riches d'Angleterre.

M. Woodbridge avait acheté cette maison citadine dans l'intention de la faire démolir, puis de faire rebâtir à la place un hôtel particulier plus imposant. Mais il était mort avant d'avoir pu mener ce projet à bien, et Vere, qui ne voyait pas l'utilité d'un domicile plus vaste, s'était contenté de moderniser la plomberie et d'y installer l'électricité. Il avait également fait installer le téléphone. En dehors de cela, les lieux étaient restés en l'état.

La maison se situait à mi-chemin entre Grosvenor Square et Berkeley Square. D'architecture classique, elle s'agrémentait de colonnes de style ionique et d'un fronton sur lequel figurait Poséidon dressé sur son char tiré par des hippocampes, un trident à la main.

Lady Vere souleva sa voilette pour examiner la façade de sa nouvelle demeure. Vere fut soulagé de constater que sa joue avait en partie dégonflé.

— Nous ne sommes pas au Savoy, constata-t-elle.

— Non, nous sommes chez moi.

— Mais ma tante ? Il faut aller la chercher si nous nous installons ici.

— Elle est déjà là. Souvenez-vous, ce matin je vous ai dit que, si elle se sentait suffisamment vaillante dans l'après-midi, Mme Dilwyn l'emmènerait ici.

— Vous ne m'avez rien dit de tel !

Naturellement. Dans un premier temps, il n'avait même pas eu l'intention de mettre sa gouvernante à la disposition de Mme Douglas. En fait, il comptait tenir lady Vere et sa tante à distance de sa maison et de sa vie... en attendant l'annulation pure et simple du mariage.

Pour l'heure cependant, il n'avait d'autre choix que de les accueillir chez lui.

Il tapota la main de la jeune femme.

— Dois-je vous rappeler que vous étiez un peu confuse ce matin, très chère ? C'était bien normal au demeurant après avoir abusé du sauternes. Allons venez, les domestiques attendent de vous être présentés.

Cette formalité accomplie, Elissande demanda à voir sa tante. Mme Dilwyn l'escorta jusqu'à la chambre de cette dernière et, tandis qu'elles entamaient l'ascension du grand escalier, elle entreprit de lui faire un rapport de la journée écoulée.

Vere demeura en retrait, occupé à lire son courrier. Puis il gagna l'étage à son tour. Par consentement mutuel, Holbrook et lui se rencontraient rarement en public ni ne se rendaient visite. Néanmoins ils appartenaient au même club, et ce soir, il serait plus simple pour Vere de le retrouver là-bas. Mais avant, il devait passer une tenue de soirée.

Sa femme et Mme Dilwyn discutaient dans le couloir menant aux appartements réservés à la maîtresse de maison.

— Voulez-vous que je vous apporte l'une des chemises de nuit de Mme Douglas, milady ? proposait la gouvernante.

Vere surprit sa femme à froncer les sourcils d'un air contrarié, une expression très inhabituelle chez elle.

— Quel est le problème ? s'enquit-il. S'agit-il de Mme Douglas ?

— Non, elle va bien, merci, répondit Elissande. Il n'y a pas de problème. C'est juste que j'ai demandé aux femmes de chambre de mettre toutes ses chemises de nuit à laver. Je comptais lui prêter une des miennes, mais je viens de me rendre compte que je les avais oubliées.

— Quel est le souci avec ses chemises de nuit ?

— Elles sont toutes parfumées au clou de girofle, et ma tante déteste cette odeur. Moi aussi, du reste, ajouta-t-elle dans un murmure.

— Vous avez raison, ce n'est pas un vrai problème. Je vais vous prêter une chemise pour cette nuit. Les miennes ne sentent pas le clou de girofle.

Deux secondes s'écoulèrent, puis son visage s'éclaira d'un sourire.

— C'est très aimable, milord. Mais je ne voudrais pas vous déranger.

Deux longues secondes. Alors que d'ordinaire son sourire était spontané.

Elle avait peur. Peur qu'il vienne dans sa chambre cette nuit.

Quand elle avait eu besoin de réconfort dans le train, elle n'avait pas hésité à se nicher contre lui. Et lorsqu'elle s'était assoupie, la tête posée sur son épaule, il avait cru... oui, il avait cru que son contact ne la rebutait plus autant.

Le plus drôle, c'était qu'il n'avait pas l'intention de la toucher. C'est sans arrière-pensée qu'il avait offert de lui prêter une chemise de nuit. Il comptait charger Mme Dilwyn d'aller la chercher dans sa commode.

Mais la réaction de sa femme incitait son mauvais génie à la tourmenter davantage.

— Voyons, cela ne me dérange nullement, assura-t-il. Venez avec moi.

Il se dirigea vers ses propres appartements, situés un peu plus loin, et elle n'eut d'autre choix que de le suivre. Une fois dans la chambre, il ôta sa veste, alla la suspendre dans le dressing, puis enleva également son gilet.

— La maison vous plaît-elle ?

— Beaucoup. Elle paraît très confortable, répondit-elle en souriant.

Ils jouaient plutôt bien la comédie du mariage, dut-il admettre.

— Mme Dilwyn vous donne-t-elle satisfaction auprès de votre tante ?

— C'est une perle.

Elle souriait toujours, mais s'était arrêtée avant de franchir le seuil du dressing-room.

— Entrez choisir votre chemise de nuit.

— Oh, n'importe laquelle fera l'affaire !

— Allons donc, entrez.

Le sourire demeura en place, mais il la vit prendre une profonde inspiration avant de pénétrer dans la pièce.

D'un geste nonchalant, il fit passer sa chemise par-dessus sa tête et apparut torse nu.

Le sourire disparut.

Il savait son physique intimidant. Il n'avait pas cette musculature puissamment dessinée à longueur d'année, mais on était à la fin de l'été, et depuis la mi-avril il n'avait quasiment pas quitté Londres, ce qui signifiait qu'il faisait une heure de longueurs chaque matin, à la piscine de son club sportif. Il était au sommet de sa forme.

Le dressing n'était pas si petit que cela, mais la majorité de l'espace était occupée par des étagères, armoires et portants, ce qui en faisait un endroit confiné, qui semblait coupé du reste de la maison. Sa femme avait reculé, le dos contre la commode. Il s'approcha, prit appui de la main sur le mur, à hauteur de son épaule, et demeura un instant dans cette position, sans rien faire. Elle retenait son souffle, nota-t-il avec satisfaction avant d'ôter sa chevalière pour la jeter négligemment dans la petite corbeille posée sur le plateau de la commode.

— Qu'attendez-vous ? fit-il à mi-voix. Vous m'avez dit que vous préfériez choisir vous-même la chemise à votre convenance.

Il lut dans son regard le désir de protester, de lui rappeler qu'elle avait dit exactement le contraire, mais elle se contenta de murmurer :

— Certainement.

Il avait dans sa commode plusieurs piles de chemises blanches, en lin, en flanelle, en soie. Elissande saisit celle qui reposait au sommet de la pile la plus proche.

— Voilà, celle-ci ira très bien.

— Vous n'avez même pas regardé les autres. Touchez-les au moins.

Ignorant sa mine consternée, il lui donna plusieurs chemises les unes après les autres, émit des commentaires sur leur qualité. Chaque chemise finissait par terre, s'ajoutant à une pile qui leur arriva bientôt aux genoux.

Il lui en tendit une dernière, en soie ivoire, au toucher sensuel, un vêtement qui, deux mille ans plus tôt, aurait mérité qu'on fasse la route de Changan à Damas.

— Celle-ci est douce, souffla-t-il. Aussi douce que votre peau.

— Puis-je... puis-je la prendre ? demanda-t-elle, les doigts crispés sur le tissu.

— Bien sûr. Vous en avez mis du temps à vous décider !

Mais il n'allait pas la laisser s'échapper si facilement.

— Ne la serrez pas si fort, vous allez la froisser.

Il lui prit la main, fit glisser son pouce au creux de sa paume et, avec le sourire le plus imbécile qui soit, soupira :

— Oui, aussi douce que dans mon souvenir !

Il est vrai qu'il n'avait pas oublié une seule seconde de leur brève étreinte.

Soudain, il lui vint à l'esprit qu'il ne tourmentait personne d'autre que lui-même avec ce petit jeu stupide et cruel.

Laissant retomber sa main, il recula d'un pas.

— Voilà, vous êtes parée pour la nuit.

Elle lui jeta un regard incertain. Il entreprit de déboutonner son pantalon, et elle s'empressa de battre en retraite.

13

Holbrook avait un œil au beurre noir.

À sa vue, Vere ne put réprimer un sourire.

— Je constate que lady Kingsley n'a pas oublié de vous rendre visite lors de son passage à Londres.

Holbrook palpa avec précaution sa chair meurtrie.

— Elle aurait dû vous charger de cette mission punitive, vous auriez cogné moins fort, grommela-t-il.

— Je n'en doute pas.

Vere poussa sur la table l'étui à cigarettes qui dissimulait une empreinte au plâtre.

— J'ai besoin qu'on me fabrique une clé avec ceci.

Ils étaient au White et avaient choisi la table la plus éloignée de la fenêtre. Deux vagues connaissances pouvaient tout à fait dîner ensemble à leur club, cela n'avait rien d'anormal. Toutefois il n'était pas utile que chaque passant de St James Street en soit avisé.

— Qu'ouvre-t-elle ? s'enquit Holbrook.

— Quelque chose qui appartient à Edmund Douglas.

Holbrook émit un petit bruit de gorge intéressé et empocha l'étui avant de demander :

— Et qu'avez-vous retiré de votre passage dans l'ancien quartier de Mme Watts ?

— Que Douglas l'avait probablement assassinée.

— Sa propre tante ?

— Je ne pense pas que c'était sa tante, répliqua Vere en attaquant sa côtelette de veau. Plus exactement je ne crois pas que le type que nous surveillons soit Edmund Douglas.

Hoolbrook arqua les sourcils.

— Où est le vrai alors ?

— À mon avis, il l'a éliminé aussi.

— Ce sont des accusations très graves à l'encontre de l'oncle de votre épouse.

— Je suis le plus respectueux des neveux par alliance.

Vere regrettait presque que son père ne soit plus en vie. Il aurait pu le narguer à plaisir : « J'ai épousé la nièce d'un assassin. Qu'en dites-vous, père ? Quelle union bien assortie, ne trouvez-vous pas ? »

— Les experts progressent-ils sur le code ? s'enquit-il.

— Désolé, il n'a pas encore livré ses secrets, répondit Holbrook.

Vere était convaincu que les agents de la Couronne réussiraient à coincer Douglas tôt ou tard. Le nœud coulant se resserrait autour du cou de ce dernier, mais il ne soupçonnait rien de la machinerie policière qui s'était mise en branle, obsédé qu'il était par le sale tour que venait de lui jouer sa nièce. Par conséquent, d'un point de vue strictement professionnel, il n'y avait pas le feu au lac. Du côté des extorsions, les diamantaires refusaient encore de coopérer avec la police. Si l'on voulait faire tomber l'homme pour meurtre, il fallait donc prendre le temps de retrouver de vieilles connaissances du vrai Edmund Douglas, et les persuader d'effectuer le voyage depuis l'Afrique du Sud pour témoigner devant un juge.

D'un autre côté, ce type lâché dans la nature était susceptible de commettre d'autres atrocités. Lorsqu'il comprendrait qu'il n'était pas si facile de s'en prendre à Vere, il reporterait sa hargne sur sa nièce. Or, Vere avait beau ne pas tenir outre mesure à sa femme, il n'en était pas moins responsable de sa sécurité.

— Je veux que *vous* vous atteliez au décryptage, déclara-t-il à Holbrook.

Dans le pays, celui-ci n'avait pas son égal pour décrypter les codes les plus ardus. Sans doute était-il même l'un des meilleurs au niveau mondial. Et, à l'instar de lady Kingsley, Vere avait la conviction que le dossier dérobé leur permettrait d'arrêter immédiatement le bonhomme.

Le ton impatient de Vere n'échappa pas à Holbrook qui se renversa contre le dossier de sa chaise.

— Enfin, lord Vere, vous savez pourtant que je déteste travailler.

Bien sûr, l'intervention personnelle de Holbrook aurait un prix.

— Que voulez-vous ?

Holbrook sourit.

— Vous rappelez-vous ce maître chanteur dont je vous ai parlé il y a quelque temps, celui qui s'en est pris à un membre de la famille royale ? Je cherche toujours un agent d'excellence capable de régler rapidement cette affaire. Mais comme vous êtes un fervent républicain et qu'il n'est pas question que vous leviez le petit doigt pour secourir la monarchie, je ne vous avais pas mis sur le coup.

Vere soupira. Dans des circonstances normales, il aurait refusé tout net. Aider un membre oisif de la famille royale à se tirer d'une sale histoire dont il était très certainement responsable lui apparaissait comme une perte de temps. Mais, pour une fois, il accepterait, ne serait-ce que pour apaiser sa conscience qui lui reprochait encore d'avoir traîné sa femme à Highgate Court, droit dans la gueule du loup.

— De qui s'agit-il ?

Le maître chanteur s'appelait Boyd Palliser. Selon les agents de renseignements de Holbrook, il avait fricoté avec certaines personnes peu recommandables et craignait maintenant pour sa vie. Sa demeure était donc protégée contre les intrusions, et de manière si efficace que l'unique façon d'entrer était de s'y faire inviter.

— Arrangez-vous pour perdre de grosses sommes contre lui au jeu, lui avait dit Holbrook. Il vous conviera alors chez lui. Une fois dans la place, faites-le boire jusqu'à l'inconscience, et repartez avec les documents en question – sans oublier vos propres reconnaissances de dettes.

— Pourquoi n'exécutez-vous pas les missions que vous organisez ? avait râlé Vere. Je n'aime plus boire.

— Allons, vous feriez rouler un rhinocéros sous la table.

Des années auparavant, Vere était capable de boire des quantités phénoménales d'alcool sans souffrir ensuite des effets de ses abus. Son foie n'était désormais plus aussi vaillant, mais, en l'occurrence, il n'avait pas le temps d'imaginer une autre solution.

Il quitta le White et alla débusquer Palliser dans son tripot préféré. Là, il perdit toutes les parties les unes après les autres, but assez de rhum pour mettre à flot un paquebot, et se montra d'une bêtise crasse qui l'impressionna lui-même.

Finalement, aux alentours de minuit, il obtint ce qu'il voulait : Palliser l'invita à poursuivre le jeu dans sa maison de Chelsea.

Ils burent encore. Chantèrent. Firent tout ce que font des hommes saouls, à part courir les bordels. Enfin, la démarche titubante, Palliser se dirigea vers une vitrine à bibelots qu'il écarta du mur pour révéler la présence d'un coffre-fort. Il tapota ses poches, finit par tirer sur la chaîne qu'il portait autour du cou et à laquelle était suspendue une petite clé. Ayant ouvert le coffre, il en retira une statuette de jade qui représentait une scène érotique si acrobatique que Vere, dans son état d'ébriété avancé, dut la regarder une bonne minute avant de hocher la tête avec un grognement égrillard.

Content de son effet, Palliser rangea la statuette dans le coffre. Avant qu'il referme la porte, Vere eut le temps de voir que celui-ci contenait une liasse de lettres.

Il ne lui restait plus qu'à le faire boire, et boire encore, puis à s'emparer des lettres avant de prendre la poudre d'escampette.

Hélas, ce programme paraissait de moins en moins réaliste à mesure que Vere s'imbibait d'alcool. Palliser s'obstinait en effet à le fixer jusqu'à ce qu'il ait vidé son verre jusqu'à la dernière goutte, l'empêchant chaque fois d'en vider discrètement le contenu dans le pot de fleurs le plus proche.

Palliser s'allongea en travers de la table pour récupérer la bouteille de rhum. Ce faisant, il renversa un vase en étain qui alla rouler par terre.

— Chut, écoutez, fit soudain Vere. Vous avez entendu ?

— Bien sûr que j'ai entendu, grasseya Palliser.

— Non, pas ça. Autre chose...

Vere alla ramasser le vase d'un pas titubant, se prit les pieds dans une chaise qui se renversa sur le parquet.

— Là ? Vous avez entendu ?

— Mais bien sûr ! brailla Palliser, énervé.

— Non, pas ça.

Palliser empoigna sa canne et s'arc-bouta sur le pommeau pour arriver à se mettre debout. Il tendit l'oreille, puis agita sa canne.

— J'entends rien du tout !

La canne accrocha un buste en marbre posé sur une étagère. Il bascula et se brisa en deux sur le sol.

— Nom de Dieu ! beugla Palliser.

— Chhhhh, fit Vere, un doigt devant la bouche. Ça se bagarre dans le coin.

— Où ça ? J'entends rien, moi.

Vere recula d'un pas et renversa toute la table. Les cartes, les bougeoirs et les verres s'écrasèrent par terre avec fracas.

— Je crois que quelqu'un vient par ici.

— Eh bien, il est temps ! Ce salon est une honte. Il faut faire du rangement, et d'ailleurs...

La porte s'ouvrit et un inconnu fit irruption dans la pièce.

Il tenait un revolver à la main.

Vere le vit lever l'arme avec ce qui lui parut une infinie lenteur. Ou était-ce le rhum qui avait amoindri ses réflexes et sa perception des choses ? Palliser, lui, ne s'était même pas rendu compte de la présence de l'intrus. Les yeux rivés au sol, il fixait d'un air ahuri ce qui restait du buste en marbre.

Une détonation retentit. Le bruit atteignit à peine la conscience engourdie de Vere. Avec calme, comme à distance, il vit Palliser s'effondrer. La balle avait laissé un trou bien net à la place du cœur, au centre exact de la pivoine rose criard qu'il portait à la boutonnière.

L'inconnu pivota et appuya de nouveau sur la détente.

Une vive douleur explosa dans le bras droit de Vere, l'arrachant à sa stupeur, réveillant son instinct de survie. Sa main se crispa sur le vase en étain qui vola à travers la pièce et heurta l'homme en plein front. Celui-ci chancela et laissa échapper un cri de douleur. Avant qu'il ait le temps de reprendre ses esprits, Vere lui fracassa la chaise sur la tête. Puis un guéridon suivit, avec cette fois le poids de Vere lui-même en supplément.

L'homme s'écroula pour de bon.

Dans le couloir, on entendit un bruit de pas précipités. Vere se plaqua contre un mur. Mais ce n'étaient pas les sbires chargés de la protection de Palliser, seulement deux valets effarés.

— Courez chercher un médecin ! ordonna Vere au premier, même s'il doutait fortement que Palliser soit encore en vie.

Et tandis que l'homme s'exécutait, il intima au second :

— Et vous, allez prévenir la police.

— Mais... M. Palliser veut pas de la police chez lui, bredouilla le valet.

— Alors courez chercher ceux qu'il souhaite faire prévenir quand quelqu'un lui a tiré dessus.

Le domestique hésita.

— Euh... je sais pas trop, monsieur. Je suis nouveau ici.

— Dans ce cas, allez chercher la police !

Le second valet disparu, Vere, après s'être assuré qu'aucun autre domestique ne traînait dans les parages, ôta la chaîne du cou de Palliser. Il veilla à saisir la clé avec son mouchoir. De nos jours, la police s'intéressait aux empreintes digitales, parfois avec succès. Il ouvrit le coffre, s'empara de la liasse de lettres qu'il parcourut rapidement. Le contenu était effectivement de nature à humilier l'auteur au cas où il serait divulgué sur la place publique. Vere compta les lettres. Sept. Le nombre qu'il était venu chercher.

Il empocha son butin, alla remettre la chaîne autour du cou de Palliser.

C'est seulement à cet instant qu'il baissa les yeux sur son bras droit. La balle l'avait frôlé juste sous l'épaule. La plaie semblait plutôt superficielle. Il s'en occuperait plus tard, de retour chez lui. Pour l'heure, il devait surtout songer à vider les lieux avant que le médecin, la police ou qui que ce soit d'autre vienne investir la scène du crime.

Une fois chez lui, Vere réalisa trop tard qu'il aurait plutôt dû courir se réfugier dans l'un des repaires de Holbrook. Il avait pensé à se débarrasser de la perruque, de la fausse moustache et des lunettes qu'il avait portées le temps de jouer son rôle de joueur invétéré. En revanche, il avait oublié qu'il n'était pas censé rentrer chez lui blessé.

Mais il était trop épuisé, trop ivre et trop sonné pour faire demi-tour.

Il vacilla, et décida que, blessé ou pas, il ferait mieux de rentrer. Il ouvrit la porte, et grimaça. Son bras le faisait souffrir. Il était gaucher et ne s'inquiétait pas trop des conséquences de sa blessure, ce qui n'atténuait en rien la douleur.

Quelque part dans la maison, une horloge sonna le quart de 4 heures. Il se traîna jusqu'à sa chambre, alluma une seule lampe pour pouvoir se déplacer sans se cogner dans les meubles. La pile de lettres fut aussitôt dissimulée dans un tiroir fermé à clé de son armoire – pour être précis aussitôt *après* qu'il eut réussi à introduire la clé dans la serrure : les femmes de chambre trouveraient de nombreuses éraflures sur le bois quand elles viendraient ranger son linge.

Comme il se débarrassa de son manteau, il ravala un cri de douleur. Le gilet fut plus facile à enlever, mais le tissu de sa chemise, plein de sang coagulé, lui collait à la peau, et il serra les dents en faisant glisser la manche le long de son bras.

C'était pire qu'il ne le pensait. La balle avait quand même arraché un morceau de chair. Il désinfecterait la plaie comme il pourrait, puis se mettrait au lit. À son réveil, s'il ne mourait pas d'une ignoble gueule de bois, il ferait mander Needham, l'un des agents de Holbrook, qui se trouvait aussi être médecin.

Il imbiba d'eau plusieurs mouchoirs à l'aide de l'aiguière posée sur la table de chevet, nettoya sa blessure tant bien que mal. Puis il alla récupérer un flacon d'alcool distillé dans sa trousse de rasage. Il versa le liquide sur un autre mouchoir, serra les dents et l'appliqua sur la plaie.

La brûlure lui arracha un sifflement. Il avait mal au crâne. À présent qu'il n'était plus dans le feu de l'action et que son taux d'adrénaline était retombé, l'incroyable quantité de rhum consommée au cours de la soirée commençait à faire des ravages dans son corps. Il aurait de la chance s'il ne s'écroulait pas bientôt, victime d'un coma éthylique.

Tout à coup il se figea.

Il avait perçu un bruit. Il ne savait pas ce que c'était, mais il comprit qu'il n'était plus la seule personne éveillée dans la maison.

Lentement, il pivota. La porte de communication entre les deux chambres s'ouvrit. Sa femme apparut sur le seuil, vêtue de la chemise de nuit qu'il lui avait prêtée un peu plus tôt et dont l'ourlet rasait le plancher.

Par un effet des plus curieux, sa vision, pourtant floue, ne l'empêchait pas de noter une foule de détails. Comme, par exemple, la façon dont le tissu se tendait sur les exquises rondeurs de ses seins. Ou sur les petites pointes dressées de ces derniers.

— Il est si tard, je m'inquiétais. Je me demandais... Oh, Seigneur, que s'est-il passé ? s'exclama-t-elle en apercevant son bras. Est-ce que mon oncle...

— Non, rien de tel. C'est un cocher de fiacre qui en avait après ma bourse. Je n'ai pas voulu la lui donner, alors il a sorti un pistolet. Le coup est parti accidentellement, je crois. Ça lui a même fait une peur bleue.

Il a détalé comme un lapin, et il a fallu que je rentre à pied à la maison.

Une histoire plausible, finalement. Dans l'état où il était, il était plutôt fier de l'avoir trouvée.

Elissande le dévisagea d'un air dubitatif qui l'irrita. Sans doute le croyait-elle en bonne partie responsable de sa mésaventure, provoquée par une énième bévue. Pourtant, il devait bien arriver de temps en temps que des cochers tirent sur leurs clients sans que ceux-ci aient rien à se reprocher. Même une campagnarde comme elle devait savoir qu'il se produisait parfois de tels incidents à Londres.

Il reporta son attention sur son bras, tamponna de nouveau la plaie. La jeune femme s'approcha et lui confisqua le mouchoir.

— Donnez-moi cela, je vais m'en occuper.

C'était certes charitable de sa part, mais sa rancœur ne s'était pas apaisée depuis qu'il avait quitté la maison, quelques heures plus tôt.

« Je ne suis pas idiot au point de ne pas pouvoir soigner une simple blessure par balle ! » rugit-il en pensée.

Elle réintégra sa chambre le temps d'aller chercher un jupon dont elle entreprit de faire de la charpie. Lorsqu'elle revint, il lui tendit un pot de pommade à l'acide borique qu'il avait déniché entre-temps. Elle s'en saisit, lui adressa un bref regard décontenancé.

Penser à appliquer un désinfectant sur une plaie était quand même à la portée du premier imbécile venu ! ragea-t-il intérieurement.

Elle alluma plusieurs lampes pour disposer d'un meilleur éclairage, étala la pommade sur un carré de tissu qu'elle plaqua doucement contre la plaie, avant de confectionner un pansement.

Ses gestes étaient sûrs, précis. En un tournemain, elle eut essuyé les gouttes de sang tombées sur le parquet et rassemblé ses vêtements souillés.

— Je sais que Londres est une ville dangereuse, mais j'ignorais que les messieurs risquaient leur vie dès qu'ils franchissaient leur porte, fit-elle remarquer.

Elle fourra ses vêtements dans sa veste de soirée dont elle fit une sorte de baluchon en nouant les manches.

— Où étiez-vous quand cela s'est produit ? voulut-elle savoir.

— Je... je ne me souviens pas bien.

— Où étiez-vous *avant* de monter dans ce fiacre ?

— Euh... Je ne sais plus trop. J'ai pas mal bougé.

Elle le dévisagea, interdite.

— Cela vous arrive souvent de vous faire attaquer ? Vous n'avez même pas l'air choqué.

Choqué ou pas, il n'avait nulle envie de subir un interrogatoire dans un moment pareil.

— Non, bien sûr que non.

Dans la grosse, très grosse majorité des cas, il faisait son boulot en réduisant les ennuis au minimum et en évitant de préférence les carnages.

— Je suis un peu pompette, c'est tout, se défendit-il.

Elle fronça les sourcils.

— Quel genre de cocher se promènerait avec un pistolet ?

— Le genre qui circule dans les rues à 3 heures du matin, répliqua-t-il avec impatience.

Elle pinça les lèvres.

— Cela n'a rien de drôle. Vous auriez pu être tué.

Son ton moralisateur ne fit que l'agacer davantage.

— Cela ne vous aurait pas beaucoup gênée d'être veuve, riposta-t-il sans réfléchir

La surprise se peignit sur le visage de la jeune femme.

— Je vous demande pardon ?

— Vous couriez après Freddie, pas après moi. Je ne suis pas stupide à ce point !

Elle noua les mains.

— Je ne *courais* pas après lord Frederick.
— C'est lui que vous préfériez, en tout cas. Quelle est la différence ? Et puisque nous abordons le sujet, je n'ai pas du tout apprécié la méthode que vous avez employée pour vous faire épouser.
Elle se mordilla un instant la lèvre, puis :
— Je suis désolée. Vraiment. Et je vous promets d'essayer de me racheter.
De belles paroles. Aussi lourdes de sens que des papillons voletant dans l'air. Rien ne l'obligeait à ingurgiter tout ce rhum, ce soir. Il l'avait fait pour elle, pour que Holbrook secoue ses fesses de feignasse et se décide à décrypter ce fichu document, que son oncle soit arrêté dans la foulée, et que sa tante et elle puissent être libérées de la menace qui pesait sur elles.
Et voilà comment elle le remerciait : « Je vous promets d'*essayer* de me racheter. »
— Alors faites-le, jeta-t-il d'une voix dure. Rachetez-vous.
Elle recula.
Il aurait dû s'en moquer éperdument. Il était si saoul. Mais plus elle le fuyait, plus s'incrustait dans sa mémoire le souvenir de son abandon et de sa bonne volonté troublante.
— Déshabillez-vous, lui intima-t-il.

Il était dangereusement saoul.
Son torse nu suffisait en soi à retenir son attention. Jadis, dans un livre sur l'art classique, elle avait vu une gravure qui représentait une statue de Poséidon. Fascinée, elle avait contemplé ce corps sublime que les Grecs considéraient comme l'incarnation de la perfection masculine. Un tel corps, fruit de l'imagination de l'artiste, n'existait pas dans la réalité, s'était-elle dit alors.

Elle s'était trompée, elle s'en rendait compte à présent. Lord Vere possédait cette beauté virile.

Et pour le même prix, il avait les traits d'Apollon !

Toute à sa contemplation, elle faillit ne pas s'apercevoir qu'il avait parlé.

— Que m'avez-vous dit ?

— Je vous demande de vous déshabiller.

Comme elle restait coite, il ajouta d'un air détaché :

— Ce ne serait pas la première fois que je vous verrais nue. Dois-je vous rappeler que nous sommes mariés ?

Elle s'éclaircit la voix.

— Est-ce qu'ensuite vous me pardonnerez de m'être servie de vous ?

— Je crains que non. Mais en attendant cela rendra peut-être ce mariage plus supportable... si je parviens à me souvenir de pratiquer le retrait.

— Qu'est-ce... qu'est-ce que le retrait ?

— Voyons, vous qui semblez si bien connaître les Écritures, vous savez qui est Onan ?

— Celui qui « laissait sa semence se perdre dans la terre » ?

— Vous connaissez donc. Et vous êtes capable de réciter le Cantique des cantiques par cœur. Quelle mémoire fabuleuse !

Il ignorait que la Bible était l'un des rares livres que son oncle tolérait à Highgate Court.

— Oui, poursuivit-il, j'ai grande envie de vous prendre et de répandre ma semence ailleurs qu'en vous. Pas sur le sol, cependant. Mais sur votre ventre peut-être. Ou sur vos superbes seins. Ou peut-être, si je suis vraiment de méchante humeur, vous obligerai-je à l'avaler.

Elle cilla, mais ne demanda pas s'il plaisantait. Il était sans doute tout à fait sérieux.

Après ce qu'elle avait osé lui faire, il s'était montré plus que généreux envers sa tante et elle. Et il avait été fort convaincant quand il s'était opposé à son oncle. S'endormir contre lui dans le train était la preuve qu'elle avait eu implicitement confiance en sa force et en sa solidité.

Mais plus tard, tandis qu'il se déshabillait dans son dressing, elle s'était rappelé la douleur qui avait accompagné l'acte. Cette fois encore sa crainte se réveilla. Du reste elle ne comprenait pas. Pourquoi voulait-il l'emmener au lit alors qu'il avait l'air très en colère contre elle ?

— Vous ne préférez pas vous reposer ? hasarda-t-elle.

Il haussa un sourcil hautain.

— Il me semble vous avoir demandé de vous dévêtir, milady.

— Mais vous êtes blessé… et il est 5 heures du matin.

— Si vous croyez qu'une égratignure sur le bras me dissuade, vous avez encore beaucoup à apprendre sur les hommes. Allez, déshabillez-vous et allez vous étendre sur le lit.

— Ce n'est peut-être pas le moment idéal, argumenta-t-elle d'une voix faible. Vous avez visiblement beaucoup bu et…

— Et je voudrais coucher avec ma femme !

C'était la première fois qu'elle l'entendait parler avec une telle autorité, d'un ton si assuré et tranchant. Il ne la menaçait pas, mais il lui rappelait avec fermeté qu'elle n'était pas en position de se refuser à lui.

Avec un long soupir, elle s'avança vers le lit, se glissa entre les draps, puis ôta sa chemise de nuit aussi discrètement que possible. Cela fait, pour montrer qu'elle lui avait obéi, elle laissa tomber le vêtement à terre.

Il commença par rabattre drap et couverture, exposant à la vue son corps dénudé. Se mordant la lèvre, elle s'obligea à demeurer immobile.

Sa respiration était saccadée. Il la dévorait littéralement du regard.

— Écartez les jambes.

— Non ! protesta-t-elle.

Avec un sourire, il entreprit de déboutonner son pantalon.

— Vous le ferez un jour, promit-il avec morgue.

Elle ferma les yeux au moment où son pantalon tombait. Le matelas s'affaissa sous son poids comme il la rejoignait. Puis – et ce fut un choc – elle sentit son corps nu contre le sien.

— Oui, fermez les yeux. Comme ça vous pourrez imaginer que c'est Freddie, lui chuchota-t-il à l'oreille.

Son haleine la chatouilla et déclencha une suite de frissons. Elle tressaillit lorsqu'il posa la bouche au creux de son cou, dans un baiser brûlant qui se transforma en une morsure, possessive, rageuse. Mais qui n'était pas douloureuse et provoqua au contraire une onde de plaisir inattendue qui se propagea jusque dans ses orteils.

— Maintenant, imaginez que c'est Freddie qui lèche votre sublime poitrine.

Sa bouche descendit sur sa clavicule, alternant baisers et mordillements. Les sensations avaient tendance à occulter tout le reste, et pourtant elle était troublée par son ironie caustique. De tels sarcasmes supposaient un recul qui faisait complètement défaut à lord Vere, l'imbécile heureux. Et d'où venait cette autorité nouvelle – et terriblement masculine – qui vibrait dans sa voix ?

— Croyez-vous que Freddie s'endort en pensant à vos nichons ?

Elle ouvrit grands les yeux. Cette fois, il allait trop loin. Ses yeux se trouvaient à quelques centimètres des siens – bleus comme le diamant Hope qu'elle avait cru bon d'évoquer le soir de sa nuit de noces.

— Je ne crois pas, non, articula-t-elle.
— Lui peut-être pas. Mais moi, si.

Baissant la tête, il aspira la pointe de son sein dans sa bouche.

C'était si bon que cela lui fit presque mal.

Ses dents frôlèrent la chair tendre. Incapable de se retenir, elle arqua le dos, haletante. Sa bouche glissa sous son sein, puis en diagonale sur son ventre. Elle frémit lorsqu'il plongea la langue dans son nombril.

Elle pensait qu'il n'irait pas plus loin, mais elle se trompait. Il descendit plus bas encore. Alarmée, elle serra les cuisses. Il ne songeait tout de même pas à... Dieu n'avait-il pas détruit Sodome et Gomorrhe à cause de telles pratiques ?

Mais si, c'était bel et bien ce qu'il avait en tête. De la main, il lui ouvrit les cuisses, commença par lui en mordiller l'intérieur.

— Non. Je vous en prie, souffla-t-elle.
— Chut.

Et il posa sa bouche sur son sexe.

Elissande n'avait jamais été réduite au silence de manière plus efficace.

Elle en perdit le souffle.

Il se régalait de sa chair, et elle en fut d'abord mortifiée, puis excitée, puis embrasée par une folie sensuelle. Sans pitié, il continuait son exploration intime, lui interdisant de conserver un minimum de dignité, l'obligeant à se mordre le poing pour ne pas réveiller toute la maison.

Quand il s'arrêta enfin, ce fut pour lui écarter davantage les cuisses, dans une position franchement indécente, puis lui soulever les fesses avant d'entrer en elle.

Seigneur, il était... imposant. L'espace d'un instant elle se raidit, tétanisée par le souvenir de sa défloration si pénible. Mais cette fois, elle n'éprouva pas même un vague inconfort. Il se montrait patient, habile, et maître de lui. Il la sollicitait, et elle se découvrait consentante, exigeante même, et comme envoûtée par cet ouragan voluptueux.

— Ouvrez les yeux, ordonna-t-il.

Elle ne s'était même pas rendu compte qu'elle les avait fermés pour mieux savourer ce plaisir étrange qu'elle éprouvait à se sentir emplie par lui.

— Ouvrez les yeux et regardez-moi.

Elle obéit. Il se retira, puis la pénétra de nouveau, lentement, s'enfonçant plus profondément, encore et encore. Un gémissement s'échappa de sa gorge. C'était si bon, si dépravé d'être possédée ainsi tandis qu'il la regardait droit dans les yeux...

— On ne fait plus semblant maintenant, murmura-t-il. C'est moi qui vous baise et personne d'autre.

Il s'enfonça de nouveau en elle, et elle gémit. Il était comme un dieu penché au-dessus d'elle, magnifique, presque irréel. L'ombre et la lumière sculptaient son corps, soulignaient dans ses prunelles le mélange de désir et de colère, ainsi que quelque chose de totalement différent qu'elle identifia sans mal pour l'avoir vu tant de fois dans son miroir : une solitude dévastatrice.

Elle desserra ses doigts crispés sur le drap, fit remonter ses mains le long des bras de son mari.

— Je n'ai jamais prétendu que c'était quelqu'un d'autre que vous.

C'est lui qui fermait les yeux à présent. Sa bouche se tordit dans une grimace presque douloureuse. Suivant son exemple, elle se concentra sur ce qu'elle éprouvait. Des vagues chaotiques enflèrent en elle. Puis ce fut l'implosion.

Elle était encore sous le choc, secouée par les spasmes qui s'attardaient, quand il perdit le contrôle à son tour. Arc-bouté, il s'enfonça en elle avec force, et se cabra tandis que la jouissance le balayait.

Lorsqu'elle rouvrit les yeux, elle découvrit qu'il la regardait comme il aurait contemplé un trésor maudit. Il leva la main, lui caressa le front.

— Maintenant vous m'appartenez, dit-il à voix basse.

Elle frissonna.

Elle vit le sang sur son pansement. La blessure s'était remise à saigner.

— Votre bras, souffla-t-elle.

Il jeta un coup d'œil au pansement, puis inclina la tête pour lui mordiller le menton.

— Je vais m'en occuper... si je parviens à vous abandonner, ma chère lady Vere. J'ai complètement oublié de me retirer, avez-vous remarqué ? Le sort de l'humanité en eût-il dépendu que je n'aurais pas pu.

Elle se sentit rougir. Qui était cet homme ? Il n'avait rien de commun avec l'idiot verbeux qu'elle avait épousé. Ses paroles étaient incisives, sardoniques, sa pensée précise.

Dans ses bras, elle avait complètement perdu la tête.

— Vous allez mettre du sang partout, insista-t-elle, les joues en feu.

— Très bien, comme vous voudrez.

Dès qu'ils furent séparés, elle plaida :

— Fermez les yeux, s'il vous plaît.

Il obtempéra avec un soupir. Elle ramassa la chemise de nuit, l'enfila prestement avant d'aller fabriquer un peu plus de charpie. Dans l'armoire du dressing, elle récupéra un mouchoir propre qu'elle enduisit de pommade antiseptique. Puis, revenue près du lit, elle l'obligea à s'asseoir afin de refaire son pansement.

— Lavez-vous avec une solution d'eau stérile et de vinaigre rouge, lui recommanda-t-il alors qu'elle achevait de nouer le bandage. Vous trouverez tout ce qu'il faut chez l'apothicaire, M. McGonagall, près de Piccadilly Circus.

Elle le considéra sans comprendre.

— Vous ne voudriez pas procréer avec un abruti, n'est-ce pas ? dit-il d'un ton léger sous lequel elle décela l'acidité du sarcasme.

Un déclic se produisit dans son cerveau.

Lord Vere ne se serait jamais traité d'abruti. Très imbu de lui-même, il se croyait au contraire des plus malins et ne se privait pas de le répéter à l'envi.

Tout cela n'était-il donc qu'une comédie ?

— De l'eau et du vinaigre. C'est ce dont se servent les femmes qui ne veulent pas concevoir ?

— Entre autres choses, oui.

— Vous semblez bien maîtriser le sujet.

— Je sais ce qu'il y a à savoir, rétorqua-t-il en se renversant sur le dos. Mettez les vêtements tachés et le pansement sale sous le lit et arrangez-vous pour que le Dr Needham passe ce matin. Son cabinet se trouve sur Euston Road.

Elle s'exécuta, alla éteindre les lumières, puis demeura au milieu de la chambre plongée dans l'obscurité. Elle s'efforçait de comprendre ce qui s'était passé, de se rappeler à quel moment son benêt de mari s'était transformé en cet inconnu impérieux et intimidant.

— Allez-vous-en, ordonna-t-il.

— Vous êtes... toujours en colère contre moi ?

— Je suis en colère contre le Destin. Vous faites un bouc émissaire commode. Sortez à présent.

Elle s'empressa de déguerpir.

14

— Quel charmant jardin, murmura tante Rachel.

Sur l'arrière de la maison s'étendait un petit parc privé auquel seuls les résidents des habitations voisines avaient accès, situation plutôt rare et privilégiée à Londres, dixit la bonne Mme Dilwyn.

Plusieurs platanes élégants se dressaient là, leurs frondaisons offrant une ombre bienfaisante aux promeneurs qui déambulaient sur l'allée dallée traversant une pelouse impeccablement tondue. Tout près, une fontaine italienne chuchotait agréablement.

Mme Dilwyn avait recommandé à tante Rachel de prendre l'air chaque jour. Elissande s'était attendue à devoir batailler ferme avec cette dernière pour l'arracher à son lit. Mais, à sa grande surprise, tante Rachel n'avait pas émis la moindre objection. Elle avait enfilé sans protester une simple robe en mousseline bleue, puis Elissande l'avait aidée à s'asseoir sur la chaise que deux valets particulièrement robustes avaient ensuite descendue dans le jardin.

Une feuille se détacha d'une branche et flotta vers le sol. Elissande l'attrapa pour la montrer à sa tante. C'était une feuille tout à fait ordinaire, mais celle-ci la fixa avec émerveillement.

Une larme roula sur sa joue et, levant le visage vers sa nièce, elle murmura :

— Merci, Elissande.

Une vague de panique submergea la jeune femme. Ce refuge, ce havre de paix verdoyant au cœur de Londres que sa tante pensait avoir enfin trouvé était aussi fragile qu'une bulle de savon.

Par amour, je suis capable de tout. Absolument tout !

L'amour. Un mot terrifiant dans la bouche de son oncle. Il était prêt à tout pour récupérer son épouse.

Ramène-la et tu pourras couler des jours heureux auprès de ton bel idiot.

Un bel idiot qui l'avait fougueusement possédée juste avant l'aube.

Sauf qu'il ne s'était pas du tout comporté en idiot. Il s'était montré sarcastique, agressif et d'une vulgarité sans nom. Mais sot, certainement pas. Alors ?

Avait-il, comme elle, fait semblant d'être quelqu'un qu'il n'était pas ?

Cette pensée la poursuivait, s'accrochait à elle tel un hameçon planté dans le cœur et qui le tirerait dans des directions imprévisibles.

Sa peau dorée. Le plaisir électrisant qu'elle avait ressenti quand ses dents s'étaient enfoncées dans son épaule. Cette excitation démoniaque qui s'était emparée d'elle lorsqu'il l'avait prise. Mais surtout, cette impression de puissance brute qui émanait de lui.

Déshabillez-vous.

Elle voulait l'entendre redire cela.

Machinalement, elle porta la main à sa gorge, sentit sous son doigt une petite veine battre follement.

Était-il possible que l'homme qu'elle avait choisi en désespoir de cause se révèle non seulement beau comme un ange, mais d'une intelligence féroce, et merveilleusement doué au lit ?

Quoi qu'il en soit, il ne restait que deux jours avant que son oncle mette à exécution sa menace le concernant.

Needham vint refaire le pansement de Vere et s'en alla avec le paquet de lettres que celui-ci avait subtilisé dans le coffre de Palliser, ainsi que le baluchon de vêtements souillés de sang. Tout cela sans prononcer un mot. Ce bon vieux Needham.

En milieu d'après-midi, Vere parvint à se lever sans éprouver l'envie immédiate de se faire sauter la cervelle d'un coup de fusil. Il sonna pour qu'on lui apporte une tasse de thé et des toasts.

Quelques instants plus tard, on frappa à la porte. Mais ce fut sa femme qui entra, le sourire aux lèvres.

— Comment vous sentez-vous ? s'enquit-elle.

Ce n'était sûrement pas elle qu'il avait envie de voir, alors que son seul souvenir de la nuit passée était le moment paroxystique où il s'était déversé dans son ventre accueillant. Au terme d'une longue réflexion, il avait abouti à la conclusion qu'elle avait dû le soigner au préalable et qu'il lui avait demandé de faire prévenir Needham.

Ce qu'il ne s'expliquait pas, c'est *comment*, du traitement de base d'une blessure par balle, ils en étaient venus à s'ébattre dans le lit lors d'une étreinte torride dont le souvenir le faisait presque rougir. Lui !

Il n'y avait qu'un moyen de se sortir de cette embarrassante situation : feindre que tout cela n'avait pas la moindre importance.

— Oh, bonjour, très chère. Que vous voilà fraîche et charmante ce matin.

Elle portait une robe d'une blancheur virginale qui s'accordait avec son sourire candide. La jupe étroite, comme le voulait désormais la mode, soulignait la courbe de ses hanches avant de s'évaser en corolle.

— Vous êtes sûr que vous vous sentez assez bien pour manger ? s'inquiéta-t-elle.
— Tout à fait. Je meurs de faim.

Elle frappa dans ses mains. Une domestique apparut avec un plateau qu'elle déposa sur la table de chevet, puis s'en alla après une petite révérence.

Sa femme entreprit de remplir une tasse.
— Comment va votre bras ?
— Douloureux.
— Et votre tête ?
— Douloureuse aussi, mais il y a du mieux.

Elle lui tendit la tasse, et il but avidement le thé parfumé, au risque d'en renverser un peu sur sa robe de chambre.

— Savez-vous ce qui m'est arrivé ? Au bras, veux-je dire. Quand j'abuse du whisky, j'ai toujours la tête chamboulée ensuite.

— C'était du rhum. Et vous avez déclaré qu'un cocher de fiacre vous avait tiré dessus.

Pourquoi diable avait-il parlé d'un pistolet ? Erreur stupide de sa part.

— Vous êtes sûre ? D'ordinaire je ne supporte pas le rhum.

Tranquillement, elle s'assit au bord du lit et se servit une tasse de thé, avant de demander avec un intérêt tout conjugal :

— Où étiez-vous la nuit dernière ? Et que faisiez-vous dehors si tard ?

Bien. Elle était venue pour l'interroger.
— Je n'en ai aucun souvenir.

À petits gestes précis, elle remua le lait et le sucre qu'elle venait d'ajouter à son thé.

— Vous ne vous rappelez pas qu'on vous a tiré dessus ?

Il n'allait pas subir cet interrogatoire sans réagir. Il était bien meilleur dans l'attaque que dans la défense.

— Vous, plus que quiconque, devriez savoir quels effets néfastes l'abus d'alcool produit sur la mémoire.
— Je vous demande pardon ?
— Vous souvenez-vous de notre nuit de noces ?
La petite cuillère cessa de tourner dans la tasse.
— Bien sûr. Je me souviens… de certaines choses.
— Ce soir-là, vous avez déclaré que mes lèvres fleuraient bon la cire d'abeille. C'est bien la première fois qu'on me dit une telle chose.
À son crédit, elle parvint à boire une longue gorgée de thé sans s'étrangler.
— Le miel, vous voulez dire ? corrigea-t-elle.
— Pardon ?
— J'ai parlé de miel, pas de cire d'abeille.
— C'est ce que j'ai dit. Vous avez murmuré que mes lèvres « distillaient le miel », que mes vêtements sentaient… Voyons voir, qu'était-ce donc ? Le Sinaï ? La Syrie ? Damas ?
— Le Liban.
— C'est cela. Et quand je vous ai vue dévêtue, je vous ai trouvée encore plus belle que la femme représentée sur ce Delacroix que votre père a volé. À ce propos, peut-être pourriez-vous poser pour Freddie dans le plus simple appareil. Ce serait charmant de lui demander d'exécuter un nu de vous – grandeur nature, bien sûr –, que nous pourrions accrocher dans notre salle à manger. Qu'en dites-vous ?
— Ce serait d'une indécence rare.
Elle affichait de nouveau ce sourire trop éclatant qu'il commençait à bien connaître. Parfait, il était sur la bonne voie.
— Vraiment ? Dommage. Je me réjouissais déjà de voir la tête de mes amis. Ils en auraient bavé d'envie.
Il leva sur elle de grands yeux innocents.
— Voyons, Penny, il ne faut pas étaler son bonheur devant ses amis, le gronda-t-elle d'un ton un peu crispé.

Satisfait, il avala quatre toasts. Elle attendit qu'il ait terminé pour reprendre :

— Le Dr Needham m'a demandé de refaire votre pansement dans l'après-midi, et de nouveau le soir avant le coucher. Êtes-vous prêt ?

Il retroussa la manche de sa robe de chambre. Elle désinfecta sa blessure, changea le pansement. Au moment où il s'apprêtait à redescendre sa manche, elle l'arrêta dans son mouvement...

— Qu'est-ce que c'est que ça ?

Elle désignait une série de marques en forme de demi-cercles, juste au-dessus du coude.

— On dirait une griffure, fit-il.

— Le cocher vous aurait griffé ?

— Ma foi, on dirait plutôt une griffure de femme sous l'emprise de la passion. Auriez-vous lâchement profité de moi pendant que j'étais incapable de me défendre, lady Vere ? s'enquit-il avec un sourire narquois.

Elle rougit.

— C'est vous qui avez pris l'initiative, milord.

— Ah bon ? Eh bien, cela aurait pu être désastreux. Un homme à ce point ivre a souvent du mal à être opérationnel. Ou bien il s'écroule avant d'en avoir fini.

— Vous n'avez rencontré aucun problème à ce niveau.

Il se rengorgea et répliqua d'un ton désinvolte :

— Tout le mérite en revient à votre beauté, madame. Mais je dois attirer votre attention sur le fait que, si cela continue, le cercle familial ne tardera pas à s'agrandir.

Une pensée qui le pétrifiait de terreur.

— Est-ce ce que vous souhaitez ? s'enquit-elle avec naturel.

— Bien sûr, quel homme ne le souhaiterait pas ? Pour Dieu et pour la nation ! répondit-il, le nez déjà dans le courrier qui lui avait été apporté avec son thé.

Lorsqu'il releva les yeux, elle arborait une expression étrange. Il s'alarma. S'était-il trahi d'une manière ou d'une autre ? Pourtant il avait beau se repasser leur conversation dans sa tête, il ne voyait pas en quoi.

Dans le doute, il préféra faire diversion.

— Oh, écoutez cela : Freddie nous invite à prendre le thé cet après-midi même à l'hôtel Savoy. Cela vous tente-t-il ?

— Mais oui, acquiesça-t-elle avec un sourire qu'il ne lui avait encore jamais vu.

Du balcon du Savoy, on avait une vue panoramique sur la Tamise et sur l'Aiguille de Cléopâtre[1] qui se dressait tout près du parc de l'hôtel. Barges et vapeurs circulaient en continu sous leurs yeux. Le ciel était dégagé – selon les critères londoniens –, mais semblait quand même grisâtre à Elissande qui n'y était pas habituée.

Lord Frederick était venu avec Mme Canaletto, une amie d'enfance des deux frères que l'un et l'autre appelaient par son prénom. Elle avait quelques années de plus qu'Elissande, était très à l'aise en société, et somme toute fort sympathique, même si elle n'avait pas l'exubérance des jeunes invités de lady Kingsley.

— Avez-vous assisté à une représentation théâtrale, lady Vere ? s'enquit-elle.

— Non, hélas, je n'ai pas encore eu ce plaisir !

— Alors il faut absolument que Penny vous emmène au théâtre du Savoy.

Lord Vere parut déconcerté.

---

1. Obélisque installé en 1878 sur les rives de la Tamise. *(N.d.T.)*

— Une seule recommandation, Angelica ? Autrefois, tu me disais toujours *quoi* faire, *quand* et *comment*.

Mme Canaletto s'esclaffa.

— Que veux-tu, Penny, je te connais depuis que tu as trois ans. Quand je connaîtrai lady Vere depuis vingt-six ans, je t'assure que je me montrerai tout aussi directive avec elle.

Elissande ne résista pas à la tentation de demander à Mme Canaletto si elle était allée à Capri durant son séjour en Italie. Ce n'était pas le cas, en revanche, lord Vere et lord Frederick s'y étaient rendus lors de leur tour d'Europe. Lord Vere évoqua les sites remarquables qu'ils avaient visités durant ce grand voyage censé former la jeunesse, et Mme Canaletto ne se gêna pas pour le reprendre avec bonne humeur et indulgence quand il se trompait : le légendaire château de Neuschwanstein en Bulgarie, construit par le comte Siegfried qui était atteint de démence – « Il se trouve en Bavière, Penny, et c'est le roi Louis II, dont certains prétendaient qu'il était fou, qui l'a fait construire. » La tour penchée de Venise – « C'est Pise, Penny. » Et la fameuse grotte Violette de Capri – « Tu te trompes, elle est noire. »

— La grotte Noire, tu es sûre ?

— Angelica te taquine, Penny. Il s'agit de la grotte Bleue, intervint lord Frederick en riant.

Imperturbable, le mari d'Elissande poursuivit sur sa lancée. Tout en monopolisant la parole, il fit tomber son mouchoir dans le pot de confiture, renversa le contenu d'un petit vase dans l'assiette de scones, et réussit l'exploit d'envoyer l'un de ses biscuits à thé sur l'extravagant chapeau d'une autre cliente, garni de plumes d'autruche roses.

Lord Frederick et Mme Canaletto paraissaient habitués à la maladresse et au verbiage de lord Vere. Ils n'y prêtaient pas attention. Elissande pour sa part les trouvait excessifs, comme si lord Vere tentait d'effacer cette manifestation d'intelligence incisive dont il avait fait montre à l'aube en apparaissant particulièrement stupide cet après-midi.

Il avait été à deux doigts de la convaincre, ce matin, qu'il s'agissait là d'un hasard. Et puis, il s'était contredit à propos de leur hypothétique enfant – probablement parce qu'il ne se rappelait pas lui avoir recommandé quelques heures plus tôt de prendre des mesures pour éviter une grossesse.

La dame au chapeau rose, qui venait d'extraire le biscuit des profondeurs de son plumage, s'approcha de leur table. Elissande crut qu'elle allait prendre à partie lord Vere, mais celui-ci, lord Frederick et Mme Canaletto se levèrent d'un même mouvement pour la saluer avec cordialité.

— Lady Vere, puis-je vous présenter la comtesse de Bourkes. Comtesse, ma femme.

Ce fut le début d'une longue parade. La saison était terminée, mais Londres demeurait le centre d'où partaient et se croisaient les nantis qui se partageaient entre l'Écosse, Cowes[1] et les villes d'eaux du Continent. Lord Vere connaissait manifestement tous ceux qui comptaient dans la bonne société. Et comme lady Avery n'avait sûrement pas perdu de temps pour claironner dans toute la ville ce dont elle avait été témoin à Highgate Court, tout le monde avait envie de voir cette jeune personne délurée qui avait été surprise avec lord Vere en position plus que scandaleuse.

Il fit son panégyrique d'un air d'absurde fierté. Lady Vere se dévouait depuis des années à sa tante bien-aimée. Lady Vere en savait autant sur l'art moderne que Freddie lui-même. Lady Vere était sur le point de devenir l'une des plus grandes hôtesses de Londres.

---

1. Station balnéaire chic, connue pour ses clubs nautiques. *(N.d.T.)*

Il fallut à Elissande un moment avant de caler son attitude sur la sienne. Alors qu'elle s'était cantonnée jusque-là à des sourires polis qui lui semblaient appropriés, elle se mit bientôt à sourire de toutes ses dents et à surenchérir. Lord Vere avait un point de vue éclairant sur les relations anglo-prussiennes. Lord Vere possédait une connaissance approfondie de l'histoire de l'architecture européenne. Sa lecture très fine de l'œuvre d'Ovide leur avait procuré des heures de conversations passionnantes.

Assurément ils formaient un couple saisissant, au sens littéral du terme. Et les gens quittaient leur table bouche bée, titubant presque pour regagner leur place.

— Finalement, c'est assez agréable d'enlever une jeune fille. Si j'avais su, je l'aurais fait plus tôt, déclara lord Vere dès qu'ils se retrouvèrent entre eux.

— Nous aurions pu le faire un jour plus tôt, pouffa Elissande.

— C'est vrai. Mais je n'y ai pas pensé. Pourquoi diantre n'y ai-je pas pensé ?

— Cela n'a pas d'importance, nous sommes mariés maintenant et tout va pour le mieux.

Face à eux, lord Frederick et Mme Canaletto échangeaient des regards complices teintés d'incrédulité. Sans doute s'émerveillaient-ils que lord Vere ait finalement trouvé chaussure à son pied...

Celui-ci tendit le bras pour se servir une part de cake aux raisins secs et – forcément – renversa le pot de crème.

Elissande commençait à discerner une chorégraphie parfaitement orchestrée dans tous ces gestes malhabiles qui déclenchaient invariablement leur lot de petites catastrophes : la position du bras, l'angle du poignet, la vitesse d'exécution.

Cette nuit, quand sa vigilance avait été émoussée, il lui avait parlé durement, sans cacher son ressentiment.

Et maintenant il jouait les époux heureux avec le plus grand naturel. Elle ne pouvait que s'incliner : c'était un excellent acteur.

Les escrocs se reconnaissent entre eux.

En rentrant chez lui, Vere trouva un mot d'un certain M. Filbert – une des nombreuses identités de Holbrook. Il gagna sa chambre pour se changer, informa sa femme qu'il se rendait à son club, puis se rendit dans la maison située derrière Fitzroy Square pour y retrouver Holbrook et lady Kingsley.

Là, il travailla fiévreusement, et ne regagna son domicile qu'aux alentours de minuit.

Sa femme l'attendait dans sa chambre.

— À quoi pensez-vous donc ? lança-t-elle sans cacher son irritation Dois-je vous rappeler que vous avez été blessé hier pour être resté dehors tard dans la nuit ?

Vere, qui était déjà en train d'ôter sa cravate, interrompit son geste.

— Je... euh... j'avais oublié, prétendit-il d'un air penaud.

Elle s'approcha, défit les boutons de sa veste de soirée et la fit glisser le long de ses bras.

— Vous ne devriez pas sortir seul à la nuit tombée, lui reprocha-t-elle encore. Mon oncle est dangereux, il ne joue pas franc-jeu. S'il nous a accordé trois jours, il est tout à fait capable de vous faire enlever le deuxième pour me forcer à échanger ma tante contre vous.

— Le feriez-vous ?

Elle le fusilla du regard.

— Je ne vois pas l'intérêt d'évoquer des hypothèses aussi déplaisantes.

— C'est vous qui venez d'aborder le sujet, lui fit-il remarquer. Je pensais donc que vous souhaitiez en parler.

Elle prit une profonde inspiration, recula de deux pas.

— Puis-je vous demander une faveur ?
— Bien sûr.
— Serait-il possible d'en finir avec ces petites mascarades ?

Une sonnette d'alarme stridente retentit dans le crâne de Vere. Il considéra sa femme avec des yeux ronds.

— Que voulez-vous dire ?

Elle haussa les épaules avec impatience.

— Nous sommes à la maison, les domestiques sont couchés et il n'y a personne d'autre que nous dans cette pièce. Vous n'êtes pas obligé de poursuivre la comédie. Je sais que vous n'êtes pas aussi calamiteux que vous vous plaisez à le faire croire.

Vere était atterré. Il ne s'était quand même pas trahi *à ce point* ?

— Madame, je suis outré ! Vous osez m'accuser d'être une calamité ? Sachez que je suis un homme des plus cultivés et sagaces ! D'ailleurs, les gens ne cessent de louer ma perspicacité, ainsi que la subtilité de mes points de vue.

Aujourd'hui il avait joué les crétins avec encore plus de conviction que d'ordinaire. Cela n'avait donc pas suffi ?

— Ce matin, je suis allée voir l'apothicaire que vous m'aviez recommandé, l'informa-t-elle. Mme McGonagall m'a expliqué comment faire une toilette intime après avoir rempli mon devoir conjugal, afin de diminuer les risques de grossesse. Ce que j'ai fait dès mon retour.

Doux Jésus. Lui avait-il vraiment conseillé cela ? Que diable lui avait-il dit d'autre ?

— Mais… mais vous ne pouvez pas faire cela ! Une femme n'est pas censée… interférer avec la nature.

— L'histoire des civilisations n'est qu'une longue succession d'interférences avec la nature. Au demeurant je n'ai fait que suivre vos instructions, milord.

— Il est impossible que je vous aie donné de telles consignes. La contraception est un péché !

Elle se passa la main sur la figure. Il ne l'avait jamais vue aussi contrariée. Et tout à coup, il comprit pourquoi : *elle* avait cessé de jouer la comédie.

— Très bien. Continuez votre petite pièce de théâtre personnelle, lança-t-elle. Mais l'ultimatum de mon oncle arrive à expiration demain. Vous n'avez peut-être pas peur, mais moi si. Ne pourrions-nous pas… partir en vacances tous les trois ? Loin de l'Angleterre ?

— Bonté divine, et où irions-nous ?

— Eh bien… à Capri, par exemple. J'ai toujours voulu visiter cette île.

Dieu merci, il ne lui avait apparemment rien révélé de sa mission. C'était déjà ça.

— Il n'y a rien à faire à Capri. C'est un rocher perdu au milieu de l'océan. Il n'y a personne que nous connaissons, pas de distractions, pas même une salle de bal digne de ce nom.

— Mais nous y serions en sécurité ! L'hiver venu, les bateaux partis du Continent doivent avoir du mal à rejoindre l'île.

— Justement, nous y péririons d'ennui. D'ici quelques jours, nous rejoindrons mon domaine à la campagne, mais je n'ai nulle intention d'aller ailleurs à cette période de l'année. La saison a été suffisamment longue.

— Mais…

— Croyez plutôt en ma bonne étoile, coupa-t-il. Certaines personnes affirment que j'ai la chance des idiots. Ce qui n'a pas de sens, puisque je possède au contraire un intellect brillant. Cela dit, j'avoue que je suis souvent en veine. Vous avez été bien avisée de m'épouser, lady Vere, parce que ma chance va probablement déteindre sur vous.

D'un geste sec, elle resserra la ceinture de sa robe de chambre.

— Discuter avec vous est horripilant !

Il essayait juste de la rassurer. Ce soir, les choses avaient été mises en branle, mais il ne pouvait lui en dire plus pour le moment.

— C'est vous qui ne cessez de me bombarder d'absurdités, très chère.

— Très bien. Ne vous étonnez pas si l'on vous assomme et que vous vous réveilliez à bord d'un navire cinglant vers Shanghai ! Si vous préférez rester les bras ballants, *moi*, je vais faire ce qu'il faut pour assurer notre sécurité.

Il aurait dû être furieux, puisque c'était cette habitude de « faire ce qu'il fallait » qui les avait enfermés dans ce mariage. Mais il était difficile de s'insurger alors qu'elle s'inquiétait pour lui.

— Voyons, mon ange, dit-il d'une voix cajoleuse, nous ne sommes qu'au troisième jour de notre lune de miel et déjà nous nous chamaillons.

— Oh, j'abandonne ! cria-t-elle en levant les mains. Changeons plutôt votre pansement.

Elle l'aida à retirer son gilet. Il s'apprêtait à retrousser sa manche, mais elle tint à ce qu'il enlève sa chemise.

— Il faut bien que je vous aide à enfiler votre chemise de nuit, vous allez rouvrir la plaie si vous vous en chargez seul, argumenta-t-elle, sa colère encore palpable.

Évidemment, il ne lui était pas venu à l'esprit qu'il puisse dormir nu. Il se borna à hocher la tête en guise d'assentiment.

Après lui avoir changé son pansement, elle alla chercher une chemise de nuit propre dans son dressing. Alors qu'elle revenait, elle fixa son torse en fronçant les sourcils.

— Qu'est-ce que c'est ? demanda-t-elle en désignant le côté gauche de sa cage thoracique.

— Ça ? Les cicatrices que m'a laissées mon accident de cheval. Vous ne les aviez pas remarquées ?

— Non. Votre accident de cheval ?

— Oui. Tout le monde est au courant.

— Je n'en ai jamais entendu parler.

— C'est assez bizarre, étant donné que vous êtes ma femme. En tout cas, c'est arrivé quand j'avais seize ans. Je venais d'hériter du titre de marquis. Je passais l'été chez ma grand-tante, lady Jane. Un matin, je suis parti faire une promenade, et j'ai été désarçonné. Je me suis cassé plusieurs côtes et j'ai souffert d'un traumatisme crânien. Enfin, c'est ce qu'on m'a dit. Je suis resté alité plusieurs semaines.

— C'était grave, apparemment.

— Oui, plutôt. Il y a bien sûr des idiots qui prétendent que je suis tombé sur la tête et que cela m'a endommagé le cerveau. Pure méchanceté de leur part, motivée par la jalousie sans doute.

— Hum. L'accident a-t-il eu des témoins ?

La petite maligne.

— Des témoins ? Qu'entendez-vous par là ?

— Je vois bien ces cicatrices sur votre torse. Mais qu'en est-il du traumatisme crânien ? Qui est le médecin qui vous a soigné ?

Le médecin qui l'avait soigné n'était autre que Needham. Mais il n'allait pas le lui dire.

— Euh…

— Laissez-moi deviner : vous avez oublié. Ainsi il faut vous croire sur parole quand vous prétendez avoir reçu un coup sur la tête.

— Eh bien, oui. Pourquoi mentirais-je ?

— Afin de vous faire passer aux yeux de tous pour un idiot si vous ne l'étiez pas avant.

— Je viens de vous le dire, je ne souffre d'aucune séquelle. J'étais un adolescent brillant et je suis devenu un homme tout aussi brillant.

— Il est certain que votre intelligence éblouit, répliqua-t-elle d'un ton caustique.

— Alors croyez-moi quand je vous dis de ne pas vous inquiéter, fit-il doucement.

Elle soupira, tendit la main et effleura une cicatrice rugueuse. Ses doigts lui firent l'effet d'une brûlure. Il bâilla bruyamment, s'écarta.

— Si vous voulez bien m'excuser, je tombe de sommeil.

Déjà il lui tournait le dos.

— Et ce soir, murmura-t-elle, je n'ai pas besoin de me racheter.

Ces paroles, prononcées d'une voix suave, déclenchèrent une réaction physique immédiate. Il serra les dents, luttant contre le flot de désir qui lui embrasait les reins.

— Je vous demande pardon ?

Elle laissa passer quelques secondes avant de répondre :

— Peu importe. Bonne nuit, milord.

— Bonne nuit, très chère.

15

— Elissande, crois-tu qu'il existe des médecins qui sauraient comment... me sevrer du laudanum ? s'enquit tante Rachel d'une voix mal assurée.

Il fallut à Elissande quelques secondes pour se rendre compte que sa tante venait de lui parler, puis pour comprendre le sens de ses propos. Elle se détourna de la fenêtre devant laquelle elle était plantée et fixait le jardin sans le voir.

Tante Rachel était en train de prendre son petit déjeuner dans sa jolie chambre lumineuse. On lui servait encore ses repas au lit, mais après seulement quelques jours loin de Highgate Court, elle n'avait plus besoin d'aide pour manger.

La veille, elle avait demandé que sa fenêtre soit ouverte dans l'après-midi afin d'entendre les oiseaux. Hier soir, après le dîner, elle avait voulu savoir s'il y avait du chocolat dans la maison et, le cas échéant, si on pouvait lui en apporter un petit morceau. Mme Dilwyn leur avait appris que milord était friand de chocolats français et qu'il en gardait toujours en réserve.

Lorsqu'elle avait posé le chocolat sur sa langue, tante Rachel avait affiché une expression de bonheur si poignante qu'Elissande avait dû se détourner pour s'essuyer discrètement les yeux.

Ce matin, à son entrée dans la chambre, sa tante l'avait complimentée sur sa beauté, ce qui n'était pas arrivé depuis plus de huit ans.

Cela ne faisait aucun doute : son état s'améliorait de jour en jour. Presque trop vite. Si elle était restée au fond de son lit dans un état végétatif, Elissande se serait peut-être dit que cela ne ferait pas vraiment de différence si Edmund Douglas la récupérait. Mais la laisser retomber entre ses griffes maintenant, alors qu'elle revenait à la vie... c'était tout simplement inconcevable.

— Elissande, qu'est-ce qui ne va pas ?

La jeune femme vint s'asseoir au bord du lit.

— Je vais devoir vous cacher, ma tante.

Tante Rrachel lâcha sa fourchette. Les yeux écarquillés, elle bredouilla :

— Est-ce... ton oncle... ? Il est...

— Il n'est pas là, mais cela ne saurait tarder. Il ne mettra pas longtemps à vous localiser si vous restez ici. Je vous ai choisi un hôtel qui se trouve à deux pas. Cela me permettra de venir vous voir aussi souvent que possible.

Tante Rachel lui agrippa la main.

— Mais toi... et lord Vere ? Ne risque-t-il pas de s'en prendre à vous ?

— Nous saurons nous défendre. Nous n'avons pas peur de lui.

Elissande aurait quand même préféré que son mari soit un peu plus sur ses gardes. Il ne fallait pas sous-estimer l'ennemi.

— Quand vous serez habillée, je vais vous emmener chez la couturière. Nous entrerons par la porte de devant et ressortirons par la cour arrière pour prendre un fiacre et nous rendre à l'hôtel Langham. Je vous apporterai vos affaires plus tard. Êtes-vous prête à me suivre ?

Tante Rachel hocha la tête avec énergie.

— Bien, alors...

Un coup frappé à la porte interrompit Elissande.

— Oui ?

— Milady, madame Douglas, les salua le valet qui tenait un plateau d'argent à la main. Un monsieur du nom de Nevinson demande à voir Mme Douglas. Il m'a prié de vous apporter ce message et de vous le remettre en mains propres.

Pétrifiée, tante Rachel se contenta de fixer Elissande sans mot dire. Celle-ci alla chercher le pli, et rompit le cachet de cire.

Chère Madame Douglas,

Je suis l'inspecteur Nevinson, de la police métropolitaine, et je souhaiterais m'entretenir avec vous de toute urgence pour une affaire qui concerne votre époux, M. Edmund Douglas. J'espère, Madame, que vous me recevrez sans tarder.

Votre serviteur,
Nevinson

Elissande serra les poings. Son oncle avait-il envoyé les autorités récupérer sa femme *manu militari* ? Mais non, il n'avait aucune raison d'agir ainsi. Une femme avait parfaitement le droit de séjourner à Londres quelques jours.

C'était donc une ruse. Ce policier était un imposteur, une sorte de cheval de Troie ayant pour mission de s'introduire chez le marquis de Vere pour mieux briser ses défenses.

— Veuillez apporter ce message au marquis et le prier d'en prendre immédiatement connaissance, dit-elle au valet. Ensuite vous conduirez M. Nevinson au salon. Nous le recevrons d'ici un instant.

À peine le domestique parti, tante Rachel demanda d'une voix tremblante :

— Ma chérie... tu es sûre ?

— Je vais le recevoir, ma tante. Finissez tranquillement votre petit déjeuner. Lord Vere est à la maison et je vous garantis qu'il ne permettra pas qu'on vous enlève sous son nez.

Du moins l'espérait-elle. Mais au cas où, elle donna quand même un tour de clé une fois dans le couloir.

— Merci de me recevoir, lady Vere, dit Nevinson.

Vêtu d'un sobre costume bleu, c'était un homme d'âge moyen, au regard vif et aux gestes précis, qui inspirait confiance. Exactement le genre d'artiste qu'Elissande aurait engagé si elle avait voulu mystifier sa tante.

Elle plaqua un sourire sur ses lèvres.

— Que puis-je pour vous, inspecteur ?

— Pourriez-vous me dire si Mme Douglas compte se joindre à nous, milady ?

— Mme Douglas n'est pas ici. Mais je me ferai une joie de lui transmettre votre message.

Nevinson hésita, puis :

— Pardonnez-moi, milady, mais l'affaire qui m'amène est particulièrement sensible, et je souhaiterais m'entretenir en tête à tête avec Mme Douglas.

— Hélas, je crains que ce ne soit pas possible ! répondit Elissande sans se départir de son sourire.

— Et pourquoi donc, lady Vere ? demanda-t-il en la regardant droit dans les yeux.

Elissande se racla la gorge, puis expliqua sur le ton de la confidence :

— Voyez-vous, monsieur, elle souffre à certaines périodes du mois de douleurs épouvantables qui la mettent à l'agonie.

De toute évidence, Nevinson ne s'attendait pas à cela. Son teint vira à l'écarlate, et il lutta pour garder contenance.

— Dans ce cas, je vous serais reconnaissant de lui communiquer le message. Voilà, je n'aime pas être porteur de mauvaises nouvelles, mais il me faut l'informer que son époux, M. Edmund Douglas, a été arrêté ce matin, et qu'il est soupçonné de meurtre.

Elissande resta muette quelques secondes.

— C'est une plaisanterie, inspecteur ? articula-t-elle finalement.

— Non, milady, et vous m'en voyez désolé. Nous possédons assez de preuves pour le croire responsable du meurtre d'un certain Stephen Delaney, un scientifique à qui il aurait dérobé le secret de fabrication des diamants artificiels.

Mais enfin, cela n'avait pas de sens. Oncle Edmund possédait une mine entière de diamants véritables ! Qu'avait-il à faire de diamants synthétiques ?

C'était un piège, à n'en pas douter.

Combien de temps pourrait-elle retenir Nevinson dans le salon ? s'interrogea-t-elle. Pouvait-elle prévenir son mari afin qu'il emmène sa tante hors d'ici ?

Un flot de sueur froide l'inonda. Il ne fallait pas qu'elle s'affole, mais qu'elle réfléchisse pour trouver la parade la plus appropriée.

Elle tendit soudain l'oreille. Quelqu'un chantait. Une voix familière, qui se rapprochait.

— *Pâque-rette, jolie fleu-rette...*

En dépit de sa nervosité, Elissande ne put réprimer un sourire quand son mari entrouvrit la porte et glissa la tête à l'intérieur de la pièce.

— Bonjour, très chère. Ma parole, vous êtes flamboyante ce matin.

Dieu merci il était là ! Jamais elle n'avait été aussi heureuse de voir quelqu'un.

Sa tenue était plutôt négligée et il avait les cheveux en bataille.

— Inspecteur Netherby ? s'écria-t-il, surpris, en avisant le visiteur.

— Nevinson, milord.

— Je le savais ! Je n'oublie jamais un nom ni un visage. C'est vous qui avez mené l'enquête dans l'affaire Huntleigh, n'est-ce pas ?

— L'affaire Haysleigh, milord.

— C'est ce que j'ai dit. Cette bonne lady Haysleigh avait simulé sa propre mort pour échapper à une précédente union et épouser lord Haysleigh. Et quand son premier mari s'est présenté au domaine, elle a voulu l'assassiner. Je m'en souviens parfaitement.

— Ce genre d'histoire serait digne d'un roman de Mme Braddon[1], milord. En réalité, c'est le frère cadet de lord Haysleigh qui a tenté d'empoisonner lady Haysleigh pour faire accuser son frère du meurtre, le voir pendre et hériter du titre.

— Vraiment ? Je croyais que c'était là l'intrigue d'un roman de Mme Braddon. Mais dites-moi, inspecteur, enchaîna-t-il, je pensais que l'affaire Haysleigh avait été résolue il y a des années.

— Elle l'a été, milord.

— Vous n'êtes donc pas en service commandé. C'est une simple visite de courtoisie. Mais j'ignorais que nous nous fréquentions.

Nevinson serra les dents.

— Les raisons de ma présence ici sont d'ordre strictement professionnel.

— Ah. Pourtant je vous assure que je n'exerce aucune activité criminelle. De quoi me soupçonnez-vous ?

— De rien, milord, rassurez-vous. Je suis venu voir Mme Douglas à propos de son mari.

---

1. Romancière prolifique et très populaire (1837-1915). *(N.d.T.)*

Elissande était si fascinée de voir son époux jouer avec Nevinson qu'il lui fallut entendre prononcer le nom de son oncle pour réagir enfin aux propos que les deux hommes venaient d'échanger.

Nevinson n'était pas un imposteur. Il était bel et bien inspecteur de police et sa venue était tout à fait officielle.

Il n'avait pas menti.

L'inspecteur Nevinson était d'ailleurs en train de répéter à lord Vere ce qu'il lui avait déjà dit.

Son oncle. Un assassin.

Sa tête explosait morceau après morceau. La sensation n'était pas épouvantable, juste étrange, déroutante. Il y aurait un énorme scandale, pas moyen d'éviter cela. Mais quelle contrepartie ! Son oncle avait été arrêté : il n'était plus en mesure de leur nuire, à sa tante et à elle !

Sans compter que, une fois jugé et condamné, il irait moisir en prison de longues années. Peut-être même serait-il pendu. Elissande et sa tante seraient alors libres, complètement, merveilleusement libres.

Elle entendit à peine son mari déclarer :

— Bien sûr que vos hommes peuvent fouiller le manoir de la cave au grenier. Vous n'y voyez pas d'inconvénient, très chère ?

— Je vous demande pardon ?

— C'est pour solliciter votre coopération que l'inspecteur Nevinson est venu. Par pure galanterie, car à mon avis il n'a pas besoin de demander la permission des habitants pour faire fouiller Highgate Court.

— Oui. Oui, bien sûr. Nous coopérerons avec les autorités.

Nevinson les remercia et se leva.

Elissande dut se retenir de crier sa joie et son indicible soulagement tandis que l'inspecteur prenait congé. Mais dès que la porte se fut refermée, elle se jeta au cou de son mari, riant et pleurant à la fois, avant de sortir de la pièce en courant pour aller annoncer la bonne nouvelle à sa tante.

Comme l'avaient démontré les nombreux documents que lord Yardley avait envoyés à Holbrook, Stephen Delaney était bel et bien spécialisé dans la fabrication de diamants artificiels. Et le dossier déniché par Vere contenait apparemment le condensé du procédé technique.

Pendant que Vere cuvait son rhum, Holbrook avait décrypté le code dont s'était servi Douglas pour chiffrer les documents du dossier. La veille, utilisant le guide de Holbrook, Vere avait décodé un texte qui reprenait mot pour mot plusieurs pages du carnet de notes trouvé dans le laboratoire de Delaney.

Le lien était donc clairement établi entre Douglas et Delaney. Cela avait suffi à faire inculper Douglas de meurtre. Et en s'appuyant sur les enquêtes parallèles menées sur ce dernier, Vere avait pu faire pression sur Yardley pour que Douglas soit immédiatement arrêté, sans possibilité de libération sous caution.

Une grande lassitude s'empara soudain de Vere. Il avait l'habitude de cette fatigue intense qui s'abattait sur lui au terme d'une enquête. Mais cette fois-ci c'était pire. Peut-être parce que sa femme trépignait de joie là-haut, dans sa chambre, et que ses bonds faisaient vibrer le plafond.

Elle avait obtenu ce qu'elle voulait. Elle était libre désormais. Douglas sous les verrous, sa tante et elle n'avaient plus rien à redouter.

Il laisserait passer un peu de temps, attendrait la fin du procès sans doute, puis il demanderait l'annulation du mariage. Il n'avait pas perdu espoir de retrouver la paix de l'esprit. Oui, bientôt il serait délivré de cette petite rouée. Son visage et son sourire cesseraient de faire intrusion dans ses rêves. Et quand il aurait besoin de compagnie, il saurait où en trouver sans que cela interfère avec sa tranquillité. Les émotions que lady Vere faisait naître en lui étaient trop violentes. Il refusait d'être tenaillé par cette frustration incessante, ce désir irrépressible qu'elle suscitait. Il voulait que les choses redeviennent comme avant, quand il trouvait refuge dans la douceur de fantasmes apaisants qui amortissaient la dureté des réalités de sa vie.

Un peu comme Mme Douglas et son laudanum.

Il se servit deux doigts de whisky, vida son verre d'une seule traite.

À l'étage, sa femme bondissait toujours. Il l'imaginait, le visage sillonné de larmes mais radieuse, en proie à un bonheur et à un soulagement sans nom. Son cauchemar venait de prendre fin.

Le sien continuait.

— Permets-moi de te lire un passage de mon journal, une entrée datée du 12 avril 1884, dit Angelica, avant de s'éclaircir la voix : *Freddie et moi nous sommes installés sur la berge du ruisseau. J'ai lu, il a dessiné. Pendant ce temps, Penny s'est lancé dans une grande conversation avec le vicaire qui se promenait par là. Je crois qu'ils ont débattu du gnosticisme et du concile de Nicée.*

Elle releva la tête et murmura :

— Mon Dieu, tu te souviens comme Penny était érudit à l'époque ?

— Oui, je m'en souviens, acquiesça Freddie avec tristesse.

— Au moins est-il heureux en mariage aujourd'hui. Il semblerait que sa femme le considère comme la huitième merveille du monde.

— J'avoue que cela me fait chaud au cœur. J'aime cette façon qu'elle a de le regarder. Il est vrai qu'il y a des trésors de gentillesse en lui.

Angelica suivit du doigt le bord en cuir de la reliure de son journal.

— Mais ? fit-elle.

Il sourit. Elle le connaissait décidément trop bien.

— J'admets que je l'envie un peu. J'étais persuadé qu'il finirait vieux garçon, et je me disais qu'il me tiendrait compagnie.

— Je te tiendrai compagnie si tu veux. Ce sera comme au temps de notre jeunesse, sauf que nous aurons quelques dents en moins.

Ces paroles évoquèrent un souvenir à Freddie.

— Tu te rappelles la fois où j'ai cassé les lunettes de mon père par mégarde ?

— Quand j'ai dû voler celles de ma mère pour que tu puisses les mettre à la place ? Nous avons prié pour que personne ne s'aperçoive de la supercherie.

— Ma mère et Penny étaient partis je ne sais où, et j'étais mort de peur. Alors, pour que je pense à autre chose, tu m'as proposé d'arracher ta dent de lait branlante.

Angelica pouffa.

— Vraiment ? Je ne me souviens pas de ce détail.

— L'incisive poussait dessous, mais la dent de lait restait obstinément accrochée à ta gencive. Tout le monde voulait l'enlever d'un coup sec, mais tu poussais des cris d'orfraie dès qu'on t'approchait.

— Maintenant que tu m'en parles, cela me revient. Je dormais avec un foulard noué sur la bouche pour empêcher ma gouvernante de me l'arracher dans mon sommeil.

— C'était une telle marque de confiance de ta part que j'en ai oublié l'affaire des lunettes. Et j'ai eu l'incisive !

Angelica riait, pliée en deux.

— Attends, l'histoire ne s'arrête pas là ! poursuivit Freddie. Mon père a fait tomber les lunettes de ta mère et a marché dessus sans même se rendre compte qu'il y avait eu un échange. C'est l'une des rares fois, je crois, où ma maladresse n'a eu de répercussions sur personne. Seigneur, quel soulagement j'ai éprouvé !

— Ma foi, une chose est sûre : quand je serai une vieille bique décatie, il n'est pas question que je te laisse m'arracher les dents !

— Je le note. Mais je te remercie néanmoins de bien vouloir me tenir compagnie quand, de mon côté, je ne serai plus qu'un barbon sénile et tremblotant.

Il leva sa tasse de café dans un salut moqueur, et elle l'imita, les yeux pétillants de malice. Il songea tout à coup qu'il avait beaucoup de chance de la connaître depuis toujours. Parfois, on a tendance à prendre les meilleures choses de la vie comme allant de soi. Ainsi, avant l'accident, il ne mesurait pas à quel point il se reposait sur son frère. De même, il n'avait jamais réfléchi au rôle central qu'Angelica avait joué dans son existence, surtout durant ces années difficiles où son père était encore en vie – jusqu'à aujourd'hui, alors qu'il éprouvait des sentiments qui menaçaient de mettre en péril leur amitié même.

Angelica posa sa tasse de café et reprit son journal.

— Où en étions-nous ? Ah oui. *Finalement le vicaire nous a invités à prendre le thé au presbytère.*

— Nous nous trouvions à Lyndhurst Hall, c'est cela ? Sur l'invitation de la duchesse d'Easter ? Cela me revient maintenant.

— Écoute cela : *La charmante femme du vicaire nous a reçus fort gentiment, mais ce qui a retenu mon attention, c'est cet étrange tableau dans le salon du presbytère. Il représente un ange magnifique qui prend presque toute la place sur la toile, et qu'un homme contemple* d'un regard extatique. *L'œuvre s'intitule :* L'Adoration de l'ange. *Elle est signée de deux initiales : G.C. La femme du vicaire ignore qui en est l'auteur. Son mari et elle ont acheté cette toile chez Cipriani, à Londres.*

— Cipriani, le marchand d'art ? L'homme qui n'oublie jamais rien ? Quelle chance !

Angelica acquiesça et referma son journal.

— M. Cipriani a pris sa retraite, mais je lui ai fait porter un mot ce matin, précisa-t-elle. Qui sait, il nous invitera peut-être à lui rendre visite ?

— Angelica, tu es merveilleuse ! s'exclama Freddie dans un élan de sincérité.

— J'en suis consciente, répliqua-t-elle en se levant dans un bruissement de soie. Bien, j'ai rempli ma part de marché. À ton tour à présent.

Les paumes soudain moites, il se leva également. Il redoutait cet instant, tout en étant impatient de la voir de nouveau étendue sur la bergère, tel un festin royal devant un ascète astreint au jeûne.

Il avait travaillé sur son portrait, la tête farcie de pensées charnelles qui l'empêchaient d'analyser correctement couleurs, textures et composition. Quant à ses rêves, ils étaient devenus inavouables, en même temps que saisissants de précision, depuis qu'elle posait pour lui.

Il toussota, en vain, dut se racler la gorge avant de parvenir à répondre :

— Dans ce cas, montons dans mon atelier.

L'atelier était inondé de lumière – trop au goût d'Angelica qui préférait une luminosité plus douce. En peinture, elle aimait les teintes naturelles et chaleureuses.

Elle découvrit la présence d'un appareil photo, non pas le Kodak de Freddie, mais un engin bien plus élaboré fixé sur un trépied, avec soufflet de mise au point et drap noir. Il y avait également une lampe flash, un écran en voile d'étamine et plusieurs panneaux blancs réflecteurs de lumière, disposés sous divers angles.

— À quoi sert cet appareil ? s'enquit-elle après s'être dévêtue et allongée sur la méridienne.

— Ce doit être fastidieux pour toi de poser de longues heures – je sais que je travaille lentement. Mais si je te prends en photo, je pourrai continuer de peindre en ton absence, et t'éviter de frissonner de froid sur cette méridienne.

— Il ne fait pas froid, objecta-t-elle en jetant un regard au feu qui flambait dans la cheminée.

— Quand même.

— Mais les photos sont en noir et blanc !

— Sans doute, mais elles reproduisent fidèlement l'ombre et les contrastes. De toute façon, je connais parfaitement ta carnation, conclut-il avant de disparaître sous le drap noir.

La déception était rude. Angelica comptait sur ces séances de pose pour obliger Freddie à la considérer comme une femme, et pas seulement une amie d'enfance. Et elle pensait avoir plus ou moins réussi – dans la chambre noire, il l'avait regardée bizarrement, comme s'il était sur le point de l'embrasser. Mais s'il la photographiait, non seulement il n'aurait plus besoin qu'elle pose nue, mais elle n'aurait plus de raison de venir dans son atelier.

— Et si les clichés sont sous-exposés ? insista-t-elle. Ou surexposés ?

— Pardon ? fit la voix étouffée de Freddie sous le drap.

— Si les photos ne sont pas exploitables ?

Il émergea de derrière l'appareil photo.

— J'ai une douzaine de plaques. Sur le nombre, il y en aura quand même une ou deux de bonnes.

Il déclencha la lampe. L'amorce de magnésium mit quelques secondes à s'allumer. Une explosion sourde se produisit au moment où l'éclair blanchâtre illuminait la pièce. De nouveau, Freddie plongea sous le drap.

Quelques instants plus tard il refit son apparition pour modifier la hauteur du flash, déplacer l'écran d'étamine et ajuster l'inclinaison du panneau réflecteur placé au bout de la méridienne.

— Attention, je vais insérer la plaque, prévint-il. Prends la pose, s'il te plaît.

Le cœur d'Angelica battait la chamade. Elle était troublée par sa proximité et exaspérée par sa froideur. Cette tête de mule refusait de succomber à la tentation.

Lèvres entrouvertes, elle tourna la tête et fixa l'objectif.

Il était assez tard dans l'après-midi quand Elissande s'étonna enfin de la réaction étrange de sa tante.

Au cours de la matinée, submergée par l'allégresse, elle n'avait pas fait attention à son silence, qu'elle avait interprété comme une bienheureuse stupéfaction. Elle-même avait bondi de joie, incapable de tenir en place. Et elle avait pleuré jusqu'à se sentir allégée de plusieurs kilos.

De même elle n'avait pas été surprise quand sa tante avait réclamé son laudanum. Elle était encore très fragile, et la nouvelle avait été un choc. Elle aurait besoin de temps et de repos pour en mesurer toute la portée.

Lorsqu'elle s'était endormie, Elissande était restée assise à son chevet, à lui tenir la main, à lui caresser les cheveux. Elle remerciait Dieu que sa tante ait vécu suffisamment pour voir ce jour, et qu'elle ait encore de nombreuses années devant elle.

Elle s'était mise en quête de son mari, sans raison particulière sinon qu'elle avait envie d'être avec lui – après tout, il était ce qui se rapprochait le plus d'un allié. Et en ce jour triomphal, avec qui d'autre fêter dignement l'événement ?

On lui avait appris que lord Vere était sorti. Elle avait alors décidé de s'offrir un petit tour dans Londres. Elle s'était fait conduire au parc, où elle avait observé les jeunes gens qui circulaient à bicyclette, puis au magasin Harrods, dont elle avait arpenté tous les étages, et enfin à la grande librairie Hatchards, où elle s'était attardée un long moment.

Elle était également passée chez Needham pour lui demander l'adresse d'un spécialiste capable de traiter la dépendance aux opiacés. Il s'était avéré que Needham s'estimait suffisamment expert en la matière pour l'aider.

— Il dit que cela se passera en douceur, rapporta-t-elle à sa tante, de retour à la maison. Chaque jour vous prendrez la même dose du même tonique, mais la teneur en laudanum sera baissée graduellement. Votre corps s'adaptera aisément, et bientôt vous n'aurez plus besoin de cette substance. Quand je pense à toutes ces souffrances que mon oncle vous a fait endurer, alors qu'il suffisait de... Mais peu importe, ne songeons plus à lui !

Tante Rachel ne répondit pas. Elle frissonna, comme si elle avait froid, et Elissande se hâta d'aller chercher une couverture qu'elle drapa sur ses épaules. Mais sa tante continua de frissonner

— Qu'y a-t-il ? voulut savoir la jeune femme.

— Je... je me sens mal à la pensée qu'il a assassiné ce malheureux, ce M. Delaney. Et je me demande combien d'autres ont subi le même sort.

— Seigneur ! s'exclama Elissande. Vous ne trouvez pas qu'un seul meurtre est suffisamment horrible ?

Sa tante tripotait nerveusement le bord de la couverture. Et soudain, sans raison apparente, Elissande sentit sa jubilation retomber d'un coup.

— Y a-t-il quelque chose que je devrais savoir ? demanda-t-elle, tout en priant pour que ce ne soit pas le cas.

— Non. Bien sûr que non, ma chérie. Tu me parlais de ce médecin qui fait des miracles et qui va me guérir. Je t'en prie, continue.

Elissande considéra sa tante un instant, puis sourit bravement.

— Il passera demain. Vous verrez, il est très gentil.

Tante Rachel lui cachait quelque chose. Mais, quoi que ce soit, elle n'avait pas envie de savoir ce que c'était.

16

L'une des premières choses que Vere avait faites à sa majorité avait été de vendre la propriété familiale à la campagne, qui était pourtant, en théorie, frappée d'incessibilité puisqu'elle faisait partie du marquisat.

De fait, cette vente avait déclenché un tollé parmi la haute société. D'un autre côté, le monde était en train de changer. Les aristocrates anglais étaient de plus en plus nombreux à traîner comme des boulets ces vastes domaines agricoles au piètre rendement, qui coûtaient une fortune à entretenir.

Vere ne voulait pas de cette vie-là. Il refusait que son destin et ses choix personnels soient tributaires d'un tas de pierres, quel qu'ait été son glorieux passé historique. Et il ne voulait pas non plus transmettre ce fardeau à Freddie ou aux héritiers de celui-ci, puisqu'il semblait acquis que lui-même ne se remarierait jamais.

Il possédait néanmoins une autre propriété à la campagne. Il avait toujours aimé se promener le long de la côte du canal de Bristol, et, au printemps 1894, avait entrepris une randonnée de deux semaines du côté de la baie de Lyme. Le dernier jour, de retour d'une excursion dans les terres au cours de laquelle il avait visité les ruines du château de Berry Pomeroy, il était tombé sur une modeste demeure agrémentée d'un extraordinaire jardin foisonnant de roses : Pierce House.

Il avait contemplé la propriété avec envie, sentiment qu'il n'avait encore jamais éprouvé pour une maison – celle-ci, en l'occurrence, avait des murs blancs, et un jardin aussi parfumé et charmant qu'un souvenir envolé depuis longtemps.

De retour à Londres, il avait demandé à son notaire de se renseigner pour savoir si la propriété était à vendre. Elle l'était, et il l'avait achetée dans la foulée.

Le jour où il emmena sa femme à Pierce House, elle demeura un long moment devant la façade, à contempler le jardin aussi fleuri qu'à l'ordinaire, même si la saison des roses n'était plus à son apogée.

— Quel endroit magnifique, commenta-t-elle. Si tranquille et…

— Et quoi ?

— Ordinaire. Et dans ma bouche, c'est le plus beau des compliments.

Il comprenait ce qu'elle voulait dire. Bien sûr. C'est pour cette même raison que la propriété l'avait d'emblée fasciné. Le jardin et la maison incarnaient cette normalité paisible à laquelle il avait aspiré toute sa vie.

Mais il ne tenait pas à avoir des points communs avec elle.

Il savait gérer la vie qu'il s'était choisie. Il avait la compagne idéale, celle qui ne le ferait jamais souffrir, ne le mettrait jamais en colère, ne le décevrait jamais. Il ignorait comment faire face aux embûches possibles d'une existence différente.

— Eh bien, profitez-en, dit-il simplement. Vous êtes ici chez vous.

« Jusqu'à nouvel ordre », ajouta-t-il à part soi.

Elissande trouvait le Devonshire superbe et son climat plus agréable que tout ce qu'elle avait connu jusqu'à présent. La mer, qui du temps de son incarcération domestique l'avait toujours fascinée, lui était un enchantement, même si elle ne la contemplait pas du haut des falaises de Capri, mais des collines qui bordaient ces côtes connues sous le nom de Riviera anglaise.

Il est vrai qu'elle se serait même extasiée devant un vulgaire caillou au milieu du désert tant sa liberté nouvelle la grisait et décuplait la moindre sensation.

Parfois, sur un coup de tête, elle demandait qu'on la conduise au village le plus proche. D'autres fois, elle se levait tôt et marchait jusqu'à la grève pour rapporter un coquillage ou un morceau de bois flotté à sa tante. D'autres fois encore, elle emportait une pile de trente livres dans sa chambre, sachant que personne ne viendrait les lui reprendre.

Après l'état de transe dans lequel l'avait plongée la nouvelle de l'arrestation d'Edmund Douglas, tante Rachel semblait revivre. Sa consommation de laudanum avait été réduite d'un quart. Si elle avait encore un appétit d'oiseau, les choses s'amélioraient aussi de ce côté-là. Et quand Elissande l'emmena en visite surprise à Dartmouth, elle ouvrit des yeux émerveillés de petite fille, comme si elle découvrait un univers dont elle n'avait jamais soupçonné l'existence.

En bref, elles étaient plus heureuses qu'elles ne l'avaient jamais été au cours de la jeune vie d'Elissande.

Si seulement son mari avait partagé leur félicité !

Il était comme à l'ordinaire, gai, loquace, benêt. Elle restait confondue par les interminables dissertations dont il continuait de la régaler chaque soir, lors de leurs dîners en tête à tête. Ses propos étaient toujours aussi farfelus et ineptes. Elle-même s'était risquée à ce jeu-là à quelques reprises, et elle s'était rendu compte qu'un tel talent n'allait pas de soi, qu'il fallait en fait une totale maîtrise de son sujet doublée d'une ahurissante vivacité d'esprit pour dispenser de telles idioties à la juste dose, sans tomber dans une absurde caricature.

Pour sa troisième tentative, elle choisit l'art des confitures, sur lequel elle s'était longuement documentée l'après-midi même, puisque la saison des fruits était là et que le verger de Pierce House regorgeait de pommes et de poires. Son imitation de ses longs monologues insipides dut être plutôt correcte car, à la fin de son laïus, elle le surprit à détourner la tête pour dissimuler un sourire.

Son cœur fit un bond dans sa poitrine.

Cette exception mise à part, il ne déviait jamais de son rôle. On ne le voyait guère à la maison, hormis à l'heure du dîner. Chaque fois qu'elle demandait à un domestique où il se trouvait, on lui répondait invariablement : « Milord est sorti, milady. »

C'était apparemment normal. Selon Mme Dilwyn, le marquis était capable de parcourir cinq à six lieues à pied dans la journée.

Six lieues de solitude.

Une solitude qu'Elissande avait perçue dans son regard la dernière fois qu'ils avaient fait l'amour, et qui ne cessait de la hanter.

Elle ne s'attendait absolument pas à le croiser lors de sa promenade.

Elle n'était pas aussi bonne marcheuse que lui. Souvent, elle poussait jusqu'à la vallée de la Dart, ce qui faisait un peu moins d'une lieue, puis elle s'accordait un temps de repos avant de rebrousser chemin.

Jadis, elle était capable de parcourir presque trois lieues d'affilée sans effort, mais des années d'inactivité physique avaient mis à mal son endurance. Il lui faudrait plusieurs mois d'entraînement régulier avant qu'elle puisse l'accompagner dans les alentours vallonnés de Pierce House.

Car tel était son but : marcher à ses côtés. Ils n'auraient pas besoin de parler beaucoup. Elle savourerait sa proximité, tout simplement. Et, qui sait, avec le temps, peut-être en viendrait-il à apprécier sa compagnie ?

Le souffle court, elle venait de s'immobiliser au sommet de la crête qui surplombait la vallée lorsque son cœur s'emballa : à mi-chemin sur le versant qui descendait vers la Dart, il était là, une main tenant son chapeau, l'autre enfoncée dans sa poche, aisément reconnaissable à sa haute taille et à ses larges épaules.

Comme si elle pistait un étalon arabe farouche, susceptible de se cabrer et de détaler à tout instant, elle descendit la pente à pas prudents. Hélas, il se retourna trop tôt et la repéra alors qu'elle se trouvait encore à une vingtaine de mètres de distance.

Elle s'immobilisa. Il la fixa un moment, puis se tourna vers la rivière.

Il ne l'avait pas saluée. Mais il n'avait pas non plus fait semblant de perdre l'équilibre ou de lâcher son chapeau.

Le cœur gonflé d'une étrange tendresse, elle se dépêcha de le rejoindre.

— Longue promenade ? s'enquit-elle en parvenant à sa hauteur.

— Mmm, marmonna-t-il.

Un nuage avala le soleil. Une brise fraîche se leva, ébouriffant ses cheveux dont les pointes s'étaient éclaircies depuis qu'il s'adonnait à ces grandes balades quotidiennes.

— Vous n'êtes pas fatigué ?
— J'ai l'habitude.
— Vous marchez toujours seul ?

Il répondit d'une vague grimace. Elle s'avisa soudain qu'il semblait épuisé. Ses traits tirés accusaient une immense lassitude, non seulement physique mais aussi morale – le genre de fatigue dont une bonne nuit de sommeil ne vient pas à bout.

— Vous... vous n'avez jamais envie de compagnie ? hasarda-t-elle encore.

— Non.

— Je vois, murmura-t-elle.

Le silence retomba. Il parut s'absorber dans la contemplation du panorama, tandis qu'elle-même se mettait à fixer les coudières en cuir de sa veste de tweed. Elle avait une folle envie de les toucher, ces coudières, de sentir sous ses doigts la chaleur rugueuse de la laine et la douceur du cuir lisse.

— Bon, je m'en vais, déclara-t-il de façon abrupte.

Spontanément, elle posa la main sur sa manche.

— Ne tardez pas trop. Il risque de pleuvoir.

Il lui jeta un regard dur, avant de baisser les yeux sur sa main qu'elle retira vivement.

— Je voulais juste toucher le cuir, prétendit-elle.

Il remit son chapeau, la salua d'un bref hochement de tête et s'en alla sans un mot de plus.

Il ne plut pas, mais pour la première fois depuis leur arrivée dans le Devon lord Vere ne rentra pas dîner.

Tard cette nuit-là, Elissande se rendit compte qu'il avait réintégré sa chambre. Elle avait guetté son retour, mais n'avait pas entendu le moindre bruit de pas dans le couloir – pour un homme de ce gabarit, il se déplaçait de manière étonnamment silencieuse. Elle devina qu'il était rentré en voyant un rai de lumière sous la porte de communication entre leurs deux chambres.

Elle alla frapper, et ouvrit sans attendre. Il était en chemise, les pans déjà sortis de son pantalon.

— Milady, la salua-t-il en jetant son col sur la commode.

Elissande demeura sur le seuil.

— Avez-vous mangé quelque chose, milord ?

— Je me suis arrêté dans une taverne.

— Vous m'avez manqué au dîner.

Il lui jeta un regard acéré, puis entreprit de vérifier le contenu des poches de sa veste de tweed abandonnée sur le dossier d'une chaise.

— Pourquoi faites-vous cela ? s'enquit-elle.

— Pourquoi je fais quoi ?

— Je souriais parce que mon oncle l'exigeait. Pourquoi vous évertuez-vous à passer pour un demeuré aux yeux de votre entourage ?

— Je ne vois pas de quoi vous voulez parler.

Elle soupira. Elle avait beau savoir qu'il ne lui répondrait pas, elle n'en fut pas moins déçue.

— Quand Needham est venu soigner ma tante, je lui ai parlé de votre accident de cheval. Il m'a dit qu'il était sur place à l'époque et que c'est lui qui vous avait soigné.

— Vous voyez, répliqua-t-il, il ne s'agit pas uniquement de ma parole.

Sauf que c'était aussi Needham qu'il avait réclamé quand il était rentré blessé, l'autre soir, et avait voulu se faire soigner en toute discrétion. À ce jour, aucun domestique ne soupçonnait que le marquis avait été agressé par un cocher de fiacre. Et les pansements sales avaient mystérieusement disparu.

— Comment va votre bras, à propos ?

— Très bien, merci.

Il traversa la pièce pour aller ouvrir la fenêtre et alluma une cigarette.

— Mon oncle ne fumait jamais. Nous avions un fumoir à la maison, pourtant il ne fumait jamais.

— Il aurait peut-être dû, rétorqua-t-il en tirant une longue bouffée.

— Vous ne parlez jamais de votre famille.

Et elle n'avait pas osé questionner Mme Dilwyn à ce sujet. La gouvernante se serait étonnée qu'elle en sache si peu sur son propre mari. De fait, elle ne connaissait quasiment rien de cet homme, sinon que son cerveau fonctionnait parfaitement.

— Freddie est ma seule famille. Vous le connaissez déjà.

Peu à peu, l'air de la chambre s'imprégnait de l'odeur de cigarette.

— Et vos parents ?

— Ils sont morts il y a longtemps.

— Vous êtes devenu marquis à seize ans, suite au décès de votre père, j'imagine, mais qu'en est-il de votre mère ?

— Elle est morte quand j'avais huit ans. Vous avez d'autres questions ? Il est tard et je dois me lever tôt pour aller à Londres demain.

La main d'Elissande se crispa sur l'encadrement de la porte. Oui, elle avait une autre question.

— Vous ne voulez pas coucher avec moi ?

— Non, désolé. Je suis trop fatigué.

— La dernière fois vous étiez ivre, et en plus vous étiez blessé, lui rappela-t-elle.

— Les hommes se comportent souvent de façon stupide quand ils ont trop bu.

Il jeta son mégot par la fenêtre, se dirigea vers la porte de communication. D'un geste calme mais ferme, il la referma au nez d'Elissande.

Angelica avait relu trois fois le message de Freddie.

Il l'invitait à venir voir le portrait achevé. *Achevé*. Freddie étant un peintre lent et méticuleux, elle s'était attendue qu'il travaille encore un bon mois.

À son arrivée, il l'accueillit avec son sourire habituel, en lui serrant brièvement les mains. Elle le devina toutefois tendu. Ou était-ce elle qui était nerveuse ?

— Comment vas-tu, Angelica ? s'enquit-il alors qu'ils gravissaient l'escalier pour rejoindre l'atelier.

Ils ne s'étaient pas revus depuis la dernière séance de pose durant laquelle il l'avait photographiée. Il ne s'était pas manifesté depuis, aussi avait-elle décidé de faire la morte. Elle ne lui avait fait que trop d'avances dont il n'avait pas voulu profiter.

— Très bien, répondit-elle. Cipriani m'a écrit. Nous sommes invités à lui rendre visite mercredi ou vendredi après-midi. Il nous recevra volontiers.

— Nous pourrions y aller demain. C'est mercredi, non ?

— Non, Freddie, c'est aujourd'hui mercredi.

— Ah, vraiment ? J'ai travaillé jour et nuit comme une brute, j'ai perdu la notion du temps.

Jour et nuit ? Cela aussi c'était nouveau. Mais Angelica ne fit pas de commentaire.

— J'ignorais que tu pouvais travailler aussi vite.

Il s'arrêta deux marches plus haut, se tourna vers elle.

— C'est peut-être parce que je n'ai jamais été aussi inspiré, répondit-il d'un ton neutre, comme s'ils n'étaient pas en train d'évoquer sa nudité.

— Ah. Alors, j'ai vraiment hâte de voir le résultat.

Un grand drap blanc recouvrait le portrait sur son chevalet. Freddie inspira un grand coup, puis l'arracha d'un geste ample.

Angelica laissa échapper un cri de surprise.

C'était une déesse qui était représentée là, avec sa chevelure sombre et lustrée aux reflets de bronze, sa peau dorée et ses courbes pulpeuses d'hétaïre. Mais si belle soit-elle, ce fut surtout son expression qui retint l'attention d'Angelica. Lèvres entrouvertes, elle semblait fixer l'observateur d'un regard brûlant d'un désir impossible à réprimer.

Était-ce ainsi qu'elle était apparue à Freddie ?

Elle lui glissa un coup d'œil incertain. Il étudiait le plancher d'un air concentré. Elle voulut examiner le tableau, mais se découvrit incapable de soutenir son propre regard.

— Alors, qu'en penses-tu ? risqua-t-il.
— C'est... plutôt inhabituel.

L'exécution n'était pas aussi précise qu'à l'ordinaire, les coups de pinceau plus grossiers, mais il y avait une telle intensité dans cette œuvre, une telle charge sexuelle que, s'il la questionnait davantage, elle serait obligée d'admettre que ce style brut reflétait bien la passion insatisfaite qu'on lisait sur les traits du modèle.

— Tu n'aimes pas ? demanda-t-il en remettant le drap en place.
— Je ressemble vraiment à cela ?
— Pour moi, oui.
— Tu pourrais peut-être revoir le visage, le détourner un peu.
— Pourquoi ?
— Parce qu'on dirait que je... que je...
— Que tu meurs d'envie que je te fasse l'amour ?

Une bouffée de joie mêlée de peur submergea Angelica. Ils se dévisagèrent. La seconde d'après, elle était dans ses bras, et il s'emparait de sa bouche en un baiser à la fois doux et fiévreux.

C'était exactement comme elle l'avait imaginé, et plus encore.

Ils tombèrent sur la méridienne qui, fort commodément, se trouvait toujours là. Freddie lui ôta son chapeau. Elle lui dénoua sa cravate.

— Une seconde, chuchota-t-il contre ses lèvres. Le temps de donner un tour de clé.

Il se releva à la hâte, mais n'eut pas le temps d'atteindre la porte que celle-ci s'ouvrait, livrant passage à Penny.

— Salut, Freddie. Oh, bonjour, Angelica ! Les deux personnes que je préfère dans la même pièce, tant mieux. Freddie, ta cravate est défaite.

Celui-ci demeura muet de saisissement tandis que son frère entreprenait de renouer sa cravate.

— Que se passe-t-il, Angelica ? Tu as dû t'étendre ? Tu ne te sens pas mal, au moins ? Veux-tu que j'aille chercher un flacon de sels ?

Angelica s'assit sur la méridienne, le dos rigide.

— Non, non. Inutile, Penny, ça va beaucoup mieux.

— Oh, mais regarde, ton chapeau est tombé par terre ! se désola Penny qui se baissa pour le ramasser et le lui tendre.

— Mon Dieu, je me demande comment c'est arrivé !

Penny lui adressa un clin d'œil.

— Vous avez de la chance que je ne sois pas une vieille commère prête à voir le mal partout ! Si c'était lady Avery qui était entrée dans cet atelier à ma place, vous seriez déjà en route pour l'église ! Elle m'a fait le coup.

Le visage écarlate, Freddie se racla la gorge et demanda :

— Et qu'est-ce... qu'est-ce qui t'amène à Londres, Penny ?

— Oh, les choses habituelles ! Je me suis souvenu que j'avais encore la clé de chez toi, alors je suis passé te dire bonjour.

— Je suis toujours content de te voir, tu sais, affirma Freddie en étreignant son frère, non sans retard. J'ai à peine quitté mon atelier ces derniers temps, mais ce matin ma gouvernante m'a rapporté de vilaines rumeurs. Il paraît que l'oncle de ta femme a été arrêté, qu'il a commis un crime odieux. Je t'ai écrit à ce propos, et la lettre est déjà partie. Est-ce vrai, Penny ?

— Oui, je le crains.

— Et comment lady Vere et sa tante prennent-elles la chose ?

— Aussi bien que possible, je suppose. En ces temps difficiles, je suis un peu leur chevalier blanc, vois-tu. Mais dans la mesure où nous ne pouvons rien faire ni les uns ni les autres, autant parler de choses plus gaies.

Le regard de Penny balaya l'atelier et s'arrêta sur le tableau recouvert d'un drap. Le cœur d'Angelica fit un triple saut dans sa poitrine.

— Tu as beaucoup travaillé, dis-tu ? S'agit-il de cette commande que tu as acceptée au moment de mon mariage ?

— Oui, mais je n'ai pas encore terminé.

Penny se dirigea vers le chevalet.

— Penny ! cria Angelica.

Il s'immobilisa, et pivota vers la jeune femme.

— Oui ?

— Freddie et moi étions sur le point d'aller rendre visite à ce vieux marchand d'art, le *signor* Cipriani. Veux-tu nous accompagner ?

— Oui, c'est une bonne idée. Viens avec nous, renchérit Freddie avec un enthousiasme forcé.

— Qu'allez-vous faire là-bas ?

— Tu te souviens de ce tableau que j'ai photographié à Highgate Court ? Eh bien, Angelica m'aide à en retracer la provenance. L'auteur a apparemment vendu certaines de ses œuvres par l'entremise de M. Cipriani, et celui-ci est connu pour avoir une mémoire d'éléphant.

Penny afficha un air stupéfait.

— Il y avait un tableau à Highgate Court ? fit-il, avant d'enchaîner : Je viendrai volontiers avec vous. J'adore rencontrer des gens intéressants.

Angelica et Freddie le poussèrent hors de l'atelier. La jeune femme était immensément soulagée. Seigneur, elle n'aurait plus osé se regarder dans un miroir si Penny avait vu son portrait !

Celui-ci descendit l'escalier le premier. Freddie attendit quelques secondes, puis attira Angelica dans un coin du palier pour l'embrasser brièvement.

— J'ai donné leur congé aux domestiques pour l'après-midi. Tu viens chez moi tout à l'heure ? demanda-t-elle dans un chuchotement.

— Compte sur moi !

Dans l'attente de son procès, prévu cinq jours plus tard, Douglas n'avait pas desserré les dents. Cependant l'enquête progressait.

Se fondant sur les informations tirées du dossier décodé, lady Kingsley était remontée jusqu'à un coffre-fort qui contenait un gros paquet de lettres destinées à un certain M. Frampton. Elles émanaient toutes de diamantaires qui avaient accepté de recevoir Frampton pour voir ses diamants de synthèse.

— Vous voyez ! s'était exclamée lady Kingsley lors de leur réunion du matin. Voilà pourquoi il leur extorquait de l'argent. Au début, il a peut-être simplement cherché à les rencontrer pour vérifier si les diamants artificiels pouvaient passer pour des vrais aux yeux des experts. Puis il aura eu l'idée de faire chanter les diamantaires qui ont eu l'imprudence de lui répondre par écrit et ont accepé de le recevoir. Il a menacé de raconter partout qu'ils avaient l'intention de vendre des faux diamants pour des vrais, ce qui était peut-être le cas pour certains d'entre eux.

De l'avis de Vere, la pièce la plus importante du puzzle manquait encore, car ils ignoraient toujours la véritable identité de l'homme qui se faisait passer pour Edmund Douglas.

Avant que Freddie et Angelica évoquent leur petite enquête personnelle, il n'avait pas songé à s'intéresser aux tableaux. Après coup, il fut tenté de se gifler pour avoir négligé une piste aussi évidente et importante.

Parfois la chance servait mieux que le talent.

Âgé de soixante-quinze ans, Cipriani vivait dans un grand appartement de Kensington. Vere s'attendait à trouver l'endroit encombré d'œuvres d'art, mais le vieux marchand avait été impitoyable avec sa propre collection : dans le salon où il les reçut, il y avait juste un Greuze et un Bruegel.

Les mains jointes, Cipriani écouta attentivement Angelica décrire l'œuvre qu'ils avaient vue chez le vicaire – Vere, quant à lui, ne l'avait pas remarquée.

— Je m'en souviens parfaitement, répondit leur hôte. J'ai acheté ce tableau à un jeune homme, au printemps 1870.

Vingt-sept ans plus tôt, donc.

— En était-il l'auteur ? s'enquit Angelica.

— Il prétendait qu'on lui en avait fait cadeau, mais à en juger par sa nervosité quand j'ai estimé la toile, je suis quasi certain que c'est lui qui l'avait peinte. Et puis, comme par hasard, les initiales de la signature correspondaient aux siennes.

Vere s'efforça d'afficher une expression bovine pour ne pas trahir l'excitation qui s'était emparée de lui. Et il se mit à prier pour que Freddie et Angelica posent maintenant les bonnes questions.

— Comment s'appelait-il ? voulut savoir son frère.

— George Carruthers.

— George Carruthers, répéta Freddie. C'est peut-être un pseudonyme, mais en tout cas c'est un début.

— Avez-vous eu l'occasion de le croiser, ou de revoir d'autres tableaux depuis ? s'enquit Angelica.

— Non, et c'est dommage, car il avait beaucoup de talent. Avec de bons conseils et du travail, il aurait pu faire de très bonnes choses.

Le sujet étant épuisé, les propos dévièrent sur les dernières tendances artistiques. Vere se garda de prendre part à la conversation, mais les regards brûlants qu'échangeaient Freddie et Angelica ne lui échappèrent pas. Il sourit intérieurement. Il avait toujours souhaité de tout cœur que son frère trouve le bonheur, pour Freddie, mais aussi pour lui-même, parce que cela lui permettrait de vivre par procuration les joies de la vie à deux. Il s'était fait à l'idée qu'il n'y avait pas de place dans sa propre existence pour un bonheur conjugal ordinaire.

Il se remémora la façon dont sa femme l'avait regardé la veille, près des rives de la Dart. Comme si une foule de possibilités s'offraient à eux.

Mais sa décision était déjà prise. Il était temps qu'elle comprenne.

Lorsqu'ils se levèrent, leur visite terminée, Vere se rappela qu'une question n'avait pas été posée.

— Ce M. Carruthers a-t-il dit pourquoi il souhaitait vendre ce tableau ? demanda-t-il.

— Oui, répondit Cipriani. Il avait besoin d'argent pour monter une entreprise en Afrique du Sud.

17

Le lit était tendu de soie écarlate. Dans ce décor somptueux, Angelica s'étira avec une délicieuse impudeur. Freddie fut tenté de détourner les yeux, mais il en fut incapable. Tendant la main, il caressa le renflement d'un sein.

— Mmm, c'était magnifique, ronronna-t-elle.

Il ne put s'empêcher de rougir, se pencha pour l'embrasser.

— Tout le plaisir était pour moi.

Et quel plaisir !

— Puis-je te faire un aveu ? reprit-il.

— D'ordinaire tu n'es pas porté à la confession. Je suis tout ouïe, assura-t-elle.

Un peu embarrassé quand même, il toussota.

— Je n'étais pas si intéressé que cela par la provenance du tableau à l'ange.

— Vraiment ? fit-elle, stupéfaite.

— Ma plus vieille amie me demande de la peindre nue. Je suis très tenté, mais je n'ose pas dire oui. Alors je lui demande un service en échange pour ne pas avoir l'air de me précipiter sur mes pinceaux.

Elle se redressa abruptement, tenant le drap de soie écarlate contre ses seins.

— Freddie ! Je n'aurais jamais imaginé que tu étais si retors.

— Je ne le suis pas – d'ordinaire, en tout cas –, se défendit-il. C'est juste que je ne voulais pas être trop transparent.

Elle le frappa sur le bras.

— Rassure-toi, tu étais tout à fait opaque ! Je commençais à désespérer de jamais me faire comprendre.

— Tu aurais pu me parler, tout simplement.

— Si j'en avais été capable, je l'aurais fait il y a dix ans. Mais c'est sans doute mieux ainsi, parce qu'à l'époque tu n'étais guère impressionné par mes attributs féminins.

— Faux. C'est plutôt que je n'y pensais pas. Tu étais – et tu restes – ma plus vieille amie. Tu n'avais pas besoin de seins et de fesses pour compter à mes yeux.

— Quel adorable compliment ! Je ne sais toutefois si mes seins et mes fesses apprécieront.

Il sourit et elle se blottit contre lui.

— Il ne t'arrivait pas de me trouver trop critique avec toi ? J'avais toujours un avis sur ce que tu faisais. Cela a dû t'énerver plus d'une fois, j'imagine.

— Non, jamais. Mon père aussi était très critique. Il prenait plaisir à me rabaisser, d'autant que je ne savais pas me rebiffer comme Penny. Tandis que tes remarques étaient toujours dictées par l'intérêt que tu me portais. Et si je n'étais pas d'accord avec toi, cela ne menaçait pas notre amitié. J'étais libre de suivre ou pas tes conseils.

— Tant mieux.

Remarquant son hésitation, elle ajouta :

— Tu as autre chose à me dire, n'est-ce pas ? Continue, je t'en prie.

Il ne pouvait décidément rien lui cacher.

— C'est juste qu'à une certaine époque, j'ai trouvé que tu nourrissais de trop grandes ambitions pour moi. Tu me conseillais de peindre plus vite, davantage de tableaux, et de les exposer à tout prix.

— Ah, oui ! En fait, c'est parce que j'étais très jalouse de lady Tremaine. J'essayais de te démontrer qu'elle était bien incapable de discerner un rose fuchsia d'un rose cuisse de nymphe émue, alors que j'étais aussi experte en art qu'en mondanités.

Il avait été aveugle. Jamais il ne lui était venu à l'esprit que, si Angelica l'avait tant poussé, c'était tout simplement parce qu'elle l'aimait en secret.

Il écarta doucement une mèche de son front, et y décela des reflets auburn qui ne figuraient pas dans son portrait d'elle.

— Quand elle a rompu avec moi, lady Tremaine a cherché à me pousser dans tes bras. Mais quand tu es venue me réconforter, je n'ai rien trouvé de mieux à faire que de t'envoyer promener.

— Je ne te le reproche pas. Je me suis montrée très maladroite.

— Quand tu as épousé ce Canaletto sur un coup de tête, je n'ai pu m'empêcher de me demander si ma réaction ce jour-là n'y était pas pour quelque chose. Je veux que tu saches que j'ai toujours regretté d'avoir été aussi abrupt.

Elle secoua la tête.

— Ce n'est pas ta faute si ma déception m'a poussée à réagir stupidement. En fait, je m'étais promis dernièrement qu'au cas où tu me repousserais encore une fois, je ne me vengerais pas en faisant quelque chose de stupide – comme par exemple coucher avec Penny –, histoire d'apaiser mon orgueil blessé.

— Ce serait un choc pour Penny. Il te considère comme sa sœur !

Elle pouffa.

— Ce serait aussi un choc pour moi !

Tendant le bras, elle fit pivoter dans leur direction le petit cadre posé sur la table de chevet. Il s'agissait d'une étude au crayon de son visage que Freddie avait exécutée des années auparavant et lui avait offerte. L'esthète en elle aurait trouvé de nombreux défauts à ce dessin, tant du point de vue de la technique que de la composition, sans sa sincérité d'exécution.

Freddie lui caressa doucement la joue.

— Je suis heureux que tu sois rentrée en Angleterre, dit-il avec une infinie tendresse.

— Moi aussi, murmura-t-elle en le regardant droit dans les yeux. Moi aussi.

Il était très tard, mais son mari n'était toujours pas rentré de Londres.

Étendue dans l'obscurité, Elissande fixait le plafond qu'elle ne voyait pas et se remémorait la première fois qu'elle avait posé les yeux sur lui. Elle se rappelait chaque détail : le chapeau mou, le gilet bleu qu'on apercevait sous sa veste tabac, l'éclat du soleil qui se reflétait sur ses boutons de manchettes, et surtout ce sourire complice et affectueux qu'il avait échangé avec son frère.

Si seulement ils s'étaient rencontrés une semaine plus tard ! Son oncle en prison, elle n'aurait pas eu besoin de piéger qui que ce soit. Comme les choses auraient été différentes alors.

Mais elle l'avait bel et bien piégé. Et il ne supportait pas sa vue. Et s'il refusait de lui adresser la parole – ou de lui faire l'amour –, alors ce mariage ne serait jamais que l'union de deux étrangers.

La porte de communication grinça légèrement comme on l'ouvrait. Il était rentré et se tenait sur le seuil. Il n'avait qu'un pas à faire pour entrer chez elle.

Une vague d'excitation proche de la panique l'envahit. Son cœur se mit à battre au rythme endiablé d'un piston à vapeur. Elle se mordit la lèvre inférieure pour s'empêcher de respirer trop bruyamment.

Elle ne devait pas bouger, afin de lui faire croire qu'elle dormait profondément. Il serait peut-être plus enclin à l'approcher. À la toucher. Et de là, à lui pardonner. Peut-être. Un jour.

Elle s'efforça de le persuader, par la seule force de sa volonté, de venir à elle, d'oublier entre ses bras sa solitude et sa lassitude.

Mais la porte se referma sans qu'il ait seulement tenté de la rejoindre.

La haute horloge sonna trois coups qui se répercutèrent dans la maison silencieuse.

3 heures du matin. Encore.

Il courait. Cet obscur couloir n'en finissait pas. Quelque chose lui heurta le mollet. Il trébucha en poussant un cri de douleur. Mais il devait continuer de courir. Il devait trouver sa mère, la prévenir qu'elle courait un danger mortel.

Le hall, enfin. À l'autre bout, à une distance qui paraissait olympique, se trouvait l'escalier qui allait causer sa perte. Il y était presque. Cette fois il la sauverait, il ne la laisserait pas basculer...

Il dégringola de nouveau, se meurtrit les genoux. Se redressa, titubant.

Lorsqu'il atteignit le bas des marches, elle était déjà là, une flaque de sang sous la tête du même rouge sombre que sa robe et les rubis qui scintillaient sur sa poitrine.

Il hurla de rage et de chagrin. Pourquoi ne parvenait-il jamais à la sauver ? Pourquoi n'arrivait-il jamais à temps ?

Quelqu'un l'appelait. Le secouait par l'épaule. Ce ne pouvait être que la personne responsable de la mort de sa mère. Il se saisit d'elle, la jeta à terre...

— Penny ! Penny, est-ce que ça va ?

Non, cela n'allait pas. Et cela n'irait plus jamais.

— Penny, arrêtez. Arrêtez ! Vous me faites mal.

Il avait très envie de blesser quelqu'un.

— Penny, je vous en prie !

Il ouvrit brusquement les yeux. Il haletait comme s'il avait les chiens de l'enfer aux trousses. Ainsi que dans son rêve, la chambre était plongée dans l'obscurité. Il laissa échapper un cri étranglé.

— C'est fini, murmura la personne qui était dans le lit à ses côtés. Ce n'était qu'un cauchemar.

Elle était douce, tiède, sentait le miel et la rose. Elle lui caressait le front, les cheveux.

— Ce n'était qu'un cauchemar, répéta-t-elle. N'ayez pas peur.

C'était absurde. Il n'avait peur de rien.

Elle l'embrassa sur la joue.

— Je suis là. Tout va bien. Je vous protège.

Carrément grotesque. Il était grand, fort, intelligent. Il n'avait nul besoin qu'on le protège de quelque chose d'aussi inconsistant qu'un rêve.

Elle le prit dans ses bras.

— Moi aussi, je fais des cauchemars. Parfois je rêve que je suis Prométhée enchaîné à son rocher. Ensuite, bien sûr, je n'arrive pas à me rendormir, alors je pense à Capri, parce que c'est loin et beau.

Elle avait une voix exquise, mélodieuse. Il ne s'en était pas rendu compte auparavant. Mais là, dans le noir, il la trouvait aussi cristalline et rafraîchissante qu'une source d'eau dans le désert.

— J'imagine que je vis sur Capri, chuchota-t-elle. Là-bas j'ai mon propre bateau. Quand il fait beau, que le vent souffle, je vogue sur la mer, je dors au soleil, et ma peau devient aussi basanée que celle des pêcheurs. Quand la tempête se lève, je grimpe au sommet de la falaise et je contemple les flots déchaînés en sachant que la colère de la nature isole l'île et me protège.

La respiration de Vere s'était calmée. Il savait ce qu'elle était en train de faire. Après le décès brutal de leur mère, il avait fait la même chose avec Freddie. Un bras passé autour de ses épaules, il lui parlait soir après soir de la pêche à la truite ou de la chasse aux libellules, jusqu'à ce qu'il se rendorme.

Mais il n'avait jamais permis à personne de se comporter ainsi avec lui.

— Je savais que c'était complètement utopique, bien sûr, poursuivit-elle. Je savais que, même si je réussissais à échapper à mon oncle, il me faudrait gagner ma vie, or, personne n'engage une femme qui n'a aucune compétence particulière. Je savais que je serais obligée d'économiser sou après sou, et que je devrais m'estimer heureuse si je parvenais un jour à m'acheter un billet de train pour Brighton. Mais penser à Capri m'a permis de tenir le coup. C'était mon espoir, ma flamme dans l'obscurité, mon seul moyen d'évasion quand il n'y avait pas d'échappatoire possible.

Du bout du doigt, elle suivit le contour de sa pommette. Il resserra son étreinte autour d'elle. Il ne s'était même pas rendu compte qu'il l'avait enlacée.

— Je sais tout ce qu'il y a à savoir sur Capri. Du moins tout ce que les gens ont jugé utile d'écrire dans les brochures et les guides touristiques : son histoire, sa topographie, l'étymologie de son nom. Je sais quelles plantes poussent là-bas, quels poissons peuplent ses eaux. Je connais les vents particuliers à chaque saison.

Tout en parlant, elle lui frottait doucement le dos. Sa voix tranquille avait quelque chose de presque hypnotique, et il se serait rendormi si son corps tiède n'avait été pressé contre le sien.

— Alors dites-moi tout, exigea-t-il.

À présent, elle ne pouvait ignorer le désir physique qu'il avait d'elle. Pourtant elle ne s'écarta pas. Au contraire, elle se nicha plus étroitement contre lui.

— L'île grouille probablement de monde aujourd'hui. J'ai lu quelque part qu'il y avait une colonie d'écrivains et d'artistes anglais, français et allemands.

Incapable de s'en empêcher, il l'embrassa dans le cou tandis que ses doigts s'attaquaient aux boutons de sa chemise de nuit. Sa peau était si douce, si veloutée, que son cœur s'emballa.

— Mais bien sûr, continua-t-elle d'une voix tremblée, j'ignore totalement la présence de ces gens pour préserver l'illusion d'une île paradisiaque, où il n'y a que la mer, le ciel et moi.

— Bien sûr.

Il lui ôta sa chemise de nuit, passa la sienne par-dessus sa tête, puis bascula sur le dos de sorte qu'Elissande se retrouve sur lui.

— Et vous, à quoi pensez-vous quand un cauchemar vous réveille ? s'enquit-elle dans un murmure.

Il tira sur le ruban qui retenait sa natte et libéra sa chevelure qui se répandit sur lui tel un nuage.

— À cela, souffla-t-il. C'est à cela que je pense.

Non pas à l'acte sexuel par lui-même, mais à cette présence, cette intimité qui l'enveloppait et le protégeait tel un cocon.

La dernière fois qu'il avait fait ce cauchemar, à Highgate Court, c'est à elle qu'il avait pensé. Et comme elle, qui préférait ignorer ces hordes d'étrangers sur les rivages déchiquetés de Capri, il avait choisi d'oublier le ressentiment qu'il éprouvait à son égard pour ne se souvenir que de ses sourires.

Chacun faisait bien ce qu'il pouvait pour parvenir jusqu'au bout de la nuit.

Mais à présent elle était là, souple, consentante, penchée sur lui. Non seulement elle l'autorisait à la toucher, mais elle l'invitait à s'enfouir profondément en elle. Elle soupirait, et gémissait de plaisir, sa bouche tout près de son oreille, sa respiration lourde trahissant un désir aussi violent que le sien.

Puis la jouissance furieuse emporta tout dans son tourbillon dévastateur.

Son souffle lui soulevait les cheveux. Il sentait son cœur battre contre sa poitrine. Dans le noir, sa main menue chercha la sienne pour entrecroiser ses doigts aux siens.

Une intimité qui l'enveloppait et le protégeait tel un cocon.

Pourtant, dans cette chaude torpeur, la sérénité s'obstinait à le fuir. Quelque chose clochait. Peut-être que tout clochait, finalement. Il ne voulait pas y penser.

La nuit était maintenant son refuge. Au-delà de l'aube, le chaos régnait en maître. Mais ici, dans les ténèbres, il n'y avait que ses bras minces qui l'étreignaient.

Il murmura un merci étouffé et sombra dans le sommeil.

C'était un matin comme les autres à la campagne : les oiseaux pépiaient, on entendait de temps en temps le meuglement des vaches qui paissaient dans le pré derrière la maison, ainsi que les coups de cisailles des jardiniers déjà à l'œuvre.

Même les bruits que lui-même émettait étaient tranquilles, domestiques. L'eau qui clapotait dans la cuvette, les tiroirs qui coulissaient doucement, les anneaux des rideaux qui glissaient sur la tringle, le grincement des volets qu'on ouvrait.

Elle était toujours blottie dans son lit ; le souffle calme, régulier ; ses cheveux couleur d'aurore répandus sur l'oreiller ; l'un de ses bras tendu en travers du matelas, comme si elle le cherchait.

Dans son sommeil elle semblait inoffensive, presque angélique ; le genre de femme à inspirer une pure dévotion. Il lui souleva le poignet pour ramener son bras sous les couvertures. Un sourire de contentement incurva ses lèvres, et elle se renfonça sous le drap.

Il se détourna.

Une fois ses bretelles en place, il enfila son gilet. Dans le plateau posé sur la commode, il choisit une paire de boutons de manchettes.

Et soudain, il sentit qu'elle était réveillée et l'observait.

— Bonjour, dit-il sans se retourner, occupé à fixer ses boutons de manchettes.

— Bonjour, marmonna-t-elle d'une voix ensommeillée.

Le silence retomba. Il continua de s'habiller. Dans son dos, le lit grinça. Il entendit un froissement de draps. Sans doute enfilait-elle sa chemise sur laquelle il avait dormi toute la nuit, et qu'il avait découverte en se levant, en même temps que son ruban, seules traces de ce qui s'était passé cette nuit-là.

Il enfila sa veste en tweed.

— Je vais marcher, annonça-t-il sans se retourner. Vous pouvez vous joindre à moi si cela vous tente.

Pour lui dire ce qu'il avait l'intention de lui dire, il préférait être loin de la maison.

— J'en serai ravie, répondit-elle.

L'excitation à peine dissimulée qu'il perçut dans sa voix fut comme un coup de fouet sur sa conscience.

— Je vous attends en bas.

— Je ne serai pas longue, promit-elle. J'enfile une robe et je dis deux mots à l'infirmière.

Parvenu à la porte, il se décida enfin à la regarder. C'était la dernière fois qu'il la voyait heureuse, frémissante d'espoir.

— Prenez votre temps, dit-il.

Elissande s'habilla en un temps record, passa voir sa tante, qui dormait toujours, et s'entretint un instant avec Mme Green, l'infirmière qu'elle avait engagée sur les recommandations de Mme Dilwyn. Mme Green lui confirma qu'elle s'occuperait des ablutions et du petit déjeuner de tante Rachel avant de lui faire faire le tour du jardin. C'était une femme fort gentille, mais bien plus ferme qu'Elissande. Sous sa férule, tante Rachel était déjà capable de marcher sans soutien sur une courte distance, ce qui tenait du miracle.

Pour ajouter au bonheur d'Elissande, son mari lui avait fait l'amour et l'avait de surcroît invitée à venir se promener avec lui.

Ils ne parlaient pas, mais pourquoi parler ? Sa compagnie suffisait à Elissande. Être à ses côtés lui suffisait. Ils prenaient un nouveau départ.

Ils franchirent la Dart à Totnes, s'offrirent un petit déjeuner dans une auberge avant de reprendre la direction du nord. Ils empruntèrent des sentiers de campagne, traversèrent des champs vallonnés, et quelques hameaux minuscules. Une fois passé un bosquet d'arbres serrés, ils émergèrent au pied d'un château en ruine.

Ils avaient parcouru deux bonnes lieues. Elissande aurait dû être fatiguée, mais elle continuait de trotter, débordant d'une énergie joyeuse.

— Vous ne parlez donc jamais ? s'étonna-t-elle, un peu essoufflée après avoir grimpé le raidillon qui menait au château.

— Je croyais qu'on me reprochait au contraire de pérorer sans fin.

— Je veux dire, quand vous êtes vous-même, précisa-t-elle en s'éventant à l'aide de son chapeau.

Au lieu de répondre, il tourna les yeux vers la mer. Le château se dressait sur une avancée de terre d'où l'on avait une vue panoramique extraordinaire. Face à son silence, Elissande se demanda une fois de plus pourquoi il menait cette double vie. Mais sans doute avait-il d'excellentes raisons, tout comme elle avait eu les siennes.

— Dites quelque chose, fit-il soudain.

Elle en fut flattée ; il ne lui demandait quasiment jamais rien.

— De quoi voulez-vous que je parle ?

— Vous avez interrogé Mme Canaletto sur Capri, et vous avez de nouveau évoqué cette île quand vous vouliez à toute force que nous quittions l'Angleterre pour nous cacher. Après ce que vous m'avez raconté hier soir, j'en déduis que vous avez passé une grande partie de votre vie à penser à Capri.

— C'est vrai, reconnut-elle.

— Pourtant je ne vous vois pas faire de projets pour aller visiter cette île, maintenant que vous en avez la possibilité. Comment cela se fait-il ?

— Parce que ce n'était pas vraiment Capri en tant que telle que j'aimais. Cela aurait pu être n'importe quel bel endroit lointain. Ce qui importait, c'était l'espoir et le réconfort qu'y penser me procurait lorsque j'étais prisonnière chez mon oncle.

Il lui retourna un regard sévère. Peut-être ne la comprenait-il pas vraiment. Elle fit une autre tentative.

— Tenez, prenez un radeau. Imaginez que vous vous trouviez face à une rivière trop large et dangereuse pour être traversée à la nage. Vous avez besoin de ce radeau. Mais une fois que vous avez atteint la rive opposée, vous l'y abandonnez.

— Et vous êtes de l'autre côté, désormais.

Pensive, elle caressa du doigt les fleurs en soie qui ornaient son chapeau.

— J'ai traversé la rivière, oui. Et même si j'éprouve une immense tendresse pour mon radeau, je n'en ai plus besoin.

Il s'éloigna de quelques pas.

— Ainsi votre existence vous convient ? Il ne vous manque rien ?

Elle se mordilla l'intérieur de la joue.

— Peut-être un petit quelque chose encore, admit-elle.

— Et qu'est-ce donc ?

Elle aurait cru qu'il lui faudrait beaucoup de courage pour confesser son attachement. Mais après leur étreinte de cette nuit, après avoir marché plus de deux lieues en sa compagnie, c'était tout à coup très facile de prononcer les mots.

— Vous, répondit-elle sans hésiter.

— Et qu'attendez-vous de moi ?

— Rien de plus que ce que vous faites déjà : marcher à mes côtés et me faire l'amour, dit-elle, en rougissant un peu quand même.

Il s'éloigna. Cet homme était décidément farouche.

Elle le suivit à l'intérieur des ruines. Du corps de bâtiment principal qui s'élevait là jadis, il ne restait plus que quelques murailles, des passages voûtés, et des encadrements de fenêtres. Les rayons du soleil matinal s'infiltraient à l'intérieur par les lézardes des murs, si bien que l'atmosphère n'avait rien de lugubre. Il y régnait une agréable fraîcheur.

Elle posa la main sur son bras, sentit sous sa paume la laine un peu rêche. Comme il ne faisait pas mine de s'écarter, elle s'enhardit, se hissa sur la pointe des pieds et l'embrassa sur la joue, puis sur la bouche, l'incitant à entrouvrir les lèvres.

Et tout à coup il lui rendit son baiser, avec une telle fougue qu'elle en eut la tête qui tournait.

Puis, tout aussi abruptement, il la repoussa.

Vere avait complètement raté son mariage blanc. C'était même son échec le plus retentissant à ce jour.

Il ignorait ce qui ne tournait pas rond chez lui.

Ou peut-être le savait-il pertinemment. Peut-être ne voulait-il pas l'admettre, tout simplement.

Elle n'était pas la compagne qu'il désirait – c'était clair depuis le début, lui semblait-il. La femme de ses rêves était aussi différente d'elle que Capri de l'Australie. Il voulait le lait et le miel, des aliments simples, suaves, nourrissants. Elle était comme le laudanum, capiteuse, source de dépendance ; à l'occasion, elle l'aidait à oublier ses problèmes, mais à haute dose elle était dangereuse.

C'était une menteuse, une manipulatrice. Il avait toujours en sa possession la lettre qu'elle avait écrite à Freddie pour l'attirer dans le salon vert, preuve de ses intentions malveillantes. Par sa faute, son frère aurait pu être privé de son bonheur avec Angelica.

Impardonnable.

Et pourtant, ici, dans ce lieu où pouvait surgir à tout instant un omnibus plein de touristes, il avait une fois de plus failli perdre tout contrôle. Et cette fois il n'avait pas l'excuse des larmes, de l'alcool ou des cauchemars.

C'était une belle journée fraîche, sa femme était de bonne humeur, et il était déterminé à lui dire la vérité, si déplaisante soit-elle. S'il ne parlait pas maintenant, il n'en serait plus jamais capable. Elle irradiait une telle félicité qu'il était sur le point d'oublier qu'elle était la dernière personne au monde dont il avait besoin pour chasser les ténèbres de son âme.

Il s'obligea à prononcer les mots :

— Je veux que nous fassions annuler le mariage dès que votre oncle aura été condamné.

Elle tourna les yeux vers lui, l'air perplexe, mais encore plein d'espoir. Puis elle se figea et pâlit.

Lentement, elle lui fit face.

— Je vous offrirai bien sûr une généreuse compensation. Vous aurez une rente suffisante pour vous permettre de vivre très confortablement où il vous plaira. Sur Capri, si tel est votre désir.

— Mais… obtenir une annulation est impossible, balbutia-t-elle. Une fois le mariage consommé…

— Pour peu qu'on ait de l'argent et qu'on engage les bons avocats, cela n'a rien d'impossible. Il y a eu de nombreux précédents.

— Mais… mais nous serions obligés de mentir.

Elle semblait tellement déconcertée, en proie à un tel désarroi, que pour la première fois, il envisagea la possibilité qu'elle ne soit pas aussi cynique qu'il l'avait pensé. Qu'elle se soit crue mariée pour de bon.

— Cela ne devrait pas être un problème, rétorqua-t-il. Nous excellons tous deux dans l'art de la dissimulation.

Elle fixa le rectangle de ciel bleu qui se découpait dans le mur éboulé.

— C'était votre intention depuis le début ? interrogea-t-elle.

— Oui.

Elle enfonça la main dans les plis de sa jupe. Ses épaules se crispèrent. Dans la poitrine de Vere, la douleur sourde s'intensifia.

— Je veux retrouver ma liberté, ajouta-t-il avec une cruauté délibérée. Vous devriez comprendre cela mieux que personne.

Mettre sur le même plan leur mariage et son emprisonnement à Highgate Court produisit l'effet escompté : dans son regard qu'elle posa sur lui, la colère remplaça la confusion.

— Ainsi, ce n'est ni plus ni moins qu'une transaction, lâcha-t-elle. Vous me donnez de l'argent en échange de votre liberté.

— En effet.

— Est-il exact de dire qu'en raison de ce qui s'est passé la nuit dernière, votre liberté vous coûte aujourd'hui plus cher qu'elle ne vous aurait coûté hier ?

— Peut-être.

— Je suis donc une putain dans mon propre mariage.

Ces paroles lui firent l'effet d'un coup de poing dans l'estomac.

— Je paie pour n'avoir pas su me contrôler, corrigea-t-il.

— Que ne l'avez-vous dit plus tôt, lord Vere ! riposta-t-elle d'un ton mordant. Si j'avais compris plus tôt qu'en vous faisant perdre le contrôle plus fréquemment j'assurais ma fortune, j'aurais consacré mes jours et mes nuits à vous séduire.

— Estimez-vous heureuse que j'aie suffisamment de scrupules pour vous dédommager de la perte de votre virginité. Et que j'aie gardé le silence sur la méthode que vous avez employée pour vous faire épouser. Méthode que vous aviez tout d'abord l'intention d'appliquer à Freddie !

Il la vit frémir. Son insensibilité le surprenait lui-même. Il se servait de son acte désespéré pour justifier son propre égoïsme.

Elle prit une profonde inspiration, puis :

— J'ai toujours su que vous n'aviez pas gagné le gros lot avec moi. En revanche, j'ai cru que *moi*, je l'avais gagné. J'ai cru que derrière l'idiot se cachait un homme fascinant, que lui au moins comprendrait ce que c'est que de jouer un rôle à longueur de journée. Je pensais qu'il compatirait, parce que ce n'est pas une vie facile. J'avais tort. L'idiot est plus généreux que vous. Lui était gentil et attentionné. Et je regrette vraiment de ne pas l'avoir apprécié à sa juste valeur quand j'en avais l'occasion.

Voilà. C'était exactement la raison pour laquelle il avait besoin d'une compagne de lait et de miel, qui ne s'apercevrait jamais qu'il n'était ni gentil ni attentionné, et qui se contenterait de l'aimer aveuglément, sans se poser de questions.

Mais cette femme était une illusion, aussi déraisonnable que l'idée d'une Capri sauvage et désertique. Comme Elissande, il s'était raccroché à cette vision improbable d'un bonheur domestique pour affronter ses démons. Mais, contrairement à elle, il n'était pas prêt à renoncer à ce qui l'avait nourri et soutenu durant tant d'années, en échange d'une femme de chair et de sang qu'il ne voulait pas aimer, sauf quand l'ébriété, le poids de la solitude, ou toute autre raison irrecevable le rendaient incapable de se maîtriser.

18

Elle avait mal aux jambes, aux pieds, et ses mains la démangeaient de le gifler. Pendant un moment, sur l'interminable route du retour, elle marcha loin devant lui, jusqu'à ce qu'elle bifurque au mauvais endroit et qu'il soit obligé de la rappeler. Par la suite elle demeura dans sa sphère immédiate, le mutisme obstiné dans lequel il s'était retranché nourrissant sa colère.

Comment avait-elle pu croire un seul instant qu'elle trouverait la sécurité et le bonheur auprès de quelqu'un qui menait une double vie ? Personne n'acceptait de s'embarquer sur une telle voie sans y être contraint. Si elle avait réfléchi deux secondes, elle se serait rendu compte que derrière l'idiot se cachait forcément un homme aussi faux et secret qu'elle-même.

Quelle idiote !

Aveuglée par la fureur, elle faillit ne pas voir le valet qui accourait à leur rencontre avant qu'il s'immobilise à sa hauteur pour poursuivre au rythme de ses enjambées rageuses.

— Milord, milady, c'est Mme Douglas... Elle est partie !

Cette phrase n'avait aucun sens. Elissande se passa la main sur les yeux.

— Vous pouvez répéter ?
— Mme Douglas est partie !
— Mais... *où* ?
— À la gare de Paignton, milady.

Pourquoi diable tante Rachel se serait-elle rendue à la gare ? Elle n'avait nulle part où aller. Ce valet affabulait...

— Où est Mme Green ?

À cet instant, Mme Green les rejoignit en courant, le visage rouge d'émotion.

— Milady, Mme Douglas est partie toute seule !

Elissande pressa le pas. Tante Rachel ne pouvait être que dans sa chambre, en sécurité. Ce n'était pas possible autrement et elle allait le vérifier sur-le-champ.

— Pourquoi ne l'avez-vous pas accompagnée, madame Green ?
— Nous avons fait une promenade dans le jardin. Ensuite, elle a voulu se reposer. Elle ne paraissait pas très bien, alors je l'ai aidée à se recoucher. J'ai jeté un coup d'œil dans la chambre une heure plus tard, elle était vide !
— Alors d'où tenez-vous qu'elle serait partie à la gare de Paignton ?
— C'est Peters qui nous l'a appris, répondit-elle en désignant le cocher, qui s'était approché à son tour.
— Mme Douglas s'est présentée à la remise des voitures et m'a demandé de l'emmener à la gare. C'est ce que j'ai fait, milady.

Elissande s'arrêta enfin. La petite troupe l'imita.

— Vous a-t-elle dit pourquoi elle voulait aller à la gare ?
— Oui, milady. Elle m'a expliqué qu'elle comptait passer la journée à Londres. Et quand je suis rentré, j'ai trouvé Mme Green, Mme Dilwyn et tous les autres complètement affolés.

L'énormité de la situation submergea Elissande. Cette histoire n'avait ni queue ni tête, et une partie d'elle-même s'obstinait à croire à une sorte de mauvaise plaisanterie, un poisson d'avril qui se serait trompé de date.

Sans réfléchir, elle se tourna vers celui qui était encore son mari.

— Y a-t-il eu des visiteurs aujourd'hui ? s'enquit-il brièvement.

À cette question, Elissande sentit son cœur bondir dans sa poitrine.

Mme Dilwyn arriva pour répondre :

— Non, milord, pas que je sache.

Le cocher et le valet secouèrent la tête, mais Mme Green fronça les sourcils.

— Maintenant que j'y pense, il y a eu ce vagabond qui traînait la patte dans l'allée quand Mme Douglas et moi étions dans le jardin. J'ai voulu le chasser, mais Mme Douglas est trop gentille. Elle m'a priée d'aller à la cuisine chercher un panier de victuailles. Quand je suis revenue, le vagabond est tombé à genoux pour la remercier. J'ai vu qu'il lui serrait les mains, alors je l'ai repoussé. Après cela, il a détalé.

Elissande avait cru que son mari venait de fracasser son bonheur tout neuf. Elle s'était trompée. Ce dernier coup ébranlait jusqu'aux fondations de sa nouvelle vie.

— J'ai toujours trouvé que les autorités étaient trop laxistes avec ces bons à rien qui vagabondent dans nos campagnes, clama lord Vere, réintégrant son personnage d'idiot. J'imagine que c'est juste après que Mme Douglas a commencé à se sentir mal.

— En effet, milord, répondit l'infirmière.

— C'est une dame trop délicate pour supporter la proximité d'un tel rustre. Allons, venez, lady Vere, fit-il en prenant Elissande par le coude.

À l'étage, la chambre de tante Rachel était aussi vide que le tombeau pillé d'un roi. Elissande vacilla et dut se rattraper au chambranle. Un tumulte de voix s'éleva soudain du rez-de-chaussée. Elle pivota sur ses talons, s'élança en courant dans le couloir et dévala les marches. On venait de retrouver sa tante, et les domestiques manifestaient bruyamment leur soulagement. C'était cela. Forcément...

En réalité, le tohu-bohu signalait seulement l'arrivée d'un télégramme adressé à Elissande, et que l'on venait de découvrir parmi le courrier du jour.

Ma chérie,

J'ai eu tout à coup une folle envie de ces huîtres gratinées qu'on sert au Savoy. J'ai donc décidé de me rendre à Londres et d'y passer la nuit.

Je t'en prie, ne t'inquiète pas pour moi. Sache seulement que je t'aime très fort.

Tante Rachel

Lord Vere prit le télégramme des mains d'Elissande et le parcourut rapidement avant de le lire à voix haute devant les domestiques rassemblés.

— Eh bien, vous voyez, il n'y a pas de quoi se tracasser ! se réjouit-il. Elle est partie à Londres, tout simplement, et elle rentrera demain. Que chacun retourne à ses occupations. Madame Green, allez boire une tasse de thé et prenez votre journée.

— Mais...

Lord Vere braqua les yeux sur Elissande. Elle desserra les poings et adressa un sourire rassurant à Mme Green.

— Il faut savoir que ma tante est sujette aux lubies, madame Green. C'est ainsi, il faut faire avec.

L'infirmière s'inclina brièvement, puis gagna l'office tandis que les autres domestiques se dispersaient. Lord Vere et Elissande demeurèrent seuls dans le hall.

— Venez avec moi, ordonna-t-il.

Il l'emmena dans son bureau, ferma la porte et lui tendit un autre télégramme.

— Celui-ci m'était adressé.

Elissande baissa les yeux sur le morceau de papier, mais les mots dansaient et se déformaient, refusant de constituer des phrases cohérentes. Elle ferma les paupières un instant, les rouvrit.

Cher Monsieur,

On nous a récemment informés de la disparition du dénommé Douglas. Pour l'heure, nous ignorons comment il a réussi à s'évader et où il se trouve. Mais les autorités ont tenu à vous alerter et requièrent votre aide pour le ramener en prison.

Bien à vous,
Filbert

— C'était lui, le vagabond, lâcha Vere. Il a dû donner des instructions à votre tante pour qu'elle le rejoigne.

Un étau impitoyable se referma sur la poitrine d'Elissande. Elle n'arrivait plus à respirer. Quatre jours avant son procès, son oncle avait réussi à retrouver sa tante et à l'emmener au nez et à la barbe de tout le monde. En plein jour. Et pendant ce temps-là, que faisait-elle ? Dans les ruines d'un vieux château, la bouche en cœur, elle contait fleurette à ce salaud insensible qui lui tenait lieu de mari.

Ce même mari venait de lui glisser un verre de whisky dans la main.

— Buvez.

Le liquide lui brûla le gosier. Elle inclina le verre davantage, mais il était déjà vide.

— Encore un peu, s'il vous plaît.

— Non. Vous ne tenez pas l'alcool.

Elle fit rouler le récipient vide contre son front.

— Je ne comprends pas... Tout cela n'a aucun sens. Elle n'était pas seule. Mon oncle ne l'a pas saisie à la gorge pour la traîner à sa suite. Pourquoi est-elle partie de son plein gré ?

— Il a dû avoir recours au chantage. Menacer votre sécurité ou la mienne. Ou peut-être les deux.

— Mais c'est un fugitif. La police le recherche. Il ne pouvait rien contre nous !

— Vous ne le connaissez pas aussi bien qu'elle.

— J'ai passé toute ma vie avec lui, rétorqua-t-elle avec irritation.

Il la considéra un long moment avec une curieuse commisération dans le regard, comme si elle était quelque créature impuissante sur le point d'être menée à l'abattoir. Puis il murmura :

— Cela vous ennuierait de vous asseoir ? J'ai quelque chose à vous dire.

Il avait quelque chose à lui dire ? À propos de *son* oncle ?

Soudain, les événements des semaines passées défilèrent devant ses yeux. Ces dizaines de rats qui avaient envahi la maison de lady Kingsley. Un homme fort intelligent qui arrivait à Highgate Court, feignait d'être un idiot et furetait partout. Et, quelques jours plus tard, la police qui déclarait détenir suffisamment de preuves pour arrêter son oncle. Quelles probabilités y avait-il que tout cela n'ait été que pures coïncidences ?

Elle s'assit. Ou ce furent peut-être ses jambes qui se dérobèrent sous elle.

— Vous êtes mêlé à cette histoire, n'est-ce pas ? Vous n'êtes pas venu chez moi parce que la maison de lady Kingsley avait été envahie par les rats. Vous êtes venu chercher des preuves contre mon oncle.

— Je vois que nous pouvons sauter cette partie, dit-il d'un ton désinvolte.

— Vous travaillez pour la police ?

Il arqua le sourcil d'un air faussement scandalisé.

— Quelle idée ! Les marquis ne travaillent pas, que je sache. Encore qu'il m'arrive de donner un coup de main aux autorités à l'occasion.

Elissande se pinça l'arête du nez.

— Que vouliez-vous me dire ?

— Savez-vous dans quelles circonstances votre oncle et votre tante se sont rencontrés ?

— À en croire mon oncle, il l'aurait épousée par charité chrétienne. Il rentrait d'Afrique du Sud les poches pleines, elle était une demoiselle en détresse dont le père était mort dans le dénuement après la faillite de sa banque et dont la sœur s'était enfuie pour se prostituer. Il estimait lui avoir évité une vie de désespoir.

— Ils ont peut-être fait connaissance après son retour d'Afrique du Sud, mais je pense qu'il avait des visées sur elle depuis bien longtemps.

Elle se sentit vaciller intérieurement. Elle était persuadée de savoir tout ce qu'il y avait à savoir sur son oncle et sa tante.

— Qu'est-ce qui vous fait croire cela ? demanda-t-elle.

— Les tableaux de Highgate Court. Freddie a retrouvé la trace d'une œuvre jumelle, sans doute peinte à la fin des années 1860. Hier, je suis allé voir ce tableau dans le Kent. Il représente un ange et un homme à genoux qui l'observe d'un air d'adoration. Cet ange a le visage de Mme Douglas. Et le peintre que je pense être votre oncle, a vendu ce tableau afin de financer son voyage en Afrique du Sud.

— Ce serait pour *elle* qu'il serait parti en Afrique du Sud ?

— Peut-être pas *pour* elle, mais on dirait qu'à l'époque déjà, il était étrangement obsédé par sa personne.

Elissande se leva. Elle ne tenait plus en place.

— Et que s'est-il passé ?

— Il a échoué dans son entreprise. Par manque de chance ou de talent pour les affaires, voire les deux. Mais quelqu'un dans son entourage a découvert une mine de diamants et s'en est vanté auprès de qui voulait l'entendre. Cet homme se proposait de rentrer en Angleterre, tout auréolé de sa gloire et de sa fortune nouvelle. Il s'appelait Edmund Douglas.

— C... continuez, bégaya Elissande.

— J'ai des raisons de penser que votre oncle a assassiné le véritable Edmund Douglas quelque part entre l'Afrique du Sud et l'Angleterre. À son arrivée dans le pays, il s'est fait passer pour Douglas, s'est servi des lettres de crédit de sa victime, et a épousé votre tante sous cette fausse identité.

Elissande s'était crue prête à entendre le pire. Mais ses doigts tremblants laissèrent échapper le verre à whisky qui alla rouler sur l'épais tapis.

— Nous avons enquêté en Afrique du Sud, poursuivit Vere. Les gens qui ont connu Edmund Douglas se souviennent d'un homme au fort accent, qui avait l'œil gauche barré d'une balafre suite à une rixe dans un pub du temps où il vivait en Angleterre.

— Mais comment... comment se fait-il que personne n'ait pas un instant soupçonné l'imposture ?

— Votre oncle est malin. Il s'est installé dans une région isolée et ne fréquente quasiment personne. Il n'est jamais retourné en Afrique du Sud, et il est possible qu'il ait aussi tué la seule parente qui restait au vrai Douglas sur le sol anglais. Toutefois je crois que votre tante l'a démasqué.

Elissande agrippa le dossier d'une chaise.

— Vous êtes sûr que je ne peux pas avoir un peu de whisky ?

Il alla chercher un autre verre et lui servit un doigt d'alcool. Elle l'engloutit si vite que, cette fois, elle sentit à peine la brûlure.

— Comment ma tante l'a-t-elle percé à jour ? reprit-elle.

— Je l'ignore. Votre oncle se considère comme un héros romantique, capable de tout par amour. Il a commis les pires méfaits pour celle qu'il voyait comme un ange. Cela le valorisait. Mais le jour où elle a découvert qui il était en réalité, elle a été atterrée, ainsi que toute personne saine d'esprit. C'est ce qu'il a considéré comme la trahison de l'ange. Il s'est senti bafoué. L'horreur et le dégoût de sa femme l'ont rendu fou de rage. C'est pourquoi il l'a peinte s'envolant loin de lui après lui avoir passé une épée au travers du corps, symbole de sa déloyauté.

— Et c'est ce qui explique la cruauté dont il a fait preuve vis-à-vis d'elle toutes ces années ? murmura Elissande.

— Je ne vous aurais pas raconté cette histoire si vous aviez eu les nerfs fragiles, mais je sais que ce n'est pas le cas. Et il faut que vous sachiez ce qu'il en est afin de comprendre pourquoi votre tante est à ce point terrifiée, et à qui nous avons affaire.

— La police nous aidera-t-elle ?

— Nous aurons besoin d'elle pour l'arrêter, mais, pour l'heure, j'hésite à contacter les autorités locales. Ces gens ne sont pas habitués aux enlèvements. Du reste, nous n'avons aucune preuve tangible que votre oncle soit impliqué.

Elissande se laissa tomber dans un fauteuil et enfouit son visage entre ses mains.

— Alors nous ne pouvons qu'attendre ?
— Votre oncle va vous donner de ses nouvelles.
— Vous semblez très sûr de vous.
Elle l'entendit approcher une chaise de son siège.
— Diriez-vous de votre oncle qu'il est rancunier ? demanda-t-il doucement.
— Oui.
— Alors il n'en a sûrement pas fini, et ne se satisfera pas d'avoir récupéré sa femme. Il voudra aussi se venger de vous.
— Mais combien de temps allons-nous devoir attendre ?
— Pas plus tard que cet après-midi, selon moi. Après tout, le temps ne joue pas pour lui.

Elissande ne put retenir un gémissement. Courbée en deux, elle pressa le visage contre ses genoux.

Au grand soulagement de Vere, elle ne demeura pas prostrée très longtemps. Elle finit par se lever, et se mit à arpenter la pièce. Elle ignora le déjeuner que Vere lui avait fait servir et, tournant mécaniquement une cuillère dans son thé, ne cessait d'aller regarder par la fenêtre.

Vere avait envoyé plusieurs télégrammes, déjeuné, bu son thé. Il avait même parcouru le courrier qui lui était parvenu ce matin. À présent il n'avait plus rien à faire, à part être le témoin de son agitation.

— Pourquoi gardez-vous un livre dans le tiroir qui contient votre lingerie ? demanda-t-il à brûle-pourpoint, histoire de la distraire des terribles pensées qui devaient la tarauder en permanence.

Elle était occupée à tripoter les bibelots posés sur le manteau de la cheminée, et fit brusquement volte-face.

— Vous avez fouillé dans mes affaires ?
— J'ai fouillé toutes les pièces de la maison, sans exception.

Pour être tout à fait honnête, il avait fouillé bien des chambres féminines dans le cadre de son travail, mais jamais il ne s'était attardé devant des piles de linge immaculé comme il l'avait fait chez Elissande. Et pourtant, à l'époque, il savait déjà que ses sourires n'étaient rien d'autre que des armes.

— Je n'ai rien trouvé de particulier dans la vôtre, excepté ce guide touristique.

Le corps rigide, elle s'assit sur le siège dans le renfoncement de la fenêtre.

— Ravie de vous avoir offert un peu de distraction. Si vous tenez à le savoir, je ne rangeais ce guide dans ma commode qu'en l'absence de mon oncle. Quand il était à la maison, je le cachais dans un énorme volume en grec dont j'avais découpé l'intérieur, et que je rangeais sur une étagère parmi trois cents autres livres en grec.

Vere parlait cinq langues en plus de la sienne, et n'avait pas prêté attention au fait que les livres de la bibliothèque de Highgate Court étaient tous écrits dans une langue étrangère. À la réflexion, pour quelqu'un qui n'avait pas reçu d'éducation polyglotte, entrer dans cette bibliothèque devait être aussi frustrant que de mourir de soif au milieu d'un océan.

L'oppression avait été présente tout au long de l'existence d'Elissande. Et pourtant, non seulement elle ne s'était pas laissé briser, mais elle avait conservé une aptitude au bonheur dont il prenait tout juste la mesure.

Et qu'il n'aurait jamais l'occasion de découvrir vraiment.

Cette pensée lui fit l'effet d'un coup de poignard en plein cœur.

— C'était un guide du sud de l'Italie, fit-il. Je suppose qu'on y parlait de Capri.

— Assez peu. J'en avais un bien plus complet sur le sujet, mais il a disparu quand mon oncle a vidé la bibliothèque.

Des bribes de souvenirs de la nuit passée lui revinrent en mémoire : ses bras autour de lui, sa voix douce évoquant Capri. Il ne s'était jamais demandé ce que ferait sa compagne idéale confrontée à ses cauchemars, se rendit-il compte. Sans doute était-il parti du principe qu'avec elle, les cauchemars n'avaient plus lieu d'être.

— Pourquoi m'avoir obligée à vous écouter chanter ? demanda-t-elle abruptement. Vous chantez horriblement faux !

— Il y avait un perceur de coffres-forts dans la chambre de votre tante. Il fallait que je vous tienne à distance.

— Vous auriez pu me le dire. Je lui aurais tenu la chandelle.

— Je ne pouvais pas. Vous sembliez très heureuse de vivre chez votre oncle.

— Sans ce manque de discernement, vous auriez pu éviter l'épreuve de ce mariage.

Il tapota son stylo contre le bureau. Tout à coup il ne se rappelait plus que les bons moments qui avaient fleuri entre eux à l'improviste : leur sieste dans le train ; les énormités qu'elle avait proférées à propos des confitures, et qui lui avaient arraché des sourires une partie de la journée du lendemain, tandis qu'il marchait, marchait, et marchait encore ; et la nuit dernière.

— Je ne considère pas ce mariage comme une épreuve, objecta-t-il. Juste comme une entrave.

Il vit sa main se refermer sur une petite plante posée sur l'appui de la fenêtre. Le pot vola à travers la pièce et se brisa contre le manteau de la cheminée dans une pluie de tessons et de terre noire.

— Croyez que je compatis, dit-elle. Mes sincères condoléances.

Jamais la femme idéale ne se serait comportée ainsi. Elle ignorait jusqu'au sens du mot « colère ». Sa voix ne se teintait jamais de sarcasmes. Bien sûr, vu qu'elle n'était pas réelle, il lui était facile de ne pas ressentir d'émotions fortes, de n'être que sourires et douce perfection.

La femme de chair et de sang qui se tenait devant lui était meurtrie par la vie, mais toujours debout. Les émotions qui bouillonnaient en elle – colère, déception, désespoir, amour, aussi – étaient puissantes et vraies.

Il s'empara de l'assiette de sandwichs et s'approcha d'elle.

— Mangez un peu. Vous laisser mourir de faim ne servira en rien les intérêts de votre tante.

Elle grimaça, comme si l'assiette avait contenu une poignée de scorpions vivants. Il crut qu'elle allait la jeter elle aussi, mais contre toute attente, elle l'accepta finalement.

— Merci.

— Je vais demander qu'on nous apporte une autre théière.

— Ne vous croyez pas obligé d'être gentil avec moi. Ça m'est complètement égal.

— Faux, rétorqua-t-il. Je n'ai jamais rencontré une femme qui montre autant de gratitude que vous dès qu'on fait preuve d'un peu de gentillesse.

Elle le fusilla du regard et se tourna vers la fenêtre.

Dans le courrier de l'après-midi se trouvait une lettre de tante Rachel.

Chère Elissande,

Dans le train pour Londres, je suis tombée sur une ancienne camarade d'école. Imagine ma surprise et mon ravissement ! Nous avons donc décidé de nous arrêter à Exeter pour faire un peu de tourisme. Mon amie, Mme Halliday, aimerait beaucoup faire ta connaissance. Elle suggère que tu prennes le train qui part de Paignton à 19 heures et que tu descendes à la gare de Queen Street. Nous sommes à l'hôtel Rougemont.

Ta tante qui t'aime

P-S : Viens seule, car mon amie est un peu timide et n'aime pas trop les inconnus.
P-P-S : Mets tes plus beaux bijoux.

Elissande rendit la lettre à lord Vere.
— Je n'ai pas de bijoux.
Sachant que son oncle avait fait fortune dans les diamants, c'était là une ultime ironie. Les bijoux étant une richesse indubitablement facile à emporter avec soi, il ne risquait pas de lui en offrir.
— J'en ai quelques-uns qui appartenaient à ma mère. Ils feront l'affaire, assura-t-il.
Elissande se frotta les tempes. Elle ne s'en était pas rendu compte, mais la migraine la taraudait depuis un moment.
— Je dois donc me présenter au Rougemont et lui remettre docilement les joyaux de votre mère ?
— *Nous*. Je serai là, moi aussi.
— Vous avez lu la lettre. Je dois m'y rendre seule.
— Vous donnerez l'impression d'être seule, mais je ne serai pas loin. Je veillerai sur vous.
— Mais si nous voyageons ensemble...
— Vous allez suivre ses instructions et monter dans le train de 19 heures. Je partirai un peu plus tôt pour Exeter afin de prendre certaines dispositions.
Elissande ne s'attendait pas à cela. Elle ne voulait pas qu'il la laisse seule. Pas maintenant. Elle voulait... Elle avait besoin de... Oh, et puis, peu importait ce qu'elle voulait ! Seule comptait sa tante.

— Très bien, répondit-elle.

— Personne ne sait mieux que vous comment manœuvrer Douglas, lui rappela-t-il.

— Très bien, répéta-t-elle, chassant résolument le souvenir de ce qui s'était passé la dernière fois qu'elle s'était retrouvée seule avec son oncle.

— J'ai quelques minutes devant moi avant de partir. Je peux vous aider à vous préparer, proposa-t-il.

19

Elissande sortit de la gare de Queen Street à 20 h 02. Exeter était sans doute une charmante bourgade tout à fait ordinaire. Ce soir, toutefois, le crépuscule qui tombait semblait receler des ombres aussi maléfiques que familières. Elissande aurait voulu pouvoir tourner les talons et retourner en courant dans la gare pour sauter dans le prochain train.

Elle jeta un regard autour d'elle dans l'espoir d'apercevoir son mari, son seul allié. Mais parmi les gens qui entraient et sortaient de la gare, personne n'avait sa stature imposante.

Puis subitement, elle eut un coup au cœur.

Là, près d'un réverbère, se tenait son oncle qui semblait consulter un dépliant sur les horaires de trains. Son costume avait été taillé pour quelqu'un de bien plus petit et chétif que lui. Ses cheveux étaient teints en gris, ce qui le vieillissait d'une dizaine d'années. Et il arborait une moustache, lui qui était toujours rasé de près.

Pourtant Elissande le reconnut aussitôt, et son sang se glaça dans ses veines.

Personne ne sait mieux que vous comment manœuvrer Douglas.

Elle ne s'en sentait pas du tout capable, mais elle n'avait pas le choix.

Une fois encore, elle chercha désespérément la haute silhouette de lord Vere, en vain. Après avoir récité une petite prière silencieuse, elle se dirigea bravement vers son oncle.

— Pardonnez-moi, monsieur, sauriez-vous par hasard où se trouve le Rougemont ?

Celui qu'elle avait toujours connu sous le nom d'Edmund Douglas fourra le dépliant dans sa poche et répondit avec un sourire :

— Bonsoir, ma chère Elissande. Tu es vraiment venue seule ?

— J'aurais aimé vous répondre que des amis m'accompagnent, mais vous avez veillé à ce que je n'en aie aucun, monsieur.

— Et ton mari adoré ?

— Cela vous amuse que j'aie épousé un idiot ?

Il eut un petit rire.

— J'avoue que la situation est assez savoureuse. Ce type est sans conteste le pire crétin qui soit sur terre depuis Claudius, et je vous prédis une nichée de marmots arriérés. Par ailleurs, je suis ravi de te savoir aussi bien installée.

— Il est vrai que vous avez l'air satisfait. La vie de fugitif semble vous convenir.

Il parut vaguement déconcerté par le ton mordant qu'elle avait employé. Son expression se durcit.

— Au contraire, cela me contrarie énormément. Je n'ai plus l'âge de courir en permanence, tout comme ta tante, d'ailleurs. Nous méritons une existence confortable et paisible. Et c'est là que tu interviens et joues docilement ton rôle, ma chère nièce.

— Si j'étais vous, je ne parierais pas sur ma docilité, rétorqua-t-elle avec un aplomb qui la surprit elle-même. Comment va ma tante ?

— Très bien. Elle était enchantée de me revoir.

— Permettez-moi d'en douter. Pouvons-nous aller la retrouver ?

Son oncle étrécit les yeux, et répondit d'une voix doucereuse :

— Tant de sollicitude, Elissande. Mais tu n'as nul besoin de t'inquiéter. Qui pourrait mieux s'occuper d'elle que celui qui est son époux dévoué depuis vingt-cinq ans ?

Elle crispa les doigts sur son réticule, mais demeura silencieuse.

— Allons bavarder dans un endroit plus chaleureux, proposa son oncle.

Le Rougemont était à deux pas. Il n'y avait pratiquement que la rue à traverser. Pourtant, Edmund Douglas héla un fiacre. Ils quittèrent le centre-ville, prirent la direction de la rivière Exe, avant de bifurquer dans une ruelle sordide.

Les bâtiments étaient vieux et décrépis. Une odeur d'humidité et de canalisations bouchées flottait dans l'air. Douglas fit entrer Elissande à l'intérieur d'une maison étroite à deux étages, qui paraissait inhabitée depuis un moment. La lueur d'une unique chandelle révéla un hall poussiéreux. Seul le plancher semblait avoir été récemment balayé.

Oncle Edmund verrouilla la porte derrière eux. Elissande se mit à transpirer. Personne ne l'entendrait crier quand les coups commenceraient à pleuvoir.

Elle réussit néanmoins à demander d'une voix ferme :

— Où est ma tante ?

— Ainsi tu t'inquiètes pour elle ? On se demande bien pourquoi. A-t-elle été aux petits soins pour toi ? T'a-t-elle appris à coudre, à jouer du piano ? S'est-elle démenée pour te trouver un bon parti ? Non. Elle n'a jamais rien fait pour toi, à part te transformer en esclave. Et malgré cela, tu es accourue dès qu'elle te l'a demandé. Moi, au contraire, je t'ai offert une belle maison et une vie confortable. Pourtant tu n'as même pas daigné me rendre visite une seule fois quand j'étais en prison.

— J'étais en lune de miel, mais soyez assuré que j'aurais fait le déplacement pour assister à votre procès.

Il eut un sourire qui lui fit dresser les poils sur la nuque.

— J'espère que tu n'as pas oublié les bijoux, dit-il d'une voix caressante.

— Je veux d'abord voir ma tante.

— Et *moi*, je veux voir une preuve de ta bonne foi.

Elle sortit de son réticule le collier de diamants et d'émeraudes que son mari lui avait prêté. C'était le joyau le plus extravagant qu'elle ait vu de toute sa vie. Les émeraudes étaient aussi grosses que des noisettes et les diamants aussi nombreux que les étoiles du ciel.

Accoutumé aux pierres précieuses, Douglas jeta à peine un coup d'œil au collier avant de l'empocher.

Le cœur battant, les sens en alerte, Elissande était sur le qui-vive. Elle fut pourtant surprise lorsque le poing de son oncle la cueillit au visage. La douleur explosa dans sa tête. Elle s'affala sur le sol, persuadée qu'il lui avait cassé la mâchoire.

— Debout, sale petite garce ! gronda-t-il.

Elle se redressa sur ses jambes flageolantes. Le coup suivant lui fit voir trente-six chandelles. Elle s'écroula de nouveau.

— Relève-toi, traîtresse. Tu espérais me voir pourrir en prison, pas vrai ? Tu comptais me remercier de mes largesses en me tournant le dos. Et tu croyais t'en tirer comme ça ? Debout !

Aussi faible qu'un nourrisson, elle demeura étendue sur le sol crasseux. Son oncle se pencha, l'agrippa par le devant de sa robe.

— Tu ne comprendras donc jamais ? Après toutes ces années, tu ne sais toujours pas que tu me dois respect et amour ?

C'était le moment ou jamais. Rassemblant ses forces, elle lui balança son réticule dans la tête. Il hurla. Car lord Vere et elle avaient tout prévu : le sac, si léger en apparence, contenait un disque d'acier d'au moins cinq cents grammes qui provenait d'un haltère. Elissande avait profité du trajet en train pour renforcer les coutures.

La tempe gauche ouverte, Douglas chancela. Elissande ne s'arrêta pas là. Elle le frappa de nouveau, et cette fois l'atteignit du côté droit. Il grogna, parvint quand même à parer le troisième coup de son bras. Elle priait pour le lui avoir brisé, lorsqu'il se jeta sur elle, le visage déformé par la fureur.

— Comment oses-tu, espèce d'idiote !

Et tout à coup, elle fut à son tour submergée par la rage. Bien sûr qu'elle osait ! Il ignorait donc, cet imbécile qui se croyait tellement supérieur aux autres, qu'elle était prête à tout pour conserver sa liberté et sauver la vie de sa tante ?

Son réticule vola de nouveau dans les airs, atteignant son oncle au menton. Le sang gicla, et il bascula en arrière. Galvanisée par la haine et la répulsion qu'il lui avait toujours inspirées, elle frappa encore, de toutes ses forces, pour tout ce qu'il leur avait fait, à sa tante et à elle, pour leur avoir volé leurs plus belles années, pour s'être délecté de leur terreur, tel un vampire qui se serait léché les babines devant une veine ouverte.

Non, plus jamais.
Plus jamais !

Vere se dirigea vers la maison. Du côté gauche de la rue, un rideau se souleva. Un visage féminin apparut.

Vere se mit à zigzaguer comme un ivrogne, heurta un réverbère et s'arrêta un peu plus loin, devant la maison dans laquelle Douglas et sa femme étaient entrés. Il se mit dans la position d'un homme qui urine – ce que bon nombre de clampins avaient dû faire avant lui à en juger par l'odeur pestilentielle des lieux.

Lorsqu'il vérifia, trente secondes plus tard, non seulement la voisine curieuse avait disparu, mais les volets étaient fermés.

Il s'approcha de la porte et colla l'oreille au battant.

Il perçut des voix, mais ne put discerner la teneur des propos échangés. Son cœur battait à tout rompre – de peur –, ce qui ne lui était encore jamais arrivé lors d'une mission. Il avait les nerfs à vif, et ses mains gantées étaient moites – là encore, c'était une première.

Il ôta ses gants, s'essuya les paumes sur son pantalon avant de pêcher son passe-partout dans sa poche. Douglas allait certainement entraîner Elissande dans les profondeurs de la maison, là où il devait détenir sa femme. Vere n'avait plus qu'à attendre qu'ils s'éloignent pour se mettre à l'œuvre.

Comme il jetait un coup d'œil par-dessus son épaule, il retint un juron. Un autre voisin l'observait de derrière sa fenêtre. Et la lumière du réverbère, quoique faible, suffirait quand même à le trahir quand il crochèterait la serrure.

Il tituba jusqu'au pilier qui soutenait le portique délabré, entreprit de s'y frotter l'entrejambe. Tactique efficace : à la fenêtre, le rideau retomba.

À cet instant, il entendit un cri de l'autre côté du battant. Un cri d'homme. Vere sourit intérieurement. Il avait montré à Elissande comment se servir du réticule lesté et, apparemment, elle avait retenu la leçon.

Douglas mugit de nouveau. Parfait.

Puis ce fut elle qui cria.

Vere enfonça son passe-partout dans la serrure. C'est seulement à la troisième tentative ratée qu'il se rendit compte que ses mains tremblaient.

Il ne tremblait jamais d'ordinaire.

Elissande cria encore.

Nom de Dieu !

Reculant d'un pas, il décocha un violent coup de pied dans la porte. Celle-ci ne céda pas immédiatement. Il dut s'y reprendre à deux fois avant que le bois éclate. Il eut l'impression que la vibration lui fendait également le tibia, mais il n'en avait cure.

Il se rua dans la maison.

Son oncle s'écroula au moment où la poignée du réticule lâchait. Entraîné par le poids, le sac roula à quelques mètres, creusant le plancher d'une encoche profonde à l'endroit où il avait heurté le sol.

Haletante, les poumons en feu, Elissande vibrait toujours d'une colère noire.

Dans son dos, la porte explosa. Un inconnu de haute taille, aux cheveux noirs embroussaillés et à la moustache recourbée se précipita vers elle.

Elle se figea. Qui était cet homme ? Quelque ruffian engagé par son oncle ? Mais non ! C'était le cocher du fiacre qui les avait amenés ici.

— Elissande, mon Dieu, est-ce que ça va ?

Elle eut à peine le temps de reconnaître la voix de son mari que celui-ci l'enveloppa de ses bras et la serra à l'étouffer. Elle pressa le visage contre sa veste de laine rêche qui empestait le crottin et la bière acide.

Comme promis, il était là. Elle n'avait jamais été seule.

La relâchant, il alla prendre le pouls de Douglas qui gisait toujours à terre, inerte.

— Il est vivant. Je vais le surveiller. Pendant ce temps allez chercher la corde et la lanterne que j'ai laissées dans le fiacre. Prenez à gauche en sortant de la maison.

Elissande empoigna ses jupes et sortit en courant. Une fois dehors, elle hésita, car il y avait non pas un, mais deux fiacres stationnés le long du trottoir, puis se dirigea vers celui qui n'avait pas de cocher. Après avoir récupéré la corde et la lanterne, elle se dépêcha de rejoindre lord Vere.

Celui-ci procéda à une fouille rapide de Douglas, empocha un pistolet ainsi que le collier, puis entreprit de lui entraver les mains et les pieds.

Cela fait, il reprit Elissande dans ses bras.

— Seigneur, vous m'avez fait une peur bleue. Quand je vous ai entendue crier, j'ai craint le pire.

— J'ai crié ?

Il saisit son visage entre ses mains, et l'étudia un instant.

— Vous n'allez pas être belle à voir demain. Il faudrait appliquer de la glace sans attendre.

— Ma tante ! s'exclama-t-elle. Il faut la retrouver.

Lord Vere traîna l'oncle d'Elissande au pied de l'escalier en colimaçon, puis ils passèrent en revue toutes les pièces, tandis que chacun racontait à l'autre ce qu'il avait fait en arrivant à Exeter.

Vere s'était rendu dans une taverne et avait déboursé une somme rondelette pour louer son attelage à un cocher indépendant. L'homme avait été si content qu'il ne lui avait même pas demandé pourquoi il voulait également lui emprunter sa veste.

Tante Rachel était enfermée au grenier, dans une ancienne chambre de bonne minuscule. Elle répondit à leurs appels par des cris étouffés. Lord Vere n'eut aucun mal à crocheter la serrure. Ils la découvrirent allongée à même le plancher poussiéreux, ligotée et bâillonnée.

Ses yeux s'emplirent de larmes quand Elissande se précipita vers elle.

Lord Vere trancha ses liens à l'aide d'un canif à la lame affûtée. Elissande embrassa sa tante, qui se mit à pleurer doucement, puis entreprit de lui frictionner bras et jambes afin d'activer la circulation sanguine.

Lorsque la malheureuse voulut se mettre debout, ses jambes se dérobèrent sous elle et elle dut prendre appui sur sa nièce.

— Vous permettez ?

Tendant sa lanterne à Elissande, lord Vere, qui s'était débarrassé de sa perruque et de sa fausse moustache, souleva tante Rachel dans ses bras. Avant que tous trois descendent l'escalier, la jeune femme considéra un instant cet homme si complexe. Son mari. Toute à la joie d'avoir retrouvé sa tante, elle en avait presque oublié qu'elle l'avait perdu, ou plutôt qu'il n'avait jamais véritablement été à elle.

Mais on ne pouvait pas tout avoir. Et pour l'heure, elle était heureuse d'avoir sa tante.

— Je crois que votre oncle revient à lui, lady Vere.

Elissande sentit son cœur se serrer. À la lueur vacillante de la lanterne, son oncle apparaissait plus menaçant que jamais. Son regard était glacial et son expression d'une arrogance effrayante.

— Et maintenant que dois-je faire, très chère ? s'enquit lord Vere, dans l'expectative.

Elle comprit. Maintenant qu'ils n'étaient plus seuls, c'était à elle de prendre les décisions.

— Allez au poste de police le plus proche, ramenez un inspecteur et tous les policiers disponibles. Je reste ici pour... veiller au grain.

— J'y cours, madame.

— Mme Douglas va vous accompagner, milord. Il est inutile qu'elle demeure une seconde de plus dans cet endroit.

— Bien sûr, opina-t-il en reposant avec précaution tante Rachel sur le sol.

Edmund Douglas émit un ricanement.

— Tu veux me livrer à la police alors que je me suis donné tant de mal pour vous revoir toutes les deux ?

Son élocution était difficile. Elissande espérait lui avoir au moins démis la mâchoire, mais comme toujours la menace présente dans sa voix faisait son œuvre, tel un poison corrosif.

— En effet, répondit-elle avec une immense satisfaction.

— C'est donc là toute la gratitude à laquelle j'aurais droit pour t'avoir élevée toutes ces années comme un père ?

Elle sourit – un *vrai* sourire.

— Vous recevrez l'exacte quantité de gratitude que vous méritez, mon oncle.

Les yeux de ce dernier étincelèrent. Leur éclat maléfique l'aurait effrayée s'il n'avait été étroitement ligoté.

— Aucune pitié alors ? Et je suppose que tu assisteras à ma pendaison ?

— Non. Je n'ai aucun désir de vous revoir. Jamais.

Elle pivota vers son mari.

— Hâtez-vous, je vous prie.

Ce dernier offrit son bras à tante Rachel qui, après avoir jeté un regard plein d'appréhension à son mari, y posa la main.

— Je constate que vous faites peu de cas de votre serment de mariage, Rachel, grinça Douglas. Mais ce n'est pas nouveau, n'est-ce pas ?

Elissande vit sa tante hésiter. Elle décida qu'il était temps de mettre un terme à cette farce hypocrite.

— Ne l'écoutez pas, ma tante. Cet homme est un imposteur, il vous a menti depuis le début, et il est très mal placé pour vous faire la morale sur la parole trahie.

Tante Rachel écarquilla les yeux.

— Co... comment le sais-tu, Elissande ?

— Un imposteur ! ricana son oncle. Et vous, ma chère Rachel, en savez long sur l'usurpation d'identité, pas vrai ? Je suis au courant de vos mensonges. Je sais parfaitement ce qui est arrivé à Christabel.

Tante Rachel vacilla. Vere la rattrapa de justesse.

— Vous vous sentez bien, madame Douglas ?

— J'aimerais... j'aimerais m'asseoir un moment.

Vere l'aida à s'asseoir sur la première marche de l'escalier. Elissande vint prendre place à côté d'elle et lui passa le bras autour des épaules.

— Chut. Tout ira bien maintenant, assura-t-elle.

Son oncle s'esclaffa.

— Tu crois cela ? Pourquoi devrait-elle aller bien quand moi je vais mal depuis vingt-quatre ans ? Tout ce que j'ai entrepris dans ma vie, je l'ai fait pour vous, ajouta-t-il à l'adresse de sa femme. Pour être digne de vous, pour vous faire vivre comme une princesse. Je vous adorais. Je vous *vénérais* !

Tante Rachel s'était mise à trembler.

Elissande se leva brusquement. Heureusement elle n'avait plus son réticule.

— On ne peut pas le bâillonner ? demanda-t-elle à lord Vere d'une voix dure. Qu'il se taise enfin !

— J'ai du chloroforme, répondit-il simplement.

Son oncle s'agita sur le sol.

— N'agis pas de manière irréfléchie, Elissande. Je suis prêt à te proposer un marché. Si tu souhaites ne plus jamais me revoir, alors laisse-moi partir avec le collier.

Elle laissa échapper un rire incrédule.

— Permettez-moi de vous rappeler, mon oncle, que je ne vous reverrai plus jamais si vous finissez au bout d'une corde !

— Peut-être écouteras-tu la voix de la raison si elle parle par la bouche de ta tante ? Madame Douglas, pouvez-vous confirmer à notre nièce chérie, toute bouffie de son mépris et de sa haine à mon endroit, qu'elle serait bien inspirée d'acheter mon silence ?

Tante Rachel tremblait comme une feuille et fixait ses bottines.

— Rachel ! tonna Douglas.

Sa femme sursauta et lui jeta un regard apeuré.

— Ne direz-vous pas, Rachel, que certains secrets ne gagnent rien à être divulgués ?

— Ça suffit, intervint Elissande. Milord, le chloroforme, je vous prie.

— Très bien, alors autant tout dévoiler maintenant, gronda Douglas, qui semblait toujours se croire le maître de Highgate Court.

Tante Rachel réagit enfin.

— Non ! Non, il a raison, Elie. Laissons-le partir.

— Il n'en est pas question !

Elissande n'en croyait pas ses oreilles. Comment sa tante pouvait-elle se laisser manipuler aussi aisément par celui qui l'avait torturée si longtemps, alors qu'il gisait impuissant à ses pieds et qu'elle-même était entourée et protégée ?

— On ne peut pas lui faire confiance, ma tante. Si nous le laissions partir aujourd'hui, il serait de retour d'ici six mois. Et pensez à ceux qu'il a assassinés. Ces pauvres gens ne méritent-ils pas qu'on leur rende justice ?

— Le vrai Edmund Douglas a commis des atrocités parmi la population indigène, alors ne va surtout pas imaginer qu'il s'agissait d'un innocent, rétorqua son oncle.

— Peu importe, riposta Elissande. Je vais vous faire taire. Je vais vous livrer à la police. Et cette fois, je vais engager des gardes privés pour que vous ne puissiez pas vous échapper.

Son oncle soupira.

— Écoutez-la, Rachel. J'aurais dû m'intéresser davantage à l'éducation de cette enfant. Voyez sa brutalité, sa détermination à balayer tous les obstacles sur son passage. Elle me rappelle le garçon que j'étais au même âge.

— Je vous interdis de nous comparer ! s'indigna Elissande.

— Et pourquoi pas ? Après tout, tu es la chair de ma chair.

Un terrible pressentiment arracha un frisson à Elissande. Elle choisit de l'ignorer.

— Votre fille unique est morte quand elle n'était qu'un bébé. Nous ne sommes parents que par alliance.

Il eut un sourire carnassier.

— Non, mon enfant ! C'est ta cousine qui est morte. Ma fille, elle, est bien en vie.

Elissande eut l'impression de recevoir un coup violent sur la tête, comme si Goliath l'avait frappée avec son propre réticule.

— Vous mentez ! hurla-t-elle.

— Vois-tu, ta mère a compris que je n'étais pas le vrai Edmund Douglas, poursuivit-il sans se démonter. J'ai pleuré, je me suis traîné à ses pieds en la suppliant de ne pas me quitter, ne serait-ce que dans l'intérêt de notre enfant. Et elle m'a menti. Elle m'a embrumé l'esprit avec ses douces fariboles. Elle a promis de rester et d'être mienne jusqu'à la mort.

— Vous avez menacé de me tuer si jamais je partais, articula tante Rachel d'une voix à peine audible.

— Qu'espériez-vous donc ? Que je renonce à ma femme et à mon enfant ? J'ai cru à vos promesses d'amour loyal, jusqu'à ce que vous me crachiez au visage que c'était ma fille qui était morte, et non votre nièce. Vous avez préféré que ma propre fille grandisse en se croyant l'engeance d'un bon à rien et d'une putain. J'aurais dû vous tuer à l'époque. Hélas, je vous aimais trop !

Elissande avait la tête qui tournait, mais elle se sentait étrangement calme, comme cernée par les épaisses murailles d'un château qui l'auraient empêchée de s'écrouler et la protégeaient de toute attaque extérieure. Elle était ailleurs, très loin.

Quand son mari s'approcha, elle tendit la main. Il y déposa la bouteille de chloroforme et un mouchoir. Elle la déboucha, en versa quelques gouttes au creux du mouchoir. Puis, se penchant sur son oncle, elle pressa d'une main ferme le tissu humide contre son nez.

20

— Ton mari sera-t-il à même de s'occuper de tout ? s'inquiéta tante Rachel comme le train s'ébranlait dans un sifflement de vapeur.

Lord Vere était encore sur le quai, et les regardait partir. Toujours vêtu de sa veste miteuse, il avait conduit Elissande et sa tante à la gare afin qu'elles quittent Exeter au plus vite. « Il vaut mieux que Mme Douglas récupère à la maison plutôt qu'au poste de police », avait-il suggéré.

Pourtant elles n'étaient pas *chez elles* dans sa demeure.

— Il se débrouillera très bien, assura Elissande.

Une sensation de vide grandissait en elle à mesure que sa silhouette sur le quai rapetissait. Finalement, la gare ne fut plus qu'un essaim de lumières floues dans la nuit, qu'elle ne tarda pas à perdre de vue.

— J'imagine... que tu veux tout savoir, murmura sa tante.

Non, pas sa tante. Sa *mère*.

Elissande considéra ce visage familier, prématurément vieilli, et une vague de tristesse la submergea.

— Seulement si vous vous en sentez la force.

Elle-même n'était pas sûre d'avoir la force d'entendre ce récit.

— Je devrais m'en sortir, assura Rachel avec un faible sourire. Mais je ne sais trop par où commencer.

— J'ai appris que mon oncle, enfin mon père, vous avait peinte sous la forme d'un ange longtemps avant votre mariage.

— Il m'a dit qu'il m'avait vue pour la toute première fois à Brighton, sur le port où nous étions en train de faire un portrait de famille. Il a eu le coup de foudre, au point de soudoyer le photographe pour qu'il lui communique mon adresse et lui vende une photographie de moi. Pour ma part, je ne l'avais jamais vu avant qu'il nous rende visite. Il a prétendu être une connaissance de feu mon père. Je n'avais aucune raison de mettre sa parole en doute. Nous traversions une passe difficile. Ma sœur Charlotte avait déserté la maison. Les gens ne voulaient plus me recevoir, et il ne m'est pas venu à l'esprit que quelqu'un puisse mentir pour m'approcher.

Le cœur d'Elissande se serra. Sa mère, douce, candide et seule au monde, n'avait aucune chance face à ce monstre de Douglas.

— Quand l'avez-vous démasqué ?

— Peu de temps après ta naissance. Je suis tombée sur ses confidences écrites alors que je cherchais tout autre chose. Si j'avais su qu'il s'agissait d'un journal intime, je ne l'aurais pas ouvert. Mais il y avait des initiales gravées sur la couverture : *G.F.C.*, et cela a éveillé ma curiosité. J'étais si naïve, si bête ! Et encore pleine d'admiration pour mon mari, si beau, si intelligent et si riche. Je trouvais même romantiques ses accès de jalousie. Puis j'ai vu que ce George Fairborn Carruthers avait une écriture étrangement similaire à celle de mon époux, et que certains événements de sa vie passée ressemblaient à des anecdotes qu'il m'avait racontées.

« Alors bien sûr, j'ai été le trouver pour lui demander des explications. Sans doute s'est-il affolé. Il aurait certainement pu se débarrasser de moi avec un nouveau mensonge. Au lieu de cela, il m'a dit des choses horribles. J'ai découvert sa vraie nature et, pour la première fois, j'ai eu peur de lui.

Elissande se souvint de l'expression désemparée qu'avait eue Rachel le jour où elle avait appris le meurtre de Stephen Delaney. Après avoir admis le meurtre du vrai Edmund Douglas, son mari lui avait sans doute juré qu'il n'attenterait plus jamais à la vie d'autrui.

— Tu avais un mois quand une infirmière de l'Armée du Salut s'est présentée à notre porte avec ta petite cousine Elissande. J'avais perdu ma sœur Charlotte de vue. J'ignorais qu'elle était morte en couches alors qu'elle était déjà veuve. L'infirmière m'a expliqué qu'ils avaient d'abord pris contact avec les Edgerton, mais que ceux-ci avaient catégoriquement refusé d'accueillir l'enfant. Je n'ai pas eu le choix, même si je redoutais la réaction d'Edmund.

« La petite était adorable. Elle n'avait qu'une semaine de plus que toi, et vous auriez facilement pu passer pour des jumelles. Mais dix jours après son arrivée à la maison, vous avez toutes deux attrapé une mauvaise fièvre. Ta cousine semblait plus résistante et j'ai craint pour ta vie. Tu n'imagines pas le soulagement que j'ai éprouvé quand ta fièvre est finalement tombée ! Hélas, quelques heures plus tard, au milieu de la nuit, ta cousine est morte dans mes bras.

« J'étais anéantie. Je n'arrêtais pas de pleurer, parce que j'étais persuadée qu'elle ne serait pas morte si les Edgerton avaient bien voulu la recueillir. J'étais pétrifiée à la pensée qu'ils allaient peut-être se repentir et venir sonner à ma porte un beau matin pour réclamer la petite.

« C'est alors que l'idée m'est venue. Ton oncle... ton père était en voyage d'affaires à Anvers, et la nourrice venait d'être renvoyée parce que la gouvernante l'avait surprise avec un valet. Si je prétendais que tu étais morte, personne ne pourrait prouver le contraire. Et si les Edgerton venaient chercher Elissande, je pourrais te confier à eux, t'offrir la chance de vivre libre, loin de ton père, tandis que j'étais condamnée à rester auprès de lui. Alors, j'ai pris ma décision. J'ai envoyé des faire-part de décès à toutes nos connaissances pour annoncer la mort de ma fille Christabel. Personne ne met en doute la parole d'une mère en de telles circonstances.

Rachel se tamponna les yeux à l'aide de son mouchoir et poursuivit :

— Les Edgerton m'ont terriblement déçue, je dois dire. Je leur ai envoyé de multiples lettres, des photographies de toi. Jamais ils n'ont daigné me répondre.

— Vous avez fait de votre mieux, madame, dit Elissande qui dut elle aussi s'essuyer les yeux.

— Non, j'ai été une mauvaise mère, un fardeau inutile pour toi.

— Je vous en prie, ne dites pas cela. Nous savons vous et moi de quoi il était capable. Il vous aurait tuée si vous aviez cherché à le quitter.

— J'aurais dû trouver le moyen de te faire partir. Ainsi, il n'aurait pas pu te dominer toi aussi.

Elissande tendit la main pour effleurer la joue de sa mère.

— Je n'étais pas tout à fait prisonnière. J'avais Capri. Je m'évadais là-bas en pensée.

— Moi aussi, avoua Mme Douglas en glissant son mouchoir dans la manche de sa robe.

Elissande écarquilla les yeux.

— Vous vous imaginiez aussi à Capri ?

— Non, j'imaginais que tu y étais. Tu me lisais souvent ce passage dont je me rappelle encore quelques bribes : *Comme Venise, Capri possède son art de vivre, son atmosphère bien particulière. Joyeuse et vivifiante comme la brise marine, pastorale, elle cache aussi ses secrets dans le labyrinthe de ses cavernes souterraines*, récita Mme Douglas, le regard nostalgique. Je t'imaginais en train de visiter la grotte Bleue. Puis tu déjeunais dans une ferme où l'on t'offrait une nourriture saine et roborative, pleine d'olives et d'herbes aromatiques. Et le soir venu, tu retournais dans ta villa perchée sur la falaise pour regarder le soleil se coucher sur la Méditérranée.

— Je ne crois pas avoir jamais réfléchi à ce que je mangerais ou à l'endroit où je vivrais si j'habitais Capri, avoua Elissande, les larmes aux yeux.

— C'est normal. Mais je suis ta mère, et quand je t'imagine loin de moi, j'aime penser que tu es en sécurité dans une belle maison et bien nourrie.

Mais je suis ta mère. Ces mots étaient aussi déconcertants que magnifiques.

— J'imaginais aussi qu'il existait un sentier reliant ta villa à l'hôtel où descendent les touristes anglais. Ainsi quand tu te sentais seule, tu pouvais aller y prendre le thé ou dîner en bonne compagnie. Et un charmant jeune homme te rendait peut-être visite. Je t'ai inventé toute une vie dans un lieu où je n'ai jamais mis les pieds, acheva Mme Douglas en esquissant un sourire.

Elissande avait toujours su que la femme qui lui faisait face l'aimait tendrement, mais pas à ce point.

— Une vie formidable, murmura-t-elle, la gorge nouée.

— Presque aussi formidable que celle que tu auras avec lord Vere. Tu as beaucoup de chance, Elissande, assura Mme Douglas en lui prenant les mains.

Elissande se raidit. Son mariage n'était qu'une coquille vide. Son mari était prêt à débourser beaucoup d'argent pour ne plus jamais la revoir. Et elle venait d'apprendre que l'homme qu'elle haïssait le plus au monde était son père. Pourtant, Rachel

Douglas n'avait pas tort. Elle avait de la chance : sa mère était près d'elle, saine et sauve.

Elle se pencha pour l'embrasser sur le front.

— Oui, et j'en suis bien consciente, acquiesça-t-elle.

Vere regarda le train qui emportait sa femme disparaître dans la nuit.

Il pensait tout connaître des tenants et aboutissants de l'affaire Douglas, aussi les révélations de ce soir l'avaient-elles profondément ébranlé. Et sa femme ? Pourquoi n'avait-elle pas réagi plus vivement ? Contenait-elle ses émotions ? Refusait-elle d'admettre la vérité ? Avait-elle seulement compris ce qui venait de se dire ?

Au lieu de rester pétrifié à écouter ce déballage de secrets familiaux, il aurait dû pressentir la catastrophe et faire taire Douglas. Un petit coup de chloroforme, et Elissande aurait été préservée.

Il se rendait compte qu'il voulait la voir heureuse. Même si cette aptitude au bonheur dont elle faisait montre, cette capacité à s'émerveiller d'un rien, le déstabilisait, telle une flamme dangereuse à laquelle il aurait pu se brûler s'il s'approchait trop près.

Il n'osait imaginer un tel bonheur pour lui – il ne le méritait pas –, mais elle y avait droit.

Il revint vers la maison délabrée, trouva Holbrook qui, lui aussi déguisé en cocher, faisait le guet dans la ruelle. Vere prit le temps de se changer, puis les deux hommes chargèrent Douglas toujours ligoté dans le fiacre de Holbrook. Ce dernier se jucha sur le siège du conducteur, tandis que Vere s'installait à l'intérieur de la voiture, à côté du prisonnier.

Le véhicule s'ébranla.

— Ainsi vous êtes mon gendre.

Ces simples mots déclenchèrent un frisson d'alerte chez Vere. Il prit son air le plus ahuri pour rétorquer :

— Hein ? Non. Pas du tout. J'ai épousé la nièce de votre femme.

— Tout ça vous est passé au-dessus de la tête, mon pauvre garçon. Elissande n'est pas la nièce de ma femme. C'est ma fille.

Vere fronça les sourcils et le considéra avec perplexité.

— Auriez-vous perdu l'esprit, monsieur Douglas ?

Douglas se mit à rire.

— J'avoue que je suis ravi qu'elle ait épousé un idiot.

— Je ne suis pas un idiot, répliqua Vere, qui regrettait de ne pas avoir roué ce type de coups quand il en avait l'occasion.

— Non ? Dans ce cas, vous feriez bien de vous méfier. Elissande est ma fille. Je sais qu'elle vous a piégé. C'est une maligne, et rien ne l'arrête quand elle a une idée en tête. Elle va se servir de vous jusqu'à ce que vous n'ayez plus rien à lui offrir, et ensuite, qui sait, peut-être se débarrassera-t-elle de vous ?

— Comment pouvez-vous parler ainsi de votre propre fille ? gronda Vere, les poings serrés.

— Je ne dis que la vérité. C'est une opportuniste. Elle a beaucoup appris de moi. Pourquoi pensez-vous que... pardonnez-moi, vous ne pensez pas. J'avais oublié. Enfin bref, vous me faites pitié, pauvre crétin.

Le poing de Vere s'écrasa sur le nez de Douglas qui poussa un hurlement. Il y était allé de si bon cœur que sa propre main lui faisait maintenant un mal de chien. Plié en deux sur la banquette, Douglas gémissait, le corps agité de soubresauts.

— Désolé, dit Vere en souriant. Je fais ce genre de choses quand les gens me traitent de crétin. Vous disiez, beau-papa ?

— Reprenons tout depuis le début, lord Vere. Vous étiez à Dartmouth dans une taverne. Ce monsieur est arrivé et vous a offert à boire. Ensuite vous vous êtes senti tout bizarre et d'humeur enjouée. Vous avez accepté de le suivre, soi-disant pour aller visiter une belle propriété à Exeter. Vous vous êtes réveillé allongé par terre, dans une maison déserte, et vous avez compris qu'on vous avait enlevé. Mais vous avez pu maîtriser votre ravisseur lorsque celui-ci est venu vous apporter à boire. C'est bien cela, milord ?

Vere avait envoyé plusieurs télégrammes de Paignton, dont l'un à l'inspecteur Nevinson, qui avait rejoint le poste de police afin de poursuivre son enquête. Il venait de récapituler la déposition de Vere.

Ce dernier retint un soupir excédé. Ce maudit rôle ! Il rêvait de rentrer chez lui – sa femme n'aurait pas dû être seule en un moment pareil.

— Exactement, répondit-il. Vous comprenez, inspecteur, je suis un bon parti. Enfin, je suis déjà marié, mais...

— Vous êtes un homme riche, acheva Nevinson d'une voix où perçait l'impatience.

— Voilà. Et à ce titre, je me rends bien compte quand on veut m'extorquer de l'argent. Ce salopard là-bas – pardonnez mon langage, messieurs – a même dit qu'il allait me garder pour que ma femme lui donne des milliers de livres *ad vitam*. Comme si c'était une façon de formuler une demande de rançon ! Ah, merci, ajouta Vere à l'intention du chef de la police d'Exeter qui lui tendait une tasse de thé trop infusé. Du vrai thé, enfin ! Je ne peux décidément pas me faire à ce thé de Ceylan dont ma femme raffole. On dirait de l'eau chaude...

Nevinson enchaîna :

— Vous ne savez donc pas qui est cet homme que vous avez amené ici, milord ?

— Non. Je viens de vous le dire, c'est la première fois que je le voyais.

— Il s'appelle Edmund Douglas. Cela ne vous évoque rien ?

Vere sursauta.

— Bonté divine ! Je me suis fait enlever par mon tailleur !

— Mais non !

Nevinson prit une profonde inspiration et avala une longue gorgée de thé avant de reprendre d'un ton contenu :

— Cet homme est l'oncle de votre femme, milord.

— Ce n'est pas possible. L'oncle de ma femme est incarcéré au pénitencier de Holloway.

— Il s'est échappé.

— Vraiment ?

— C'est la raison pour laquelle il s'en est pris à vous. Il ne s'est pas attaqué à n'importe quel riche aristocrate, mais au mari de sa nièce.

— Mais pourquoi ne s'est-il pas présenté ?

Nevinson planta les dents dans un biscuit à thé qui explosa.

— Quoi qu'il en soit, intervint le chef de la police, vous avez eu raison de lui, milord. Et vous avez évité à tout le monde une pénible chasse à l'homme. Pour ma part, je pense que nous pourrions fêter ça avec quelque chose d'un peu plus corsé qu'une tasse de thé. Une larme de whisky, peut-être, inspecteur ?

— Avec plaisir !

À cet instant, un sergent fit irruption dans le bureau.

— Désolé de vous déranger, monsieur, mais l'homme que Sa Seigneurie nous a livré... est mort !

Nevinson sursauta. Vere se leva d'un bond et renversa sa chaise.

— Mais je ne l'ai pas tué ! Je vous le jure !

— Nous le savons, milord, grinça Nevinson, avant de demander au policier : Que s'est-il passé, sergent ?

— C'est bizarre, monsieur. Il semblait aller parfaitement bien, puis il a demandé un verre d'eau que le constable Brown lui a apporté. Cinq minutes plus tard, quand Brown est venu rechercher le verre, il l'a trouvé mort sur sa paillasse.

Tout le monde se précipita dans la cellule de Douglas. Couché sur le côté, celui-ci semblait dormir, mais son cœur avait cessé de battre.

— Comment cela a-t-il pu se produire ? s'écria Vere.

— Cela ressemble à un empoisonnement au cyanure ou à la strychnine, supputa Nevinson. Le problème, c'est qu'il n'avait rien sur lui, excepté sa montre et un peu d'argent.

— Vous croyez qu'il conservait une pilule de cyanure cachée dans sa montre ? fit Vere, les yeux écarquillés.

— Non, voyons, c'est gro...

Nevinson se tut brusquement, s'empara de la montre et joua quelques secondes avec. Le cadran pivota pour révéler un compartiment secret.

— Vous avez raison, milord ! Il y a encore deux pilules là-dedans.

Vere ne put réprimer un frisson. Peut-être Douglas avait-il prévu d'empoisonner sa femme et sa fille avant de se suicider.

Une vague de terreur rétrospective lui glaça les sangs.

— Il devait se douter que cette fois il n'y aurait pas d'issue, reprit Nevinson. Nous avions de quoi l'envoyer à la potence.

Et pour un homme qui avait toujours mis un point d'honneur à maîtriser son destin, la perspective d'une mort imposée était sans doute intolérable.

Quoi qu'il en soit, Elissande et sa mère n'avaient plus rien à craindre désormais.

Curieusement cette pensée ne lui procura pas le soulagement escompté. Il se sentait frustré. Pour tout le mal que le faux Douglas avait fait dans sa vie, il méritait une mort ignominieuse.

— Il y a autre chose, fit encore Nevinson en tendant sa main ouverte, au creux de laquelle scintillaient deux petits diamants. J'imagine que c'est avec ça qu'il a graissé la patte de ses gardiens pour s'échapper.

Tandis que l'inspecteur et le chef de la police examinaient les pierres, Vere récupéra la montre et la manipula rapidement. Il ne tarda pas à découvrir une deuxième cachette dans laquelle se trouvait une minuscule clé. Il l'empocha discrètement, avant de rendre la montre à Nevinson.

— Il n'avait pas besoin de se suicider, commenta-t-il d'un air navré. J'aurais glissé un mot au juge pour demander sa clémence. Les gens fortunés sont des cibles tentantes, après tout. Et c'était quand même mon oncle par alliance.

Tout à coup Elissande suffoqua.

Elle avait respiré à peu près normalement durant le voyage de retour, puis lorsqu'elle avait mis sa mère au lit. Et quand elle s'était enfin allongée sur l'ottomane, dans le salon, une compresse froide sur le visage, ses poumons ne la gênaient pas.

Se redressant brusquement, sans se soucier de la compresse qui se trouva projetée à terre, elle porta les mains à son cou. Les mains de son oncle étaient en train de se refermer sur sa gorge, lui écrasaient la trachée, la privant inexorablement d'oxygène.

Elle se mit à haleter, bouche ouverte, tenta désespérément d'avaler des goulées d'air. La tête lui tournait. Ses doigts étaient tout engourdis. Elle ressentait des picotements sur les lèvres, et une douleur aiguë dans la poitrine. Sa vision se brouilla...

Des sons en provenance de l'extérieur. Une voiture ? Quelqu'un avait-il ouvert la porte ? Elle était incapable de réfléchir, de trouver une logique à tout cela. Pliée en deux, la tête entre les genoux, elle luttait pour ne pas perdre conscience.

Un bruit de pas. Elle n'était plus seule.

Une main lui caressa les cheveux.

— Respirez lentement, Elissande.

Il s'était assis à côté d'elle et lui parlait à mi-voix. Mais elle ne comprenait rien. Elle avait besoin d'air, elle s'asphyxiait...

— Plus lentement. N'inspirez pas trop profondément. Expirez doucement. Là.

Sa main s'était déplacée sur son dos, sa douce pression l'apaisa. Elle obéit. Et s'aperçut bientôt qu'il avait raison. Modérer ses inspirations – c'est-à-dire faire l'inverse de ce que lui dictait son instinct – la calmait. L'engourdissement et les picotements s'estompèrent peu à peu, l'étau qui lui comprimait la poitrine se desserra.

Il l'aida à se redresser. Elle avait encore mal aux yeux, mais les taches lumineuses qui lui brouillaient la vue avaient disparu. Elle ne voyait plus que lui. Il avait l'air épuisé, vaguement inquiet peut-être, mais il soutenait son regard avec bienveillance.

— Ça va mieux ? s'enquit-il.

— Oui, merci.

Lui frôlant à peine le menton, il lui tourna la tête pour inspecter son visage.

— Vous aurez de vilains hématomes demain. Vous devriez être au lit. La journée a été rude.

Comment croire que ce matin encore elle s'était levée pleine d'optimisme quant à son avenir, persuadée que les pièces de sa vie allaient enfin s'emboîter ?

— Ça va, murmura-t-elle.

— *Vraiment ?*
Elle détourna les yeux.
— On l'a ramené en prison ? demanda-t-elle.
— Pas tout à fait.
Elle frémit.
— Comment cela ?
Le voyant hésiter, elle agrippa le bras de l'ottomane.
— Ne me dites pas qu'il s'est de nouveau échappé !
— Il est mort, Elissande. Il s'est suicidé au poste de police, vraisemblablement à l'aide d'une pilule de cyanure. Mais il faudra attendre le rapport d'autopsie pour en être sûr.

Elle en demeura bouche bée. Sa respiration s'accéléra une fois de plus, redevint anarchique. Il lui posa la main sur l'épaule.
— Lentement. Sinon cela va recommencer.

Elle se mit à compter mentalement. Elle avait encore la maîtrise de son diaphragme, mais à l'intérieur de sa cage thoracique son cœur tambourinait follement.
— Vous êtes... vous êtes certain qu'il ne s'agit pas d'une ruse ? balbutia-t-elle.
— J'étais sur place. Il est aussi mort que tous ceux qu'il a assassinés.

Elle se leva, puis articula avec une amertume non dissimulée :
— Ainsi il n'a même pas voulu subir les conséquences de ses actes.
— Cela n'a rien d'étonnant. C'était un lâche, à tous points de vue.

Elle pressa deux doigts contre son front, entre les sourcils. C'était douloureux, mais pas autant que la vérité.
— Et c'était mon père.

Tout ce qu'elle pensait savoir sur elle-même était sens dessus dessous.

Elle sentit qu'on lui glissait quelque chose entre les mains. Un verre empli d'une généreuse rasade de whisky. Elle faillit rire. Vere avait-il oublié qu'elle ne tenait pas l'alcool ?

Elle se mordit la lèvre pour ravaler ses larmes.

— Devant moi, il n'a jamais manqué une occasion de dénigrer Andrew et Charlotte Edgerton, pour me faire bien comprendre que même avec la plus grande indulgence, on ne pouvait considérer Charlotte autrement que comme une femme perdue et son mari comme le dernier des ratés. Et pourtant... pourtant je ne les en ai pas moins aimés. Je les imaginais pleins de fougue, des êtres à part, qui faisaient fi des convenances, et dont le plus grand regret, avant de mourir, avait été de savoir qu'ils ne me verraient pas grandir.

Tandis que son vrai père avait dû rendre son dernier soupir en regrettant de ne plus pouvoir les tourmenter, sa mère et elle.

Cette pensée la meurtrit. Son père n'était donc pas Andrew Edgerton, le tendre et généreux Andrew, quoique fâcheusement impulsif, mais un pervers qui jubilait à l'idée qu'elle mette au monde une ribambelle d'enfants dégénérés.

Elle aperçut son reflet dans le miroir accroché au mur, et constata que Vere s'était trompé : pas besoin d'attendre le lendemain, elle avait *déjà* une tête épouvantable. Les ecchymoses devenaient violacées, sa lèvre était fendue et l'une de ses paupières était si enflée qu'elle avait l'œil presque fermé.

Et c'était son propre père qui lui avait infligé cela. En y prenant un plaisir infini.

En s'échappant de Highgate Court, elle avait cru trouver la liberté. Mais comment s'affranchir de ce qu'elle venait d'apprendre ? Toute sa vie, le sang de son père courrait dans ses veines et lui rappellerait le lien indéfectible qui les unissait.

Elle se détourna du miroir, fourra le verre de whisky entre les mains de son mari et quitta la pièce.

Une fois dans sa chambre, elle alla ouvrir son coffre à trésors pour en retirer les souvenirs précieusement conservés au fil des ans.

— Elissande, ne faites rien que vous risqueriez de regretter plus tard, dit Vere.

Elle ne l'avait pas entendu, mais il l'avait suivie.

— Je n'ai pas l'intention de les détruire.

Même si ces objets n'avaient plus pour elle la même signification – et que c'était un crève-cœur de les regarder en se remémorant la vie qu'elle avait imaginée si Andrew et Charlotte Edgerton avaient vécu –, elle savait que sa mère serait heureuse de posséder quelques souvenirs de sa sœur.

— Je veux juste brûler le coffre, précisa-t-elle.

— Pourquoi ?

— Il y a un compartiment secret dans le couvercle. Quand j'étais petite, Douglas m'a montré les serrures dissimulées dans le bois. Il m'a dit qu'un jour je trouverais les clés. Je sais à présent ce qu'il y a dedans. Ce ne peut être que son journal.

Elle était au bord de la nausée. Elle se sentait souillée, manipulée. Toutes ces années il s'était moqué d'elle. Et le tableau accroché dans sa chambre à Highgate Court, qui représentait une rose rouge pleine d'épines jaillissant d'une mare de sang – son sang à lui –, lui apparaissait maintenant comme une sorte de clin d'œil macabre.

— Ce coffre va dégager beaucoup de fumée si vous le brûlez dans la cheminée, objecta son mari. Pourquoi ne pas l'ouvrir, tout simplement ? J'ai les clés en ma possession.

Elle lui jeta un regard stupéfait, avant de se souvenir que les secrets et les serrures faisaient justement partie de son domaine d'expertise.

— Où et quand les avez-vous trouvées ?

— La première était dans le coffre-fort de Highgate Court ; j'ai trouvé la seconde sur Douglas, tout à l'heure.

Il l'abandonna un court instant, le temps d'aller chercher la première clé dans sa chambre. À son retour, Elissande posa le coffre sur sa commode. Il inséra les deux clés dans les interstices prévus à cet effet, les tourna en même temps. Le fond du couvercle s'entrouvrit d'un centimètre.

Avec précaution, Vere glissa la main à l'intérieur et retira du compartiment secret un objet carré enveloppé dans un morceau de tissu.

Il s'agissait bien d'un carnet relié en cuir, sur lequel étaient gravées les initiales *G.F.C.*

— Il y a un mot pour vous.

— Que dit-il ? s'enquit-elle sans faire mine de s'en saisir.

Elle ne voulait pas se salir les mains avec quelque chose que Douglas avait touché.

Vere lut à voix haute :

— *Ma chère Elissande, Christabel Douglas n'est pas morte. Demande donc à Mme Douglas ce qui lui est arrivé. J'espère vivre toujours dans ta mémoire. Ton père, George Fairborn Carruthers.*

Ce fut comme si Douglas l'avait de nouveau frappée en pleine face. Il s'ingéniait à avoir toujours le dernier mot, même par-delà la tombe.

Elle arracha le journal des mains de Vere, le jeta à travers la pièce.

— Qu'il aille rôtir en enfer ! cria-t-elle.

Les larmes qu'elle avait retenues si longtemps ruisselaient maintenant sur son visage, brûlaient ses meurtrissures.

— Elissande...

— Ce n'est même pas mon nom !

Elle avait toujours aimé son prénom, hommage double à Eleanor et à Cassandra, les mères de

Charlotte et d'Andrew. Elle aimait sa signification symbolique et sa sonorité exotique, mélodieuse. Elle aimait aussi l'idée qu'en donnant à leur fille un prénom aussi rare, Charlotte et Andrew avaient dû avoir de hautes aspirations pour elle.

Sa vie durant, elle avait rongé son frein, rêvant de déployer les ailes qu'on lui avait rognées. Mais jamais elle ne s'était sentie aussi impuissante qu'en cet instant, alors qu'on l'avait dépouillée de tout ce qui avait vraiment compté pour elle.

Son mari s'approcha dans son dos, glissa doucement les bras autour d'elle et la tint serrée contre son torse.

Alors elle pleura sur ses rêves brisés.

Lorsqu'elle n'eut plus de larmes à verser, il la déshabilla, lui enfila sa chemise de nuit. Puis, la portant dans ses bras, il la déposa dans son lit et la borda.

Une fois qu'il eut éteint la lumière et quitté la chambre, elle demeura étendue, les yeux grands ouverts à fixer les ténèbres. Elle regrettait d'avoir été trop fière pour lui demander de rester auprès d'elle encore un peu. Mais à son grand soulagement, il revint une minute plus tard.

— Voulez-vous un peu d'eau ?

Elle mourait de soif. Elle saisit le verre qu'il lui tendait, le vida d'une traite avant de le lui rendre en le remerciant. Il approcha alors une chaise et s'y assit.

Peut-être avait-il raison. Peut-être était-elle bel et bien reconnaissante dès qu'on faisait montre d'un peu de gentillesse envers elle. Mais demeurer à ses côtés aux heures les plus sombres de son existence allait au-delà de la simple gentillesse.

Il lui prit la main.

— Elissande.

Elle était trop épuisée pour lui rappeler qu'elle ne s'appelait pas ainsi. Comme s'il avait lu dans ses pensées, il enchaîna :

— J'aime beaucoup ce prénom dont votre mère vous a rebaptisée. Il est porteur d'espoir et symbolise l'acte le plus courageux dans une vie par ailleurs totalement effacée. Qu'elle ait osé cacher sa propre fille sous le nez du monstre qui lui tenait lieu de mari est une immense preuve d'amour à votre égard. Ne l'oubliez pas, Elissande.

Elle n'avait pas vu les choses sous cet angle. Une fois encore, les larmes débordèrent, ruisselant sur ses tempes et dans ses cheveux.

— Je ne l'oublierai pas, chuchota-t-elle.

Il lui tendit un mouchoir, et lui caressa la main d'un mouvement régulier du pouce.

— Quand je me suis renseigné sur la fabrication des diamants de synthèse, j'ai appris qu'un diamant était exclusivement composé de carbone, exactement comme le charbon ou le graphite. Douglas est votre père, je ne vais pas vous dire le contraire. Il n'empêche que, s'il n'est qu'un vulgaire morceau de charbon, vous êtes un diamant de l'eau la plus pure.

Un diamant, elle ? Pas vraiment. Elle était une menteuse et une manipulatrice.

— Votre mère n'aurait jamais survécu sans vous, j'en suis absolument certain. C'est vous qui l'avez protégée alors qu'elle était dans un état de totale vulnérabilité.

— Comment aurais-je pu faire autrement ? Elle avait besoin de moi.

— Tout le monde ne défend pas spontanément les plus faibles. Vous auriez eu tout intérêt à flatter Douglas, à le brosser dans le sens du poil. Ou vous auriez pu vous enfuir. Il fallait une grande force morale pour faire le choix qui a été le vôtre.

— Continuez ainsi et je vais me prendre pour un parangon de vertu.

— Je n'irai pas jusque-là, s'amusa-t-il. Mais il y a de la force de caractère et de la compassion en vous, des qualités dont Douglas était dépourvu et qu'il n'était même pas capable de comprendre.

Il essuya ses tempes humides du bout des doigts, tel un peintre qui aurait achevé une miniature à petits coups de pinceau légers.

— Je vous ai observée, Elissande. Une vie entière sous la coupe de Douglas aurait dû faire de vous un être dévoré d'angoisse et de rancœur. Or, vous êtes un feu de joie. Nul ne possède comme vous cette aptitude au bonheur. Ne le laissez pas détruire cela. Moquez-vous plutôt de lui, à présent. Faites-vous des amis, lisez autant de livres qu'il vous plaira, divertissez-vous avec votre mère. Emplissez votre vie de plaisirs et montrez-lui que, même s'il a consacré son existence à tenter de vous briser, il a échoué sur toute la ligne.

D'autres larmes coulèrent. Rachel Douglas ne s'était pas trompée : Elissande avait de la chance. L'homme à qui elle avait fait le plus de tort se révélait un véritable ami.

Elle pensa à sa mère, qui ne serait plus jamais maltraitée ; à elle-même, désormais maîtresse de son existence ; et au matin à venir. Même les nuits les plus noires avaient une fin. Et elle se surprit à désirer le lever du soleil.

— Vous avez raison, articula-t-elle. Je ne lui permettrai pas de m'humilier par-delà la mort, pas plus que je ne lui ai abandonné mon âme de son vivant.

Vere avait seize ans quand on était venu les chercher à Eton, son frère et lui, pour qu'ils voient une dernière fois leur père sur son lit de mort.

Pour être mourant, le marquis n'en était pas moins caustique que d'ordinaire. En présence de Freddie, il avait enjoint à Vere de se marier et d'avoir un héritier au plus vite afin d'éviter que le titre et le domaine ne reviennent au cadet.

Vere avait tenu sa langue en raison de la présence du médecin et d'une infirmière. Mais la colère avait lentement enflé en lui tout au long de la soirée, et finalement, au cœur de la nuit, il n'avait pu en supporter davantage. Son père était peut-être sur le point de frapper à la porte de l'enfer, mais il ne partirait pas sans qu'il lui ait dit en face ses quatre vérités, à savoir qu'il était un être méprisable et un père lamentable.

Il s'était dirigé vers les appartements du marquis. L'infirmière somnolait dans la pièce voisine. La porte de la chambre de son père était entrebâillée. Des voix s'en échappaient. Vere avait tendu le cou et reconnut l'ourlet de l'habit du pasteur, assis au chevet du mourant.

— Mais... milord... il s'agit d'un meurtre ! avait bégayé ce dernier.

— Je le savais parfaitement en la poussant dans l'escalier, figurez-vous. Je n'aurais pas besoin de vous en cet instant si cela avait été un simple accident, grinça le marquis.

La vue de Vere s'était obscurcie. Il avait dû s'appuyer au mur pour ne pas s'écrouler. Huit ans plus tôt, sa mère s'était brisé la nuque en tombant dans le grand escalier de leur hôtel particulier à Londres. Un terrible accident, c'était du moins ce que tout le monde avait cru. Elle avait veillé trop tard, avait bu un peu trop de champagne. Un faux pas avec ses mules à talons et elle avait chuté.

Sa mort avait anéanti Vere et Freddie.

Le sang de leur mère n'avait pas la pureté normande dont leur père tirait une si grande fierté. Leur grand-père maternel, bien que très riche, valait autant que le premier vagabond venu aux yeux du marquis. Mais leur mère n'était pas une oie blanche. Héritière d'une fortune colossale, elle savait pertinemment en se mariant que sa dot paierait les dettes du marquis et permettrait de renflouer le domaine. Et elle avait protégé ses enfants, surtout Freddie, du caractère imprévisible et souvent violent de son mari.

De notoriété publique, le marquis et la marquise se détestaient cordialement. Au bout de quelques années, le marquis, ayant épuisé la dot pourtant considérable de sa femme, s'était de nouveau endetté. M. Woodbridge, le grand-père maternel de Vere, n'était pas né de la dernière pluie. Il s'était arrangé pour subvenir directement aux besoins de sa fille, payant ses toilettes et ses bijoux, ainsi que les fréquents voyages à l'étranger qui leur permettaient, à ses enfants et à elle, de s'éloigner du marquis.

En dépit de l'ambiance détestable qui régnait à la maison, personne n'avait soupçonné que la mort de la marquise puisse être autre chose qu'un accident. Six mois plus tard, le marquis s'était remarié avec une autre héritière, certes moins fortunée, mais qui avait au moins l'avantage d'être déjà en possession de son héritage et de ne pas traîner derrière elle un beau-père trop regardant.

Vere non plus n'avait rien suspecté, jusqu'à ce soir maudit. Il avait eu envie de courir se cacher. Il avait eu envie d'ouvrir la porte d'un coup de pied et d'interrompre la confession. Mais il était resté immobile, comme pétrifié.

— Je suppose que vous vous êtes repenti, milord ? avait demandé le pasteur d'une voix haut perchée.

— Certainement pas. J'aurais été prêt à recommencer si nécessaire. Je ne supportais plus cette femme ! Mais il faut bien en passer par les formalités d'usage, pas vrai ? avait-il ajouté avec un horrible rire sifflant. Je vous dis donc que je me repens, et vous me répondez que tout va pour le mieux dans le meilleur des mondes.

— Je ne peux pas ! s'était récrié le pasteur. Je ne peux absoudre ni votre méfait ni votre inqualifiable manque de remords.

— Vous allez pourtant le faire, avait rétorqué le marquis d'une voix dure. Ou le monde apprendra pourquoi vous êtes toujours célibataire à votre âge. Honte à vous, révérend, d'entraîner dans la perversion un homme marié, et de vouer son âme en même temps que la vôtre à la damnation éternelle !

Vere s'était enfui, incapable de supporter que le marquis réussisse à imposer sa loi jusqu'au bout, alors qu'il avait déjà commis un meurtre en toute impunité.

Les funérailles avaient été une épreuve supplémentaire. Une foule nombreuse s'y était pressée. Le caractère noble et les actions charitables du défunt avaient été longuement évoqués et loués par ceux qui ignoraient – ou se moquaient de savoir – qu'il avait été un être malfaisant.

Le lendemain des obsèques, Vere avait fait son cauchemar pour la première fois. Il n'avait pourtant jamais vu sa mère morte au pied des marches, mais cela ne l'avait pas empêché, nuit après nuit, de courir dans ce long couloir pour la découvrir étendue sur le sol, déjà froide, désarticulée.

Trois mois plus tard, Vere s'était effondré et s'était confié à sa grand-tante, lady Jane.

Celle-ci l'avait écouté avec compassion, puis lui avait avoué :

— Je suis navrée, Penny. J'ai été anéantie quand Freddie me l'a appris. Et cela ne me fait pas moins mal aujourd'hui de l'entendre de ta bouche.

Vere était tombé des nues.

— *Freddie* savait ? Il le savait et il ne m'en a rien dit ?

Lady Jane s'était rendu compte trop tard de sa gaffe. Elle avait dû confirmer :

— Freddie avait grand-peur de ta réaction. Il redoutait que tu ailles jusqu'à tuer votre père – et il n'avait peut-être pas tort. De plus, il estime que celui-ci a été dûment châtié pour ce crime.

Elle lui avait alors expliqué qu'un soir, à l'âge de treize ans, Freddie s'était glissé dans la chambre de leur père dans l'espoir de récupérer ses dessins favoris que le marquis avait confisqués. Mais celui-ci s'était réveillé en entendant du bruit. Persuadé qu'il était en présence du fantôme de sa première épouse, il s'était recroquevillé dans son lit en sanglotant, terrifié.

Vere avait été hors de lui. Il fallait vraiment que Freddie soit naïf pour penser que leur père éprouvait des regrets ou de la peur. Cet homme impitoyable, qui avait menacé de révéler l'homosexualité du pasteur, ne méritait l'indulgence de personne !

Depuis deux ans, Freddie était donc au courant. Deux années durant lesquelles Vere aurait eu le loisir de transformer la vie de son père en un véritable enfer. Ainsi, à sa manière, il aurait pu venger sa mère, du moins en partie. Et savoir qu'il avait été spolié de cette satisfaction, par Freddie de surcroît...

Ce jour-là, lady Jane avait peut-être découvert en Vere un vrai potentiel. Ou peut-être voulait-elle seulement qu'il oublie ses rêves de vengeance et sa soif de justice. Quoi qu'il en soit, elle s'était également lancée dans des confidences personnelles : depuis des années elle menait une double vie en tant qu'agent du gouvernement et avait consacré presque toute son existence d'adulte à la défense des intérêts de la Couronne. Rien ne rendrait la vie à la mère de Vere, mais peut-être trouverait-il une certaine consolation à aider son pays ?

Il avait tout de suite accepté. Lady Jane lui avait alors conseillé d'endosser un rôle qui empêcherait que quiconque le prenne au sérieux à l'avenir – un énorme atout dans ce métier. Elle lui avait suggéré d'incarner le personnage de jouisseur, mais il avait regimbé. Il n'aimait pas les excès, et, surtout, ne tenait pas à côtoyer son prochain plus que nécessaire. Or, vivre en reclus ne s'accordait pas avec ce rôle.

— Je préfère être un idiot, avait-il décrété.

Sur le moment, il n'avait pas pensé qu'un jouisseur avait au moins le droit d'exprimer ses opinions sur un certain nombre de sujets. Sous cet aspect, le rôle d'idiot était plus contraignant. Et plus il mettrait de talent à le jouer, plus il s'isolerait.

Lady Jane lui avait conseillé de ne pas prendre de décision hâtive. Cependant, deux jours plus tard, son cheval l'avait désarçonné. Vere avait été sérieusement blessé. Dans la foulée, il avait décidé d'exploiter cet accident et de profiter de ce que Needham séjournait chez lady Jane. Le praticien était unanimement respecté pour ses compétences, et personne n'avait mis sa parole en doute lorsqu'il avait affirmé que les facultés du blessé seraient amoindries après un sévère traumatisme crânien.

Vere s'était alors retrouvé face à un dilemme : devait-il mettre Freddie dans le secret ?

Sans la bévue de lady Jane, sa décision aurait peut-être été différente. Son frère et lui avaient toujours été très proches. Certes, Freddie ne savait pas mentir, mais il n'en aurait pas besoin : les gens constateraient par eux-mêmes que le comportement de Vere avait changé. Ils feraient le lien avec l'accident. Et si Freddie s'obstinait à répéter que son frère était le même qu'avant, ils en concluraient seulement qu'il avait trop de peine pour affronter la vérité.

Mais puisque Freddie avait jugé bon de l'empêcher de venger leur mère, il avait décidé de lui rendre la monnaie de sa pièce et de garder le secret.

Si Vere avait férocement détesté sa femme, c'est parce qu'il avait identifié chez elle une aptitude à la manipulation et au mensonge qui ne lui rappelait que trop ses propres talents.

Mais ce n'étaient là que des similarités de surface. Derrière la façade se cachait un homme vulnérable qui avait été brisé à l'âge de seize ans et n'avait jamais réussi à recoller les morceaux, tandis que sa femme, si imparfaite soit-elle, possédait une résistance qui le sidérait.

Sa main reposait toujours dans la sienne. La pression de ses doigts s'était relâchée lorsqu'elle avait sombré dans le sommeil. Il avait prévu de quitter sa chambre lorsqu'elle dormirait, pourtant l'aube pâlissait et il était toujours là, pour repousser ses cauchemars.

Il voulait être à jamais le rempart qui la protégerait de ses songes funestes.

Cette pensée aurait dû le stupéfier. Ce ne fut pas le cas. Il n'avait pas de mal à l'accepter maintenant qu'il avait cessé de nier son amour pour elle. Simplement il ne la méritait pas. Du moins pas tant qu'il serait cet homme trompeur et lâche.

Il savait ce qui lui restait à faire. Mais aurait-il le courage et l'humilité nécessaires ? Le désir qu'il avait de marcher à ses côtés et de veiller sur elle serait-il plus fort que l'instinct qui lui dictait de continuer la mascarade, de tourner le dos à la vérité pour en fuir les répercussions ?

Il avait l'impression d'être au bord d'une haute falaise. S'il reculait d'un pas, il retrouverait la sécurité de son univers familier. Mais s'il avançait, il lui faudrait faire preuve d'une confiance absolue. Or, cela ne lui était pas naturel, surtout lorsqu'il s'agissait de sa propre confiance en lui.

Pourtant, il voulait qu'elle le regarde encore comme si une foule de possibilités s'offraient à eux. Comme si le monde leur appartenait.

Et rien que pour cela, il ferait ce qu'il avait à faire, quelles qu'en soient les conséquences.

21

Quand un décès survient, surtout en de telles circonstances, il y a toujours beaucoup à faire.

La famille devait réclamer le corps d'Edmund Douglas afin de l'inhumer. Les hommes de loi de ce dernier devaient procéder à la lecture de son testament. Si la situation avait été autre, Elissande se serait chargée de toutes ces questions. Mais elle avait toujours le visage meurtri, et sa mère avait insisté pour qu'elle se repose. Elle s'occuperait elle-même des formalités, avait-elle décidé. Il était grand temps qu'elle reprenne sa vie en main.

Vere, qui devait se rendre à Londres, avait proposé de l'accompagner. Et ils avaient également emmené Mme Green qui entendait veiller sur le confort de Mme Douglas.

À présent celle-ci somnolait, son corps pesant à peine contre le bras de Vere. Cela rappela à ce dernier le moment privilégié qu'il avait partagé avec Elissande, dans un autre train. Sur l'instant, il avait été déconcerté de se découvrir aussi attiré par une femme à la personnalité si discutable. À l'époque, son intelligence n'avait pas perçu ce que son instinct avait saisi d'emblée : l'intégrité d'Elissande. Au sens non pas moral du terme, mais premier, à savoir : état de ce qui est demeuré intact, entier.

Les épreuves l'avaient marquée sans amoindrir ses qualités. Tandis que lui portait des cicatrices indélébiles qui l'avaient affaibli.

Il avait toujours établi un rapport entre son travail et un profond désir de justice. En réalité, c'étaient la colère et le chagrin qui l'avaient porté durant toute sa carrière. Cela expliquait qu'il n'ait retiré que peu de satisfactions de ses plus grands succès. Ces derniers ne faisaient que lui rappeler son impuissance à accomplir ce qu'il aurait souhaité le plus au monde : punir son père et ramener sa mère à la vie.

Voilà pourquoi il avait été tellement en colère contre Freddie. Tout en l'enviant. Comment son frère avait-il pu se résigner, tourner la page, alors que lui-même demeurait coincé entre la nuit où sa mère avait trouvé la mort et celle où il avait appris la vérité de la bouche de son père ?

Treize années s'étaient écoulées. Durant tout ce temps, il avait pourchassé quelque chose d'inaccessible, tandis que sa jeunesse s'envolait, qu'il oubliait ses ambitions premières et s'isolait davantage chaque jour.

Un petit ronflement le ramena au présent. Mme Douglas remua sur la banquette, se rendormit. Sur le chemin de la gare, elle lui avait confié avoir rêvé de lui avant même de le rencontrer, une nuit où le laudanum lui embrouillait l'esprit encore plus qu'à l'accoutumée. Il s'était alors promis que plus tard, quand il aurait mis de l'ordre dans sa vie, il lui dirait la vérité à propos de sa présence dans sa chambre à Highgate Court, et lui présenterait ses excuses pour l'avoir tant effrayée.

Il tourna la tête pour l'observer. Ses joues étaient encore pâles, mais elle avait repris quelques couleurs. Son cou semblait moins décharné. La première fois qu'il l'avait vue, il avait cru qu'elle ne se remettrait jamais des mauvais traitements subis. Mais elle était en train de prouver qu'il suffisait d'un environnement moins hostile pour que la vie reprenne ses droits.

Il reporta le regard vers la vitre. Peut-être que lui non plus n'était pas aussi abîmé qu'il le croyait, finalement.

Cette fois, au lieu de se servir de sa clé, Vere sonna chez Freddie.

On le conduisit dans le bureau où son frère était en train de consulter des horaires de chemins de fer. À son entrée, il posa la brochure et se leva.

— Penny ! Je comptais justement te rendre visite à la campagne ! s'exclama-t-il en s'approchant pour le serrer dans ses bras. Si tu étais arrivé un quart d'heure plus tard, j'aurais été en route pour la gare de Paddington. J'ai entendu les rumeurs les plus folles ce matin. Il paraît que l'oncle de ta femme s'est échappé de prison et a tenté de t'enlever, et que tu as dû te battre pour défendre ta vie. Tu peux m'expliquer ce qui s'est vraiment passé ?

Les mots se pressaient déjà sur la langue de Vere – « C'est insensé ! Les gens racontent vraiment n'importe quoi. Me battre pour défendre ma vie ? J'ai fait rendre grâce à ce gringalet d'un seul coup de poing ! » –, tandis qu'une expression bêtement satisfaite apparaissait sur ses traits.

La tentation de retomber dans son rôle d'idiot était immense. Freddie ne s'attendait pas à autre chose. Il l'aimait, de toute façon. Alors pourquoi changer quoi que ce soit ?

Il alla chercher la bouteille de cognac dans le bar, se servit un verre, le reposa sans y avoir touché.

— Cette histoire n'est qu'un mensonge que j'ai raconté. En réalité M. Douglas a enlevé la tante d'Elissande. Après l'avoir délivrée, nous l'avons renvoyée à la maison pour lui éviter d'affronter la police, j'ai livré Douglas aux autorités et inventé ce conte à dormir debout.

Freddie le considéra en silence, battant des paupières à plusieurs reprises.

— Ah... alors, tout le monde va bien ? lâcha-t-il.

— Lady Vere souffre de quelques ecchymoses. Elle ne pourra pas recevoir pendant plusieurs jours. Mme Douglas a eu bien peur, mais cela ne l'a pas empêchée de venir avec moi aujourd'hui à Londres pour régler ses affaires. Quant à M. Douglas, ma foi, il est mort. Il a préféré avaler une pilule de cyanure plutôt que de passer en jugement.

Freddie l'écoutait avec attention, les sourcils légèrement froncés. Quand Vere se tut, il le dévisagea encore un moment, puis secoua la tête.

— Tu es sûr que ça va, Penny ?

— Je vais très bien, comme tu peux le constater.

— En effet, je vois que tu es en un seul morceau, mais... tu ne me sembles pas être toi-même.

Vere prit une profonde inspiration.

— Je suis celui que j'ai toujours été. Il est cependant vrai que, parfois – la plupart du temps au cours de ces treize dernières années, en fait –, je n'ai pas été moi-même.

— Es-tu en train de dire ce que je crois que tu dis ?

— Et que crois-tu que je suis en train de dire ? répliqua Vere.

Il pensait avoir été clair, mais la réaction de son frère n'était pas celle qu'il attendait.

— Un instant, fit ce dernier.

Il alla chercher une petite encyclopédie sur une étagère, l'ouvrit au hasard et demanda :

— En quelle année a eu lieu la sécession de la plèbe ?

— En 494 avant Jésus-Christ.

— Bonté divine !

Freddie tourna quelques pages, et leva sur Vere un regard tellement chargé d'espoir que ce dernier sentit ses entrailles se nouer.

— Nomme-moi les six femmes d'Henri VIII.

— Catherine d'Aragon, Anne Boleyn, Jeanne Seymour, Anne de Clèves, Catherine Howard et Catherine Parr.

Freddie referma l'encyclopédie.

— Que penses-tu des revendications des suffragettes, Penny ?

— La Nouvelle-Zélande a accordé le droit de vote aux femmes en 1893. En 1895, l'Australie a fait de même et les a en outre autorisées à siéger au Parlement. Aux dernières nouvelles, le ciel ne leur était pas tombé sur la tête.

— Mon Dieu ! murmura Freddie, le visage déjà sillonné de larmes. Tu es guéri. Oh, Penny, tu es guéri !

Vere se retrouva brusquement écrasé contre la poitrine de son frère.

— Tu n'imagines pas à quel point tu m'as manqué, Penny !

Alors Vere pleura à son tour, à cause du bonheur de Freddie, de sa propre honte, des regrets qu'il éprouvait pour tout ce temps perdu.

Il s'écarta, mais Freddie ne remarqua pas sa détresse.

— Il faut le dire à tout le monde ! Dommage que la saison soit terminée. Mais nous pouvons toujours aller à notre club annoncer la bonne nouvelle. Tu ne comptes pas quitter Londres tout de suite, n'est-ce pas ? Angelica est allée rendre visite à sa cousine dans le Derbyshire, mais elle doit rentrer demain. Elle va être folle de joie, crois-moi ! Tiens, je vais sonner Mme Charles et commander une bouteille de champagne pour fêter cela comme il se doit !

Comme Freddie tendait la main vers le cordon de la sonnette, Vere lui attrapa le bras. Ce qu'il avait à dire demeurait coincé dans sa gorge au point de l'étouffer. Il s'était préparé à affronter la colère de son frère, pas cette joie qui allait forcément retomber. Mais il n'avait pas le choix. S'arrêter là dans ses aveux, ce serait ajouter un énorme mensonge à ceux qui s'empilaient déjà entre eux.

— Tu n'as pas compris, Freddie. Je ne suis pas guéri, parce que je n'ai tout simplement jamais eu de traumatisme crânien. J'ai joué la comédie durant toutes ces années.

Son frère le dévisagea d'un air abasourdi.

— Que me racontes-tu là ? J'ai parlé à Needham. Il m'a expliqué que tu souffrais d'une altération de la personnalité due à...

— Demande-moi encore ce que je pense des suffragettes.

Soudain très pâle, Freddie bredouilla :

— Que... que penses-tu de leurs revendications ?

— Donner le droit de vote aux femmes ? Je ne vois pas ce qu'elles en feraient. De toute façon elles voteront comme leur mari, pas vrai ? Donnons plutôt le droit de vote aux chiens. Ils sont intelligents et fidèles, ils méritent davantage d'avoir leur mot à dire dans les affaires du pays.

Freddie était rouge de confusion à présent. Son expression s'assombrit lentement et Vere lut de la colère dans son regard.

— Ainsi tout ce temps, tu t'es moqué de nous ?

— J'en ai peur.

Freddie le fixa silencieusement pendant un moment. Puis, sans prévenir, il lui décocha un coup de poing dans le plexus. Vere recula en titubant, le souffle coupé. Avant qu'il puisse réagir, un autre coup le cueillit en pleine poitrine. Et un autre. Et encore un autre. Et encore. Jusqu'à ce qu'il soit acculé contre le mur.

Il ne savait même pas que Freddie était capable d'une telle violence.

— Espèce de salopard ! explosa son frère. Sale hypocrite merdeux !

Il ne savait pas non plus que Freddie pouvait jurer comme un charretier.

Incapable de soutenir son regard, il murmura :

— Je suis désolé, Freddie. Vraiment désolé.

— Tu es *désolé* ? J'ai pleuré comme une foutue fontaine à cause de toi. Tu y as pensé ? T'es-tu soucié de ceux qui t'aimaient ?

Les paroles de son frère étaient comme des tessons qui s'enfonçaient dans son cœur. Aujourd'hui, Freddie le voyait tel qu'il était réellement.

— Je n'ai *jamais* autorisé personne à te traiter d'idiot, cria Freddie. J'en suis presque venu aux mains avec Wessex. Mais au fond, c'est ce que tu es. Un demeuré, le pire des abrutis !

C'est bien ce qu'il était, en effet. Un idiot irrécupérable. Et un fieffé égoïste.

— C'était comme si tu étais mort. J'ai été anéanti par le chagrin, et je ne pouvais en parler à personne, à part peut-être Angelica ou lady Jane, parce que tout le monde me disait que je devais m'estimer heureux que tu sois encore en vie. Et j'étais bel et bien reconnaissant, alors même que je regardais cet étranger qui avait ton visage et ta voix, alors que tu me manquais horriblement...

Les larmes roulèrent de nouveau sur les joues de Vere.

— Je te demande pardon. J'étais obsédé par le meurtre de notre mère. J'aurais voulu faire payer notre père. J'étais furieux que tu ne m'aies rien dit...

— Comment as-tu su ? coupa Freddie, la main crispée sur le bras de Vere.

— J'ai surpris la confession de père sur son lit de mort. Il a menacé le pasteur pour lui extorquer l'absolution de son crime.

L'expression de Freddie se modifia. Il s'éloigna, alla se servir un verre de cognac qu'il vida d'un trait.

— J'ai cru un instant que c'était lady Jane ou Angelica qui te l'avait dit.

— Angelica est au courant, elle aussi ?

— Je ne l'aurais dit qu'à elle, mais cet été-là, elle était partie en vacances avec sa famille, se souvint Freddie qui fourrageait d'une main dans ses cheveux. Je me suis confié à lady Jane. Mais je ne comprends pas. Quel rapport y a-t-il entre ce qui est arrivé à notre mère et cette comédie que tu as jouée pendant des années ?

— Comme lady Jane à l'époque, je suis devenu agent au service de la Couronne. Je pensais trouver la paix grâce à cette activité qui me lançait aux trousses des pires criminels. Jouer les idiots était la meilleure des couvertures. Personne ne se méfiait de moi.

Freddie fit volte-face.

— Seigneur ! Mais alors, le jour où tu as vu M. Hudson qui s'apprêtait à faire une piqûre de chloral à lady Haysleigh, tu ne t'es pas cassé la figure sur le plateau par inadvertance ?

— Non.

— Et M. Douglas ? Tu enquêtais sur lui également ?

— Oui.

Freddie se resservit un cognac.

— Tu aurais pu me le dire. J'aurais emporté ton secret dans la tombe. Et j'aurais été si fier de toi !

— C'est ce que j'aurais dû faire, oui. Mais j'étais encore furieux contre toi. Tu m'avais privé de ma vengeance. Des semaines durant, des mois, peut-être, j'ai ruminé cette colère. Et quand je me suis enfin un peu calmé, tu semblais t'être habitué à ma nouvelle personnalité.

Avec le recul, Vere se rendait compte à quel point sa conduite avait été immature. Cette colère obsessionnelle avait été pour lui le seul moyen d'affronter la vérité.

L'indignation et la souffrance s'étaient peu à peu effacées du regard de Freddie, qui secoua lentement la tête.

— Tu te trompais. Je ne me suis jamais remis de t'avoir perdu. Et je regrette d'autant plus que tu ne sois pas venu me parler. Je t'aurais dit que tu n'avais nul besoin de te venger, que notre père vivait déjà un enfer. Nuit après nuit, j'allais écouter à sa porte, et je l'entendais supplier, fou de terreur, hanté par des fantômes qui ne lui laissaient pas de répit.

— J'ai du mal à le croire. Il n'a jamais montré le moindre remords, même sur son lit de mort.

— C'était là sa tragédie personnelle : il étouffait de peur et ne comprenait pas qu'il pouvait, qu'il devait se repentir. Qu'il n'ait pas hésité à menacer le pasteur montre combien l'idée de la damnation éternelle le terrorisait.

— Je t'ai envié, Freddie, parce que tu as su tourner la page, et reprendre le cours de ta vie. Contrairement à moi. J'ai toujours été fier de mon intelligence, mais elle ne m'aidait en rien. Dieu que j'ai regretté de ne pas avoir ne serait-ce que le quart de ta sagesse à la place !

Freddie soupira. Quand il leva les yeux sur Vere, celui-ci y lut une profonde compassion qui faillit lui faire détourner la tête.

— Mais comment as-tu vécu toutes ces années, Penny ?

— Ce n'était pas difficile, et en même temps, c'était horrible.

— Et ta femme, elle est au courant ?

— Maintenant, oui.

— Et elle ne t'en veut pas ?

Freddie semblait sincèrement inquiet pour Vere qui sentit sa gorge se nouer une fois de plus. Il ne méritait décidément pas son frère.

— J'espère que non, articula-t-il.

— Je crois qu'elle t'aime de tout son cœur, dit encore Freddie avec cette gravité sincère qui le caractérisait et que Vere aimait tant.

Celui-ci s'approcha de son frère et l'étreignit.

— Merci, Freddie, souffla-t-il.

Aujourd'hui, il ne méritait pas que ce dernier lui pardonne. Mais un jour, peut-être... Oui, un jour il en serait digne.

Mme Douglas envoyait de fréquents télégrammes à Elissande pour la rassurer et lui faire savoir que tout allait bien. Elle lui en écrivit un particulièrement enthousiaste après avoir assisté à une opérette au théâtre du Savoy. Lentement, à travers les menus plaisirs du quotidien, elle reprenait goût à la vie.

Vere l'emmena aussi chez le notaire de Douglas. Dans son testament, rédigé une dizaine d'années plus tôt, ce dernier avait stipulé qu'il ne laissait rien à sa femme et à sa nièce, et qu'il léguait tous ses biens à l'Église. Elissande avait ri. Au moins, on ne pouvait pas lui reprocher d'être inconstant en matière de rancune.

Par télégramme également, son mari lui expliqua qu'il n'y avait rien à regretter. Le domaine de Highgate Court était grevé d'hypothèques. En hériter aurait été un cadeau empoisonné. Il n'était pas dit d'ailleurs que l'Église accepte le legs.

Le lendemain, Elissande reçut un télégramme qui apportait des nouvelles plus joyeuses : Vere avait mis la main sur les bijoux que Charlotte Edgerton avait légués à Mme Douglas, mais que Douglas lui avait immédiatement confisqués. Il y en avait pour un millier de livres.

Elissande relut le texte plusieurs fois. *Un millier de livres.*

Le lendemain de leur périple à Exeter, à son réveil, elle s'était rendu compte que son coffre à trésors ainsi que le journal de Douglas avaient disparu de sa chambre. À la place, elle avait trouvé une élégante boîte en bois d'ébène, dans laquelle étaient rangés les souvenirs ayant appartenu à Charlotte et à Andrew Edgerton.

Emmitouflée dans sa robe de chambre, Elissande avait caressé le bois sombre en se demandant s'il fallait voir dans ce cadeau un geste significatif de la part de son époux. Mais peu de temps après, celui-ci avait quitté la maison en lui disant simplement au revoir.

Depuis deux jours qu'il était parti, elle n'avait pas fait grand-chose, à part tenter de se faire à l'idée de leur séparation. Lorsqu'il lui avait annoncé son intention de faire annuler leur union, elle avait été furieuse et blessée. À présent, elle n'éprouvait plus qu'une immense peine. Tout son être se révoltait à la pensée de perdre l'homme qui lui avait tenu la main lorsqu'elle en avait eu le plus besoin.

Elle pouvait trouver des prétextes pour s'attarder à Pierce House : il lui fallait le temps de se remettre de ses émotions ; on ne pouvait pas annoncer de but en blanc la nouvelle de leur séparation à Mme Douglas ; et il fallait qu'elle réfléchisse à l'endroit où elles iraient ensuite…

Mais à quoi bon atermoyer ? Puisqu'il fallait partir, autant le faire alors que résonnait encore à ses oreilles la phrase qu'il avait prononcée : « Vous êtes un diamant de l'eau la plus pure. »

Maintenant qu'elle savait avoir un millier de livres à sa disposition, sa mère et elle pouvaient choisir leur future destination, que ce soit une auberge, une maison qu'elles loueraient à Londres, ou l'hôtel Savoy, pourquoi pas ? Et il n'y avait aucun moyen d'annoncer la nouvelle en douceur à sa mère qui serait de toute façon consternée. Alors inutile de tourner autour du pot.

Elle demanda aux femmes de chambre d'empaqueter ses affaires et celles de sa mère. Déléguer cette tâche était moins douloureux. En attendant, elle s'efforça de prendre la chose avec philosophie, voire de se réjouir. Elles allaient découvrir d'autres lieux, rencontrer d'autres gens, entamer une vie nouvelle, perspective qui l'aurait transportée de joie du temps où elle était prisonnière de Douglas.

Mais il suffisait d'un seul regard par la fenêtre sur le jardin ensoleillé, pour que sa gorge se noue, et qu'elle admette qu'elle aimait cet endroit, cette vie, et surtout cet homme qui avait emmené sa mère assister à une opérette.

Sans trop réfléchir, elle sortit de la maison et gagna la colline qui surplombait la Dart, là où elle était tombée par hasard sur son mari. Quand elle serait depuis longtemps partie, Vere continuerait d'arpenter cette campagne verdoyante, s'arrêtant à l'occasion pour admirer les méandres de la rivière, son chapeau à la main.

Et si seul qu'elle en avait mal pour lui.

De retour à la maison, elle se rendit dans le bureau de son mari où elle avait repéré un livre intitulé : *De la possibilité pour une femme de gagner sa vie*. Une lecture curieuse *a priori* pour un homme qui vivait de ses rentes, mais il y avait ici tant d'ouvrages, qui abordaient des sujets si éclectiques, que ce n'était finalement pas si étonnant.

Alors qu'elle recherchait le livre, son attention fut attirée par une carte postale qui était restée coincée entre deux volumes. Elle s'en saisit et retint une exclamation. L'image, dans des tons sépia, montrait de hautes falaises contre lesquelles venaient s'écraser des vagues tumultueuses. Capri, décida-t-elle spontanément, avant de lire l'inscription qui figurait en bas à gauche : *Côte d'Exmoor.*

Elle appela à la rescousse Mme Dilwyn afin que celle-ci l'aide à localiser l'endroit sur la carte détaillée de l'Angleterre qui était punaisée sur le mur du bureau. Ce n'était pas très loin, à une vingtaine de lieues sur la côte nord du Devon.

— Croyez-vous que j'aie des chances de trouver cet endroit-là en particulier ? demanda-t-elle en montrant la carte postale à la gouvernante.

— Bien sûr, milady. On appelle ces falaises le Great Hangman. Ce sont les plus hautes d'Angleterre.

— Comment puis-je m'y rendre ?

— Il faut prendre l'express de Paignton à Barnstaple, puis la micheline jusqu'à Ilfracombe. Les falaises sont à l'est.

Elissande remercia Mme Dilwyn et demeura encore un moment à étudier la carte postale d'un regard nostalgique. Gravir le chemin qui menait au sommet des falaises avec sa mère relevait de l'utopie, songea-t-elle.

C'est alors que l'idée jaillit dans son esprit : elle pouvait y aller seule ! Sa mère ne devait pas rentrer avant le surlendemain. En partant tôt le lendemain matin, elle serait de retour le soir même. Et entre-temps, elle aurait réalisé ce vieux rêve : se tenir debout au bord d'un précipice surplombant une mer déchaînée.

Puisqu'il lui fallait entamer une autre vie qui ne suscitait guère d'enthousiasme, autant achever celle-ci sur une note extraordinairement exaltante.

— Tu penses toujours à Penny ? s'enquit Angelica.
— Oui... et non.

En rentrant du Derbyshire, elle avait trouvé Freddie qui piétinait devant chez elle. Depuis une heure et demie maintenant, ils parlaient des révélations de Penny, se remémoraient des anecdotes et certaines de ses paroles ou actions passées qui, à la lumière de ce qu'ils savaient désormais sur ses activités clandestines, pouvaient être interprétées différemment.

Mise dans la confidence, Angelica avait commencé par s'indigner. Même si elle était plus proche de Freddie, elle avait toujours considéré Penny comme une sorte de grand frère. Et, plus d'une fois, elle avait pleuré avec Freddie la perte de ce jeune homme brillant que tous deux adoraient.

Mais puisque Freddie avait déjà pardonné, elle était prête à le faire à son tour.

Elle sonna pour commander davantage de thé. Cette longue discussion lui avait donné soif.

— Comment peux-tu à la fois penser à lui et ne pas y penser ? s'étonna-t-elle.

— J'étais heureux qu'il m'ait tout avoué. Nous avons parlé pendant encore une bonne heure avant qu'il parte, mais après son départ, j'étais encore secoué. Je voulais te voir pour tout te raconter – toi et personne d'autre. Il m'a fallu attendre ton retour toute une journée, et je t'assure que ç'a été les vingt-quatre heures les plus longues de toute ma vie !

Après avoir déployé tant d'efforts pour qu'ils passent du stade d'amis à celui d'amants, Angelica avait craint, paradoxalement, que leur amitié n'en pâtisse. Freddie venait de lui prouver le contraire, et elle en était infiniment soulagée. Ils étaient toujours les meilleurs amis du monde.

Elle lui sourit.

— Si j'avais su, je serais rentrée plus tôt !

Une domestique apporta le thé, puis s'éclipsa. Ils se servirent en silence. Puis Freddie lâcha :

— Je n'ai toujours pas répondu à ta question.

Le sentant soudain nerveux, Angelica se tendit.

La regardant droit dans les yeux, Freddie enchaîna d'une voix ferme :

— Cela fait un moment que je m'interroge sur les sentiments que je ressens pour toi, qui sont bien plus puissants que l'amitié, et qui pourtant ne ressemblent pas à ce que je connais de l'amour.

Angelica, qui s'apprêtait à saisir un biscuit, suspendit son geste un instant.

— Avec lady Tremaine, j'étais dans le rôle de l'humble adorateur. Chaque fois que j'entrais dans son boudoir, j'avais l'impression d'approcher l'autel d'une déesse inaccessible. C'était à la fois grisant et agaçant. Ton boudoir, en revanche, m'est toujours apparu comme une extension de ma propre maison. Et je ne savais pas trop comment interpréter cela.

Leurs regards se croisèrent. Elle n'avait aucune idée de ce qui allait suivre, se rendit-elle compte, et son cœur se mit à battre follement, d'impatience, de crainte.

— Mais alors que je faisais les cent pas devant chez toi en attendant ton retour, je me suis avisé que jamais je n'avais rendu visite à lady Tremaine sans but précis, pour le simple plaisir de la voir. J'aurais eu trop peur de lui faire perdre son temps. Au contraire, j'aspire à être auprès de toi quelle que soit mon humeur, pour partager mes joies ou mes peines selon le cas, ou simplement pour passer le temps. Et j'ai le sentiment, flatteur, que me voir te suffit.

Angelica avait refermé les doigts sur son biscuit avec une telle force qu'il était en miettes. Elle laissa tomber celles-ci sur la nappe, et recommença à respirer.

— Penny s'est reposé sur moi quand il a pris la décision d'embrasser cette double vie. Mais avant son accident, moi aussi, je le considérais comme un pilier. Et toi, Angelica, ajouta-t-il avec un chaud sourire, tu es l'autre pilier de mon existence. Grâce à toi ma vie a davantage de sens. Et pourtant, j'ai toujours pensé que cela allait de soi.

Il se leva, et elle trouva tout naturel d'en faire autant, de joindre ses mains aux siennes.

— Je ne veux plus te considérer comme allant de soi, Angelica. Veux-tu m'épouser ?

Angelica se couvrit la bouche de la main. Une vague de bonheur inouï la submergea.

— Tu es plein de surprises, Freddie !

— Et toi, tu es la meilleure surprise que la vie m'ait faite. Je ne peux concevoir de la poursuivre sans t'avoir à mes côtés, ajouta-t-il.

Comme toujours, il était d'une sincérité absolue.

— Ce ne sera pas trop dur de m'entendre te rappeler constamment que ma présence ne va pas de soi ? plaisanta-t-elle de peur de se mettre à bégayer lamentablement.

— Une fois par jour suffira, répliqua-t-il en s'esclaffant. Dois-je comprendre que tu acceptes ?

— Oui, répondit-elle simplement.

Alors il l'embrassa, et la retint un long moment contre lui avant de murmurer :

— Je t'aime.

Ces mots étaient encore plus doux qu'elle ne l'avait imaginé.

— Moi aussi, je t'aime, Freddie, chuchota-t-elle, avant de s'écarter pour ajouter : Que dirais-tu d'un second nu pour sceller notre engagement ?

Riant, il l'attira contre lui et la gratifia d'un long baiser passionné.

Elissande fut déçue en arrivant à Ilfracombe. Un brouillard aussi épais que du vieux porridge s'était abattu sur la côte. La visibilité était si réduite que les réverbères étaient allumés en plein jour.

Il restait néanmoins quelques plaisirs : l'odeur iodée et revigorante de la mer, le bruit des vagues qui s'écrasaient contre la falaise, et la corne de brume caverneuse des bateaux croisant au large qui ajoutait une tonalité follement triste et romantique à l'atmosphère.

Elissande décida de passer la nuit à l'hôtel. Pour peu que le brouillard daigne se lever, elle aurait encore tout le temps d'aller admirer les falaises le lendemain matin, avant de regagner Pierce House.

Après quoi, il lui faudrait dire adieu à son mariage.

À la vue des malles dans la chambre de sa femme, Vere eut l'impression qu'un poing se refermait sur son cœur.

Mme Douglas se sentant fatiguée, il l'avait laissée au Savoy, aux bons soins de Mme Green, et avait pris seul la route du Devon.

À présent qu'il avait parlé à Freddie, il avait besoin de voir sa femme de toute urgence, de lui dire combien il avait été stupide, combien elle lui avait manqué et comme il était impatient que leur union reparte sur de nouvelles bases.

Il ouvrit un tiroir de la commode. Vide. La porte de l'armoire. Vide. Sur le plateau de la coiffeuse, il ne restait qu'un peigne abandonné.

Puis il vit le livre posé sur la table de chevet : *De la possibilité pour une femme de gagner sa vie*. Sa gorge se serra.

Elle partait.

Il dévala l'escalier, arrêta Mme Dilwyn au passage.

— Où est lady Vere ? demanda-t-il d'une voix brusque, incapable de dissimuler sa détresse.

Un peu éberluée, la gouvernante répondit :

— Elle est partie aux falaises du Great Hangman, milord.

— Mais pourquoi ? fit-il sans comprendre.

— Elle a vu une carte postale dans votre bureau hier, et elle a trouvé l'endroit merveilleux. Comme on ne vous attendait pas avant demain, Mme Douglas et vous, elle a décidé de partir tôt ce matin.

Vere tourna vivement les yeux vers l'horloge. Il était presque l'heure du dîner.

— Ne devrait-elle pas être déjà rentrée ?

— Nous avons reçu un télégramme il y a environ une heure, milord. Elle a choisi de passer la nuit là-bas, à l'hôtel. La côte est plongée dans la brume si bien qu'elle n'a rien vu du paysage. Elle espère qu'il fera meilleur demain.

— Le Great Hangman, répéta-t-il. Elle a dû se rendre à Ilfracombe, ajouta-t-il autant pour lui-même que pour Mme Dilwyn.

— En effet, milord, je...

La gouvernante n'avait pas achevé sa phrase qu'il se ruait hors de la maison.

Le soleil lui brûlait les yeux. Le ciel était si lumineux qu'il paraissait presque blanc. Un vent aride soufflait en bourrasques, lui desséchait la peau, lui parcheminait la gorge. Elle mourait de soif. Elle tirait sur les chaînes qui la retenaient, lui cisaillant les poignets.

Le cri perçant de l'aigle décupla pourtant ses forces. Elle se débattit frénétiquement sans se soucier de la douleur. Les longues ailes noires projetaient sur elle leur ombre menaçante.

Puis l'oiseau plongea, bec en avant.

Tête rejetée en arrière, elle se démena de plus belle, à l'agonie.

— Réveillez-vous, Elissande, chuchota un homme d'une voix à la fois autoritaire et apaisante. Réveillez-vous.

Elle s'assit, pantelante. Une main se posa sur son épaule. Elle s'y agrippa, rassurée par la chaleur et la force qui s'en dégageaient.

— Voulez-vous boire ?
— Oui... s'il vous plaît.

Elle but avidement l'eau qu'il lui offrait. Puis, tout à coup, elle se rappela où elle se trouvait, non pas dans sa chambre, chez elle, enfin, à Pierce House, mais à Ilfracombe, dans un hôtel sur le port.

— Comment m'avez-vous trouvée ? s'enquit-elle, stupéfaite.

— Sans trop de mal. Il n'y a que huit hôtels répertoriés dans le guide que j'ai acheté en route. Bien sûr, aucun établissement respectable ne communiquerait le numéro de la chambre d'une dame. J'ai dû ruser pour me procurer cette information. Après quoi, il ne me restait plus qu'à crocheter votre serrure.

Elle secoua la tête.

— Vous auriez pu frapper, tout simplement.

— C'est une mauvaise habitude que j'ai contractée : passé minuit, je ne frappe plus aux portes.

Si elle ne distinguait pas son visage dans l'obscurité, elle perçut son sourire dans sa voix. Les battements de son cœur s'accélérèrent. Elle laissa retomber sa main.

— Que faites-vous ici ?

Au lieu de répondre, il demanda :

— Étiez-vous en train de faire ce cauchemar dont vous m'avez parlé ? Celui où vous êtes enchaînée à un rocher comme Prométhée ?

— Oui.

— Voulez-vous que je vous parle de Capri, pour vous aider à oublier ?

Il avait dû se rapprocher, car elle sentait maintenant l'odeur du brouillard accrochée à son manteau.

— Oui, souffla-t-elle.

— *De Naples, quand on regarde vers le large, on aperçoit Capri qui surgit des flots telle une sorte d'immense brise-lames à la silhouette imposante...*

Elissande tressaillit. Elle connaissait ce texte. Il était extrait de son guide touristique préféré, celui qu'elle avait perdu quand son oncle avait saccagé la bibliothèque.

— *Il y a longtemps, un voyageur anglais l'a comparée à un lion couché. Jean Paul*[1] *l'a pour sa part dépeinte comme un sphinx, tandis que Gregorovius*[2], *le plus imaginatif de tous, lui trouvait une ressemblance avec un sarcophage antique orné de bas-reliefs.*

Doucement, il l'allongea contre l'oreiller.

— Vous voulez que je continue ?

— Oui.

Il entreprit de se déshabiller, ses vêtements tombant un à un sur le sol dans un léger chuchotis. Le cœur d'Elissande s'emballa.

— *La plupart des touristes embarquent sur la vedette à Naples, visitent la grotte Bleue, puis vont mouiller une heure au port avant de repartir le soir même via Sorrente,* reprit-il en lui ôtant sa chemise de nuit.

Il lui embrassa le creux du coude, la petite veine qui battait sur son poignet, lui mordit doucement la paume. Elle en frissonna de plaisir.

— *Mais une si courte excursion revient à ne lire que le titre d'un ouvrage en négligeant son contenu.*

Une de ses mains remonta le long de son bras, tandis que l'autre lui cueillit la joue. Avec une infinie douceur, pour ménager les meurtrissures qui

---

1. Jean Paul, écrivain romantique allemand (1763-1825). *(N.d.T.)*
2. Ferdinand Gregorovius, historien allemand (1821-1891). *(N.d.T.)*

demeuraient sensibles, il dessina du bout du doigt le contour de sa pommette.

— *Les rares visiteurs à avoir escaladé le sommet et à s'y être installés pour observer le paysage et la vie de l'île ont découvert tout un poème,* cita-t-il encore tout en faisant glisser son pouce sur sa lèvre inférieure.

Elle émit un gémissement de désir, entendit la respiration de Vere s'accélérer.

— Mais vous êtes encore plus belle que Capri, ajouta-t-il avec ferveur.

Elle referma ses bras sur lui et oublia complètement Capri.

— À quoi pensez-vous ? demanda Vere, la tête calée dans la main.

Il ne la voyait pas. Il n'entendait que son souffle et sentait la chaleur de son corps contre le sien.

Elle promena sa main sur les cicatrices qui lui marquaient le torse.

— J'étais en train de penser que, *primo*, bien que j'aie lu des tas de guides touristiques, il ne m'est jamais venu à l'idée qu'on puisse s'en servir comme armes de séduction ; et *secundo*, que c'est la première fois que nous restons tous deux éveillés *après*.

Il émit un ronflement sonore.

Elle éclata de rire.

— Si vous n'êtes pas trop fatiguée, j'aimerais vous raconter une histoire, dit-il.

Le moment était venu.

— Je ne suis pas du tout fatiguée.

— Je vous préviens, mon histoire n'est pas toujours drôle.

— Aucune ne l'est. Sinon il n'y a pas d'histoire.

C'était on ne peut plus vrai. Il lui relata alors tous les événements qui l'avaient conduit à devenir un agent de la Couronne, à commencer par la mort de son père.

À mesure qu'il avançait dans son récit, il la sentait se raidir, manifestement atterrée par ce qu'il lui racontait. Sa main était crispée sur son bras, mais elle l'écouta sans l'interrompre, le souffle parfois tremblant.

— Si je ne vous avais pas rencontrée, cela aurait pu continuer indéfiniment. Mais ma route a croisé la vôtre et tout a changé. Je me suis interrogé : certaines choses que je croyais immuables étaient-elles bel et bien gravées dans le marbre, ou m'apparaissaient-elles ainsi parce que j'avais peur du changement ? Il y a deux jours, j'ai tout avoué à Freddie. Ç'a été une conversation extrêmement difficile, mais vous n'imaginez pas à quel point je me suis senti léger et libre comme l'air après coup. Et je dois vous en remercier.

— Je suis très heureuse que vous ayez pu vous expliquer avec lord Frederick, mais je ne vois pas le rapport avec moi.

— Vous vous rappelez ce que vous avez dit il y a quelques jours à propos de Douglas ? « Je ne lui permettrai pas de m'humilier par-delà la mort, pas plus que je ne lui ai abandonné mon âme de son vivant », cita-t-il de mémoire. Cela m'a fait un choc. Jusqu'alors je n'avais pas compris que j'avais laissé le souvenir de mon père me dévorer l'âme. Et que, tant que je ne l'admettrais pas, je demeurerais morcelé.

— Je suis certes ravie d'avoir pu vous aider, mais je crains de ne pas mériter vos louanges. Comme vous venez de le constater : mes nuits sont toujours troublées par des cauchemars. Je ne suis pas vraiment un exemple à suivre.

— Je me charge de vos cauchemars dorénavant, décréta-t-il d'une voix ferme. Du reste, je suis équipé, pas vrai ?

— J'allais vous poser la question ! Comment se fait-il que vous connaissiez par cœur mon livre préféré ?

— J'ai interrogé votre mère, à qui vous faisiez la lecture et qui connaît encore de nombreux passages de mémoire. Malheureusement elle ne se rappelait pas le titre de l'ouvrage, et j'ai dû entreprendre des recherches.

Il avait mis à contribution plus de sept librairies londoniennes, avait demandé qu'on livre dans sa chambre d'hôtel tous les guides touristiques qui traitaient de l'Italie.

Le soir où ils avaient assisté à l'opérette, de retour du théâtre, il était resté éveillé une grande partie de la nuit à compulser tous ces ouvrages, jusqu'à ce qu'il retrouve enfin l'un des passages cités par Mme Douglas.

— J'avais l'intention de vous le lire en cas de cauchemar, puis j'ai songé que pour lire il fallait de la lumière. Aussi ai-je appris plusieurs pages par cœur dans le train qui me ramenait dans le Devon.

— C'est... c'est incroyablement gentil ! murmura-t-elle avant de déposer un baiser sur ses lèvres.

— Si j'avais su que les guides touristiques avaient un tel effet sur vous, j'aurais appris plusieurs chapitres.

— Je n'en doute pas, s'esclaffa-t-elle.

Il glissa les doigts dans ses cheveux.

— Je le ferai, si tel est votre désir, assura-t-il.

Elle appuya la joue contre la sienne, et cet élan tout simple et spontané lui emplit le cœur d'une émotion incontrôlable.

— Je crois que c'est l'occasion rêvée de vous présenter mes excuses pour m'être conduit de manière aussi odieuse quand nous étions dans ce château en ruine.

Elle s'écarta légèrement.

— Il est aussi temps que je vous présente mes excuses pour vous avoir contraint au mariage.
— Suis-je pardonné ?
— Bien sûr.

Il y a peu, il considérait que pardonner équivalait à laisser une offense impunie. Il avait fini par comprendre que le pardon ne concernait pas le passé, mais le futur.

— Et moi, suis-je pardonnée ? demanda-t-elle, une note anxieuse dans la voix.
— Oui, répondit-il – et il était on ne peut plus sincère.

Elle laissa échapper un soupir de soulagement, puis murmura :
— À présent, nous allons pouvoir vivre.

Et laisser le passé derrière eux pour se tourner vers l'avenir.

22

— Que signifie *Pedicabo ego vos et irrumabo*, s'enquit Elissande alors qu'ils gravissaient le sentier escarpé qui menait au sommet du Great Hangman.

La matinée était radieuse. En découvrant les rivages sauvages qui dominaient une mer féroce, Elissande avait été immédiatement captivée.

Après le petit déjeuner, ils avaient loué une voiture qui les avait conduits à Combe Martin, le village le plus proche du site. Ils avaient ensuite continué à pied, traversant la lande verdoyante peuplée de chèvres blanches.

Son mari, qui était en train de boire au goulot de la gourde qu'ils avaient emportée, s'étrangla. Exactement comme l'avait fait Freddie le soir où Vere avait suggéré à table que cette citation était la devise des Edgerton d'Abingdon.

Elissande dut lui taper dans le dos pour qu'il retrouve son souffle. Riant et toussant, il répondit :
— Seigneur, vous vous souvenez de cela ?
— Bien sûr. Il ne s'agit pas d'une devise familiale, n'est-ce pas ?

Il redoubla d'hilarité.
— Non ! Du moins je l'espère.

Elle adorait son rire, parce qu'elle savait quel long chemin solitaire il avait dû parcourir pour en arriver là, et se promener ainsi avec elle.

Elle ramassa son chapeau, qui avait roulé par terre, lui lissa les cheveux avant de le remettre en place.

— Qu'est-ce que c'est alors ?

— C'est un poème écrit par Catulle, probablement le poème le plus grossier que j'aie jamais lu. À tel point que je ne pense pas qu'il ait été traduit dans notre langue.

— Vraiment ? Dites-moi vite ce que cela veut dire !

— Une jolie jeune femme ne devrait pas poser la question, la taquina-t-il.

— Vous avez intérêt à répondre ou la jolie jeune femme interrogera votre frère.

— Oooh, du chantage ! J'aime ça. Eh bien, si vous tenez *vraiment* à le savoir, le premier verbe fait référence à la sodomie. Ne faites pas cette tête-là, je vous avais prévenue ! s'esclaffa-t-il.

— Et… y a-t-il un second verbe ?

— Oui. Il fait allusion à une autre pratique sexuelle qui ferait défaillir bien des dames si on la mentionnait devant elles.

— Je crois que je sais ce que c'est !

— Voilà qui m'étonnerait.

— Je vous assure que si, rétorqua-t-elle avec suffisance. La nuit où vous étiez saoul comme un goret, vous avez parlé de retrait, et vous avez aussi menacé de me faire avaler…

— D'accord, d'accord ! coupa-t-il précipitamment. Je retire ce que j'ai dit, vous êtes parfaitement renseignée. Seigneur, j'espère que je ne vous ai rien dit d'autre cette nuit-là !

Elle gloussa, puis reprit son sérieux.

— À propos de poésie latine, que faisiez-vous dans le bureau de Highgate Court, ce soir-là ? voulut-elle savoir.

— Il se trouvait juste à côté du salon vert. J'avais l'intention de me montrer aussitôt après que lady Avery vous aurait surprise. Seule, parce que j'avais intercepté le mot que vous aviez adressé à Freddie. Je voulais vous narguer. Vous voyez, je suis tombé dans mon propre piège, conclut-il, penaud.

— Vous êtes quand même quelqu'un de bien, assura-t-elle en lui tapotant le bras.

— Vous croyez ?

Il s'était efforcé de prendre un ton détaché, mais elle perçut un mélange d'incertitude et d'espoir dans sa voix. Elle comprenait. Elle-même ne s'était jamais considérée comme quelqu'un de bien – comment l'être lorsqu'on est adepte du mensonge et de la tromperie ? Pourtant, elle ne doutait pas un instant que son mari le soit. Il suffisait de voir à quel point il se souciait du bien-être de sa mère.

Il était trop dur avec lui-même. Admettre ses erreurs et tout avouer à son frère, après toutes ces années, avait demandé un courage extraordinaire.

— Je le crois, oui, répondit-elle.

Il demeura silencieux. Au détour du chemin, il lui tendit la main pour l'aider à enjamber un gros rocher. Elle le contempla alors, ce mari si séduisant, tout songeur et pétri de doutes, et elle ressentit un féroce instinct de protection.

Ils marchèrent encore cinq bonnes minutes avant qu'il lui murmure :

— Merci. Je ferai tout pour me montrer digne de votre confiance.

De cela, elle était absolument certaine.

Du sommet de la falaise, le panorama était saisissant : des étendues de terres vert émeraude qui culminaient à une hauteur vertigineuse, face à une mer bleu marine sur laquelle le soleil se reflétait et créait comme un maillage argenté. Au loin, un navire de plaisance glissait sur l'eau toutes voiles dehors avec la grâce nonchalante d'un cygne.

Elissande dévorait le spectacle des yeux. Les joues rosies, la respiration légèrement haletante après leur ascension, elle souriait et... Ah, ce sourire ! Il aurait rampé sur du verre brisé pour ce sourire.

— C'est encore plus beau quand la bruyère est en fleur, assura-t-il.

— Alors il faudra revenir à ce moment-là.

Une bourrasque lui souleva les jupes, les fit claquer. En riant, elle retint son chapeau d'une main tandis qu'elle glissait son autre main dans la sienne.

Le cœur de Vere bondit dans sa poitrine, et il eut une certitude : c'était *elle*. C'était elle et nulle autre qu'il avait attendue durant toutes ces années.

— Il se trouve que j'avais une idée très précise de la femme idéale, déclara-t-il à brûle-pourpoint.

Elle lui adressa un regard espiègle.

— Je parie qu'elle n'avait rien à voir avec moi, lança-t-elle.

— Disons plutôt qu'elle n'avait rien à voir avec *moi*. En fait elle était mon exact opposé : facile à vivre, franche, sans zones d'ombre et sans passé.

— Elle était un peu votre Capri, c'est cela ?

Il savait qu'elle comprendrait ; il n'empêche que son cœur se gonfla de gratitude.

— En effet, répondit-il. Mais si Capri était pour vous une aspiration, cette femme rêvée est devenue ma béquille. Même après être tombé amoureux de vous, j'ai tenté de me raccrocher à elle. Je préférais vous oublier, m'interdire toute possibilité de bonheur avec vous, plutôt que d'admettre que ma Capri avait une durée de vie limitée et que son existence n'avait plus de raison d'être.

Elle lui pressa la main.

— Êtes-vous sûr que vous êtes prêt à renoncer à cette femme ?

— Oui. Et à bien plus encore. Je crois qu'il est temps que j'aie un autre « accident ».

— Vous allez démissionner ?

— J'ai toujours eu envie de siéger à la Chambre des communes en attendant de prendre la place de mon père à la Chambre des lords. Puis j'ai appris la vérité sur la mort de ma mère, et je me suis consacré à une vengeance irréalisable. Un autre « accident » me permettrait de recouvrer mes facultés mentales et de reprendre une vie normale.

Comme elle le considérait bouche bée, il fut assailli par le doute.

— Vous trouvez l'idée extravagante ? Vous pensez que je n'ai pas l'envergure d'un homme politique ?

— Non, pas du tout ! C'est juste que tous ces changements qui sont en train de chambouler votre vie me stupéfient. Serez-vous heureux dans votre nouvelle carrière ?

— Sûrement pas. La Chambre des lords est pleine de barbons réactionnaires imbus d'eux-mêmes. J'ai hurlé quand ils ont opposé leur droit de veto au projet de loi qui aurait accordé son autonomie à l'Irlande, en 1893. Mais il faut bien que certains se chargent de leur dire qu'ils ne sont qu'une bande de barbons réactionnaires, conclut-il avec un sourire.

— Dans ce cas, vous pouvez compter sur moi. Je serai dûment époustouflée lorsque mon idiot de mari se métamorphosera en intellectuel visionnaire. Quand comptez-vous « retomber sur la tête » ?

— Nous en déciderons plus tard. Pour l'heure, il y a plus urgent.

— Ah bon ?

Elle leva sur lui un regard curieux. Bien qu'encore visibles, ses ecchymoses ne parvenaient pas à le distraire de sa beauté. Elles lui rappelaient juste à quel point elle était courageuse.

— Bien que j'aie farouchement essayé de le nier, je vous ai aimée à la seconde où je vous ai vue. Lady Vere, me ferez-vous l'immense honneur de rester ma femme ?

Elle rit doucement.

— Serait-ce une demande en mariage, lord Vere ?
— En effet. Je vous en prie, dites oui.
— Oui. Oui, je resterai votre femme. Et rien ne me rendra plus heureuse.

De retour à la maison, ils retrouvèrent non seulement Rachel Douglas – qui était rentrée de Londres et offrit fièrement les bijoux de sa sœur à Elissande en guise de dot –, mais aussi Freddie et Angelica qui étaient venus en personne annoncer leurs fiançailles.

Radieuse, Angelica donna quelques coups de poing symboliques dans la poitrine de Vere pour le punir de lui avoir menti toutes ces années.

— Je devrais te battre comme plâtre, dit-elle, mais j'ai décidé de te pardonner.

La générosité de ceux qu'il aimait ne cesserait décidément jamais de le surprendre. Ému, il l'étreignit.

— Merci, Angelica.

Mme Douglas resta bavarder un peu avec eux, puis, quand elle se retira dans sa chambre pour se reposer, les deux couples se réunirent dans le bureau pour comploter et organiser le retour à la vie du vrai marquis de Vere.

— Tu pourrais tomber sur un ours dans les bois, suggéra Angelica. Il te flanquerait un grand coup de patte sur la tête. Comme j'aurais dû le faire moi-même !

— Je crains que les ours n'aient disparu de nos campagnes depuis bien longtemps, fit remarquer Vere. L'histoire serait peu crédible.

— Et que dirais-tu d'un accident durant une partie de criquet ? intervint Freddie. Je te promets de taper doucement.

— Si j'en juge par la raclée dont tu m'as gratifié il y a peu, je crois bon de te dire que tu sous-estimes ta force. Tu risquerais de m'arracher la tête !

— Et une bonne scène de ménage ? risqua Elissande. Un coup de poêle à frire sur le crâne vous remettrait les idées en place.

— Excellente idée ! s'exclama Angelica.

— Mais vous êtes marquise, mon cœur, pas cantinière, objecta Vere. Quelle dame de qualité perdrait cinq minutes à courir de son boudoir à l'office pour aller chercher une poêle à frire ? Non, un vase Ming ferait mieux l'affaire.

— Ou sa canne ! lança Freddie en adressant un clin d'œil à Elissande.

Ils éclatèrent de rire.

Freddie et Angelica restèrent dîner. Au cours du repas on porta plusieurs toasts : aux fiancés et à leur futur bonheur, à la santé de Mme Douglas, à l'imminente et miraculeuse guérison de Vere, et à la patience angélique dont devrait faire preuve son épouse puisqu'il allait devenir le pire des cuistres.

Vere proposa d'héberger son frère et sa future belle-sœur pour la nuit, mais ceux-ci déclinèrent son offre. Il n'insista pas, conscient que le couple avait envie d'intimité. Ils formèrent le projet de se revoir au plus tôt, puis se retrouvèrent sur le perron de la maison, devant la voiture qui devait emmener Freddie et Angelica à la gare.

Quand le véhicule eut disparu au bout de l'allée, Vere glissa le bras autour des épaules de sa femme, qui se laissa aller contre lui.

— Je vous aime, dit-il en lui embrassant les cheveux.

— Moi aussi, je vous aime. Et je veux faire de longues, très longues promenades avec vous.

— Vos désirs sont des ordres, milady.

— Mais pour l'heure, si vous n'y voyez pas d'inconvénient, j'aimerais que nous nous retirions dans nos appartements pour lire un peu de poésie latine !

Ils riaient encore quand la porte de leur chambre se referma sur eux.

NOTE DE L'AUTEUR

La torche électrique a été inventée vers la fin du XIXe siècle. Plusieurs concepts de formes diverses ont été brevetés dans un but commercial entre 1896 et 1898. Sans doute ces torches n'étaient-elles pas aussi maniables et discrètes que la lampe-stylo utilisée par Vere dans ce roman, mais je ne doute pas que, avec la technologie disponible alors, un ingénieur talentueux et opiniâtre travaillant au service de la Couronne ait su fabriquer un tel gadget que n'aurait pas renié James Bond.

Les passages sur Capri sont extraits du *Guide touristique de l'Italie du Nord et de la Sicile* et d'*Étapes touristiques en Europe*. Ces ouvrages sont tous deux tombés dans le domaine public.

*Découvrez les prochaines nouveautés
de nos différentes collections J'ai lu pour elle*

Le 5 octobre

Inédit   ***La belle désenchantée*** ∝ **Meredith Duran**
Cette fois-ci était de trop ! Abandonnée une seconde fois, au pied de l'autel, la charmante héritière Gwen Maudsley décide qu'il est désormais grand temps de changer, et qui mieux qu'Alexander Ramsey lui apprendrait à être détestable ? Ce voyou aux mœurs scandaleuses sera le tuteur parfait ! Mais Gwen ne pouvait imaginer que ce séjour à Paris rendrait soudain leurs relations si sensuelles...

Les trésors de Daphné ∝ **Laura Lee Guhrke**
Daphné Wade n'a d'yeux que pour le charmant duc de Tremore, un passionné d'archéologie qui s'emploie à restaurer les vestiges d'une villa romaine. Si seulement il pouvait la remarquer... À ses yeux, Daphné semble n'être qu'une employée parmi d'autres, mais elle ne rêve pourtant que de l'approcher au grand jour et de lui révéler les trésors d'une volupté qu'il semble ignorer.

Inédit   ***Les Hathaway - 5 -***
L'amour l'après-midi ∝ **Lisa Kleypas**
Jeune femme nature et en retrait, Beatrix Hathaway s'est toujours sentie plus à l'aise en plein air que dans une salle de danse. Si elle a auparavant participé à la saison londonienne, sa beauté classique n'a jamais été appréciée. Elle s'est résignée, jamais elle ne rencontrera l'amour ! Mais, le temps est-il venu pour la plus rebelle des sœurs Hathaway de consentir à un homme ordinaire pour éviter le célibat ?

Le 19 octobre

Inédit ***Comment séduire un marquis ?*** ⌘
Julia Quinn
Elizabeth Hotchkiss doit impérativement se marier d'ici peu pour subvenir aux besoins de sa famille, mais comment envoûter le riche et parfait époux ? Lorsqu'elle découvre un ouvrage intitulé *Comment séduire un marquis ?*, elle se risque à y jeter un œil, par simple curiosité. Et justement, à titre d'essai, Elizabeth usera de ces précieux conseils pour charmer l'intrigant James Siddons ! Et si James n'était pas celui qu'il prétend être ?

Cendres dans le vent ⌘ **Kathleen E. Woodiwiss**
1863. Après le massacre de sa famille, la belle Sudiste Alaina part se réfugier, habillée en jeune garçon, à La Nouvelle-Orléans, alors occupée par les Nordistes. Elle y rencontre Cole Latimer, un médecin yankee qui lui sauve la vie et qu'elle aime en secret. Une nuit, Cole la surprend et, ébloui, il tombe éperdument amoureux. D'un mot, Alaina pourrait faire leur bonheur, mais il est un Yankee, un ennemi, et son orgueil s'y refuse...

***La famille Blakewell* - 2 -**
L'offrande irlandaise ⌘ **Pamela Clare**
« Regarde cette catin irlandaise. N'est-elle pas belle comme le jour ? Eh bien, sa virginité t'appartient ! » Jamie Blakewell est choqué par les propos de son ami, lord Byerly. Ému par cette beauté brune dont les yeux ne reflètent que mépris et épouvante, Jamie décide de protéger l'innocence de la jeune Bríghid, quitte à jouer le rôle de bourreau en public. Mais une compagnie aussi troublante ne peut qu'attiser les élans de la passion...

Le 19 octobre

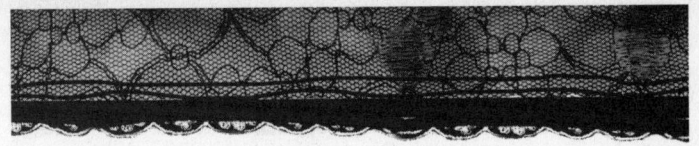

Passion intense

Des romans aux tons légers et coquins

Inédit   ***Nuits blanches - 2 - Quand sonne minuit*** ∞
Lisa Marie Rice
Claire Parks a longtemps été isolée par la maladie et par un père surprotecteur mais désormais, place aux nouvelles expériences et au plaisir ! Pour commencer, elle va aller faire la fête dans cette sulfureuse boîte de nuit... Claire y rencontre Bud, qu'elle ne tarde pas à inviter chez elle pour un week-end des plus torrides. Bientôt, elle découvre que son ardent partenaire est en réalité le lieutenant Tyler « Bud » Morrison. Et, lorsque d'étranges évènements la menacent, Tyler est prêt à tout pour la protéger.

Inédit   ***Les combattants du feu - 4 - Flamme mortelle*** ∞   **Jo Davis**
Grand, musclé et sexy, Tommy Skyler, le chouchou de la caserne 5, tait une profonde blessure : autrefois star incontestée de football, une terrible tragédie a brisé son rêve pour toujours. Lorsque, suite à une intervention difficile, Tommy est emmené à l'hôpital, il fait la connaissance de Shea Ford, une superbe infirmière. Mais il déchante très tôt, lorsqu'il découvre qu'une conspiration criminelle est organisée contre lui et que, à ses côtés, Shea frôle le plus grand des dangers.

Le 5 octobre

FRISSONS

Du suspense et de la passion

Inédit   ***Faux pas*** ◌ **Laura Griffin**
Celie Wells ne voulait plus jamais avoir affaire avec son ancien mari et surtout pas avec son meurtre ! Elle doit maintenant faire face à la police et aux narcotrafiquants qui voulaient la peau de son mari. Et si le très sexy reporter John McAllister vient voler à son secours, elle se doute bien qu'il en veut plus qu'il ne le montre...

Et toujours la reine du roman sentimental :

Barbara Cartland

« Les romans de Barbara Cartland nous transportent dans un monde passé, mais si proche de nous en ce qui concerne les sentiments.
L'amour y est un protagoniste à part entière : un amour parfois contrarié, qui souvent arrive de façon imprévue.
Grâce à son style, Barbara Cartland nous apprend que les rêves peuvent toujours se réaliser et qu'il ne faut jamais désespérer. »
Angela Fracchiolla, Rome, Italie

Le 5 octobre
Printemps à Rome

Le 19 octobre
Vivre avec toi

9733

Composition
FACOMPO

*Achevé d'imprimer en Italie
par Grafica Veneta
le 1ᵉʳ septembre 2011.*

Dépôt légal : septembre 2011.
EAN 9782290036099

ÉDITIONS J'AI LU
87, quai Panhard-et-Levassor, 75013 Paris

Diffusion France et étranger : Flammarion